中华当代学术著作辑要

德国文学史

（修订版）
第一卷

范大灿 主编

安书祉 著

商务印书馆
The Commercial Press

2019年·北京

图书在版编目(CIP)数据

德国文学史.第 1 卷/范大灿主编;安书祉著.—
修订本.—北京:商务印书馆,2019
(中华当代学术著作辑要)
ISBN 978-7-100-17286-8

Ⅰ.①德… Ⅱ.①范… ②安… Ⅲ.①文学史—
德国 Ⅳ.①I516.09

中国版本图书馆 CIP 数据核字(2019)第 062355 号

中华当代学术著作辑要

德 国 文 学 史

(修订版)

第 一 卷

范大灿 主编

安书祉 著

商 务 印 书 馆 出 版
(北京王府井大街36号 邮政编码100710)
商 务 印 书 馆 发 行
北 京 通 州 皇 家 印 刷 厂 印 刷
ISBN 978-7-100-17286-8

2019 年 12 月第 1 版 开本 787×960 1/16
2019 年 12 月北京第 1 次印刷 印张 25½
定价:78.00 元

中华当代学术著作辑要

出 版 说 明

学术升降，代有沉浮。中华学术，继近现代大量吸纳西学、涤荡本土体系以来，至上世纪八十年代，因重开国门，迎来了学术发展的又一个高峰期。在中西文化的相互激荡之下，中华大地集中迸发出学术创新、思想创新、文化创新的强大力量，产生了一大批卓有影响的学术成果。这些出自新一代学人的著作，充分体现了当代学术精神，不仅与中国近现代学术成就先后辉映，也成为激荡未来社会发展的文化力量。

为展现改革开放以来中国学术所取得的标志性成就，我馆组织出版"中华当代学术著作辑要"，旨在系统整理当代学人的学术成果，展现当代中国学术的演进与突破，更立足于向世界展示中华学人立足本土、独立思考的思想结晶与学术智慧，使其不仅并立于世界学术之林，更成为滋养中国乃至人类文明的宝贵资源。

"中华当代学术著作辑要"主要收录改革开放以来中国大陆学者、兼及港澳台地区和海外华人学者的原创名著，涵盖文学、历史、哲学、政治、经济、法律、社会学和文艺理论等众多学科。丛书选目遵循优中选精的原则，所收须为立意高远、见解独到，在相关学科领域具有重要影响的专著或论文集；须经历时间的积淀，具有定评，且侧重于首次出版十年以上的著作；须在当时具有广泛的学术影响，并至今仍富于生命力。

自 1897 年始创起，本馆以"昌明教育、开启民智"为己任，近年又确立了"服务教育，引领学术，担当文化，激动潮流"的出版宗旨，继上世纪八十年代以来系统出版"汉译世界学术名著丛书"后,近期又有"中华现代学术名著丛书"等大型学术经典丛书陆续推出,"中华当代学术著作辑要"为又一重要接续,冀彼此间相互辉映,促成域外经典、中华现代与当代经典的聚首,全景式展示世界学术发展的整体脉络。尤其寄望于这套丛书的出版,不仅仅服务于当下学术,更成为引领未来学术的基础,并让经典激发思想,激荡社会,推动文明滚滚向前。

商务印书馆编辑部

2016 年 1 月

再 版 总 序

大学毕业以后一直从事德国文学的教学与研究，始终有一种强烈的愿望，向中国读者提供一部内容翔实、资料丰富、论述精准的德国文学史。它应当科学地介绍德国文学从开始到 20 世纪 90 年代两德统一为止的产生、发展和变化的过程。遵循的基本观点应当是，任何一种文学现象，任何一种文学流派，任何一种文学形式的出现、演变和蜕变都是一个历史过程。同样，任何一个有影响的作家，任何一部有分量的作品，都有现实的根据、历史的渊源和对后世的影响。基于这样的认识，我力图写出一部真正意义上的"文学史"，而不仅仅是历史事实的介绍和对作家以及作品的评介。当然，在突出历史性的同时，也不能忽视对文学时期、文学流派、文学形式以及作家和作品的阐释和剖析。不言而喻，这样的阐释和解析是要在历史的关联中进行的。

根据上述理论，我对计划中的这部文学史做出了总体设计，按照德国文学本身的历史演变将全书分为五卷，每一卷都突显所涉及的文学现象以及作家作品的历史特征和它们本身的价值。我为每一卷的内容做了详尽的规定，规定了完整的目录。我的这些打算和计划，得到了我的同学和同事安书祉、韩耀成、刘慧儒、李昌珂和任卫东的赞同和支持，他们同我一起成为各卷的撰稿人。幸运的是，我们的编写计划获得了全国哲学社会科学规划办公室的首肯，并将"德国文学史"列为全国哲学社会科学规划办公室"九五"规划重点项目。全书五卷于 2006 年、2007 年、2008 年由译林出版社出版。

《德国文学史》(五卷本)出版以后受到读者的欢迎和学术界的肯定，更得到权威机构的嘉奖。先是于 2010 年获得北京市第十二届哲学社会科学优秀成果奖一等奖，随后又于 2013 年获得第六届高等学校优秀成果奖(人文科学哲学)一等奖。

《德国文学史》(五卷本)已经出版十年了，看来读书界依然对它有兴趣，不少人问哪里还能买到这部书，因为书店里已经买不到它了。商务印书馆副总编辑陈小文先生作为资深出版家深知这部《德国文学史》(五卷本)的学术价值，表示愿意再次将这部书呈献给读者。为此，我们对陈小文总编表示感谢。

范大灿

2017.04

总　　序

　　20 世纪 80 年代初,在桂林召开全国会议,讨论并制定全国外国文学研究的长远规划,"德国文学史"也被列为重点项目之一。在讨论这个项目的负责人时,大家一致推举冯至先生担此重任,而他却建议由我来主持这个研究项目。我当时清楚地知道,自己的知识储备还不够充足,难以承担这样的重任。不过,从那时起我心中就有了一个强烈的愿望,编写一部规模较大的德国文学史,并在随后的教学与研究中为实现这一愿望做各方面的准备。到了 20 世纪 90 年代,我觉得自己已经有了足够的能力可以主持编写一部德国文学史,并制订了计划。计划中的这部德国文学史应当包括五卷,第一卷:从开始到 17 世纪文学(包括英雄传说、骑士文学、早期市民文学、17 世纪文学);第二卷:18 世纪文学(包括启蒙运动、狂飙突进、古典文学);第三卷:19 世纪文学(包括浪漫文学、现实主义文学);第四卷:20 世纪上半叶文学(包括从自然主义到 1945 年的文学);第五卷:20 世纪后半叶文学(包括东西德文学和两德统一后的文学)。我的这一计划得到了安书祉、韩耀成、刘慧儒和李昌珂的支持,他们都愿意与我合作共同完成这一计划。由我拟定全部五卷的详细编写计划,我们五人每人编写一卷,具体分工是:第一卷,安书祉;第二卷,范大灿;第三卷,刘慧儒(在编写过程中刘慧儒因病无法完成全卷的编写工作,这一卷的后半卷由任卫东完成);第四卷,韩耀成;第五卷,李昌珂。1996 年初我们正式向全国哲学社会科学规划办公室提出申请,希望把新编《德国文学史》(五卷本)列为全国社会科学基金资助的重点项目。我们的申请荣幸地通过学科评审组的评审,获得全国哲学社会科学规划领导小组的批准。现在,这个由国家社会科学基金资助的国家重点项目终于完成了,一部二百多万字的新编《德国文学史》(五卷本)与读者见面了,这是令我们最感欣慰的。

我们的这部德国文学史既介绍文学事实,并对作家、作品以及文学时期、文学潮流做出准确的评价,更突出"史"的性质和特点。也就是说,我们把德国文学从发轫到 20 世纪 90 年代看作是一个统一的发展过程,每个文学时期、每个流派都是这一发展过程中的一个环节,每个作家、每个作品都是这一发展中的一个点。因此,我们这部德国文学史着重研究和阐述了德国文学从开始到现在是如何演变发展的,考察各个文学时期是如何衔接的,揭示文学流派、作家、作品的历史渊源和历史作用,从而说明它们同在它们以前和以后的文学流派、作家和作品的历史关系。为了实现上述主旨,我们这部德国文学史把下列五个方面视为重点:

第一,任何一种文学现象的产生、发展、变化和消失都与其所处的社会环境有密切的关系。比如,中世纪德国骑士文学的兴衰与德国骑士制的兴衰有直接关系,德国早期市民文学的特点是由德国手工业工人的特殊处境决定的;又比如,1933 年以后多数作家转向历史题材,而第二次世界大战结束以后最初若干年文学的中心内容是人们在法西斯统治下和在战争中的体验,这显然都是由当时的社会历史环境决定的。因此,探讨每一种文学现象(包括文学时期的更迭,文学倾向的兴起和消失,文学形式的出现和发展变化),每一个作家和每一部作品与当时社会历史的关系是本书的重点之一。

第二,文学生产者与文学消费者的社会地位、思想倾向、审美趣味对文学有重大影响,因而,文学生产者和文学消费者的演变和更迭也是文学发展的一个重要方面。例如,17 世纪文学的生产者不再像 16 世纪的汉斯·萨克斯那样是一些没有受到正规教育、对外国文学所知甚少、经济上独立的手工业工人,而是一些受过正规教育、深受外国文学尤其是法国以及西班牙文学影响的、经济上依附于宫廷的市民出身的知识分子;文学消费者也不再是一般的城市市民,而是有教养的城市市民和贵族。这样形成的文学倾向就是排斥被称之为"贱民文学"的德国原有的市民文学,追求所谓的"高雅文学"。从 18 世纪开始,文学生产者几乎都是受过高等教育的市民知识分子,他们的独立意识越来越强,莱辛毕生为摆脱依附争取成为一个自由作家而斗争。歌德始终坚持这样一种观点:读者必须仰视作家,使自己的水平提高到作家的水平,作家绝不能俯就读者,把自己降低到读者的水平。这种绝不迁就读者的创作态度一直被一些作家所坚持,但结果是他们所追求的艺术越来越不被人理解,他们自己本人也陷入困境,因而艺术的危机、艺术家的悲剧就成为 19 世纪末期以来文学的热门主题。另一方面,从 18 世纪以来,随着教育的普及,能阅读的人越来越多,欣赏文学作品已从少数人的特权变成了大众的需求,文学作品本身也成了一种商品。在这种情况下,读者的需求就成为一种不可抗拒的力量,大众文学因此应运而生。总之,文学生产者创作态度的变化,文学消费者需求的变化,以及他们之间的相互关系的变化,也是引起文学变化的重要因素之一,因而也是本书着重阐述的重点之一。

第三,德国文学的一个明显特点就是它的发展好像不是连续的,而是间断的,后一个文学时期似乎不是前一个时期的有机发展,而是对它的否定。例如,17 世纪文学完全否定和抛弃了 16 世纪达到顶峰的早期市民文学的传统,而 18 世纪文学则是在批判 17 世纪文学的基础上发展起来的;1830 年在文坛崭露头角的青年作家又与以歌德为代表的18 世纪文学势不两立;20 世纪初出现的表现主义作家把反传统当作他们的纲领,第二次世界大战以后最初阶段的文学也是要与过去彻底决裂。当然,这种间断并非中断,而是发展中的一个过程。因此,阐明这样的间断也是一种发展,阐明德国文学是在连续和间断中发展的,同样也是本书的重点之一。

第四,德国文学的另一个特点就是外国文学对它的影响非常之大,可以说,它是在不断接收、消化、批判外国文学的过程中发展起来的。例如,正是由于接受了外国文学,17 世纪的德国文学才打破了长期以来的闭塞状态,开始与欧洲文学接轨。但这样一来,也失去了德国特色,因而到了18 世纪莱辛、赫尔德等人痛感德国没有自己的文学,创立民族文学成为18 世纪德国作家共同的奋斗目标。正是经过这样的努力,才出现了歌德、席勒这样真正代表德意志精神的伟大的德国作家,而浪漫文学则是真正扎根德国的文学流派。又比如,1945 年以后,西方文学充斥西德文坛,苏联文学是东德文学的绝对榜样。但西德从20 世纪50 年代以来,东德文学于20 世纪70 年代末,均以独立的姿态出现在世界文坛,它们各自拥有像伯尔和格拉斯、沃尔夫和米勒这样有世界影响的作家。因此,阐明德国文学在不同时期如何接受、消化、吸收外国文学,它是如何在吸收外国文学的基础上达到创新的地步,是本书的又一个重点。

第五,由于历史的原因,一直到19 世纪末,奥地利文学与瑞士的德语文学与德国文学几乎是一个整体。只是到了20 世纪初,独立的奥地利文学和独立的瑞士德语文学才初见端倪。即使如此,文学市场也是统一的,而且是以德国为中心。因此,如果奥地利的和瑞士的德语作家不想只成为"本土作家",还想在更大的范围内得到承认,那他就必须让他的作品能够进入以德国为中心的文学市场,换句话说,他的作品就必须能够适应或者影响德国的文学倾向。正是由于这种特殊情况,我们的这部文学史不可避免地会涉及那些其出生地在现在的或历史上的奥地利和瑞士版图以内的作家,阐明他们与德国文学的关系也是本书的重点之一。

新编《德国文学史》(五卷本)在编写过程中得到有关方面的关注和支持,尤其是译林出版社的章祖德先生和赵燮生先生更是给予热情关怀和完全支持。在此向他们表示衷心感谢。任何一部著作都不可能尽善尽美,我们的这部著作也一定会有不少疏忽和遗漏、不当和错误,我们渴望读者的批评指正。

范大灿

2005 年 3 月

目　　录

前　　言

　　上世纪50年代我在德国莱比锡大学读书的时候,师从蒂奥多·弗林斯教授,曾经系统地学习过德国古代文学史。1959年回国,正值国内大张旗鼓地进行反帝反修斗争的年代,我在北京大学教德语,连教材里出现几个诸如刀、叉、牛奶、面包这样最基本的德语生活词汇,都被指责为"宣扬资产阶级生活方式",怎么可以让古代文学中那些僧侣教士、帝王将相、骑士和贵夫人走进课堂来"毒害青年"呢? 我于是把学过的书籍和资料通通"束之高阁"。改革开放以来,我们文教界也和全国其他各行各业一样,迎来了繁荣发展的新局面。学校里,早已被"批"得体无完肤、"改"得面目全非的文学课程又恢复了名誉,陆续被列入教学计划;在书库深处尘封多年的所谓"封资修大毒草"也对学生开禁了。同学们的学习热情空前高涨,教师们教书的积极性也像冲破闸门的洪水一发不可收,都想赶快把失去的时光再找回来。很长时间以来我一直感觉,比起英法等其他语种,我们德语界对于德国文学的研究介绍显得不够,尤其古代文学这一部分还几乎是一片空白。我作为一名学过德国文学又当了多年德语教师的人能为中国的学生和读者做点什么呢? 在这种情况下,我萌生了写一本德国古代文学史的想法。此后一些年,我在教课之余读了一些书,利用几次去德国的机会搜集了一些新的资料,终于在退休以后静下心来,动笔写作。

　　这一卷文学史包括古代日耳曼口头文学、中世纪僧侣文学和骑士—宫廷文学、早期市民文学以及17世纪的巴洛克文学,时间跨度从公元初到 17 世纪末大约一千七百多年,涉及日耳曼语、拉丁语、意大利语、古英语、古法语、古荷兰语以及古高地德语、中古高地德语和近代高地德语等近十种古代和近代语言。要把德国文学这两千年来经历的每一种变化,出现的每一个现象、每一位作家和每一部作品都详细阐明,写出一本学术专著或者一部百科全书式的工具书,不是这本书的目的,也是我的能力所不及。在这本书中,我只力图达到两个目标:

一是大体厘清德国文学从开始到 17 世纪末的发展脉络,给德国古代和近代的文学史描绘一个基本轮廓。正如欧洲许多民族的文学一样,德意志民族的文学也是经历了由口头传诵到有文字记载、由僧侣垄断文坛到世俗文学兴起、由封建贵族统治文坛到市民阶级成为文学的主人等发展变化的。这些变化纵横交错,头绪纷繁,前后缺乏连续性。古代日耳曼口头文学是包括斯堪的纳维亚人在内的全体日耳曼氏族所共有,因为当时没有文字,除少数几件后来被记录下来外,其余的全都散失了。真正意义上的德国文学是从僧侣文学开始的。8 世纪中叶,德国僧侣以拉丁语字母为基础创造了德语文字,他们从注释古代辞典和翻译拉丁语文献起步,接着自己开始尝试文学创作。然而,鄂图皇帝执政以后,他们强力推行罗马化,拉丁语主宰全部书面创作,德语被排挤在羊皮纸以外了。只有极少数德意志僧侣出于对祖辈遗产的依恋,偷闲在废纸或典籍的前后扉页上继续用古高地德语或古撒克逊语写作。例如,《希尔德勃兰特之歌》是在民族大迁徙后期产生的,因为当时没有文字,只是作为一首英雄歌在民间口头流传。直到德语文字产生以后,僧侣们掌握了书写手段,这才把这首英雄歌记录在纸上。因此,德国的僧侣文学也就包括了流传下来的古代日耳曼文学作品。这样,所谓"僧侣文学"主要是指从事写作的人是僧侣,他们的作品既有宗教内容的,也有世俗内容的,既有用拉丁语写的,也有用古德语写的,其间的关系错综复杂。为清楚起见,我在书中把僧侣文学分为四部分,即宗教内容的德语僧侣文学,宗教内容的拉丁语僧侣文学,僧侣们用古德语记录的日耳曼口头文学和他们用拉丁语创作的世俗题材文学。骑士—宫廷文学是随着霍亨史陶芬王朝引进骑士制度发展起来的,从兴起到衰落历时八十年。就时间而言,这个阶段不算太长,但在德国文学史上却是一个辉煌的时期。虽然说在此前四百年里,德语从诞生之日起逐渐发展成为与拉丁语具有同等价值的西方国家的文化语言,但那时用德语表达的一切,从广义上看,还只能算是一种翻译,只是把西方国家用拉丁语写下的精神成果介绍到德意志来。而从 12 世纪下半叶开始的骑士—宫廷文学,其重要意义则是在于它不再受命于外部的指令和需要,换句话说,德国文学第一次成为独立的艺术,同时培育出几位文学大师,他们第一次在世人面前理直气壮地说出德国人自己的心声和他们的阶级诉求,并为后世留下了一批经典之作。骑士—宫廷文学包括三部分,除骑士爱情诗外,还有宫廷史诗和英雄史诗。宫廷史诗主要取材于亚瑟传奇、圣杯传奇和特里斯坦传奇,这些题材都是欧洲古代文学共有的,目的是教育和培养所谓"高尚的骑士",即所谓"完美的人"。诚然,骑士—宫廷文学也涉及宗教问题,但并不是继承德国宗教文学的传统,而是封建阶级从他们的自身利益出发探讨世俗与宗教、人间与上帝、现世与来世如何达到均衡一致,从而在现世建立一个既是世俗封建阶级理想的,又让上帝满意的和谐稳定的社会。就其实质而言,它是为巩固和完善现存的封建制度服务的。英雄史诗取材于古代日耳曼英雄文学,但并不是继承了古代日耳曼文学的传统。例如,《尼伯龙人之歌》的题材虽然来源于古代日耳曼的英雄传说,但在史诗中这个传说只是通过一个人物用回忆的方式口述的,并不占多少篇幅,而史诗通篇展现的是 13 世纪宫廷骑士的思想观念和行为方式。因此,尽管史诗的人物身上还保留不少古代英雄的痕迹,但《尼伯龙人之歌》已不属于古代日耳曼的英雄文学,确切地说,它只是一部以古代日耳曼英雄传说为题材的骑士—宫廷史诗,是为宣扬世俗封建阶级的意识形态服务的。严格地说,德国的英雄史诗就是指《尼伯龙人之歌》。《谷德伦》产生于 13 世纪三四十年代,两部作品在时间上相差二三十年,此时骑士—宫廷文学已经走向衰落。尽管《谷德伦》在表现形式上充分使用了《尼伯龙人之歌》的语言和风格,但在题材、思想、宗旨和人物表现上都与《尼伯龙人之歌》相去甚远。《谷德伦》没有进一步发展英雄史诗,却是标志了英雄史诗已宣告终结。德国早期市民文学是受欧洲文艺复兴运动的影响在德国"本土"发展起来的;文艺复兴运动在德国的表现是早期人文主义、宗教改革和农民起义。然而,因为它们过早陷入激烈的教派纷争,导致市民文学不能健康发展。早期市民文学的作者都是一些工匠、教师、医生、牧师等小人物,他们起初主要以"传单文学"的形式为眼前的政治斗争效力,农民起义失败以后则退居现实生活底层,与世无争,安于现状,他们的作品最终变成了一种纯粹以娱乐为宗旨的消遣文学,虽然也采用"讽刺"手段表现某些不满和反抗,但苍白无力。与近邻法国相比,他们始终不能走出狭隘的手工业者的视野,未能造就超越国界的作家和作品,而与英国伟大的莎士比亚相比,就更是望尘莫及了。但也正是这种"本土性"成为德国早期市民文学的唯一可贵之处,因为它真实地反映了 15 世纪和 16 世纪德国普通市民的生活情趣。17 世纪的巴洛克文学就是以彻底否定这种反映普通市民生活情趣的文学登上历史舞台的。巴洛克文学的作者都是学者,他们认为本国的市民文学太粗俗,不是艺术。他们提倡"高雅艺术",以古代希腊和罗马,以及意大利、英国、法国和西班牙为榜样,一切都要从外国引进,德国本土的文学传统就这样被中断了。在德国文学史上,巴洛克文学是一个转折,从此德国文学真正步入欧洲文学发展的轨道,成为欧洲文学的一个组成部分,德国现代意义上的诗歌、戏剧和小说都是从这时开始的。但是,因为巴洛克文学只强调"高雅艺术",只强调向外国学习,所以又走向了另一个极端，即只有国际性，没有民族性，失去了德国特色。因此，当18世纪启蒙运动开始以后，那些为创立自己的民族文学呕心沥血的先驱者都把批判的锋芒指向了17世纪的巴洛克文学。综上所述，我们可以得出这样的看法，德国文学从古代到17世纪末的历史迂回曲折，每一时期都有各自兴起、繁荣和衰落的过程，但各个时期之间缺乏承上启下的联系，这是由德国所处的历史和地理环境造成的，不能与中国文学源远流长、继往开来的传统相比。

二是在大体厘清这一卷文学史发展脉络的同时，力所能及地介绍一些相关资料，诸如重要的文学现象、文学流派、文学种类，以及比较有影响的作家和作品等，对我们至今关于德国古代和近代文学史介绍的不足部分略加填补。关于古代日耳曼口头文学，我们知道，有"劳动歌"、"战斗歌"、"祭神歌"、"婚礼合唱"等等，这些"歌"都是日耳曼人在他们集体劳动中创作的。可是到了民族大迁徙开始以后，日耳曼各部落颠沛流离，其间产生了许多可歌可泣的英雄故事，这些英雄故事也是以"歌"的形式出现，长期在民间口口相传。到公元6世纪和7世纪，日耳曼的口头文学除拜神文学外，主要就是这些"歌"。概括起来，分"赞美歌"和"英雄歌"两部分："赞美歌"以颂扬英雄的品德为主；"英雄歌"主要是叙述英雄们的生平和业绩。我们所熟悉的《希尔德勃兰特之歌》最初就是这样一首"英雄歌"，是后来有了文字才被记录下来的。在僧侣文学那一章里，除以《圣经》为题材的几部作品外，我重点补充了拉丁语文学部分和骑士—宫廷文学以前的叙事文学部分。从910年到1061年，拉丁语主宰书面创作。虽然僧侣们用拉丁语写的作品总体上水平中等，但也有一些成果是令德国人骄傲的。口吃者诺特克所创作的"圣歌"是中世纪最早的宗教诗歌，后来传到欧洲其他国家，成为教会礼拜仪式上不可缺少的内容，至今还被天主教的信徒们吟咏。他的朋友图提罗创作的"复活节衍文"是一篇圣母玛利亚与天使的对话,因为对话的内容和形式有情节感,被研究者视为中世纪戏剧的萌芽,后来以《探访圣墓》为标题被写入欧洲文学的史册。赫罗茨维塔是德国文学史上第一位女作家。她用拉丁语写作,一生共写了十六部作品,其中六部是戏剧。虽然这些戏剧并不适于舞台演出,但它们毕竟是德国文学史上最早的戏剧文学,具有开创性的意义。另外,我也用了一定笔墨介绍了德意志人诺特克,他是教师、翻译家和语文学家,他把亚里士多德、波爱修斯、卡佩拉等古代哲学家的著作介绍到德国,并且按照古代的"七艺"制订教学计划,从而把德国的学校教育纳入欧洲学校教育的模式。他还创造了拉丁语—德语散文,为 11 世纪德国文学从用拉丁语向用德语过渡架设了桥梁,对于德语的发展功不可没。至于骑士—宫廷文学以前的叙事文学,我除详细介绍了《帝王编年史》、《亚历山大之歌》和《罗兰之歌》三部历史巨著外,也介绍了艺人文学的五篇故事。三部历史巨著讲的是世界史上的大事件和世界史上的英雄人物。《亚历山大之歌》和《罗兰之歌》都是以外国的同名作品为蓝本,以往常常被误认为是外国作品的翻译,因此,我着重介绍了它们之间的差异。五篇艺人文学作品讲的固然都是在民间流传的德国故事,但不能视为德国的民间文学,因为作品的主人公并不是民间的英雄人物,而是宫廷贵族、帝王将相,作者是为这些人讲故事,在这个意义上,他们倒是为骑士—宫廷文学的诞生做了准备。关于骑士—宫廷文学,我们至今了解最多的只有《尼伯龙人之歌》,其次就是像瓦尔特等几位大师以及《特里斯坦和伊索尔德》的爱情故事。其实,这一阶段文学的内容是很丰富的,也出现了许多作家。我在书中除瓦尔特及其作品外,系统介绍了骑士爱情诗的发展和各阶段的代表诗人,宫廷史诗作家哈尔特曼的四部宫廷小说,沃尔夫拉姆的除《帕其伐尔》以外的其他两部作品,我还介绍了一些不是大师却也颇为重要的诗人,如费尔德克的海因里希等。德国的宫廷史诗,很大一部分取材于亚瑟传奇,有的取材于圣杯传奇,有的取材于特里斯坦传奇,这一点是与欧洲其他国家的古代文学相通的。但古往今来的德国人,严肃认真,勤于思考,他们不停留在复述故事层面,总是在故事中融入他们的理论思考、道德观念和理想追求。因此,我在介绍哈尔特曼或者沃尔夫拉姆的时候,也试图通过叙述他们作品的内容理出一条他们思想发展的线索。早期市民文学顾名思义是市民的文学,对象是市民,作者也是诸如制图员、管理员、金匠、铁匠、刻图章的工匠,当然也包括教员、医生和牧师等小人物。他们勤劳正直、安分守己,但视野狭隘,不关心社会问题,他们的作品无非是一些反映市民日常生活的小笑话、小故事,名不见经传,即便像汉斯·萨克斯这样的多产作家,他的作品也始终不能跨出德国的国界。我比较详细地补充了这部分材料,因为这是德国早期市民文学的一大特色,不了解这一点,就无法理解为什么德国早期市民文学不能像欧洲其他国家那样产生巨匠和巨著。17 世纪的巴洛克文学对于我们来说总体上是陌生的,除《痴儿西木传》已经翻译成中文外,关于其他方面的介绍就很少了。其实,巴洛克文学的重要意义并不在于它有多少作家,产生了多少作品,而是它提出的诗学主张以及如何根据这种主张将德国文学与欧洲文学接轨,从而使德国文学能与欧洲文学同步发展。16 世纪以前,德国只有骑士爱情诗和工匠歌曲,中世纪后期出现过市民性质的狂欢节剧,至于叙事文学只有不同题材的史诗,一律采用韵文体,但这一切到 17 世纪都中断了。德国现代意义上的诗歌、戏剧和小说都是从 17 世纪开始的。因此,我在这一章里重点介绍了马丁·奥皮茨的诗学主张以及德国现代诗歌、戏剧和小说的产生和发展,当然我也详细地介绍了像格吕菲乌斯和罗恩斯台因这样有名的诗人和剧作家以及他们的悲剧与喜剧,像格里美尔斯豪森的长篇小说《痴儿西木传》以及其他一些诗人和小说家的作品,目的是为 17 世纪文学画出一个大体轮廓。

下面将我在写作过程中遇到的几个问题说明一下:

一、姓名问题。古代德国人只有名（Vorname），没有姓（Familienname）。后来同名的人越来越多，给人们的交往带来了许多困难，于是就采用了不同方式把同名的人区分开。这些方式可能是一个人的特征或是特性，一个人或一个家族的绰号；可能是一个人的出生地、居住地，也可能是父辈的骑士城堡；可能是说明一个人的身份和职业。例如，在文学史上共有三个知名的诺特克（Notker），为了加以区别，第一个叫口吃者诺特克（Notker Balbulus），第二个叫胡椒子诺特克（Notker Pfefferkorn），第三个叫大嘴唇诺特克（Notker Labeo），都是在名字的后面分别加上了他们的特征或特性。欧洲历史上的传奇式人物查理大帝也属于这种情况。据传，他身材高大，皇室成员都称他"Karl der Große"，即"大个子查理"，这里的 groß 显然是指他的身体特征。但 groß 还是"伟大"的意思。后来查理依靠武力建立起欧洲中世纪的第一个大帝国法兰克王国，并且奖励学术文化，在他治下出现了著名的"加洛林文艺复兴"。因为他立下了如此丰功伟绩，所以人们就把 groß 理解为"伟大"了，称他"查理大帝"。否则恐怕我们今天都不能称他为"查理大帝"，而仍然叫他"大个子查理"。又如，霍亨史陶芬王朝的弗里德里希大帝被称作红胡子弗里德里希（Friedrich Barbarossa）。红胡子是意大利人给他的绰号。据传，因为他多次出兵攻打意大利，掠夺那里的财富，意大利人出于愤怒，说他身上沾满了意大利人的鲜血，连胡子都染红了。大约从 12 世纪开始，越来越多的是用一个地方作为区别同名人的标志，这个地方可能是一个人的出生地、居住地，包括骑士城堡。使用的时候用介词 von 将名和地方连接起来（这里的 von 相当于中文里"……地方的"）。例如 Hartmann von Aue，Hartmann 是名，Aue 是地方，译成中文是奥埃的哈尔特曼；又如 Walther von der Vogelweide，Walther 是名，Vogelweide 是地方（意为鸟儿栖息的湿地。据文学史记载，在今日意大利的南第罗尔，具体地方不详。这个词是阴性名词，冠词为 die,因为 von 支配第三格,所以 die 变为 der),译成中文是福格威德的瓦尔特。还有 Wolfram von Eschenbach, Gottfried von Straßburg, Erasmus von Rotterdam 等等都属于这种情况。也有少数人根本没有名或者不提其名字,只称他是某个地方的人。早期骑士爱情诗诗人 der Kürenberger(库伦贝格尔)就是一个例子,Kürenberg 即 Mühlberg,是一个地方,按照德语构词法地名加-er 做词尾,是泛指那个地方的人。所以 der Kürenberger 就是库伦贝格尔人的意思,这里是用地名代替了人名。像 der Stricker(施特里克),der Tannhäuser(汤豪塞)都应该属于这种情况。从 13 或 14 世纪起,常常用一个人的身份或是职业来区分同名的人。这时就把身份或职业的名称直接放在名的后面,例如,Wernher der Gartenaere (= Gärtner),译成中文是园丁维尔纳,又如,Heinrich der Teichner,译成中文是管道制造工海因里希;有时也把职务放在名的前面如 der Meister Einhard,译成中文是艾因哈特师傅等等。大约在 15 或 16 世纪这些用于区别同名人的标志渐渐固定下来,并演化成为“姓”。如表示特征和绰号的 Lang, Kurz, Klein, Große, Fröhlich,表示地点的 Westfal, Beier, Babenberger, Schweizer,表示身份和职业的 Schmidt, Müller, Hofmeister 等都成为德国人的“姓”,直接写在名的后面,如 Wolfgang Klein, Gerhard Müller, Günter Schmidt。今天谁也不会去问哪些是特征,哪些是地方,哪些是身份和职业了。15 或 16 世纪以后,有了世袭贵族,加在“姓”之前的 von 就是专门用来表示此人是贵族身份或具有贵族头衔的,如 Ulrich von Hutten, Friedrich von Logau 以及 18 世纪的 Heinrich von Kleist, Johann Wolfgang von Goethe。歌德本是市民阶级出身,曾经在魏玛公国服务,1782 年被授予贵族头衔。

　　为了真实地反映古代德国人姓氏方面的习惯,我在这卷文学史中都是根据上述规律翻译他们的姓名的。

　　二、骑士爱情诗的起源问题。以往我们有一种见解,认为德国骑士爱情诗起源于民歌。这次在写作过程中,我翻阅了多部德国古代文学史,没有查到确切根据可以证明骑士爱情诗起源于民歌。据赫尔穆特·得·伯尔介绍,大约在11或12世纪,在拉丁语的世俗歌曲中,确实有一段用德语写的诗句广为流传。这是一位年轻妇女与一位教士偷情,在她用拉丁语写的情书中特地用德语写的几句话:"你是我的,我是你的,你要确信不疑。你被关闭在我的心窝里;小钥匙已丢失,你永远关在我的心窝里。"以此强调她的真情爱意。至于这是否就可以视为民歌并与后来的骑士爱情诗有渊源关系,得·伯尔没有正面回答。关于骑士爱情诗的起源问题一直是德国古代文学史的一个研究课题,学者们众说纷纭,归纳起来有五种看法:1.来自在多瑙河一带民间流传的爱情诗歌;2.来自受封骑士为领主服务的社会实践;3.来自对圣母玛利亚的崇拜;4.来自教士与修女之间用拉丁语写的信札以及带有色情内容的流浪汉诗歌;5.来自阿拉伯文化。这五种看法都各有道理,看来像骑士爱情诗这样一个复杂的文学现象,这样一种集社会、伦理、文学、音乐于一体的造诣高深的艺术,肯定是兼容并蓄各方影响的结果,单纯用其中任何一种看法来解释骑士爱情诗的起源都恐怕有失偏颇。因此,我在书中也只是介绍了德国学术界至今对这一问题的研究成果,不敢下任何结论。今后,我将在现已掌握的材料基础上,继续跟踪探讨。

　　三、对诗人福格威德的瓦尔特的评价问题。瓦尔特是一位骑士爱情诗诗人,他一生写过大量脍炙人口的作品,尤其是他的政治格言诗,别具一格,很有独创性。他生活的年代正是德国皇权与教权激烈争霸的年代。这场斗争旷日持久,吵得沸沸扬扬,争论的焦点是:皇帝宣称他是西方国家的最高君主,手中掌握任免教职的权力和教会的地产;教皇宣称,世俗国王必须由教皇加冕方能得到皇帝的头衔,这意味着教皇具有驾驭世俗皇帝的权力,教皇的地位高于皇帝的地位。瓦尔特生性活跃,他的诗人气质注定他嗅觉灵敏,不安于沉默。因此,当他1198年离开维也纳宫廷后,便立刻被社会上的这一政治纷争所吸引。就在那年夏天他投奔了施瓦本的菲利普,明确表示站在皇帝一边。作为一个诗人,他能如此旗帜鲜明地面对政治抉择实属难能可贵。他在此后写的政治格言诗中严正申明,支持皇帝,反对教皇和他支持的诸侯割据。他在《我坐在岩石上》的格言诗中说,眼下到处是虚伪和强暴,和平和正义被置于死地,要想使和平和正义得以恢复,就得有皇帝来保护,因为只有皇帝能保护尊严、财富和上帝的恩泽。他在《我听见潺潺流水声》的格言诗中点名呼吁"菲利普,戴上那顶宝石王冠吧",明确表示拥护合法产生的史陶芬王朝的皇帝。他还用动物界的自然秩序做比喻,说那里虽然有仇恨和斗争,但有一定限度,动物很明智,他们懂得选举国王,设立法庭,区分主人和奴隶,为自己规定了一套政治、法律和社会的秩序。他哀叹:"德意志人民,你的国家秩序状况怎样?"今天,我们站在历史发展的高度观察诗人的政治态度,他能坚定地维护皇帝的权威,反对诸侯割据和教皇从中挑拨离间的立场在当时无疑是进步的。然而,他的所谓"国家秩序"还是一个地理上的概念。无休无止的皇权与教权的纷争非但没有加强中央集权,反而使诸侯得以乘隙发展自己的势力,封建割据进一步加深,而教皇则利用中央与地方的矛盾制造分裂,从中渔利,致使统一的德意志民族国家的建立被大大延误了。在这种历史背景下,作为诗人的瓦尔特不可能像法国的民族英雄罗兰那样具有"爱国意识"和"祖国观念",他只是认识到皇帝的首领作用,认为只有皇帝能维持正常秩序,对于教皇支持诸侯进行分裂活动深恶痛绝。他寄希望于皇帝的权威,并不意味他是"爱国的",因为在当时的德国还不能把皇帝与"国家"或是"祖国"等同起来,因此,给他冠以"爱国诗人"恐怕不符合历史的真实。今天,我们在评价瓦尔特的时候,既不能因为他支持的是封建君主就抹杀他在历史上的进步意义,也不可用现代的视角拔高他的政治觉悟,所以,我在书中只称他是德国中世纪的伟大诗人。

四、《尼伯龙人之歌》的定位问题。德国骑士—宫廷文学包括诗歌和叙事体作品即史诗两部分。叙事体作品中,一种取材于外国传奇,如亚瑟传奇、圣杯传奇(有的也取材于特里斯坦传奇),人物都是这些传奇中的骑士。作者虚构出亚瑟宫廷和圣杯堡两个世界,这两个世界是骑士发展道路上的两个层次,他们必须刻苦修炼,通过"历险"经受考验,首先成为亚瑟宫廷的圆桌骑士,然后继续攀登,最后来到圣杯堡,成为守卫圣杯的圣杯骑士。在圣杯堡,世俗与宗教、现世与上帝、人间与天堂和谐一致,达到了"尽善尽美"。这是骑士阶级追求的最高目标;以此为内容的作品称"宫廷史诗"。另一种取材于本土的古代英雄传说,作者借助古代的英雄人物表现 13 世纪宫廷骑士的生活方式、思想观念、道德标准和理想追求。这种叙事体作品因材料来源、故事内容、叙事方式、人物命运的归宿都与取材于亚瑟传奇和圣杯传奇的宫廷史诗不同,故称"英雄史诗"。在德国文学史上,严格意义的"英雄史诗"只有《尼伯龙人之歌》一部。

《尼伯龙人之歌》由上下两部分组成,共三十九歌。故事一开始,西格夫里特就是以尼德兰王子的身份出现,他拥有"尼伯龙人宝物",因而他的国家繁荣昌盛。后来,他来到勃艮第国向公主克里姆希尔德求婚,并帮助公主的长兄勃艮第国王恭特战胜强悍的冰岛女王布伦希尔德,赢得了她的爱情。随后,恭特与布伦希尔德、西格夫里特与克里姆希尔德双双结为连理。然而,一次姑嫂争吵惹来了西格夫里特的杀身之祸,尼德兰王国从此销声匿迹,"尼伯龙人宝物"落入勃艮第人的手里,勃艮第宫廷随之成为史诗关注的中心。后来,克里姆希尔德远嫁匈奴,为了给亡夫西格夫里特报仇雪恨,同时也是为了夺回"尼伯龙人宝物",她谎称邀请勃艮第亲人到她的宫廷做客,客人到达后,她蓄谋把他们集中在大厅里,然后纵火焚烧。血战中,宾主同归于尽,"尼伯龙人宝物"已被沉入莱茵河底,曾经显赫一时的勃艮第王国彻底覆灭。这里,作者显然不是在复述古代的英雄传说,而是通过古代英雄人物讲述 13 世纪宫廷骑士的故事。虽然在史诗中有几处提到了古代英雄的业绩,但所占篇幅不多。关于西格夫里特的冒险故事是通过哈根用回忆的方式叙述的;而布伦希尔德则是被放到了云雾缭绕的北方冰岛,形象模糊,讲她如何被恭特战胜只是为了给后面的故事做铺垫。史诗中的人物确实也露出过某些"古代英雄"的痕迹。例如西格夫里特乍到沃尔姆斯向克里姆希尔德求婚时宣称,如果求婚不成就诉诸武力,俨然是一个从深山里走来进行"抢婚"的"野蛮人"。可是很快他就变成了一个有良好教养的王子,一个温文尔雅的求婚者,受到宫中妇人们的青睐。又如布伦希尔德因为在婚礼上察觉恭特欺骗了她,当晚不仅不让恭特跟她亲近,还把恭特扛起来吊在墙上以示惩罚。这个北方蛮族的女王果然名不虚传,的确凶狠且具有超人的臂力。然而,"洞房一夜"竟使她前后判若两人,她变成了一个百依百顺的妻子,再也没有一点反抗的气力了。从此以后,她与其他贵族妇女别无二致,虚荣、嫉妒、心胸狭隘、斤斤计较,完全是一个通常的封建王后。《尼伯龙人之歌》的作者为什么把这两位英雄过去的业绩"一笔带过"呢? 就是因为他的意图不是讲古代英雄的故事,他在史诗中要展现的是这些人物在 13 世纪的宫廷斗争中所扮演的宫廷骑士角色。

　　因此,从这部史诗的实际内容和宗旨看,我以为,它不是一部民间故事,讲的也不是古代的英雄传奇。虽然在故事最后骑士们面对死亡时服从"命运"安排,表现出古代英雄"视死如归"的豪迈气概,但史诗通篇讲的都是 13 世纪骑士的宫廷生活、权势斗争以及他们的价值取向,所以《尼伯龙人之歌》应属于骑士—宫廷文学的范畴。

　　写这本文学史,对于我来说,是一项艰巨的工程。今天,我一方面很高兴,终于能报告我的工作成果了;另一方面也很不安,因为它还存在不少问题、疏漏乃至错误。我只好怀着忐忑的心情将它呈现在读者和同行面前。我诚恳期待批评指正，请诸位不吝赐教。

安书祉

2005 年 8 月于北京

第一章　古代日耳曼口头文学

（公元前到 8 世纪初）

第一节　概述

考古学证实，大约在公元前 2000 年，在今日的德国北部、波罗的海沿岸、丹麦及斯堪的纳维亚半岛等地区就生活着一个生活方式相近的日耳曼人部落群。他们主要以游牧为生，社会发展水平很低。大约在公元前 800 年，欧洲中部发生了一次规模巨大的民族迁徙。日耳曼诸部落为了寻找更适于生存的土地，纷纷南下，进入莱茵河地区。公元前后，他们挺进到罗马帝国的边境。从公元初到公元 3 世纪民族大迁徙开始以前，这些日耳曼部落已陆续组成氏族，大体分为：一、易北河日耳曼人，他们是朗格巴底人、阿勒曼人和巴伐利亚人的祖先；二、威悉—莱茵日耳曼人，属于这一氏族的主要是法兰克人；三、北海日耳曼人，他们的后代是撒克逊人和佛里斯人；四、奥得—维斯杜拉日耳曼人，他们繁衍了汪达尔人、勃艮第人和哥特人；五、北方日耳曼人，瑞典人、丹麦人和挪威人的根都在这里。这些氏族又经过几百年的迁徙动荡终于定居下来。在易北河中游和下游以西定居的各氏族统称西日耳曼人；在斯堪的纳维亚半岛和冰岛定居的各氏族统称北日耳曼人；迁徙到维斯杜拉河和奥得河流域的西日耳曼人和北日耳曼人统称东日耳曼人，东日耳曼人现在大都均已绝迹。他们中的哥特人在历史上曾显赫一时,有过相对比较发达的文化。如今,居住在不列颠岛上的英吉利人,居住在欧洲大陆的德国人、奥地利人和操德语的瑞士人,以及居住在北欧的斯堪的纳维亚人和冰岛人,寻根溯源,都是这些古代日耳曼人的后裔。

日耳曼各部落成员讲的口语是相通的,它们具有亲缘关系,同属印欧语系(Indoeuropäisch)或称印度日耳曼语系(Indogermanisch)。从公元前5世纪到公元3世纪开始的民族大迁徙为止,经过几百年的发展,语音开始演变,史称第一次或日耳曼语的语音变迁(die erste oder germanische Lautverschiebung)。从公元初开始,日耳曼诸部落的口语逐渐脱离印欧语系,开始分化成不同的方言,形成独立的日耳曼语支。日耳曼语支不是统一的语言,大体分为东日耳曼语、北日耳曼语和西日耳曼语三个支系,每个支系由许多方言组成。东日耳曼语包括哥特人、勃艮第人和汪达尔人所用的方言。民族大迁徙期间,随着这些氏族相继覆灭,他们的语言也大都不复存在。只有哥特人的方言留下少数文字遗迹,成为日后研究日耳曼语和古高地德语的重要依据。北日耳曼语包括古代挪威人、丹麦人、瑞典人以及冰岛人讲的方言,其中冰岛人是公元10世纪才移居冰岛的。西日耳曼语又分西北日耳曼语(或称北海日耳曼语)和威悉—莱茵日耳曼语。西北日耳曼语包括古英语、尼德兰语和佛里斯语,威悉—莱茵日耳曼语则是后来德意志民族语言组成的核心部分。

古代日耳曼人没有文字,无法记载自己的历史。随着他们向南迁徙,罗马人与他们有了接触,于是自公元前4世纪开始就有希腊和罗马的著作家陆续记述古代日耳曼人的各种活动。公元前1世纪,罗马军队的统帅,后来的罗马皇帝恺撒(Gaius Julius Cäsar,公元前100—前44)在与日耳曼人的征战中写下了一本《高卢战记》(Aufzeichnungen aus dem Gallischen Krieg),书中谈到一些日耳曼人的情况。公元98年,罗马史学家塔西佗（Publius Cornelius Tacitus，约55—约120）发表了《日耳曼尼亚的起源、地理位置和部落群》（Über den Ursprung, die Lage und die Völkerschaften Germaniens）一书，简称《日耳曼尼亚志》（Germania）。书中详细地记述了公元前后日耳曼人的生活、习俗、宗教信仰、劳动方式、政治组织以及各日耳曼部落的情况。这部作品是历史上最早全面记载古代日耳曼人生活状况的文献，我们对古代日耳曼社会的认识主要来源于这部著作。

　　我们从这些罗马人的记述中了解到，公元初期，日耳曼人还处于以氏族公社为基础的社会发展阶段，部落是社会的基本政治群体，家庭是社会生活的基本单位。他们实行一夫一妻制，丈夫是一家之长，拥有支配妻子、儿女和奴仆的一切权力。家族通过儿子的婚娶繁衍后代。这个时期的日耳曼人主要从事农业劳动。土地和重要的劳动工具绝大部分归部落公有，只有一小部分土地指派给已定居的家庭耕种。日耳曼人是一个好斗的民族，战争是他们生活中最重要的组成部分，战争的主要目的是掠夺。各部落的成年男子既是农夫又是战士，平时耕种，战时打仗。战争中最英勇善战的武士被选为部落的首领，部落所有成员都有义务服从首领的指挥。家族中如有成员遇难，其他成员均有义务互相作保，或者为死难者进行血亲复仇，并且共同支付死难者家属的费用。他们已有自己的宗族宪法（Geschlechterverfassung），宪法规定部落内部实行民主制，一切重大问题均由部落"氏族大会"（Volksversammlung）决定。比如，上面提到的战时负责指挥战争的军事首领就是通过"氏族大会"推举的，但在氏族大会上只是有服兵役能力的男子享有参与权和决定权。至于世袭或选举国王的制度只在个别氏族中可见。

　　我们从这些罗马人的记述中还了解到，古代日耳曼人把宇宙设想为冰与火两种势力的混沌体，二者界限分明，一边是无尽的冰山，另一边是熊熊火焰,中间是一条深黑且无底的大峡谷。后来从这个无底洞中产生了冰巨人伊密尔(Ymir),它代表着恶;冰山消融后又产生出和冰巨人同源的神蒲利(Buri),它代表着善。后来蒲利的儿子波尔(Börr)娶一女巨人为妻,善与恶结合,生下三个儿子即奥丁(Odin)、费利(Vili)和蜚(Ve),这便是第一代的神。从北欧神话中我们了解,奥丁杀死冰巨人后,以其尸造为天地,又与费利和蜚通力合作用木片造出了一个男人和一个女人。奥丁给新造成的一对男女以灵魂,费利给他们动作和感觉,蜚给他们血和好看的面孔。于是,能说话、能劳动、能思想、能做爱、能希望、有生又有死的一对人造成了,在奥丁所造的大地上开始繁衍生息,人类就这样诞生了。日耳曼人把宇宙区分为陆(包括天上)、海、冥三界,由这三尊神分治。古代日耳曼人的宗教是信仰多神的。公元初,当一些发展较快的民族在宗教信仰上已进入一神教的时候,他们还在信奉着自己的原始宗教,把各种自然现象设想成不同的神,如火神、水神、风神、雷神、光明神、太阳神、土地神等等,实行图腾崇拜。他们没有庙宇,祭祀活动通常在露天进行,也没有神职人员,人们自行对天祈祷。在他们的想象中,诸神有天上的神和地上的精灵之分,与人类赖以生存的自然力相应的神为天上的神,而那些危及人类生命的自然力如黑暗、寒冷、死亡、冰、雪、火等为地上的精灵。天上的神最早大都是女性,后来才被男性的神所取代,这反映母权制到父权制的转变。后来,随着氏族社会的解体,扈从制度(Gefolgschaftswesen)的产生,战争在日耳曼人的生活中占据越来越重要的位置,因而神的地位在他们的观念中也不断发生变化。军事首领被视为战神,是天神大军的统帅,众神之首。这说明社会产生阶级以后,神也随之被分为不同阶级。日耳曼神话中庞大的神的家族就是这种等级社会的反映。此外,古代日耳曼人还有一种牢不可破的观念,即人经过肉体的死亡,而后达到精神永存。死后的精神一部分被直接纳入天神大军,造福于人类;另一部分则蜕化为妖魔鬼怪,还要长久地留在人间,为非作歹,坑害人类。这也和后来基督教所宣扬的永生不死的思想是一致的。

古代日耳曼人有勤劳刻苦的性格和严肃现实的生活态度,这是他们所处的自然环境造成的。与生活在南方温暖地带的同族兄弟不同,他们长年生活在天寒地冻的北方,因此,他们印象中的世界就是巨大的冰山,喷发的火焰,凛冽的寒风和云雾笼罩的大地。为了生存,他们必须无休止地与风、雪、冰搏斗;就连他们想象中的神的最后大劫难,在其他各民族的神话中往往是洪水,在北欧神话中是大火,这也是北方的自然环境决定的。

第二节　民族大迁徙开始前的日耳曼文学

古代日耳曼文学是农业氏族社会的产物。当时没有严格的劳动分工,文学创作不是一种独立的职业,没有现代意义上的"作家"。文学作品绝大多数在共同劳动中产生,是集体创作的结果,分不清谁是作者,也没有文字记载,是靠口头传播的。题材都是部落生活中的大事,如祭祀、劳动、战争、生死等。古代文学研究者把这个时期的文学创作大体归纳为五类,当然都是处于非常原始的形态:一、咒语;二、由韵体和散文体混合而成的"诗";三、用因袭的"诗"的形式对圣事所做的智力比赛;四、对话体的"歌",这是用一问一答的争论形式表达的歌体谜语或谜语系列;五、对神的祈祷和恳求,从后来北欧神话中战阵女郎祈求生命复苏的感恩祷告看,这可能是以上五个种类中最古老的一种。塔西佗在他的《日耳曼尼亚志》中证实,古代日耳曼人常用"歌"吟咏劳动和战争,祭祀人类的祖先以及日耳曼英雄阿尔米尼乌斯(Arminius),庆祝婚礼和葬礼。"歌"的形式极其朴素简单,与起源于中世纪佛罗伦萨的拉丁语圣剧(sacra rappresen tanzione)相似,可视为一种集体分段朗诵的原始谣曲（Ballade）。后来的"拜神歌"（Götterlied）、"祝祷辞"（Segen）、"劳动歌"（Arbeitslied）、"战斗歌"（Schlachtgesang）、"婚礼合唱曲"（Hochzeitschor）、"亡灵曲"（Totenlied）、"赞美歌"（Preislied）、"讽刺歌"（Spottlied）都属于这一类型。至于神话、谚语、格言等则是表现古代日耳曼人对生活和宇宙的认识的。以上这些构成了古代日耳曼人最原始的口头文学。

一 "歌"

古代日耳曼人创作的文学作品大都叫作"歌"（中古德语 liet）。这种"歌"并不是现代意义上的歌曲，最初只是几句或几段比较简单、带有韵律的话，后来才有了曲调。在西日耳曼语中有一定曲调的歌又分为用于合唱的"歌"和用于叙事的"歌"，前者有统一的节拍并分成段落，后者主要不是唱，而是又说又唱，节拍可以自由调换，不分段落，是介于普通说话和真正唱歌之间的中间体。日耳曼人的"歌"也不是近代人所说的"诗"，它们同时包含抒情、叙事和戏剧的成分，近代文学的三大种类，诗歌（Lyrik）、叙事体作品（Epik）和戏剧（Drama）都是由此演变发展出来的。所以，"歌"这个概念对古代日耳曼人来说涵盖一切文学创作，这一观念一直沿袭到中世纪中期，因此像《尼伯龙人之歌》这样的大型叙事体作品也称为"歌"。

二 日耳曼头韵

如前面所述，日耳曼语由许多种方言组成，这些方言具有亲缘关系，它们的共同特点是，词的重音总是放在第一个音节上，也就是说，第一个音节承载整个词的含义。因此，日耳曼人吟咏"歌"的时候，也总是重读每一词的头一个音节，读每一诗行第一个词时自然也是这样，这就产生了文学史上所称的日耳曼的头韵（Stabreim）。南部日耳曼语的史料证实,押头韵诗行的基本结构是,每一长行由两个短行(即半长行)组成,两短行之间有一间歇,每一短行中有两个扬音(即重音),第二个短行最后一个音通常总是轻读,以示停顿。另外,每一长行中有三个词的头一个字母(不管是辅音还是元音)相同或相似才算对韵,一般第一个短行有两个,第二个短行有一个(参见《希尔德勃兰特之歌》)。押头韵诗行中的每一短行有四拍,吟咏时抑扬顿挫,有良好的音乐效果。

　　古代日耳曼的口头文学都是采用头韵,最早见于祭祀和占卜文学,后来才在日耳曼的英雄歌和赞美歌中完全用于诗歌创作,盎格鲁撒克逊人曾经将头韵形式用于基督教内容的僧侣对话。9世纪下半叶头韵完全被尾韵韵体取代。

三　"鲁讷"文字

　　大约于公元3世纪初日耳曼人就有了一种叫作"鲁讷"(中古德语rune)的文字,是由一个居住在南方的日耳曼氏族用古代罗马的商业文字创造出来的,具有明显的拉丁文痕迹。"鲁讷"本是"秘密,喃喃低语"的意思,每个字实际上只是一个秘密符号,按神的位置排列顺序,各个符号都象征一定的内容,专供祭祀、占卜、巫术之用。古代日耳曼人既不懂得这种文字,更没有人能用这种文字从事文学创作。"鲁讷"文字是从南方开始向北方流传的,直至斯堪的纳维亚地区,最初被刻在石板、木条和骨头上,后来也被刻在武器、饰物、金银币等金属器物以及墓碑上,在斯堪的纳维亚

"鲁讷"字母

"鲁讷"虽不是用于语言交流和文学创作,但从保留下来的文物考证,铭刻在石板、木片、金属器物以及墓碑上的"鲁讷"符号对于日后研究古代日耳曼文化具有十分重要的价值。

也被画在羊皮纸上。各地区流传的"鲁讷"文字并不统一,但经过比较发现,有一定数量的字母是共同的。这套字母包括二十四个符号,每八个符号为一组。在北方"鲁讷"字母简化为十六个,在盎格鲁撒克逊则增加到二十八个。因为符号都是刻在石板、木条和金属上,所以除个别符号外,笔画都是竖的或斜的,其顺序最初受罗马文字影响由左向右,后来由右向左,也有波浪线的。"鲁讷"字母通常按照最前面的六个符号称"弗塔尔克"(Fupark = Futhark)。

第三节 民族大迁徙开始后的日耳曼文学

随着生产力的发展,社会形态也在不断变化。早在民族大迁徙以前,日耳曼的氏族社会就已经开始解体。前面曾经提到,古代日耳曼人的部落在战时有一位军事首领,最初,他们只是临时的,因为每次战争都要由氏族大会重新推举。后来,个别部落的军事首领由于英勇绝伦,战功卓著,事实上已经固定,随之,他们的扈从队伍也被固定下来。这样,在部落内部,除从事农耕劳动的人以外又逐渐形成了一个独立的军人集团,即所谓"军人贵族"(Schwertadel)。与以往不同,这些军人贵族与他们的扈从之间只有互相约定的关系,没有宗法关系。另一方面,民族大迁徙开始以后,由于战事频繁,各部落不断迁徙和兼并,部落之间不断分化和融合,亲缘性质的联系越来越松散,地区性质的联系越来越紧密,于是以血缘为基础的氏族公社逐渐被以地区为基础的马尔克公社(Markgenossenschaften)所取代。在马尔克公社内部虽然还留有原先氏族社会亲缘关系的痕迹,但用氏族社会的亲缘关系已不能统治被征服者。阶级分化加剧,原来的军事首领成了国王,军人贵族的成员被封为各地的诸侯,这些人组成了凌驾于社会之上的统治集团,实行分等级的专制统治。而占人口90%以上从事农耕劳动的人生活贫困,劳动繁重,平时必须满足领主的苛刻需求,发生战乱时,还得参加领主的军队去打仗。正如恩格斯在《家庭、私有制和国家的起源》一书中所分析的,为了维护征服者的利益和保障被征服者地区的内部安全,国家机构的建立已势在必行。于是,第一批封建国家诞生了。

一　文学现象和人的价值观念的变化

与社会形态的演变相适应,文学作为社会现象的反映也发生了变化,民族大迁徙以前和开始以后的文学有很多不同。首先,文学创作不再是大众的集体活动,而成了特定个人的职业。这种人在北部地区叫"施卡尔德"(古代北欧语 Skalde),在南部地区叫"施考普"(Skop)。这些人都是扈从队伍的成员,属于军人贵族,由于擅长编创各种英雄故事并到处传唱,所以被称为"行吟的施卡尔德"或"行吟的施考普"(der fahrende Skalde/Skop)。他们因为既会打仗,又会说唱,比一般军人贵族享有更高的威望,常常是军事首领或国王的亲信和顾问。其次,文学的服务对象也不同了。早先,日耳曼人的文学创作是直接为氏族社会农民的劳动、生活和斗争服务的;这时,文学则是为作为新兴权力代表的贵族服务了。这些新兴的权力代表为了建立"权威",确立神圣不可侵犯的地位,他们不仅要采取各种法律措施,同时也把文学视为树立个人威望的有效手段。贵族宫廷开始豢养"行吟的施卡尔德"或"行吟的施考普",利用他们为自己服务。于是,这些人逐渐失去自己的独立性,专门为迎合宫廷的需要说唱。在这种情况下,他们的生存便越来越依赖宫廷。

另一方面,随着外在社会现象的演变,至少在一部分日耳曼人中间,他们的价值标准和伦理观念也发生了变化。存在决定意识。古代日耳曼人的生活环境决定他们的本性是好战的,随时准备打仗是他们生活的需要。打仗不仅为了自卫,也是为了侵略和掠夺。在征战过程中,许多人作为扈从聚集在有经验的军事首领周围,给予军事首领无限信任和巨大权力。军事首领越是英勇善战,获得的荣誉越高,分得的战利品越多,对于富有活力和进取心的年轻人就愈加有吸引力。因此,随着扈从制度的形成,人们又有了新的观察问题的视角:"勇敢"和"武艺"成了他们心目中主要的价值标准,把首领与扈从紧密联系在一起的"忠诚"的思想成了他们重要的伦理观念,而"尊严"和"声望"则是建立在勇敢、武艺和忠诚基础上的理想追求。扈从制度越是向着独立的职业军人制度发展,这种理想的价值就越高。

二　北欧歌集《埃达》和散文集《萨迦》

前面已经讲过,古代日耳曼文学是集体创作的,为氏族社会的生活和劳动服务。社会形态的变化使这种文学的传统失去了生存基础。尤其当基督教传入以后,教会垄断全部文教工作,读书写字是僧侣们的专利,内容由教会指定。日耳曼口头文学被冷落,因为没有文字记载,大部分都散落在民间了,只有极少数诗行和断片后来由于偶然的机会被记录在废旧的羊皮纸上或者书稿的前后扉页上而得以流传下来。我们知道,北方社会发展比较晚,基督教传入也比较晚,在南方社会已经开始转型的时候,北方社会还没有多大变化。农民仍是日耳曼文化的承载者和扶植者,甚至在基督教传入以后,他们还作为社会主体支配着教会的文教手段。因此,在那里古代日耳曼的口头文学才得以继续流传几百年,直到文字产生为止。我们今天研究古代日耳曼口头文学,除僧侣们偶然记下的极少数残篇断简外,主要资料来源就是古代北欧歌集《埃达》和散文集《萨迦》。

《埃达》(Edda)是13世纪初一位姓氏无法考证的冰岛学者把散落在民间或铭刻在器物上的古代神话、咒语以及各种"歌"搜集起来编辑成册的。其中除一些其他民族的故事外,很大一部分是古代日耳曼人的口头创作。流传至今的《埃达》有两种。一称《旧埃达》(Ältere Edda),用韵文写成,故亦称《诗体埃达》(Poesie-Edda),1643 年发现,编者无法考证。另一种称《新埃达》(Jüngere Edda),用散文写成,故亦称《散文体埃达》(Prosa-Edda),1628 年发现,编者为冰岛诗人斯诺里·施图尔鲁松(Snorri Sturluson,1179—1241)。大多数学者认为,《旧埃达》的价值更高,因为它比较真实地记载了古代日耳曼人的创作原貌,而《新埃达》则是诠释《旧埃达》,有些地方不完全可靠。至于那本冰岛人编的散文集《萨迦》(Saga),搜集的则全部是北方民族的故事。其中最重要的是沃尔松格萨迦(Volsunga Saga),还有国王萨迦以及公元 870 年至 1030 年间发生在冰岛的历史事件,也有一些故事取材于日耳曼的英雄传说。《萨迦》大约产生于同一时期的冰岛,部分产生于挪威。

三 "泛日耳曼"文学

首先,"日耳曼的"(germanisch)一词就人种而言是指一批在政治、经济、宗教、习俗等方面具有共同特点的古代部落群和氏族,就语言而言,是指这些部落群和氏族的方言的总和。因而古代日耳曼文学包括的内容十分广泛,涵盖古代欧洲北部的斯堪的纳维亚和冰岛文学,西部和西北部不列颠岛上的盎格鲁撒克逊文学,法国高卢西部和西南部从通俗拉丁语发展出来的古代法语文学和在欧洲内陆从莱茵河到易北河、从北海到阿尔卑斯山之间定居的各日耳曼氏族的文学。这些文学都是它们后来各自国家民族文学的雏形,随着第一批封建国家的建立,地方特点越来越明显,继而才逐渐走上各自独立发展的道路。因此,在谈到古代日耳曼文学的时候,为了强调其内在的一致性,史学家们常常用"泛日耳曼的"(gemeingermanisch)这个概念。从古人搜集整理的《埃达》和《萨迦》以及少数被发现的"遗迹"看,"泛日耳曼文学"主要包括拜神文学和英雄文学两种。

（一）拜神文学

拜神文学（Götterdichtung）包括神话、咒语、祷告辞、谜语、格言和谚语、讽刺歌、讽刺诗等等，讲的都是神的故事或者人与神之间的故事。例如，神话讲的就是神的产生，神的家族，诸神之间的战争和它们的日常活动。咒语和祷告辞则是人祈求神灵保佑，因为在日耳曼人的想象中，一切自然现象都是神灵显现，天灾人祸和生老病死都是神的安排。这一种文学大都产生于公元前后，甚至更早。最初，神的自然属性很强，这说明那时的日耳曼人还处于图腾崇拜阶段。后来由德国僧侣记录下来的《麦塞堡咒语》就是这种文学的代表。

随着社会的发展，神的社会属性逐渐居于主要地位，这反映了氏族社会内部等级关系的变化。这种情况可见于后来斯堪的纳维亚人和冰岛人用心搜集和整理的北欧神话。北欧神话讲的是一个庞大的、等级分明的神的家族。这个家族的名字叫阿斯伽尔特（Asgard），奥丁是阿斯伽尔特家族的主人，是最高的神，是众神之父。他像一个氏族社会的首领，也像一个王宫的君主。辅佐他执掌朝政的有十二位男神和二十四位女神，男神称亚息尔（Aesir），女神称亚息尤尔（Asynjur）。十二位男神为正神，相当于他的大臣，他们经常坐在奥丁的宫里开会，研究治理宇宙和世界的好方法。据说，奥丁共有三处宫殿，其中一处名为伐尔哈拉（Valhalla），意为勇士中战死者之宫，亦称英灵宫。北欧人以为，每逢人间有战争，奥丁就会派遣九名称之为伐尔凯（Walküre）的战阵女郎到战场上从战死的勇士中挑选一半，引入此宫做客，用盛宴款待。这反映氏族社会转型后日耳曼人已经有了以勇敢为美德、以战死为光荣的观念。在北欧人的想象中，奥丁是天的人格化，他有三个妻子，均称地神。因为在日耳曼人的生活中战争是头等重要的大事，因此奥丁也是战神，是最高的军事统帅。他还有一大群儿女，分别为风神、雷神、光明神、黑暗神、太阳神、土地神、春之神、夏之神、丰收之神、原始森林之神、真理与正义之神、勇敢与战争之神、诗歌与音乐之神、美与恋爱之神等等，他们都是他家族的成员。他们分布在不同岗位，按三六九等排列，分别协助奥丁主宰宇宙间陆、海、冥三界。这群大大小小的神有天上和非天上之分，有代表善势力的和代表恶势力的两种，而且身份常常变化不定，根据功过和出身，它们的职位时有升降，当然也有世袭的。总之，这个神的家族俨然是一个等级社会，一个庞大的封建王国。

（二）英雄文学

英雄文学（Heldendichtung）包括英雄传说和叙述赞美英雄的"歌"。与拜神文学不同，英雄文学讲的是人的故事或者把人神明化。公元 376 年至大约 600 年欧洲的民族大迁徙是一个兵荒马乱的年代，在日耳曼部落兴衰离合的过程中产生了许多动人的英雄故事。这些故事经过几百年的口口相传，逐渐围绕几个主要的英雄人物形成了各自独立的传说系统。例如，以蒂奥德里希大帝（Theodrich，452—526，传说中称伯尔尼的狄特里希 Ditrich von Bern）为中心的东哥特传说系统；以尼德兰英雄西格夫里特为中心的法兰克或尼德兰传说系统；以勃艮第国王恭特及其妹妹克里姆希尔德（北方传说中称谷德伦）为中心的勃艮第传说系统；以匈奴王阿提拉（Attila，传说中称艾柴尔 Etzel）为中心的匈奴王传说系统等等。每一传说系统又包括无数叙述和赞美英雄的"歌"。比之拜神文学，英雄传说的历史较晚，都是在公元 3 世纪以后产生的。故事中常常把史实、传说和神话糅合在一起，塑造出一个或几个非凡人物，他们具有好斗的性格，崇尚武艺，充满英雄气概并始终保持着野蛮时期和氏族社会的烙印。

1."赞美歌"和"英雄歌"

英雄文学最初的创作者都是"施卡尔德"或称"施考普"。前面已经讲过，这些人作为扈从队的重要成员，从讲英雄故事的传统中脱颖而出,形成了一个特殊的,至少是半职业性质的作家群体。他们通常受某一宫廷豢养,专门为国王和贵族们创作和演唱,因此,这时的作品主要是他们个人的创作成果。他们说唱的英雄故事都是以"歌"的形式出现,大体分为"赞美歌"(Preislied)和"英雄歌"(Heldenlied)两种。在"赞美歌"里歌颂的是某一个活着或者刚死不久的英雄,通常就是他们服务的首领或国王。歌中一般不叙述主人公的生平业绩,没有故事情节,主要是用庄重的,但又是空泛的,甚至费解的词句歌颂英雄的美德和情操,抒发对英雄的敬畏和赞佩之情,充满溢美之词,对于一些具体史实则点到为止。从许多文物遗迹推测,纯粹的"赞美歌"是从"英雄歌"发展出来的。北方挪威的"施卡尔德"托尔比约恩·霍恩克洛菲(Thorbjoern Hornklofi)创作的《哈拉尔德之歌》(Haraldlied)就是最古老的一首。歌中颂扬国王美发王哈拉尔德(Harald Schoenhaar)打败丹麦人从海上的进攻后,占领挪威的英雄业绩。与后来的"赞美歌"相比,这首歌主要还是讲英雄的业绩,叙事特点比较明显,语言也比较朴素,后来的"赞美歌"就不是这样了。"英雄歌"相反,集史实、传说和神话于一体,用过去发生的事件作为题材,着力叙述英雄的业绩,有完整的故事情节,具有叙事谣曲和戏剧特点。所以,如果说前者是近乎抒发感情的诗歌,后者则像是讲故事的叙事体作品。这两种"歌"在当时具有同等价值,同样为众人喜爱;但对于后世的影响,"英雄歌"则是不可比拟的。据统计,"施卡尔德"和"施考普"们创作和演唱的英雄歌一共有五十多种,其中一半以上都是来自南部日耳曼。研究古代日耳曼文学史的学者们有一种观点认为,"英雄歌"是哥特人创造的,经巴伐利亚和阿勒曼传播各地,公元6世纪就已经为东西日耳曼人,包括撒克逊人和挪威人所共有,特别是法兰克人和挪威人对英雄文学有过创造性的贡献。

2. 最古老的"拜神文学"和"英雄文学"

北欧歌集《埃达》中共搜集了三十五篇"歌"或者"歌"的断片,有的属于"拜神文学"，有的属于"英雄文学"，集中了哥特、勃艮第—法兰克、丹麦、挪威、冰岛等各种题材。神话诗歌十四篇，如《女占卜者的预言》《高人的箴言》等。英雄诗歌二十一篇，其中最古老的五首是：一、《爱玛里希之死》(Ermenrichs Tod)，在北方称《哈姆迪尔之歌》(das Lied von Hamdir)，来自爱玛里希传说系统。传说中英雄的原型是公元4世纪东哥特国王爱玛那里克(Ermanerik)，"歌"中讲的是公元375年匈奴人入侵地中海边哥特王国时，他饮恨自杀的故事。二、《古西古尔德之歌》(das Alte Sigurdlied)，来自法兰克—尼德兰传说系统。"歌"的主要内容是尼德兰英雄西古尔德打败巨龙，帮助法兰克国王巩纳尔占有匈奴王之女布伦希尔郭，并娶巩纳尔的妹妹谷德伦为妻。他因为偷走布伦希尔郭的指环并交给了自己的妻子，秘密泄露后，巩纳尔怀疑他与自己的妻子私相授受，因而引起仇恨，最终招致杀身之祸。谷德伦后来成为匈奴王后，为了给丈夫报仇雪恨，她怂恿匈奴国王邀请法兰克亲人来宫廷做客，乘机点火焚烧大厅，法兰克王国就此覆灭。三、《古阿提里之歌》(das Alte Atlilied)，来自匈奴国王阿提拉传说系统。阿提拉欲占有尼伯龙人宝物，把法兰克国王兄弟巩纳尔和哈格尼骗至宫廷。两国王拒绝交出宝物，惨遭杀害。他们的妹妹匈奴王后谷德伦为了给兄弟们报仇，杀死阿提拉和他的两个儿子。四、《匈奴宫廷的大血战》(Blutbad am Hunnenhof)，内容与《阿提拉之歌》一样，把阴谋、杀戮等细节讲述得更为血腥、详尽。五、《维伦德之歌》(das Lied von Wälund = Wieland)，是最值得关注的早期德语文学创作。内容是，瑞典国王尼德乌德指责金匠维伦德偷了他的黄金，于是把维伦德关押在荒岛上服苦役。维伦德强占了他的女儿，杀死了他的两个儿子并用他们的头颅、眼睛和牙齿做成首饰送给国王和王后以及他们的女儿。最后，维伦德受天使召唤飞上云端。

　　总之，从古人整理的《埃达》和《萨迦》以及少数被发现的"遗迹"

看,古代日耳曼文学乃是一笔丰富的文化遗产,可惜,由于没有文字记载绝大部分都失传了。直到公元 8 世纪有了文字以后,才有少数几件被发现,整理并记录下来。因此,我们今天能够看到的古代日耳曼口头文学用古高地德语记录的只有《麦塞堡咒语》、几条祷告辞和《希尔德勃兰特之歌》。与《希尔德勃兰特之歌》类似的还有《芬堡之战断片》(Finns-burgskampf-Bruchstück 古英语:Hengestlied)和《瓦尔德勒故事断片》(Fragmente einer Waldereedichtung)。这两首"英雄歌"虽然都是在德国传唱,后者的故乡甚至就在德国,但都不是用德语写的,《芬堡之战断片》属于盎格鲁撒克逊文学,《瓦尔德勒故事断片》归入拉丁语的僧侣文学,后面还要讲到。

四　哥特文字

史料记载,真正意义上的日耳曼文字是公元 4 世纪哥特主教乌尔菲拉(Wulfila 或 Ulfilas,311—382 或 383)创造的哥特文。乌尔菲拉出身基督教家庭,自幼笃信基督教,成年后曾作为第一个哥特人在多瑙河以北任基督教教会主教职务,能用希腊语、拉丁语和哥特语布道。为了在族人中传播基督教教义,他翻译了《圣经》,并且在翻译过程中创造出了一种独特的哥特字母。因此,这种哥特字母也称"圣经哥特文"(Bibelgotisch)或乌尔菲拉文(Wulfilanisch)。乌尔菲拉的哥特字母是以一部分西日耳曼方言为基础,以希腊文为楷模,同时接受了拉丁文和"鲁讷"文字的影响而创造出来的,每一个字母是一个音位,单元音和复合元音在发音方法上没有区别。用哥特文翻译的《圣经》手稿只流传下来九个断片,长短不等,但语言相当一致。普遍认为,这九个断片均产生于 5 世纪末 6 世纪初的意大利,有几个断片也可能产生于法国或巴尔干半岛。内容最丰富、最有价值的是银质大典(Codes argenteus)手稿,至今保存在乌普撒拉(Uppsala)的大学图书馆里。除这九个断片外,流传下来的还有一份对约翰福音的注释(Skeireins)。语言史上经常提到的形式比较发达的哥特文字就是指这部《圣经》翻译和这份注释。

第二章 封建社会初期的僧侣文学
（8 世纪中叶到 12 世纪下半叶）

第一节　概述

在德语语言发展史上，大约从 750 年到 1050 年为古高地德语阶段（Althochdeutsch），与此相应，从 8 世纪中叶到 11 世纪中叶也是古高地德语文学时期。这个时期的主要特点是：一、莱茵河以东的日耳曼各部落从不信仰基督教，没有文字，到接受基督教信仰并在拉丁语基础上创造了德语文字，德语文学从此开始有文字记载。二、在文学领域，则是两种完全不同的文学并存，一种是由教会控制的、宣传基督教思想的、主要用拉丁语写作的宗教文学；另一种是非基督教的古代日耳曼文学，后者，除极少数作品在文字产生以后由僧侣们记录下来外，其他仍以口头文学方式继续在民间流传，直到第一批封建国家相继建立之后，它原本赖以生存的社会基础已不复存在才自行终止。三、自从西罗马帝国灭亡以后，教会肩负双重使命，一是传播基督教，二是继承和保护古代罗马文化的遗产。教会将基督教传到那里，也把罗马文化带到那里，其结果，不仅推动了日耳曼人基督教化，也使日耳曼人被罗马文明所触动和渗透，主动接受罗马文化遗产，实行罗马化。基督教化和罗马化，这是两个决定这一时期德国文学内容的重要因素。从 11 世纪中叶到 12 世纪下半叶，大约 1050 年到 1170 年是一个过渡阶段，这个阶段既包括克吕尼改革派的宗教文学,也包括僧侣们写的世俗内容的文学和"艺人叙事文学",文学史上称它们为宫廷文学以前的文学或早期宫廷文学。而上述的一切发展都是从法兰克王国皈依基督教和查理大帝开展文化改革运动开始的。

民族大迁徙中和民族大迁徙以后,陆续在北海和阿尔卑斯山之间定居的西日耳曼人有六个大的部落群,他们是生活在北海沿岸和沿海岛屿上的佛里斯人,生活在北海和易北河及埃姆斯河中游之间的撒克逊人,生活在莱茵河中下游和美因河两旁的法兰克人,生活在萨勒河畔的图灵根人,生活在多瑙河上游、内卡河和莱茵河上游的阿勒曼人,以及生活在阿尔卑斯山前麓和阿尔卑斯山北部的巴伐利亚人。随着罗马帝国的衰落,法兰克人逐渐强盛,公元486年,法兰克诸部落之一的撒利安人(Salier)首领,墨洛温家族的克洛维一世(Chlodwig,466—511)统一了莱茵河下游和高卢北部的法兰克人,并打败罗马驻高卢的最后一任总督,占领了高卢大部分地区,建立了法兰克王国(das Frankenreich,486—843)。公元496年,克洛维在基督教教士的启示下,承认王权是上帝的恩赐,于是不仅本人皈依基督教,还下令全体士兵接受洗礼,支持各教区主教的要求,让普通百姓也放弃祖先崇拜和传统信仰,一律皈依基督教。通过此举,克洛维取得了教会的支持,因而不仅巩固了他的政权,而且因为他接受了罗马人的信仰,对于平衡日耳曼征服者和罗马被征服者之间的关系也大有好处。公元511年在奥尔良(Orleans)召开的宗教会议上规定,宗教法规具有国家法律性质,寺庙的神圣地位将被教堂所取代。于是,基督教很快便成为法兰克王国的国教,开始全面主宰其精神生活。

法兰克王国的第一个王朝墨洛温王朝(Merowinger,486—751)持续了近三个世纪。公元751年,年轻的丕平(Pipping der Jüngere,751—768)废墨洛温国王,建立加洛林王朝(Karolinger,751—843),在法兰克王国的历史上开始了加洛林时代(die Karolingische Zeit)。公元771年,丕平之子查理在其兄卡尔曼去世后,独揽法兰克王国大权,公元800年,被罗马教皇加冕为"罗马人皇帝",他就是后来的查理大帝(Karl der Große,771—814)。查理大帝在位四十三年,对外连年征战,使法兰克王国成为控制西欧大部分地区的大帝国,幅员辽阔,疆域西邻大西洋,东至易北河及波希米亚,北达北海,南抵埃布罗河以及意大利中部地区。在帝国内部,为了维护封建秩序和帝国的统一,他从开始执政之日起,便把将帝国东部的各日耳曼氏族联合起来作为既定目标。为实现这一目标,他致力于奉行共同宗教、共同文化和共同语言的政策。因此,他积极支持和推进基督教的传播,与罗马教廷联手,大力加强各级教会组织,简化宗教仪式并指定写一本拉丁语布道手册供所有教会使用,千方百计地将基督教教义传播给东部的诸日耳曼氏族,因为宗教最能从思想上维系各不同氏族的统一;他积极倡导和推动学习罗马文化和拉丁语的活动,给尚处野蛮状态的帝国东部注入文化气息,用古代文化滋养和提高日耳曼人的思想水平和认识能力,因为只有了解罗马文化才能更好地理解基督教教义;他同时还提出在拉丁语基础上创造一种德意志教会语言的构想,使这种语言逐渐成为与拉丁语相匹敌的、纯粹为新的宗教(基督教)服务的工具,给日耳曼人扫除语言障碍,使他们能够用自己的语言直接接受基督教信仰。为此,他采取了大量改革措施:首先,为了培养神职人员的后备力量,向皇族子弟和其他世俗显贵传授基督教文化、罗马文化和古代科学知识,他颁布法令,兴办各种教育机构,还在自己的宫廷中建起一座图书馆和一所学校。在这所学校里讲学的都是从全国各地邀请来的宗教界和世俗界的文人学者,如盎格鲁撒克逊的著名神学家、教育家和诗人阿尔库因(Alkuin/Alcuinus,约735—804),西哥特主教兼诗人奥尔良的提欧杜尔夫(Theodulf von Orleans,约760—821),朗格巴底历史学家保鲁斯·迪亚科努斯(Paulus Diaconus，约 720—797），以及来自符尔达修道院、后来成为查理大帝传记作者的艾因哈德(Einhard，约 770—840)。查理大帝还努力重振在墨洛温王朝时期就曾经兴旺一时的西方最古老的学府亚琛宫廷学院(Schola Palatina)，并聘请阿尔库因为学院院长。其次，查理大帝本人目不识丁，但为了学习罗马文化，他身体力行，积极学习拉丁语，不仅自己学，还要求修士和贵族也一律能说会写拉丁语。在他的倡导和亲自推动下，修道院如雨后春笋遍布全国各地。在修道院的书斋(Schulstube)和图书馆里，修士们为了了解并掌握《圣经》和神学著作，学习新思想和新知识，潜心研读拉丁语文献，抄写和复制经文和其他典籍。不久，巴伐利亚的萨尔茨堡、弗莱津、累根斯堡；阿勒曼的圣加伦、赖兴瑙以及阿尔萨斯的穆尔巴赫；法兰克的维尔茨堡、符尔达、洛尔斯和美因茨，还有后来的魏森堡都成了当时传播基督教和学习罗马文化的中心。第三，他下令收集、整理各种典籍，要求抄写员把收集到的图书资料誊清，妥善保藏。在抄写文献的过程中，他的抄写员发明了一种字体，被称为"字母全小写的加洛林字体"(die karolingische Minuskel)。他还计划组织人力写一部德语语法，规范德语正字法，以便使德语真正成为与拉丁语享有平等地位的、受到同样扶植和保护的、作为科学对待的语言。他尤其重视研究和编纂古代历史，搜集和抄写古代日耳曼的"歌"。艾因哈德在说到这位皇帝时指出，查理大帝把古代日耳曼的"歌"看作是历史文献，是他本族思想发展史的见证。总之，无论写德语语法，还是搜集德语的"歌"，这两项计划的着眼点都是为了将日耳曼固有的文化遗产保存下来、流传下去，使其获得与罗马遗产完全同等的存在价值。查理大帝的这些业绩将他的名字与法兰克王国和他统治的时期紧密地联系在一起，因此，我们不仅在政治上，也在文学史和教育史上，完全有理由称这一时期为查理帝国或查理时代。查理大帝发动和推行的这场文化教育运动使西欧摆脱了野蛮和混乱状态，重新建

立了与古代罗马文明的联系,具有划时代的意义,因此,有西方史学家
把这场运动称为"加洛林的文艺复兴"(die Karolingische Renaissance)。

第二节　德语文学的开端

到公元 8 世纪,莱茵河以西的氏族已经全部讲拉丁语,而莱茵河以
东的各日耳曼氏族仍然讲他们自己的方言。在一份关于公元 784 年英
国的一次宗教会议的报告中,为了将这些氏族的方言与莱茵河西岸的
拉丁语相区别,第一次采用盎格鲁撒克逊语的 theodisce 一词,在古代
日耳曼语中这个词的意思是"属于人民的,民间的"。查理大帝执政期
间,出于统一帝国内部宗教文化的考虑,在各种公文通告中一再用
theodisce 这个词统称帝国东部几个日耳曼氏族的方言,强调这些方言
是"民间语言"。

一　"Deutsch"一词的由来

在古代德语中原本没有我们现在通用的 Deutsch(德语)一词,
Deutsch 是由 theodisce 一词演变而来的。theodisce 用古高地德语方言
拼写就成为 diutisc,diut 相当现代德语中的"人民"(das Volk),isc 是
Volk 变成形容词时加的词尾,也是"人民的,民间的"意思。用 diutisc
表示"德语"的意思最早见于公元 1000 年诺特克的作品,在 1080 年到
1085 年间产生的"阿诺之歌"(das Annolied)中再次出现时,就不只表
示"德语",同时也表示"讲德语的人"和"讲德语的国家"了。由于语
音的不统一,在古高地德语中,diutisc 又写成 tiutsch 或 tiusch;到了 16
世纪,德语从中古高地德语发展到早期现代高地德语,这个词才写为
Deutsch。18 世纪仍有人把 Deutsch 写成 teutsch,原因是他们误以为
Deutsch 一词来源于 Teutonen(条顿人),故不写 d,而写 t。

第一章中已经讲过,第一次日耳曼语的语音变迁是日耳曼语脱离印欧语系成为独立的日耳曼语语支。从公元 6 世纪到公元 8 世纪又发生了第二次日耳曼语语音变迁,也叫高地德语语音变迁(die hochdeutsche Lautverschiebung)。这次语音变迁是德语(各方言)脱离日耳曼语语支成为独立的德语语族。变迁的起因无从考据,变迁的过程从南部德国开始,一直推向中部德国,其分界线从杜塞尔多夫的本拉特起,经卡塞尔和维滕贝格,至奥得河畔的法兰克福,简称本拉特分界线(die Benrather Linie)。因为南方地势较高,北方地势较低,所以分界线以南的方言称高地德语(Hochdeutsch),主要包括巴伐利亚方言、阿勒曼方言和其他南德的方言(如南法兰克方言),分界线以北的方言称低地德语(Niederdeutsch),低地德语中最古老的方言是古撒克逊语(Altsächsisch)。后来,修士们注释和翻译拉丁语文献时,就是用古高地德语和古撒克逊语进行工作的。

二　修士们的"注释文学"和德语文字的产生

德语文字的产生和形成是从注释和翻译拉丁语文献开始的。这个过程始于修道院,最初遍布整个讲"民间语言"地区,查理大帝时期,赖兴瑙和穆尔巴赫是注释文学的中心。修士们在修道院的"书斋"和图书馆里读经修炼,他们首先接触的是从盎格鲁撒克逊或者经过英国获得的拉丁语文献,包括《圣经》文本及最通俗的注释、布道文集和一些作为"神学婢女"的世俗科学著作。在阅读过程中,为了读懂和理解文献的内容,他们尝试着用现成的拉丁语字母,按照自己所操方言的习惯,拼写和注释生僻难懂的拉丁语词汇和表达基督教思想的概念和语句,经年累月,逐渐创造出了一种自己特有的书写方式和书写传统。因此可以说,如果没有拉丁语字母,没有盎格鲁撒克逊的拉丁语文献,就不可能产生德语文字,德语与拉丁语血脉相通的联系是与生俱来的。

此外,因为各地修道院和学校所讲的方言不同,修士们注释和翻译的文字就有巴伐利亚语的、阿勒曼语的和法兰克语的之分。我们所说的古高地德语只是这些方言的总称,不曾有过统一的古高地德语,更不曾有过统一的加洛林书面语言。

修士们的"注释文学"是从他们身边接触到的典籍文献开始的,首先注释的是最简单、最实用的字典词典,最基本的宗教文献以及最早的教会和世俗的应用文。

(一) 两本词典

现在保存下来的最早用古高地德语注释的作品是两本词典。一本是由弗赖津教堂的僧侣在大主教阿尔贝欧(Arbeo,任职时间765—783)的支持和领导下,大约于公元765年至770年之间注释的拉丁语同义词词典,词条按字母顺序排列,因为第一个词是Abrogans(谦虚的意思),故这本字典得名《阿布罗甘司》。《阿布罗甘司》最初是用巴伐利亚方言注释的,文本已经丢失。从8世纪末到9世纪初产生的三份文本都是用阿勒曼方言注释的,每份含大约三千六百七十个词汇,注释的目的可能是为了学习生僻的拉丁语单词。另一本是《注释词典》(Vocabularius Sancti Galli)。这是一本用于希腊语教学的拉丁语—希腊语工具书,按专业分类,其中包括分类词汇索引,按字母顺序排列的词汇索引和一份师生问答手册,大约于公元775年以盎格鲁撒克逊的《注释词典》为蓝本在符尔达修道院注释成古高地德语的,最初文本里很大一部分用的是巴伐利亚方言。上述两种词典开创了所谓"注释文学"(Glossen-Literatur),即用古高地德语注释拉丁文典籍的先河。

(二) 宗教内容和世俗内容的拉丁语文献

此后,修士们便开始用古高地德语或古撒克逊语注释和翻译各种宗教内容和世俗内容的拉丁语文献。最早注释的文献有:一、用于建设和巩固天主教教会的教会法规,这是新的教会法规产生之前教会的法

律和生活方式的基础。二、教士们撰写的著作,如格列高利一世
(Gregor des Großen,540—604)的布道辞和他的《牧师规则手册》
(Liber regulae pastoralis),对于僧侣们传教和实施教育任务具有重要
指导意义。三、《圣经》,这一部分占比例最大,时间也比较晚。四、
古代罗马作家的作品,其中最重要的有罗马作家维吉尔(Publius
Vergilius Maro,前70—前19)、著名基督教作家普鲁登丘斯(Aurelius
Prudentius Clemens,348—405 以后)以及亚里士多德的解释者波爱修
斯(Anicius Boethius,约480—524)等人的作品。这些作品使修士们
大开眼界,他们从前辈们那里学习雄辩术和辩证法即逻辑学,了解浮
华夸张的罗马文体风格以及灵活多变的逻辑思维。此外,他们还注
释了9世纪初的《本笃会会规》(Benediktregel)、天主教教会礼拜仪
式上所唱的《旧约诗篇》(Psalmen)、米兰大主教阿姆布罗季乌斯
(Aurelius Ambrosius,约 340—397)的《二十六首阿姆布罗季乌斯颂
歌》(26 ambrosianische Hymnen)、产生于赖兴瑙和穆尔巴赫的二十七
首《穆尔巴赫颂歌》(Murbacher Hymnen)以及与《穆尔巴赫颂歌》近
似的所谓《上帝颂歌》(Carmen ad deum),这些都是至今保存下来的
最早的注释文学作品。

修士们的注释有三种方式,把拼写成德语方言的词写在行与行之
间、拉丁语词汇之上的叫"夹注"(Interlinearglossen),写在页边空白处
的叫"边注"(Marginalglossen),直接写在语篇中拉丁语词汇之后的叫
"篇内注"(Textglossen)。他们最初使用的注释方式是夹注,这也是一
种特别原始的、特别初级的翻译,脱离文章内容,没有前后联系,没有德
语句子结构,只是一个词一个词地对号入座。

(三)教会应用文和世俗应用文

然而,查理大帝所致力的真正目标是从教会的实际需要出发创造
一种德语教会语言,帮助非基督教徒解决最基本的信仰问题。为达到

此目的,仅仅简单地注释词汇是远远不够的。于是修士们开始用德语注释最简单的教会用语、洗礼誓词、忏悔辞、主祷文和入教声明等教会应用文(Kirchliche Gebrauchsprosa)。尽管他们还紧紧依赖拉丁语的句子结构,但已经不拘泥于只注释一个个单词,而是整段的文字,不是做夹注,而是做连贯性的翻译了。这一时期他们注释和翻译的教会应用文有:美因茨的两段古撒克逊语和一段莱茵—法兰克语的洗礼誓词(Taufgelöbnis),《魏森堡的基督教教义问答手册》(Weißenburger Katechismus),累根斯堡的同主祷文一起使用的简单祈祷用语,如魏索布伦的祷文、法兰克祷文和圣·艾莫拉姆祷文,以及一些忏悔辞表格、布道辞等。注释和翻译教会应用文的中心也从赖兴瑙和穆尔巴赫扩展到符尔达、洛尔斯、魏森堡以及莱茵—法兰克和东法兰克一带。

　　除教会应用文外,德语也开始用于世俗应用文(Weltliche Gebrauchsprosa)。修士们注释的世俗应用文主要是三份查理大帝执政初期的历史文献(Urkunden):一份《哈美尔堡的边界线说明》(die hammelburger Markbeschreibung)和两份《维尔茨堡的边界线说明》(die beiden Würzburger Markbeschreibungen)。《哈美尔堡的边界线说明》产生于公元 777 年,手抄本大约于 830 年被发现,其中规定了查理大帝给符尔达修道院赠地的范围。两份《维尔茨堡的边界线说明》记录了实地勘测维尔茨堡版图边界线的过程,较早一份的日期是公元 779 年,较晚的一份没有注明日期,最多迟十至二十年。三份文献的原稿都是用拉丁语写的,只是在描述边界线时部分地使用了德语。此外,还有一份《撒利大法》(Lex Salica)的断片,保存在 9 世纪特里尔的一份手稿的复本里。这份法律文献也不是全部用德语注释的,只是在法律用语难以用拉丁语表达时,要么把德语词汇直接写在文本里,要么用德语进行解释。这几份世俗应用文的出现,使符尔达修道院更加具有重要意义。

三　修士们的翻译文学和德语教会语言的产生

与"注释文学"蓬勃发展的同时,在盎格鲁撒克逊人阿尔库因的推动下,以图尔斯的圣马丁修道院的教育学院为中心,一种独立的神学科学在法兰克王国悄然产生。查理大帝积极推动这种神学科学的发展,此时的神学科学旨在吸收、解释和继承父辈们积累的知识,论文都是用拉丁语写的,生僻费解。最早的德语神学科学散文是公元 800 年前后,在阿尔库因的倡议下,与查理大帝的宫廷学院密切合作产生的一组翻译文字,即所谓"伊西多的翻译"(Isidor-Übersetzung)和巴伐利亚梦湖修道院的《梦湖断片集》(die Sammlung der Monsee Fragmente),因为断片的绝大部分来自维也纳图书馆的一部书籍封皮上,所以也称《梦湖—维也纳断片集》(Monsee-Wiener Fragmente)。

(一) 伊西多翻译的神学论文

伊西多(Isidorus von Seville,约 560—636)是中世纪前期基督教拉丁教父,生于西班牙。公元 601 年继承其兄任西班牙塞维利亚主教,故称塞维利亚的伊西多,著有《基督教文学史》、《西哥特史》,大约于 8 世纪末将他那本艰深难懂的宗教宣传手册《天主教的反犹太人联盟》(De fide catholica contra Iudaeos)用散文体翻译成古高地德语,收在《梦湖—维也纳断片集》里。这是他献给中世纪的一部取之不尽的实用百科全书,对了解 8 世纪末教会政治状况具有重要意义。手册的每一页都用一条竖线分成两部分,左边是拉丁语原文,右边留做德语翻译用,可惜只到第二十二页就中断了,其余大部分已经丢失。这二十二页手稿收藏在巴黎国家图书馆 2326 号古籍手抄本里,来源不详。伊西多的第二组翻译文字是《神学论文断片集》(Fragmenta theotisca),也收在《梦湖—维也纳断片集》里。这是一组用德语翻译的拉丁语神学文章,其中包括马太福音、宣传手册《论人民的天职》(de vocatione gentium)、一份奥古斯丁布道辞和另一份布道辞的结束语。当圣加伦和赖兴瑙的神职人员还一个词一个词地做夹注的时候,他的翻译则一枝独秀,不仅清楚地传达了拉丁语原稿的基本思想,而且已经脱离原稿文字的束缚,用另外一种语言形式进行再创造,这种语言便是第一次能够阅读的、可以书写的、明白易懂的教会德语。伊西多翻译的德语散文文字精确,语言感良好,他随意插入一些副词、介词和形容词,为一定的拉丁语词汇选择多个不同的德语词汇进行变换,用习惯的德语语序套用拉丁语的句子,字母拼写前后一致。伊西多的翻译为德语教会语言的诞生做出了具有里程碑意义的贡献,是其他翻译作品效仿的楷模。

（二）赫拉巴努斯和他主持翻译的《塔提亚恩》

查理大帝去世后,他的儿子虔诚者路德维希(Ludwig der Fromme,778—840)是基督教的忠实信徒,不仅未能继承父业,连父亲留下的遗产也在他手中毁弃,使萌芽中的德语文学枯萎了。然而,查理大帝的精神力量仍继续发挥作用,他的思想后继有人,其代表是阿尔库因的学生赫拉巴努斯·茂鲁斯。

赫拉巴努斯·茂鲁斯(Hrabanua Maurus)是莱茵法兰克人,约公元784年生于美因茨一带,曾就读图尔斯的圣马丁教育学院,是阿尔库因的学生,师生友谊甚笃。他很早就成为符尔达修道院学校的教师,从822年起,任符尔达修道院院长长达二十年之久。在他任职期间,符尔达修道院一直是帝国文化生活的中心,引导着帝国的精神生活。茂鲁斯是一个勤于笔耕的人,他的著作不仅内容博大精深,而且始终着眼于实用,是当时被采用最多、最被看好的作品。他虽然本人只用拉丁语写作,却十分关注德语的发展。前面提到的教会应用文和世俗应用文就都是在他直接关注下翻译成德语的。但是,为茂鲁斯在德国文学史上奠定地位的还是他于大约830年主持翻译的那部耶稣的生平,简称《塔提亚恩》。然而,与伊西多相比,茂鲁斯所处的外部环境不同了。伊西多当初的翻译是在阿尔库因的支持下进行的,而阿尔库因又受查理大帝政策的指引,他支持伊西多的翻译是他实现查理大帝改革意图的一个举措,而茂鲁斯主持翻译这部耶稣的生平则更多的是个人行为。查理大帝死后,他的儿子虔诚者路德维希并未继承父亲的遗愿,继续致力于帝国的文教改革事业。他虽然对茂鲁斯的工作也给予鼓励,但不过是一种个人行为而已,因为这时的文教工作已经没有统一的中央领导,只是个别的人和个别的学校还牢记着查理大帝的教诲,始终致力于德语教会语言的创造。茂鲁斯便是这些个别人和个别学校中最重要的代表。

他主持翻译的《塔提亚恩》(Tatian),其书名本是这部耶稣生平的作者的名字。其人为公元 2 世纪的一位叙利亚基督教教徒,他以四福音书为基础编写了一部完整的耶稣生平,直至公元 5 世纪一直被叙利亚基督教教区作为基础经文公开采用。这部耶稣生平后来传入西欧教会,公元 6 世纪第一部拉丁语译文问世,最古老、最著名的手稿至今仍存放在符尔达。这部耶稣生平后来又从拉丁语翻译成古高地德语,唯一一份手稿一直保存在圣加伦修道院。在这部作品中,作者第一次全面描述了基督的一生,但德语翻译的技巧远不如伊西多,许多段落仍使用夹注,不敢离开原文自由发挥。这部德语的耶稣生平是查理时代后期唯一一部篇幅浩瀚的翻译作品,含有大量新的德语教会词汇。我们从中可以看到它们与巴伐利亚方言以及盎格鲁撒克逊的教会语言之间有着密切联系。对于研究教会语言,《塔提亚恩》比任何一部其他古高地德语作品都更具有价值。《塔提亚恩》在文学方面的特殊意义在于它给后人以启发,为他们描写耶稣生平提供了思路和丰富的材料来源。

第三节　僧侣文学

到公元 9 世纪,查理大帝与罗马教廷的密切合作已经使基督教思想渗透到了社会生活的各个领域,从根本上主宰着人的精神。世俗贵族统治与基督教精神主宰相结合的结果是,氏族制度彻底瓦解,封建制度最终形成,法兰克王国发展成为西欧强大的封建帝国,欧洲从中世纪初期进入繁荣鼎盛的历史时期。在这个时期,基督教是法兰克封建制度的强大支柱,主导帝国的全部精神生活。而帝国中,只有高级僧侣和履行神职人员职务的贵族识文断字,他们几乎垄断了全部文教手段,自然也垄断了全部文学创作,因此僧侣是唯一的文学承载者。他们写作的目的不外是借助《圣经》故事、耶稣生平、圣母显圣以及各种圣徒传奇传播基督教思想,作品主要为宗教服务,他们所用的语言主要是拉丁语。但是,因为查理大帝推行的基督教化是一个长期而复杂的适应过程,僧侣们也需要逐渐适应,所以他们最初还不是所有的人都用拉丁语写作,也有少数人用德语写作。另一方面,法兰克王国的发展事实上是三种因素综合作用的结果,除基督教化和罗马化外,还有一个深藏在德意志人心底的"日耳曼情结",这一点在查理大帝的文教改革中已经非常明显。因此,即使在基督教主宰了人的精神,僧侣垄断了文教手段之后,日耳曼的传统也从未中断过,并且继续影响着人们的思想、观念和态度。仍有德意志僧侣,尤其是那些行使神职人员职务的贵族,对于牢牢扎根民间的或是盘踞在许多城堡里的古代流传下来的日耳曼口头文学时常心怀依恋。因为基督教文学占据优先地位,特别是鄂图皇帝时代严格的拉丁化,只准用拉丁语写作,所以那些没有或不愿忘记父辈遗产的德意志人只好借助偶然的机会,或是出于个人兴趣,或是出于实际需要,在废旧的羊皮纸上或者拉丁语典籍的前后扉页上,记录极少数古代日耳曼人的口头创作,或者取材于古代日耳曼口头文学写出新的作品。这样,他们在无奈之间也就传承了古代日耳曼的文学遗产。

一　宗教内容的德语僧侣文学

德国僧侣在经过注释、翻译的练习之后,已经能驾驭德语文字,接着便着手进行独立的文学创作。他们从写《圣经·旧约》题材开始,介绍宗教知识,即使采用了颂扬世俗君主的题材(如《路德维希赞歌》),作品中也充满了基督教思想。最早的作品都采用日耳曼头韵,9世纪后期引入了尾韵,产生了一组用尾韵写的小型诗歌。

(一)古高地德语和古撒克逊语的押头韵圣经文学

僧侣们最早用古高地德语写的文学作品,迄今保存下来的是两首以《圣经·旧约》为题材的诗,讲的是上帝如何造人,如何创造天地万物,以及世界末日的故事,都是押头韵。从选词和词形变化上看,两首诗都与盎格鲁撒克逊语有关,因此猜想是出自符尔达修道院,因为符尔达修道院是盎格鲁撒克逊传教士温弗里德·博尼法提乌斯(Wynfrid-Bonifatius,672/673—754)建立的,并在他的扶植下很快成为帝国最辉煌的文教中心之一。第一首是《魏索布伦创世歌》(Wessobrunner Weltschopfungslied),大约写于公元770年到790年之间,手稿是9世纪初在巴伐利亚的魏索布伦修道院发现的,故称《魏索布伦创世歌》。全诗包括两个部分:第一部分描写上帝创造世界之前的混沌景象,只保存下来九行;第二部分是从拉丁语翻译过来的散文体祷告辞,内容是感谢上帝的恩惠,因为它给人以力量去惩罚罪恶,弘扬善良。所以也有人把这首诗错误地称作《魏索布伦祈祷辞》(Wessobrunner Gebet)。第二首是《穆斯皮利》(Muspilli),这首诗大约写于公元900年前后。关于古高地德语"Muspilli"一词的含义说法不一。根据《埃达》歌集中的描述,毁灭世界的那场大火是由穆斯佩尔(Muspell)的儿子们点燃的,所以有人认为"穆斯皮利"是指那场"神的劫难",也有人认为是指末日的审判。现保存下来的《穆斯皮利》只是原作的中间部分,共103行,缺头少尾。诗的内容是,一个人死后,天使和魔鬼将争夺他的灵魂,谁生前是一个虔诚的基督教徒,谁就可以由天使带领进入天堂,谁生前违背上帝的意志,就要被魔鬼带到地狱经受折磨和苦难。人死后都要到上帝的法庭前接受最后审判,只有如实坦白自己生前所做的一切并真诚忏悔,才能得到宽恕。显然,这是告诫人们要改过自新,皈依基督教。最新研究还认为,这首诗在题目和内容、语言和形式方面的不统一,正是法兰克帝国政治分裂和公元 876 年路德维希二世(Ludwig Ⅱ,约 825—875)去世后文学变革的反映。

　　僧侣们用古撒克逊语写的押头韵的圣经文学作品是《救世主》(Heliand),Heliand 在古高地德语中就是 Heiland,因而这部作品也称《创世记和救世主的一生》(Genesis und Heilandsleben)。《救世主》是迄今保存下来的最早用古撒克逊语写的文学作品,无论其规模还是文学价值,都远远超过了前面的两首诗,已经是一部初具规模的史诗。《救世主》有两个部分,至于这两部分是一部作品的两个部分,还是两部各自独立的作品,看法不一,这两部分是否出自同一作者之手,说法也不一致,但它们产生的起因和背景、时间和地点都是一致的。传说,虔诚者路德维希为了使《圣经》不要只限于学者范围,也要向全体民众开放,委托一位撒克逊人用"民间语言"即德语写旧约和新约故事。于是,这个撒克逊人便于公元 830 年用古撒克逊语写出了一部大约六千诗行的《救世主》,描写耶稣的一生。全诗分为若干"段",讲到第七十一"段"时突然中断,在另一份手稿中发现有一段升天节的故事,这可能就是《救世主》的结尾。救世主的生平以叙利亚人塔提亚恩的《四福音书》为依据,也是采用长行押头韵形式。特别值得注意的是,诗中耶稣和他的门徒都被描绘得跟"日耳曼英雄"一样,耶稣很像日耳曼人的国王,他的门徒像国王的扈从。这显然是让作品贴近日耳曼人的生活,目的不外是规劝不信仰基督教的日耳曼人皈依基督教,相信死后能获得精神和肉体的解脱。此外,作品所描绘的世界也不像基督教经典中所描绘的那样充满苦难和罪恶,而是像古代日耳曼人所想象的那样既有光明,也有欢乐。由此可以推断,作者熟悉本土的英雄文学,可能有过说唱英雄故事的经历,并且研究过盎格鲁撒克逊的圣经文学和同时代的神学著作。从作品的语言和产生时间看,符尔达修道院很像是这部作品的故乡。至于那份《古撒克逊语创世记》(das altsächsische Genesis)可能比《救世主》产生的时间晚,作者描述了天堂、罪恶、天使的降落、兄弟谋杀,还描述了阿布拉罕和罗特。我们只了解其中几个断片,其余617行被翻译成了盎格鲁撒克逊语,补充在古英语的《创世记》之中了。《古撒克逊语创世记》对后世影响不大,大约只流传到10世纪。

(二) 魏森堡的奥特弗里德编写的《基督》和他引入的"尾韵"

《魏索布伦创世歌》《穆斯皮利》《救世主》和《古撒克逊语创世记》虽然都取材于《圣经》,但采用的形式仍是古代日耳曼头韵,故事情节、人物描述都明显地留有古代日耳曼文学的痕迹。这说明,引入基督教文化是一个循序渐进的过程,不能一蹴而就。因为第一,僧侣们所宣传的基督教教义与古代日耳曼文学所表现的"本土精神"属于两种截然不同的思想范畴,要使日耳曼人改变他们的传统观念,转而信奉基督教,是需要一个过程的。在这个过程中,即使已经受了洗礼的德意志僧侣也会不自觉地流露出古代日耳曼人固有的观念,习惯性地沿用古代日耳曼文学的传统形式。第二,虽然教会占据了文教阵地,但在民间人们还是按照自己的方式生活,僧侣们为了达到传教目的就必须努力使自己的作品适应他们的思想,也就是说,努力使基督教"日耳曼化"。因此,当基督教教义已经渗透日耳曼人的生活,针对民间进行的传教活动可以结束时,他们就无须再为基督教的所谓"日耳曼化"努力了。这种情况可见于另一部描写耶稣生平的作品《基督》(Krist)。

《基督》的作者是阿尔萨斯的魏森堡修道院僧侣奥特弗里德(Otfried von Weissenburg,约800—880),他是迄今为止用古高地德语写作的作家中第一位留下姓名的作家。奥特弗里德受塔提亚恩所著耶稣生平的激励,于公元863年至871年间编写了这部《基督》,系统地描述基督的一生。全书共五卷,就其规模和要求都可谓古高地德语文学中最重要的作品。《基督》的题材与《救世主》大体相同,内容包括基督的诞生、青年时代、他的教义和创造的奇迹、他的苦难、复活和升天以及最后的审判。但奥特弗里德写《基督》的时候,基督教已经开始深入人心,因此他无须再努力让《圣经》故事适应日耳曼人的“本土精神”,而是可以直接按照基督教的教义解释《圣经》了。他还认为日耳曼头韵适合用于普通教徒的俚歌,而俚歌属民间谣曲一类,拉丁语的颂歌才更能体现《圣经》的威严,因此在《基督》中第一次引入拉丁语文学所采用的格式严谨、每个诗行词尾的音节都对韵的“尾韵”(Endreim)。从此,古代日耳曼头韵被尾韵所取代。不过,奥特弗里德毕竟是一个过渡时期的人物,他作为法兰克人仍保持强烈的宗族观念,在作品中不仅表现了对故乡的眷恋和对同胞的敬意,而且公开声称,法兰克语也可以像希腊语、拉丁语和希伯来语一样成为文学语言,能用这种语言进行创作,应该感到高兴。他在给美因茨教区主教留特贝特(Liutbert von Mainz)的一封拉丁语信中说,他写《基督》的目的是:要用法兰克的语言叙述《四福音书》,向普通教徒介绍《圣经》和上帝的法则。奥特弗里德的作品对后世影响不大,读者有限,可能与这种用“民间语言”(古高地德语)形式叙述拉丁语神学内容的不协调状况有关。他引入的尾韵也未将文学创作推向新的繁荣,在他之后只产生了几首小型诗歌。

（三）围绕《基督》产生的一组小型诗体作品

虽然奥特弗里德在《基督》中引入了拉丁语文学的尾韵,但还不能断言他建立了一个“学派”。确切地说,他只是最早,也是最卓有成效地实践了这个正在酝酿中的韵律形式。在他之后,没有出现有意义的尾韵作品,只产生了一组风格很不相同的小型诗歌。其中除描述圣经故事里个别场景的《基督和撒马利特的女人》外,主要有赞美圣徒的颂歌《加路赞歌》和《格奥尔格颂歌》，礼拜仪式上的唱段《彼得罗之歌》《138 旧约诗篇》和《西基哈特的祈祷辞》，以及宗教性质的君主赞歌《路德维希赞歌》等。从这一组小型诗体作品看，古高地德语文学在明显地抛弃古代日耳曼头韵，向拉丁语文学的尾韵过渡。

1.《基督和撒马利特的女人》

《基督和撒马利特的女人》(Christus und die Samariterin)作为一段圣经故事，在题材上与奥特弗里德最为接近。但从原文的风格和形式看，只能说是受到一些启发，与奥特弗里德的作品无关。比如作者让雅可布的山羊和绵羊从那口令人敬畏的清泉吸吮泉水，奥特弗里德就没有描述这个情节。作品原稿产生何地，最初说法不一，后来的研究者认为，原稿和抄录稿都出自赖兴瑙修道院，抄录时间可能在公元 908 年，用法兰克和阿勒曼两种方言混合写成。叙述风格活泼、紧凑，像一首歌，只有简短对话，不加入引言和介绍。给人的印象是，作者试图用这种短小、能快速吟咏演唱的形式争取听众，从而使简洁明了的德语与以通俗为特征的拉丁语具有同等价值。

2.《加路赞歌》

《加路赞歌》(Galluslied)是在写有奥特弗里德题词的《基督》样本到达圣加伦大约十年以后，圣加伦著名的教书先生、修道院院史《圣加伦大事记》(Casus Sansti Galli)的作者拉特佩特(Ratpert aus Zürich，？—884 以后)于公元 880 年左右用德语写的一首赞美圣徒加路的诗歌，故称"圣徒加路赞歌"(Lobgesang auf den hl. Gallus)。德语文本已经丢失，只有一份在其后一个多世纪由圣加伦僧侣艾克哈特四世(Ekkehart IV，约 980—1060)翻译成拉丁语的译稿流传后世。译者在前言中称，拉特佩特写这首诗是供人民歌唱的，他本人翻译这首诗，目的是要为其甜美的旋律配上相称的拉丁语歌词。诗歌的形式严谨，抑扬格交替分明，轻起音节遵循固定的规律，分段严格，每段由五个对叠韵组成。这种精湛技巧与奥特弗里德的创作一脉相传,而且远远超过了这位前辈。歌中颂扬了加路的生平、他的美德以及死后发生在墓前的奇迹。但《加路赞歌》无论就形式还是就内容而言,都不算是"大众化"作品,与作者和译者的初衷相悖,都不适合供人民歌唱。

3.《格奥尔格颂歌》

《格奥尔格颂歌》(Georgslied)是另一首赞美圣徒的诗歌。公元896年,圣徒格奥尔格的遗骨被送进新建成的赖兴瑙格奥尔格教堂,这可能就是这首歌的写作动因。10世纪末,一位名叫维索尔夫(Wisolf)的人将这首歌抄写在一份有奥特弗里德题词的手稿上,是用9世纪末的阿勒曼方言拼写的,用词十分生僻花哨,仅写到第五十七行,可能因为文字太难就中断了,缺少结尾部分。这首歌和《加路赞歌》一样,也是以拉丁语传奇为基础,目的是对普通教徒进行教育。歌中,格奥尔格是基督教教徒,多次殉难,但因为有坚定的信仰,被砍头、肢解、焚烧后总能死而复生,创造奇迹。诗歌的形式以抑扬格交替为基本规则,自由安排弱起音节和结束音节,押韵技巧与奥特弗里德的技巧接近,但段落长短不如奥特弗里德的严格。重要的是,他们都以叠句或叠行给歌词内容分段,在这个意义上,我们可以把《格奥尔格颂歌》的作者算做奥特弗里德的继承人。

4.《彼得罗之歌》和《138旧约诗篇》

《彼得罗之歌》(Petruslied)和《138旧约诗篇》(138 Psalm)是两个用于礼拜仪式的唱段。《彼得罗之歌》是用巴伐利亚方言抄写在弗赖津修道院的一份手稿上的,产生年代不能确定,可能比奥特弗里德的《基督》早,但从对形式和韵律的掌握看,又像是在《基督》之后。这首歌很短,只有三段,每段两行,各段都是用"主啊,怜悯我吧!"(Kyrie eleison)作重唱句,是天主教会为圣徒彼得罗列队游行祈福时用来做伴唱的,属于教会应用文学。《138旧约诗篇》唱段被抄录在一份维也纳手稿上,最早从巴伐利亚流传下来,拼写方法有巴伐利亚方言的特征,产生何地无从考证。与《基督和撒马利特的女人》不同,这首诗只是对《圣经》原文的意译,同时加进了《138 旧约诗篇》的主题。但因为原稿从三分之二以后才开始不按《圣经》故事顺序翻译,而且仅仅是行列调整,并未改动文本内容,所以仍完全有理由将其假设为《圣经》故事的延续。这两个唱段对于研究奥特弗里德作品的韵律形式具有重要意义。

5.《西基哈特的祈祷辞》

《西基哈特的祈祷辞》(Sigiharts Gebet)与《138 旧约诗篇》十分接近。西基哈特是弗赖津修道院的神甫,熟悉保存在那里的奥特弗里德作品的复本,并将复本翻译成了巴伐利亚方言。他在翻译结尾附上了两条祈祷辞,每条只含两个叠句,没有什么内容,但这样的搭配也是向奥特弗里德学习的结果。

6.《路德维希赞歌》

《路德维希赞歌》(Ludwigslied)产生于莱茵法兰克。在南部德国,尤其在阿勒曼对尾韵的学习和运用十分积极认真的时候,法兰克地方除把加洛林王朝末期的那首无关紧要的《奥格斯堡祈祷辞》(Augsburger Gebet)转换为奥特弗里德式的叠句外,《路德维希赞歌》是唯一一部能拿来与之抗衡的作品。路德维希是西法兰克国王,查理大帝的玄孙,于 881 年 8 月 3 日在苏库尔特打败诺曼底人,于 882 年 8 月去世,年仅二十岁。为了颂扬这位年轻国王的业绩,还在他活着的时候就有这首赞歌问世。歌作者的姓名不详,可能是国王身边的一名神职人员。这首赞歌与日耳曼英雄文学的赞美歌不同,浸透了基督教思想,说是上帝为了惩罚和教育他的养子路德维希,一方面安排"非基督教的诺曼底人"前来袭击法兰克,同时授权路德维希迎战这些来自北方的敌人。路德维希意识到自己是上帝意志的代表,战斗中吟咏圣歌,士

兵们高呼:"上帝保佑!"最后,路德维希经受住了考验,赞歌以英雄的
胜利结束,他本人也成了理想的基督教君主,忠于上帝的"正义与和平
的国王"(rex justus et pacificus)。作者采用奥特弗里德的尾韵形式,但
歌的旋律、韵脚和段落的结合比奥特弗里德的灵活,风格朴素无华,没
有通常赞美君主时的那些装点和修饰。引人注意的是,歌中表现出了
古代日耳曼人赞美国王时的思维方式,即上帝是路德维希的养育者,将
他们联接在一起的是养父与养子的关系,路德维希不是上帝的仆人,而
是上帝的随从,他是响应首领召唤参战的,并一心相随,忠贞不贰。同
样,路德维希与他手下士兵的关系也是首领与随从的关系。此外,在描
写战斗的场景里,只见路德维希身先士卒,舍生忘死,不见上帝的身影;
结尾时,赞美上帝和"路德维希国王万岁"的声音交相回荡。就此而
言,《路德维希赞歌》尽管抛弃了古代日耳曼头韵,但仍不失为一首与
南部日耳曼文学有相当联系的英雄赞歌。

二　宗教内容的拉丁语僧侣文学

查理大帝死后,法兰克王国逐渐衰落。843 年,撒克逊公国首先获
得独立,随后莱茵河以东讲"民间语言"的各日耳曼部落纷纷脱离法兰
克王国,建立各自的封建国家。这个过程直至 911 年加洛林王朝的最
后一位君主孩儿路德维希(Ludwig das Kind,900—911 在位)去世,法兰
克王国最终分裂为止。撒克逊王国于 10 世纪初在国王海因里希(亦译
亨利)一世(Heinrich Ⅰ,919—936)领导下巩固了内部的封建秩序,平
息了匈牙利人的滋扰,征服了直达奥得河的西斯拉夫人,使他的王权在
全国得到承认。936 年海因里希一世去世,他的儿子鄂图一世(Otto
Ⅰ,936—973)即位。他依靠教会和中小世俗封建主,反对大世俗领主,
加强了中央集权,使这个德意志封建国家进一步巩固。951/952 年,他
入侵意大利,占领了意大利的帕维亚并戴上了朗格巴底国王的王冠;

955 年,击败匈牙利人的滋扰;961 年,应罗马教廷的要求再次入侵意大利,占领了意大利大部分地区,次年,在罗马由教皇加冕称帝,成为日后德意志民族的神圣罗马帝国(Das Heilige Römische Reich Deutscher Nation)的第一位皇帝。

撒克逊王朝之所以能够战胜其他封建领主,屡屡击败外民族的入侵,使国家逐渐兴旺,主要是因为它成功地推行与教会结盟的政策,因此,这个德意志封建国家发展的过程也是教会势力日益强大的过程。到 10 世纪初,这里的日耳曼人已经全部皈依基督教,僧侣们传教的目的已经达到,无须再考虑是否还存在语言上的障碍。另一方面,僧侣们学习古代罗马文化的结果使加洛林王朝的文教事业走向繁荣,其成就之一就是他们不再满足于只是阅读拉丁语的宗教典籍,而是开始在德国的土地上驾驭拉丁语的表现手段,直接用拉丁语进行写作。加之鄂图时代,特别是鄂图二世强制推行拉丁化,严厉的惩处措施使僧侣们也不敢再用德语。自 911 年到 1061 年的一百五十年里,拉丁语成了德国的文学语言,几乎垄断了全部书面创作。这期间产生的作品主要是宗教内容的,后来也有人用拉丁语写过少数世俗题材的作品,但两种题材的作品水平一般,流传下来的不多。不过,圣加伦修道院修士口吃者诺特克开创的"圣歌"和提图罗开创的宗教剧,则是对文学史的发展做出了不容忽视的贡献。

(一) 早期拉丁语基督教文学

早期拉丁语基督教文学作品大都是在基督教真正取得了文化的主导地位之后产生的,作品范围主要包括中世纪早期的教会颂歌和"衍文",即弥撒仪式中的"圣歌"或称"续唱",以及萌芽中的宗教剧。早在"加洛林的文艺复兴"过程中,帝国文教事业就开始全面繁荣,修道院、教堂、学校和图书馆迅速发展,僧侣们学习和研究基督教教义和罗马文化的热情十分高涨,查理大帝宫廷的很大一部分著名学者纷纷参与文学创作,以文学的形式表现基督教的教义、历史和伦理观念。特别值得提出的是,查理大帝本人曾亲自召集学者,要求他们根据罗马的祈祷书对当时在圣餐仪式上所使用的祈祷书的不同文本进行严格校勘,他同时还下令重新编定和阐释拉丁文的《圣经》,这就更推动了基督教文学的发展。但是,德国的拉丁语基督教文学有相当一部分在题材、内容和形式上与欧洲其他各国的基督教文学相通,或是从其他国家引进并在其基础上更新发展的,创作成就无论在质量上还是在数量上都始终没有超出一般水平。

1. 教会颂歌

在早期拉丁语基督教文学中,首先要提到的是“教会颂歌”(kirchliche Hymnen),首创者为主持翻译《塔提亚恩》的莱茵法兰克人赫拉巴努斯·茂鲁斯。茂鲁斯以罗马晚期诗人,特别是以维南提乌斯·佛尔图那图斯(Venantius Fortunatus,约530—7世纪初)为榜样,接受了古代希腊的赞歌模式,创作出独立的“德语教会颂歌”。他著名的圣灵降临颂歌《来吧,造物主,圣灵!》(Veni, Creator Spiritus!)至今一直用于天主教教会的礼拜仪式,歌德曾经改写过这首颂歌。

“教会颂歌”是流传下来的最重要的古代基督教抒情诗,分段均匀,旋律庄重,适用于宗教节日。伟大的拉丁教父奥古斯丁在解释《138旧约诗篇》时给“教会颂歌”下的定义是:“颂歌是颂扬上帝的歌。如果你颂扬上帝,但不唱歌,那就不是颂歌;如果你颂扬的不是上帝,而是别的什么,那么即使你用唱歌来颂扬,那也不是颂歌。因此,颂歌必须具备三个条件:你要唱歌,你要颂扬,而且是颂扬上帝。”早在6世纪末至7世纪初,最后一位罗马诗人维南提乌斯·佛尔图那图斯创作的充满激情的颂歌就已为颂歌后来过渡到中世纪的赞美诗架设了桥梁。此后,受聘于查理大帝宫廷的学者保鲁司·迪亚科努斯、阿尔库因和奥尔良的提欧杜尔夫也都曾经写过这一种类的作品。现在流传下来的拉丁语教会颂歌有四千余首,自从 9 世纪初颂歌被正式纳入神甫们做祈祷的内容,教会的礼拜仪式上除安布罗斯颂歌外,就又增加了一种用古高地德语做夹注的颂歌形式。拉丁语教会颂歌不是抒发个人的内心情感,只是赞美天主,树立教会的权威,语言热烈激昂,文字比较空泛华丽,过多修饰和夸张。

2. "圣歌"——最早的宗教抒情诗

"衍文"(Tropus),在希腊语中称 trope,即转义(Hinwendung)的意思,这里是指添加在弥撒或圣餐仪式中的"续唱"(Erweiterung des Gesangs),即把弥撒唱词扩展或延伸。最初的"衍文"只包括诸如开场白、插话或结束语,比如在弥撒结束的时候,执事要说一句:"好了,主为你们祝福,弥撒结束。感谢上帝,他创造了天和地。(Ite,/benedicti vos/Domino,/missa est./Deo,/qui fecit caelum/et teram,/gratias.)"其中疏排部分为原句,密排部分为添加的"续唱"。添加"续唱"的目的不外是为了使圣餐仪式更能触动众人的感情,同时也为本来比较枯燥的祈祷文增添一些生气。随着时间的推移,添加在弥撒中的润饰文字越来越多,以至于不得不单独列为"附件"(Anlage),于是就有了最早的"衍文"作品,即弥撒仪式中的"续唱",德国人把它称作"圣歌"(Sequenz)。据考证,早在 8 世纪末就有两位罗马僧侣开始给教会仪式上的弥撒添枝加叶,补充一些诸如间歇、由唱诗班简短轮唱和最后三呼"哈利路亚"(Alleluja)赞美神的细节。后来他们把这种做法带到法国,向那里的僧侣们传授。在德国,最早的"圣歌"作者是圣加伦修道院修士、口吃者诺特克(Notker Balbulus,约 840—912)。他在给朋友的一封信中称,841 年,法国北部朱密日(Jumieges)修道院被毁,那里的一位僧侣于 862 年移居圣加伦修道院,他带来了一本用于天主教会两个唱诗班交替对唱的歌本。对唱中,在最后一句"Alleluja"的 a 之后有一段长长的旋律作为"续唱",但只有曲调,没有文字,这引起了他的思考。他

想,时下修士们的文化水平不高,要记住没有歌词的旋律肯定十分困
难,如果能在旋律下填上词,他们通过记词来记旋律会容易得多。他于
是开始自己谱写类似的旋律,并为旋律中的每一个音符都配上一个文
字音节,然后经过反复加工润色,逐渐创作出一批自己的作品,这便是
最早的"圣歌"。因此可以说,"圣歌"最初是从一句赞美神的"哈利路
亚"发展而来的,诺特克是创作"圣歌"的第一人。

　　诺特克出身于阿勒曼贵族家庭,是一位和蔼可亲、幽默诙谐的教书
先生,写过许多即兴诗,也常常即席赋诗,还用传统形式创作过教会颂
歌。中世纪的"圣歌"兴起后,许多佚名的热衷者和模仿者创作的作品达
上千首,数量十分可观,但能归于诺特克本人名下的大约有四十余首,他
几乎为所有的教会年度庆典都谱写过弥撒"圣歌",如《为升天节而作》
(In octava Ascensione)、《为圣灵降临节而作》(In die festo Pentecostes)、
《为玛利亚升天而作》(In assumptione Beatae Mariae)、《福音传教士约
翰》(De Sansto Johanne Evangelista)、《圣洁的无辜者,即孩子们》(De
Sanstis Innocentibus)、《为主的诞辰而作》(In Nativitate Domini)等等。
诺特克创作的作品自成一派,不仅韵律和节奏艺术性强,诗节长短很不
相同,而且各诗节的抑扬格也时有变换,使歌中思路流畅,旋律轻快。
最初的"衍文"经他的改革创新,使音乐与词高度结合,创造出一种新
的"圣歌"。这便是最早的抒情诗,一种有表现力的、形式独特的宗教
诗歌。他本人也因此成为早期拉丁语文学最重要的抒情诗人,抒情诗
文学种类的伟大开创者,受到多方关注。他的作品首先在德语地区广
泛流传,大大促进了拉丁语抒情诗歌的发展。圣加伦修道院和赖兴瑙
修道院的文学创作者和谱曲家最先扶植"圣歌"艺术。到了10世纪和
11世纪这一新的文学形式也在巴伐利亚、莱茵河畔、撒克逊,乃至意大
利、法国、英国得到进一步繁荣。

　　除诺特克外,德国早期著名圣歌作者还有艾克哈德一世(Ekkehard

Ⅰ,约910—973)、赫里曼努斯·康特拉克图斯(Herimannus Contractus,
1013—1054)以及里姆堡的哥特沙尔克(Gottschalk von Limburg,约
1000—?)等。"圣歌"这种诗歌形式深受喜爱,用拉丁语写作的民间艺
人和流浪艺人也都喜欢用"圣歌"的形式和旋律创作世俗内容和滑稽
内容的作品。时至今日,在天主教许多节庆的弥撒仪式上仍然保留着
这一时期创作的"圣歌"。

3. 中世纪戏剧的萌芽和"复活节衍文"

除"圣歌"外,弥撒仪式上的第二项革新是诺特克的一位朋友,圣
加伦修道院修士图提罗(Tuotilo/Tutilo,死于 912 年以后)创作的一种
散文形式的"衍文",即作者通过插入音调铿锵的插话和独白来扩展弥
撒曲部分。与"圣歌"不同的是,最初是给添加的散文词句每音节配多
个音符,但不久作者就用自己创作的音乐和抒情诗来延伸弥撒的旋律,
进一步发挥宗教主题,扩展圣餐仪式,烘托仪式过程中的气氛。其次,
这种散文形式的"衍文"很少独立存在,总是加在祈祷文里作为陪衬,
当然,它们有时也能自成诗节。图提罗主要是为弥撒前奏曲写这样一
些"附件"的,后来人们在弥撒仪式的几乎所有部分都添加了这种"附
件",以至于使那些赞美上帝、祈求降福的"衍文"常常发展成为史诗般
的大型文学作品或者挽歌唱段。

关于图提罗的生平文学史上记载很少,我们只知道他曾在 912 年
前后活动于圣加伦修道院,此后不久去世。他留下的散文形式的"衍
文"可分为两类:一类作品基调欢快,心情喜悦,都是赞美天主的,祈求
天主保佑,很少表达耶稣受难的悲伤情绪。比如,在一段赞美词中他恳
求道:"只有你至高无上,/请把我们和我们的祈求交给上天做主吧,救
世主,/耶稣基督……"(Tu solus altiss imus,/nos nostrasque preces caelo
describe,redemptor,/Jesu Christe...)第二类"衍文"作品则不仅仅是抒
情或描写,还从圣餐仪式中延伸出一种对话的形式。比如,在圣诞节弥

撒前奏曲中，弥撒开始前首先由两唱诗班交替对唱，似对话一样，一唱诗班问："值得你们如此郑重其事赞美的这个男孩是谁？告诉我们，我们一起来唱歌赞美他！"另一唱诗班回答："这个男孩就是像上帝预言和挑选的知己早已描述和预见的那个男孩……他今天将要降生……"图提罗的意图是想以此引导出正式的圣诞夜弥撒前奏曲。至于图提罗是否就是这一特殊的文学形式的首创者，有人提出质疑；有迹象证实，在图提罗时代圣加伦与英国关系密切，所以这种形式可能源于英国或法国。还有人认为，这种散文形式的对话早在拜占庭教会就已习以为常。总之，不论首创者是谁，起源于何地，这种散文形式的对话确实很像戏剧，因此研究者认为这就是中世纪戏剧的萌芽。

图提罗的"复活节衍文"（Ostertropus）是引入节庆弥撒前奏曲的最著名的例子，标题称《探访圣墓》（Visitatio sepulcri），见于公元 10 世纪初圣加伦修道院的一份手稿，"衍文"的内容是几个妇人在圣墓旁与天使们对话。最初的文稿十分简单，只有三句话：问："嗷，基督的信徒，你们在这墓里寻找何人？"答："拿撒勒的耶稣，那个被钉在十字架上的人，天国的居民们（＝天使们）。"天使们说："他不在这里，像他自己预言的那样，他已经复活。好了，请宣告吧，他已经从坟墓里复活。"后来这份"复活节衍文"发展得越来越长，例如在一份圣加伦的文本里又加入了这样的句子："主像他预言的那样已经复活。你们看，他在你们之前去加里兰了，你们将在那里看见他。哈利路亚！哈利路亚！"公元930 年前后在法国的利摩日（Limoges）修道院又有另外一个文本，是在一部很古老的"衍文"集里发现的，这个集子产生于利摩日还是产生于圣加伦，不得而知。总之，图提罗的这部"复活节衍文"自 10 世纪 30 年代起有许多不同文本，在最初阶段还没有情节和人物，只有为引入弥撒前奏曲而安排的交替对唱。但天主教弥撒仪式从来就有戏剧性因素，甚至唱弥撒本身也不仅仅是祈祷，同时还伴以对耶稣在十字架上自我牺牲表示虔敬的肢体动作。所以,在重大的教会年度庆典上,做弥撒时总要增加一些仪式内容,在耶路撒冷自 4 世纪起,在罗马教会自 8 世纪起,复活节期间的弥撒仪式中就有为纪念耶稣受难敬拜十字架的活动。据记载,自 10 世纪开始,复活节的弥撒仪式中便加进了"十字架入墓"(depositio crucis/Kreuzniederlegung),即把十字架比做基督本人放入一个象征性的坟墓,常常是放在一个祭坛上,之后"将十字架抬起"(elevatio crucis/ Kreuzerhebung)。在复活节晨祷的最后,作为庆典核心的是几个妇女探访基督的墓穴,然而,妇人们探访的是一个空的墓穴,基督已经复活了,于是大家热烈欢呼。经过这一系列转变,"复活节衍文"的戏剧性形式已经初步完成。当它后来脱离弥撒前奏曲,脱离弥撒仪式,对唱也伴以动作的时候,戏剧就诞生了。因此,最早的戏剧也像"圣歌"一样,是从宗教的弥撒仪式发展而来的。

(二) 早期拉丁语基督教文学的代表作家赫罗茨维塔

赫罗茨维塔(Hrotswitha von Gandersheim,935—1001 或 1003)是欧洲中世纪最早、最有影响的诗人,也是古代罗马戏剧没落以后第一位欧洲的剧作家。她出身撒克逊贵族家庭,是甘德尔斯海姆修道院的一名修女。据记载,这座修道院是在 852 年由撒克逊公爵鲁道夫及其妻子创建的,他们的几个女儿先后出任修道院院长。其后的二百五十多年中,能在这里执掌大权的基本上都是撒克逊的皇族。赫罗茨维塔大约于 955 年进入这座修道院,四年以后,她的女友撒克逊国王的孙女,巴伐利亚公爵海因里希的女儿,第一任德国皇帝鄂图一世的侄女格尔贝克(Gerberg)来修道院任院长。这个人学识渊博,见多识广,赫罗茨维塔在她的影响下,开始从事写作。

赫罗茨维塔的创作可分为三类:第一类是诗体的圣徒传奇;第二类是记述历史的长诗;最重要的一类是用散文写成的六部戏剧。

赫罗茨维塔共写了八篇圣徒传奇,附有用散文写的序言、后记和用

韵文写给修道院院长格尔贝克的献词。这八篇诗体的圣徒传奇被认为
是赫罗茨维塔的早期创作。其中,第一篇题为《玛利亚》(Maria),描写
圣母直到从埃及返回前的经历;第二篇《我主升天》(De ascensione
Domini),描写耶稣将母亲托付给约翰的情景。这两篇诗体传奇都是编
造的圣经故事。其他六篇则是叙述圣徒们的生活:《圣徒甘戈尔非受难记》(Passio St. Gongolfi),写的是甘戈尔非作为威武英俊的王子被与
人私通的妻子杀害,一泓清泉显灵,凉水烫焦姘妇的手,从而证明她行
为不轨。《圣徒庇拉季倚受难记》(Passio St. Pelagii)讲述圣徒庇拉季
倚作为勇敢的西班牙青年,因为拒绝异教主子突如其来的要求而在萨
拉逊人的监禁中殉难。《圣女阿格内丝受难记》(Passio der hl. Agnes)
的情节相当动人,讲的是在基督教受迫害的时候,圣女阿格内丝拒绝嫁
给不信基督教的人,尽管被法官判罚脱去衣服并送进妓院,但仍保持自
己的贞洁之身。这时耶稣显灵,让她的头发迅速地长起来,盖住她的身
体。阿格内丝虽然最终被杀害,但她的灵魂进了天堂。《圣徒迪奥尼
西倚受难记》(Passio St. Dionisii)叙述的是雅典的迪奥尼西倚的故事,
他皈依基督教以后去巴黎传道,说服了高卢人,后来被砍头时,他又神
奇地选好了自己的安息之地。《普罗特利乌斯》(Proterius)这篇传奇的
故事内容是,主人公将女儿送进修道院,他的一个男仆起了歹意,想通
过与魔鬼结盟获得主人的女儿。男仆受魔鬼左右,由于大主教巴西利
乌斯的干预,最后她才脱离魔掌。最后一篇传奇是《维策多米尼·特
奥菲利的堕落和皈依》(Lapsus et conversio Theophili vicedomini),僧侣
特奥菲利野心勃勃,打算通过与魔鬼结盟,窃取修道院院长头衔。后来
圣母为他祈祷,使他迷途知返。

　　赫罗茨维塔的两部记述历史的诗篇是用六音步诗行写成的。第一
篇是《皇帝鄂图一世的一生》(De gestis Oddonis imperatoris),应修道院
院长和美因茨大主教之邀而作,描写德国第一代皇族鄂图一世和鄂图

二世的生平,写于968年,共1517行。这篇历史著作体现了撒克逊人享有盛名之后的宽广胸怀。女作家认为撒克逊王朝的更迭只不过是加洛林王朝更迭的继续,她既不翻过去法兰克王国镇压撒克逊的旧账,对其他德意志氏族也不居高自傲。诗篇中,她描述的鄂图一世的一生,听起来好像是《圣经》里的圣徒大卫传奇,上帝一再亲自为他指引方向。但赫罗茨维塔是以忠于神圣的皇权为指导思想的,极力颂扬这位世俗君主,认为皇帝是帝国至高无上的统治者,她把自己的创作视为是封臣对王室效忠。另一篇《甘德尔斯海姆修道院的建立》(Primordia coenobii Gandershemensis)记载了修道院从创建到919年的历史,内容描述了鄂图一世当政以前的发展情况,写于972年以后,是女作家的一篇杰作。

一般认为赫罗茨维塔最主要的文学成就在于戏剧,不过她的剧作从来没有真正上演过,更不是中世纪戏剧的起源。她和她的同时代人一样,还没有戏剧这个概念,认为罗马戏剧不过是用对话形式进行叙述而已。同样,她的剧作也只是一种用韵体的拉丁语散文写的对话,只能阅读,绝不适于搬上舞台,其内容讲的又都是具有基督教道德倾向的圣徒故事。赫罗茨维塔共写了六部戏剧,其中四部以宣扬拒绝一切诱惑、始终保持贞洁的修女理想为主题,都是以主人公的名字为标题,写作方法简单。比如《加里卡努斯》(Callicanus)的主人公是君士坦丁皇帝的一位军事统领,爱上了皇帝的女儿君士坦提亚,但她已经是献身上帝的贞女。皇帝派加里卡努斯去前线打仗,结果耶稣的门徒约翰和保罗使他皈依基督。后来他遁世绝俗,殉教而死。《杜尔奇提乌斯》(Dulcitius)是描写一位高级罗马执政官贪恋三位基督教圣女的故事。这个执政官把三位圣女锁在一间炊具储藏室里,当他深夜闯进来的时候,上帝罚他精神错乱,让他跟锅碗瓢盆拥抱,令人哭笑不得;那三位圣女也被刑讯致死。《撒皮恩提亚》(Sapientia)描写三位圣女被暴君当着她们母亲撒皮恩提亚的面折磨并杀死,她们坚贞不屈,殉难后,母亲骄傲地将尸体埋在罗马郊外。三位圣女的名字分别是信仰、希望和爱（Fides，Spes，Charitas），即基督教所崇尚的三种圣德。《卡里马赫乌斯》（Callimachus）的情节最为曲折，主人公卡里马赫乌斯爱上一位已婚的基督徒少妇德路丝亚娜，德路丝亚娜为了逃避这种感情，祈求上帝让她死去。她死后，卡里马赫乌斯来到墓前，想拥抱她的尸体，结果被坟墓里的一条蛇吓死。最后经过使徒约翰的祈祷，这对情人死而复生，卡里马赫乌斯随即皈依基督。赫罗茨维塔还有两部剧作《帕甫努提乌斯》（Pafnutius）和《阿布拉哈姆》（Abraham）都是表现如何使迷途少女悔过自新的。前者的女主人公苔丝是一个妓女，虔诚的学者帕甫努提乌斯的一篇洋洋洒洒的致辞使她回心转意；后者写的是阿布拉哈姆的侄女玛利亚因为逃避管教离家出走，当阿布拉哈姆来妓院接她回去的时候，她已感到懊悔。

　　赫罗茨维塔的剧作在形式和内容上显然都受到罗马戏剧家泰伦兹（Terenz/Publius Terentius Afer，约公元前190—前159）的许多影响。比如她也和泰伦兹一样，使用韵体散文的形式，通过对话展开叙述，时间和地点安排很随意，不考虑舞台实际需要，作品主要是供人阅读等等。在内容方面，尽管赫罗茨维塔明确表示，她从事这一套"戏剧系列"（Liber dramatica serie contextus）创作的目的是要抵消泰伦兹的影响，把他那些非基督教的、描写淫荡内容的喜剧从修道院的必读书目和学者们的手中驱逐出去，用基督教的标准去超越那些著名的罗马作家。但她的作品中还是多少留有泰伦兹的痕迹，在她的六部剧作里就有四部写到男女主人公私通的情节。相对于主要来自圣餐仪式的中世纪宗教剧，赫罗茨维塔的剧作虽然在题材上已经非常宗教化，但总的来说，还是更多地继承了古代世俗戏剧的传统，包括泰伦兹的技巧和趣味。

三　僧侣们记录的古代日耳曼文学

　　古代日耳曼的拜神文学和英雄文学，由于当时没有文字记载，绝大部分都遗失了。直到公元 8 世纪有了文字以后,僧侣们在修读拉丁语文献之余,利用偶然机会,整理和记录了少数几件,这样,才有极少数几件古代日耳曼口头文学作品得以保存下来。属于拜神文学的作品,只有两条咒语和几条与咒语邻近的祈祷辞;属于英雄文学的作品,除北方冰岛歌集《埃达》收入的几组古代日耳曼的"歌"外,在南方,只有一首《希尔德勃兰特之歌》流传下来。

（一）《麦塞堡咒语》

咒语(Zauberspruch)是日耳曼口头文学中最古老的文学种类之一,产生年代十分久远。咒语在古代日耳曼语里是有神力的话,祈求天神帮助祛灾或者降灾的意思,因此很多咒语里都有各种神出现,常常和一些神话交织在一起。据史料介绍,咒语种类很多,有祛病除灾的,保护牲畜平安的,诅咒别人家的牲畜的,还有祈求爱情的(Liebeszauber),保佑有个好天气的等等。从形式上看,每一条咒语都由两部分组成,第一部分是引子,用叙事形式,言辞简单扼要,第二部分才是咒语本身。

如今保存下来的两条咒语何时何地产生的,何时何地何人记下来的都没有记载。从所用方言看,记录的人可能来自图灵根地区,在麦塞堡主教堂供职,大约 10 世纪此人用古高地德语把这两条咒语写在麦塞堡主教堂收藏的一份手稿第六部分的空白页上。1841 年被发现,1842年雅可布·格林(Jacob Grimm,1789—1863)首先将这一成就公之于世并做了详细阐述。因为这两条咒语是在麦塞堡发现的,故称《麦塞堡咒语》(Merseburger Zaubersprüche)。第一条咒语是祈祷被敌人俘虏的将士能够获救。以叙事开始,描写一群战阵女郎从天上下凡人间。她们分为三组,第一组可能是站在将士们身后,把俘虏将士们的敌人捆绑起来,第二组吟咏类似咒语的歌曲阻拦敌人,第三组负责解开捆在将士们身上的锁链。最后,战阵女郎一面解锁链,一面念咒语,于是将士们获救了。她们念咒语时用的是命令式:

挣脱捆绑,逃离敌人!

第二条咒语是为治愈一匹脱臼的马而做的祈祷。也是采用"双重结构",首先写的是沃丹(即奥丁,在这里是战神)和福尔骑马来森林狩猎,光明神巴尔德的马不慎失足,马腿脱臼了,辛特巩特和弗莱娅两位女神相继给马医治,都未能治愈,最后由沃丹念咒语,马的腿就痊愈了。他也是用命令式:

骨接骨,血连血,
好像已粘合,关节和关节!

这两条咒语的基本结构完全相同,每一条都是由两部分组成。第一部分是开场白,用叙事体,言简意赅,第二部分是咒语本身。两条咒语都是用头韵和命令式,把神话融入其中,靠神的帮助祛祸免灾。古代日耳曼文学尚无专业分工,因此在今天看来,这第二条咒语当初也是一种医学用语。

(二) 祝祷辞

祝祷辞(Segen)的内容和形式与咒语相似,都是用念咒的方式呼唤神灵赐福,可以看作是咒语的变体,产生时间显然比咒语晚。流传下来的祝祷辞中常常出现祈祷上帝的语句,也不是一律用头韵,有些是用古撒克逊语或拉丁语写的,因此可以肯定,它们是在基督教开始传入以后才被记录下来的。少数保存至今的祝祷辞有:《维也纳的向狗呼救的祝祷辞》(Wiener Hundesegen),大约于10世纪下半叶同一条向蛇呼救的祝祷辞一起被记录在一本关于僧侣们生平的集子里的空白处,对话明显用的是巴伐利亚方言。因为是牧羊人因遭狼的伤害向狗呼救,所以也可以将这条祝祷辞看作是一条《牧羊人的祝祷辞》(Hirtensegen)。

这条祝祷辞的特点是,头韵已经开始衰落,尾韵还未彻底引入,韵律形式混乱。《使马免除瘫痪》(De hoc quod spurihalz dicunt),这条祝祷辞的标题是用拉丁语写的,与其他几条用低地德语和拉丁语写的祝祷辞一起记录在 10 世纪维也纳的一份宗教内容的手稿里。这条祝祷辞的内容是救治一匹瘫痪的马,只部分地用了头韵。《防治虫害》(Contra vermes),这条祝祷辞流传下来两种文本,一种用古撒克逊方言写的,一种用古高地德语写的,后一种来自 9 世纪。祝祷辞的内容是,蠕虫是一切疾病的病原体,通过祷告使蠕虫从脊髓到骨头,从骨头到肌肉,从肌肉到皮肤,最后被驱赶到做祷告人手中拿着的一支箭上,然后被射向森林。这条祝祷辞没有一段叙述做引子,也不是基督教内容,只是在最后连呼三次上帝。《斯特拉斯堡的止血祝祷辞》(Der Straßburger Blutsegen),在 11 世纪的一份斯特拉斯堡手稿中发现,由雅可布·格林发表在他的《论所发现的两首德国英雄时代的诗》(über zwei entdeckte Gedichte aus der Zeit des deutschen Heldentums,1842)一文的附录里。这条止血祝祷辞可能包括三个目的和意图相互一致的祝祷辞,或者是这三条祝祷辞残余部分的结合。第一条是,艮赞和约旦一起射击,艮赞不慎从侧面射中了约旦。这里缺掉了叙述血如何流出来的一段,紧接着就是念祝祷辞:“请血止住,血就止住,请血停住,请血凝固。”这条祝祷辞是用蹩脚的阿勒曼方言从一份低地德语的草稿上抄录下来的。第二条可能就是前面提到的缺掉的那一段。第三条的内容是:一个哑巴坐在山上,怀里抱着一个哑巴孩子。山无动于衷,孩子无动于衷,无声的圣洁把伤口治愈。这条祝祷辞可能产生在一个有高山的地方,山上巨大的岩石使人想象那里坐着一个有无限威力的人,怀里抱着一个小孩。岩石是没有感觉的,应该能使伤口也没有感觉,不再疼痛。《魏因加特纳的出行祝祷辞》(Weingartner Reisesegen),于 12 世纪被抄录在一份手稿上,现存放在斯图加特。尽管抄录的时间较晚,但除第二部分是散文体外,通篇都是押头韵。《洛尔斯的驱逐蜂群的祝祷辞》(Lorscher Bienensegen)，源于 9 世纪的洛尔斯,10 世纪被抄录在梵蒂冈的一份海德堡手稿的底边上。一开始就呼喊上帝,类似在做祈祷,但驱逐蜂群时好像是念咒语。《预防癫痫症》(Contra caducum morbum),在慕尼黑的一份手稿中发现,祝祷辞有两个文本,第二个文本产生于 12 世纪,现在保存在巴黎国家图书馆里。这条祝祷辞明显是由两条互不相干的祝祷辞拼起来的。第一部分是一段叙事体的引子,讲的是一个非基督教氏族和一个基督教氏族互为邻居,中间只隔一条河。后来他们因为连接两岸的桥而发生争吵,于是雷神多纳尔把桥击碎。亚当的儿子赶来,把这个魔鬼打回森林去。

综上所述,祝祷辞虽然还保留古代咒语的基本形式,但内容已经开始从日耳曼人的原始信仰向基督教过渡,日耳曼头韵开始衰落,语言也不统一,命令式的语气渐渐换成说服和请求的语气。如果说咒语完全靠魔法呼唤神的力量,那么祝祷辞则是一半靠魔法,一半靠人的恳求来获得上帝保佑,因此已经与基督教的祈祷文近似。

(三)《希尔德勃兰特之歌》

《希尔德勃兰特之歌》(Hildebrandslied)是一首古老的英雄歌,大约在 7 世纪,最晚 8 世纪初产生于意大利北部的朗格巴底宫廷,作者可能是朗格巴底人。810 年或 820 年左右,符尔达修道院的僧侣,大概为了练习写字,把它记录在一部拉丁语的符尔达大法典(der fuldische Codex)首页的背面和末页的正面上。残稿原存放在卡塞尔州立图书馆,1949 年曾一度失落,后来先后在纽约及费城被发现并收回,现存放在卡塞尔的历史博物馆里。从所用方言看,记录这首英雄歌的僧侣可能是撒克逊人,他们有一份低地德语原稿,用符尔达地区的方言抄写,因此低地德语和高地德语混杂在一起。笔迹出自两人之手,第一个人写了前面一整页,第二个人在后面空页上写到第八行又由第一个人接着写。因为写到一半,空页已经写满,故事突然中断,因此现在保存下来的只有六十八行,仅仅是一个断片。

《希尔德勃兰特之歌》讲的是欧洲民族大迁徙时期的一段英雄故事。故事中,希尔德勃兰特是东哥特国王狄特里希的亲信,三十年前,狄特里希因为不能忍受西罗马的日耳曼雇佣军领袖奥塔卡尔的统治,离乡背井,投奔匈奴,希尔德勃兰特跟随国王一同流亡他乡。三十年后,他在匈奴国王的帮助下率领军队重返故里,在边境上遭到一位年轻勇士的阻拦,故事就是从他们之间的对话开始的。按照当时的习俗,敌我对阵时,第一步是双方各站出一人互相喊话,由年长的一方首先问对方的姓氏。希尔德勃兰特问道:“在这里的族人中哪一位是你的父亲,或者你出身于哪一个氏族,如果你说出一个人,我就知道所有其他的人。”年轻人告诉他:“我的父亲叫希尔德勃兰特,我本人叫哈都勃兰特。”现在希尔德勃兰特知道了站在面前的年轻人原来就是自己的儿子,他怎么能忍心与儿子战斗呢? 于是他想将匈奴王奖给他的金环赠给对方。哈都勃兰特却认为这是敌人的奸计,拒绝接受并迫不及待地要求决斗。希尔德勃兰特心里万分矛盾,一方面,如果他不应战,就意味着懦弱,而懦弱是与一个日耳曼英雄的道德准则不相容的,他必须选择决斗;另一方面,站在面前的是自己的亲生儿子,决斗的结果不是自己杀死儿子,就是儿子杀死自己,哪种结局都是悲剧性的,他心里非常痛苦。

> “哀哉,上帝保佑,”希尔德勃兰特说,“不幸的命运!
> 我曾经转战许多地方,历时六十春秋,
> 他们总是把我编入战斗的队伍,
> 而我不曾死在任何一座城堡。
> 如今,我亲爱的儿子将用剑把我杀死,

　　　　用武器把我打倒在地,或者,我把他杀掉。
　　　　……"

这一段的原文是:

　　„weiaga nu , waltant got ,"quad Hiltibrant,
　　„wewurt skihit!
　　ih wallota sumaro enti wintro sehstic ur lante,
　　dar man mih eo scerita in folc sceotantero;
　　so man mir at burc enigeru banum ni gifasta,
　　nu scal mih suasat chint suertu hauwan,
　　breton mit sinu billiu eddo ih imo ti banin werdan.
　　…"

　　故事只讲到这里就中断了,后来在不同版本中为父子决斗设想了两种结局:一种是在北方的《希尔德勃兰特的安魂弥撒曲》(das Sterbelied Hildebrands)中,英雄临终前痛苦地回忆说,他在决斗中杀死了自己的儿子。另一种是在13世纪中叶收入一本挪威集子里的狄特里希传说中,希尔德勃兰特与哈都勃兰特经过决斗,最终两人和解,全歌以父子大团圆告终。后来,在15至17世纪广泛流传的一首类似叙事谣曲的《新希尔德勃兰特之歌》(das jüngere Hildebrandslied)中也描述了同样的结局。

　　这首歌的故事情节并不完全与史实一致。歌中说东哥特国王狄特里希由于不能忍受西罗马的日耳曼雇佣军领袖奥塔卡尔的统治,三十年前带领部下投奔匈奴。而历史事实是,民族大迁徙后期,为罗马服务的日耳曼雇佣军首领奥多亚克(Oduaker,433—493)于公元476年推翻了西罗马帝国的最后一个皇帝，纠集各种不同种族的成员，统治着意大利。493 年东哥特国王蒂奥德里希打败并杀死奥多亚克，占领了意大利，建立了东哥特王国，定都意大利的拉温纳（Ravenna）。拉温纳在德语中叫伯尔尼（Bern），故东哥特国王被称为伯尔尼的蒂奥德里希。关于这位国王有许多传说，传说中称他为伯尔尼的狄特里希，《希尔德勃兰特之歌》就是东哥特国王蒂奥德里希传说系统中的一段故事。又如歌中说希尔德勃兰特是狄特里希手下的一员大将，三十年前抛下妻儿，随首领逃往匈奴。其实，历史上并没有希尔德勃兰特这个人物，更没有他跟随首领逃往匈奴的事实，即使在传说中他与狄特里希也没有主从关系，他是根据讲故事的需要安排的人物。

　　这首歌的主题是英雄的荣誉感与血缘关系之间的冲突。勇敢是古代日耳曼人最崇高的品德，事关日耳曼英雄的荣誉与尊严。主人公希尔德勃兰特面对敌人的挑战，他作为英雄，为了维护英雄的荣誉与尊严，必须勇敢应战。另一方面，他面前的敌人是自己的亲生儿子，作为父亲他与儿子之间又有一条血缘纽带。在这种情况下，他要么做英雄，要么做父亲，必须在荣誉与亲情之间做出抉择。值得注意的是，在世界文学史上，父亲杀死儿子的主题并不少见，但他们大都是在不了解相互身份的情况下，由于某种偶然的原因才把对方置于死地的。在这首英雄歌中相反，希尔德勃兰特是在知道面前的敌人就是自己亲生儿子的情况下选择决斗的。这就把英雄的荣誉感和血缘关系的矛盾推向了极端，产生出悲壮的效果。之所以悲壮，是因为希尔德勃兰特认为："上帝保佑，不幸的命运啊！"对他来说，这种不幸是命运的安排。而日耳曼人大无畏的英雄精神正是在于，要敢于迎接命运的挑战，要在不可知的命运面前显示出勇气，才能将自己最终造就成一名英雄。希尔德勃兰特的命运是悲惨的，但他宁死不屈，勇敢应对，因此他的行为是壮烈的，他是一名真正的日耳曼英雄，这就是这首英雄歌的意义所在。至于希尔德勃兰特在性命交关的时刻恳求"上帝保佑",这又使这首英雄歌蒙上一层基督教色彩。从表面上看,希尔德勃兰特所持的态度是基督教教徒的态度,可以推测,尽管《希尔德勃兰特之歌》中描述的是日耳曼英雄的伦理道德和价值观念,但"歌"的作者很可能是基督教徒,起码抄录这首歌的僧侣是信仰基督教的,所以也把他们的英雄设想成了基督教徒,自觉或不自觉地沿用了基督教的习惯。因此,与其他古代日耳曼英雄歌相比较,《希尔德勃兰特之歌》的特点可以归纳为:内核是日耳曼英雄精神,外壳上有几抹基督教的色彩。此外,歌中还反映了一些古代日耳曼氏族社会的情况,一个部落受到侵略不能抵御时,部落的首领就带着他的随从投奔他乡,随从们不得不抛下妻子儿女跟随首领一起流亡。这表明,古代日耳曼人的"忠诚"的观念首先体现在随从与首领的关系上。

《希尔德勃兰特之歌》采用的是日耳曼头韵,如:

Hiltibrant　　　　enti　　Hadubrant /　untar　heriun　tuem

(希尔德勃兰特　和　　　哈都勃兰特 / 之间　军队　两个)

Sunufaterungo /iro　　saro　　rihtun。

(儿子和父亲　他们的　装备　准备好)

这里的第一长行包括两个短行,两短行之间的"/"表示停顿;这一长行中有三个词的第一个字母是辅音 H,第一个短行有两个,第二个短行有一个,因此,是对韵的(见前面日耳曼头韵)。

四　僧侣们用拉丁语创作的世俗题材文学

僧侣们除记录前人写的作品外,自己也尝试用拉丁语写作,但保存下来的作品只有一部英雄故事《瓦尔塔里乌斯之歌》,一部动物史诗《一个被拘禁者的出逃》和一部早期骑士小说《鲁渥德利卜》。

（一）《瓦尔塔里乌斯之歌》

拉丁语的《瓦尔塔里乌斯之歌》(Walthariuslied)是自 8 世纪的《希

尔德勃兰特之歌》到公元 13 世纪的《尼伯龙人之歌》大约四百年间唯一一部以本土英雄传说为题材的叙事体作品,可能出自一位在修道院供职的阿勒曼贵族后代之手。据统计,这部作品手稿竟有两打之多,这说明,古代英雄这个题材仍拥有众多爱好者。

关于瓦尔特的传说,早在 6 世纪末就有一首押头韵的阿勒曼英雄歌在日耳曼人中间传唱。这首阿勒曼的《瓦尔特之歌》(Waltherlied)估计写于 8 世纪初,正值阿勒曼公爵兰特弗里德(Lantfried,709—730)反对法兰克人的统治,为争取自由独立而战的年代。拉丁语的《瓦尔塔里乌斯之歌》与阿勒曼的英雄歌没有关系,它是在后来艺人们用尾韵创作的《瓦尔特之歌》的基础上发展起来的,原歌只有 250 长行,拉丁语作者把它扩大了六倍,整个发生在匈奴宫廷的那部分内容都是作者靠自己的想象添加进来的。拉丁语的《瓦尔塔里乌斯之歌》与 13 世纪产生的中古德语的瓦尔特史诗以及其他根据这个题材加工改写的作品也没有直接关系,后者也都是艺人们根据古代各种不同文本的《瓦尔特之歌》创作的。只有 8 世纪至 9 世纪古英语的《瓦尔德勒史诗》(Waldereepos)的两个断片是直接来源于那首古代押头韵的阿勒曼英雄歌。它们传到英国后,由一位喜爱古代文学的神职人员着手研究,因此,相比德国的《瓦尔塔里乌斯之歌》,英国的《瓦尔德勒史诗》具有更多的原始特征。

《瓦尔塔里乌斯之歌》的作者是圣加伦修道院僧侣艾克哈德一世,大约于 930 年在修道院学校的诗艺课(arsdictandi/die Dichtkunst)上作为交给老师的作业用六音步诗行写了一首题为《走运的瓦尔塔里乌斯》(Waltharius manu fortis)的诗。在创作形式上,他以古罗马作家维吉尔的《埃涅阿斯纪》(Aeneis)为楷模,同时也受到帕皮尼乌斯(Publius Papinius Statius,40—96)、普鲁登提乌斯等其他古罗马作家的影响。作品结构紧凑,段落分布匀称,情节发展通顺流畅,不像远古时期的英雄歌那样情随事迁,变幻无常。这首歌的内容是:在匈奴国王阿提拉的宫廷有三个出身高贵的人质,他们分别来自三个被征服的国家,哈根来自莱茵的法兰克,希尔德贡德来自勃艮第,瓦尔特来自西哥特的阿圭塔尼亚,与哈根是手足兄弟。希尔德贡德和瓦尔特自幼听父母之命订下终身,当哈根置匈奴王慈父般的关爱于不顾,首先逃走以后,他们在一次筵席上把匈奴人灌醉,然后携带一批匈奴宝物也双双逃离匈奴宫廷。在回家的路上,两人与法兰克国王恭特及其亲信哈根相遇。恭特欲占有匈奴宝物,与他们百般纠缠。瓦尔特求和警告都无济于事,不得不以武力反击,经过十一个回合终于打败恭特和哈根。值得注意的是,在日耳曼传说中,瓦尔特在战斗中英勇牺牲,在这首歌中则是三人通通受伤,恭特失掉一条腿,哈根失去一只眼睛,瓦尔特断了右手,他们再也不能战斗,最后以和解告终。瓦尔特返回故乡后与希尔德贡德结婚并做了国王,在位三十年,深受人民爱戴。全歌大约 1456 诗行,其规模居早期类似“歌”的短诗和中古兴盛时期写成书的史诗之间。就人物的性格特征而言,他们的行为方式和戏剧性的对话都表明,作者继承了本土的文学遗产,歌中保存了许多远古时代的基本主题,如宗族义务、血缘亲情、首领与随从之间的忠诚、战斗的严酷以及贪图宝物等等。瓦尔特和希尔德贡德之间朴素的友谊还远非骑士的典雅浪漫的爱情,他们的终身大事也是由父母包办的。哈根是瓦尔特在匈奴宫廷时的挚友,同时又是法兰克国王恭特的忠臣,友人之间的情谊和主从之间的忠诚使他内心十分矛盾,直到国王再三求助并且在瓦尔特把他的亲侄儿打死之后,他才决定对瓦尔特动武,因为他害怕被指责为懦夫。然而,《瓦尔塔里乌斯之歌》的作者毕竟不是当年的日耳曼英雄,作为神职人员或僧侣,他不能理解和接受古代日耳曼人的那种悲壮的英雄精神,所以,在歌中除描述粗暴和血迹斑斑的事实外,则极力将基督教宽容和解的思想融入其中,尽量在瓦尔特身上体现基督教英雄的理想:善战好斗,同时恭顺、虔诚,相信上帝。此外,作品还着重批评了瓦尔特和恭特对宝物的贪得无厌,通过对三个英雄身受重伤的描写讽刺那种牺牲肢体完美去追求钱财和王权象征的被颠倒的世界秩序。英雄瓦尔特武艺高强,近乎神话人物,尤其结尾部分,交战双方突然修好,显得荒诞不经,这就使这部拉丁语的《瓦尔塔里乌斯之歌》既给读者叙述了一段饶有风趣的古代英雄故事,同时也帮助他们消遣解闷。

（二）《一个被拘禁者的出逃》

《一个被拘禁者的出逃》(Ecbasis captivi)是德国乃至欧洲中世纪的一部最古老的拉丁语动物史诗,确切的标题应该是《一个被拘禁者出逃的形象比喻》(Ecbasis cuiusdam captivi per tropologiam)。作者是图尔附近的一个修道院,也可能是圣阿佩修道院的一名德国僧侣,生于瓦什高。他在作品一开头就供认,自己不是一个优秀的修道院学生,他在学校里就很懒惰,绰号叫驴子。所以关于这部史诗的产生,我们猜想,可能因为他玩忽职守被院方处以监禁,当其他同伴在外面帮助收割和采摘葡萄的时候,他像一头小牛被拴在一根桩子上。为了克服自己懒惰的毛病,他想试着编一段小牛犊的故事(在中世纪修道院学校,写作属于学生的学习作业)。可是,他的天赋还不足以能进行文学创作,他也不具备写一部史诗所必需的知识,所以决定编一段故事,自娱自乐。

这部动物史诗是用六音步诗律写成的,共 1175 诗行。产生时间大约在公元 936 年,最新研究更倾向于在此后一百多年,即 11 世纪中叶,因为这时克吕尼和洛特灵的改革思想已经广泛传播,《一个被拘禁者的出逃》更能体现经过改革的修道院里的学生对于被迫严格与外界隔绝,一切都被严加管制的不满。这部动物史诗也像《瓦尔塔里乌斯之歌》一样,是作者以鄂图皇帝的教育思想为指导,模仿维吉尔的风格,对民间题材进行整理加工而成文的。全诗由两组动物故事组成,伊索的那则关于生病的狮子必须用鲜活的狼皮才能治愈身体、上朝理政的著名寓言为史诗的核心,详细地叙述了那只狡猾的狐狸如何神通广大,竟然把它的死对头那只狼的皮活活剥掉,拿去给狮子治病,这一部分占去了大约七百个诗行。构成史诗框架的是描写一头小牛从牛棚逃走后落入豺狼之手,最终被赶来的牛群解救的故事。出逃的牛犊象征渴望到外面世界去的修道院学校的学生,那只正打算把落入狼穴的迷途小牛于第二天美餐一顿的饿狼代表彻底堕落的僧侣,他背弃修道院的教诲,变成了尘世享乐和世俗生活的化身,那头作为牛群首领的公牛则象征修道院的院长,他最终把饿狼拴在一棵树上,小牛才得以获救。作者试图用形象的比喻进行说教,让修道院的学生们看到,小牛反抗修道院的规定,擅自出逃导致的后果是僧侣的贪婪、欺骗,甚至杀生害命,而苦行僧、修行者的僧侣外衣也不过是为着掩盖狼穴里的卑鄙行径而已。故事中有这样的诗行:“虽然你自称是僧侣,而你已偏离正道,/你罪恶累累,旨在破坏神圣的秩序……/因为戴着沉重的镣铐,你看来好像不敢旁骛,/一言一行,循规蹈矩。”他还认为,连那头成为狼的牺牲品的小牛也是由于不听话才遭遇危险和不幸的,只有安守本分才是大家的造化。这就是《一个被拘禁者的出逃》的中心思想,是这首动物史诗要传授给读者的主要教诲。此外,作者还用狐狸比喻在世俗宫廷供职的教士,用讽刺的口吻说他们是虔诚的追求功名利禄之徒,满腹谋略,总是“随叫随到,喜欢转弯抹角,就是不说真话”。说他们像狐狸一样,虽躯体矮小,却神通广大,善于用机智帮助狮子大王摆脱各种困境,反掌之间便窃取了宫廷里最重要的职位,成了国王的大管家。当狮子大王命令他的后嗣,在他百年之后要请狐狸辅佐朝政,并在狼死后将其封地转为狐狸所有时,作者让这个伪君子说了这么一段话:“这是基督的恩典,请信任我吧,我的伙伴,/守住信仰,忠贞不渝,不要上奸诈的圈套！/兄弟们要力所能及地互相帮助，要诚心诚意。"这就把狐狸的虚假嘴脸暴露得淋漓尽致，这种讽刺揶揄的手法是这部动物史诗的一大艺术特色，也是这部作品最大的成功之处。

（三）《鲁渥德利卜》

如果说圣加伦是 10 世纪德国西南部居领先地位的教育中心，那么南巴伐利亚的特格湖修道院由于那里先进的建筑艺术、铸造行业、细密画术和玻璃画术而成为 11 世纪德国东南部的文化中心。在这种文化背景下，大约于 1030 年至 1050 年间，修道院的一位僧侣又写了一部名为《鲁渥德利卜》（Ruodlieb）的拉丁语诗体小说，给这里的文化生活锦上添花。《鲁渥德利卜》是德国文学史上第一部反映正在酝酿中的宫廷文化的骑士成长小说，同时也是一部描绘欧洲中世纪文化从早期向兴盛时期过渡的最辉煌之作。这部作品流传下来的手稿已不完整，只是一些零散的羊皮纸页或断片，共 2300 余诗行，其中有的部分已遭损毁。特格湖修道院把这些被划破的、粘在一起的羊皮纸页和断片装订成册，因为标在纸页边上的修改文字十分仔细认真，我们推测，这可能就是残留下来的作者的手迹。

前面说过，赫罗茨维塔的著作取材于基督教传奇，《瓦尔塔里乌斯之歌》植根于古代英雄传说，《一个被拘禁者的出逃》的核心是伊索寓言，而《鲁渥德利卜》的作者则冲破了前人的传统，直接取材于他生活的那个时代，写出了德国文学史上第一部由作者自己虚构的小说。主人公鲁渥德利卜是一个安分守己的年轻骑士，尽管他忠心耿耿为主人服务，却遭到敌视，于是他离开故乡去远方闯荡。鲁渥德利卜浪游到了埃及，在埃及王宫做猎手和武士，服务十年之久，赢得重用和信任。后来他的母亲上了年纪，十分孤独寂寞，召他回家。他离开王宫前，乐善好施的国王慷慨赏赐，还赠他十二条生活智慧戒条作为报酬。因为保存下来的手稿已经残缺不全，我们只知道这十二条中的前三条后来证实都是正确的。作品接着描写了骑士返乡途中的冒险经历,乡村贵族悠闲自得的惬意生活,以及家中母亲做梦预感他必有锦绣前程的情景。小说结尾是一段神话:英雄打败一个侏儒,作为赎金,侏儒将国王的宝物藏在何处的秘密泄露给他,并且愿意帮助他娶赫莉布尔格公主为妻。侏儒还预言,英雄在战斗中将打死公主的父亲和兄弟。

在西欧历史上,最早的骑士原本都是替大封建主打仗的武士,后来获得了土地和其他报酬成为小封建领主,他们逐渐形成一个骑士阶级,在当时封建等级制中属下层贵族。直到 11 世纪,骑士阶级还是生活粗陋、没有文化修养、目不识丁的群体。十字军东征进一步提高了骑士的社会地位,他们在接触了东方的生活和文化之后,把东方文明带回到当时仍处在相对落后状态的西欧各国,产生出独特的骑士精神,学习骑士榜样成为社会时尚。小说《鲁渥德利卜》就是在这种时代背景下产生的。作者偏爱小巧精致的画面,试图用丰富多彩的场景展示一个远离严酷、简陋、粗野,崇尚文明、体面、高雅的骑士贵族社会。他把主人公鲁渥德利卜描绘为一个追求文雅的生活方式和端庄的举止行为的理想化人物,其目的是对广大骑士进行教育,为他们树立学习的榜样,帮助他们提高文化素养。因此,文学史上称这部诗体小说是一首教育诗篇。此外,这部作品的价值还在于它描述的对象十分广泛,从国王、骑士到农奴,从贵族宫廷、骑士城堡到市井生活。小说结构灵活随意,用的是通俗的拉丁语口语,言辞具体、真实、贴近生活,所以也有文学史家称这部小说的作者是德国文学史上第一位现实主义作家。

五　拉丁语—德语混合散文

从法兰克王国建立到 11 世纪,在长达几百年的时间里,没有产生一部具有社会意义的、值得一提的大型德语作品。加洛林王朝时代,德语文学创作虽曾略有起色,但都是为教会传道服务。查理大帝去世不久,虔诚者路德维希曾表示要提倡用"民间语言"(德语)进行文学创作,但也始终未能超出最简单的应用文范围。在鄂图皇帝和后期撒利人统治的一百五十年间,拉丁语主宰一切,修道院学生一旦说德语,就得忏悔,甚至要被人用棍棒皮鞭严厉惩罚。受过教育的德意志人都争先恐后地学习罗马,提高自己的知识水平和掌握拉丁语的能力。而此时的欧洲,正值中世纪兴盛时期,出现了第二次翻译注释古典著作的热潮(第一次在中世纪初期),规模宏大,成果丰硕。希腊罗马的哲学、科学和文学著作又一次大量涌入欧洲,对欧洲思想文化的繁荣起着积极促进的作用。在这种背景下,生活在修道院深墙后面的那些思想活跃、持有强烈独立意识的德国僧侣和身居高职的德国贵族不可能不为之所动,纷纷挺身加入这一新的潮流。于是,自 11 世纪初开始德语又重新用于翻译或注释教会应用文和世俗应用文,情况与查理大帝时代十分相似。推动这一重要转折的最杰出的代表是圣加伦修道院的僧侣和修道院学校的教师诺特克。他通过翻译和注释拉丁语著作创造的拉丁语—德语混合散文(Lateinisch-Deutsch-Mischprosa),不仅在语言上架起了由拉丁语通往德语的桥梁,在内容上也使德语从普通应用文的范畴走进了神学科学领域。他翻译和注释的圣经文学和罗马著作家的著作,无论就数量还是就质量而言都大大超过了他的前辈。因此可以说,诺特克以他卓越的语言成就继承和实践了查理大帝创立德意志教会语言的遗愿,他堪称德国语言史上最重要的语言创造者之一。不过,与以往不同的是,此时的各种尝试是分散的,没有强有力的中央领导,他创造的拉丁语—德语混合散文的形式对于后世没有什么影响。

(一)德意志人诺特克和他对德语的贡献

诺特克大约生于 950 年,1022 年 6 月 29 日死于瘟疫。他是这一姓氏的第三位著名承载者,故称诺特克三世(Notker Ⅲ)。为了与他的前辈圣歌大师口吃者诺特克和著名医生胡椒子诺特克相区别,同时代的人也称他大嘴唇诺特克(Notker Labeo),根据他从事的工作又称他德意志人诺特克(Notker der Deutsche)。德意志人诺特克是本笃会修士,性格内向,过着静心养性的生活。作为僧侣,他遁世绝俗,虔敬恭顺;作为修道院的教书先生,对工作尽职尽责,享有崇高威望,深受学生爱戴。他翻译和注释的作品是由他的教学活动和教学宗旨规定的,以培养学生阅读和从事写作为目的,因此都与"七艺",即"七门自由艺术"(die Sieben Freien Kuenste＝Artes liberales)以及对《圣经》和神学研究有关。他用拉丁语写的作品有《修辞学》(Rhetorica)、《逻辑学的终结》(De Syllogismis)、《释义学》(De definitione)、《逻辑学纲要》(De partibus logicae)、《(教会节日时间的)合计》(Computus);此外还有一篇根据波爱修斯的论著写的论文《音乐学》(De musica),这篇论文是完全用德语写的。他用古(阿勒曼)高地德语翻译和注释的作品很多,其中属于散文类的有罗马哲学家波爱修斯的《哲学的安慰》(Der Trost der Philosophie des Boethius,523—525?),这部著作作为哲学伦理学奠定了基础,是中世纪一本极为重要的教科书,在解释和练习逻辑学和辩证法的概念时,隐喻丰富,诗文漂亮,因此也是一部重要的关于修辞艺术的直观教材;还有罗马哲学家马奇阿努斯·卡佩拉的《论语文学与水星之联姻》(Die Hochzeit des Merkur mit der Philologie des Marcianus Capella,约400—439),这部作品产生于5世纪罗马帝国衰落时期,自9世纪以来不断有人注释研究,并且用于修道院学校教学。这本书被誉为修辞和写作技巧的样板,以隐喻开端,继而提出以文法、修辞、逻辑、算术、几何、天文和音乐等"七艺"为学校教授的七门课程。这七门课程又分为两个阶段,其中文法、修辞和逻辑属于第一阶段,是修学语言的阶段(Trivium,即Wortwissen);算术、几何、天文和音乐属于第二阶段,是修学数学的阶段(Quadrivium,即Zahlenwissen)。诺特克翻译和注释的作品绝大部分都是根据这七门课程的需要选编的。另外,他还翻译了波爱修斯用拉丁语写的《为亚里士多德哲学范畴四卷所做的注释》(Commentariorum in categonas Aristotelis libri Ⅳ)和用拉丁语加工亚里士多德的《释义学》而写成的《解释学》(De interpretatione),共六卷。这两部著作被视为是直到 12 世纪以前对亚里士多德认识的基础,主宰辩证法和逻辑学两大领域,内容深奥,文字抽象,同时还涉及许多语言上的问题,与"文法"有关,所以也被列入学校的入门课程。至于他翻译和加工整理的《约伯记,即格雷戈尔一世的约伯记注释:约伯的品德》(Der Hiob, d. i. Gregors Hiobkommentar: Moralia in Job),他翻译的雷米季乌斯主教给波爱修斯的论文《论三位一体》(De Sancta Trinitate)所作的注释,以及他翻译的一本教科书《算数基础知识》(Principia arithmeticae)和几部文学作品:如古罗马诗人,拉丁语文学散文奠基者卡图的《卡图的(由六音步和五音步组成的)叠韵诗》(Die Disticha Catonis=Catos Distichen),维吉尔的十首田园诗集《牧歌》(Bucolica,公元前 42—前 39)和泰伦兹翻译的希腊喜剧《安德洛斯的姑娘》(Andria=Das Mädchen von Andros)均已遗失,只有《旧约全书·诗篇》(Die Psalmen)的译文保存下来。

诺特克自称是罗马文化的继承人和发扬者,但他认为只有能将拉丁语翻译成德语才能完全懂得拉丁语原文,并且用自己的教学经验展示使用德语的必要性和意义。这在拉丁语繁荣兴旺,处处要求严格训练的鄂图统治时代是难能可贵的。他在写给季滕大主教胡戈(Hogo von Sitten)的信中表示:"用外语几乎不懂或者完全不能懂的东西,用母语很快就能理解。"因此,他在教学实践中创造出一种德语—拉丁语混合散文,即在拉丁语的课文里逐句地或逐段地加入德语翻译,紧接其后是语言、内容和概念的详细解释,也是采用德语—拉丁语两种语言混合的形式。与 8 世纪僧侣们的注释文学和翻译不同,诺特克完全不受原文拘束,不拘泥于一个个词。他特别重视对文本的理解,在他的作品里,德语的功用实际上不是翻译,而是解释,是帮助领会原文的思想内容。为了训练学生掌握德语的能力,他还使用大量例句和成语,形式力求简洁,部分诗行采用头韵。遇到术语时,他注意照顾上下文的细微区别,为同一个拉丁语词汇选择多个不同德语词汇。他使用的德语句法接近拉丁语句法,而且还试图通过不定式谓语、拉丁语的分词结构和独立格结构来充实德语句法。在书写方面,诺特克规范了 b,d,g 和 p,t,k 的书写方式,规定如果前一个词的尾音是浊音,其后词的开头音写 b,d,g,如果前一个词的尾音是清音,其后词的开头音写 p,t,k,而一个句子的开头音永远写 p,t,k,这便是所谓"诺特克的开头音书写规则"。诺特克通过这一系列语言"革新",丰富了德语词汇,增强了德语在神学—科学领域驾驭抽象玄奥概念的能力;为了使僧侣们理解《圣经》中每一个词背后的深层含义,他在注释中加入了大量对于基督教教义的解释,使玄妙莫测的神学内容变得通俗易懂。总之,德语经过诺特克的努力终于真正进入了基督教和罗马文化的精神领域,从此跻身西方世界,成为一种与拉丁语具有同等价值的、当之无愧的欧洲语言,查理大帝所开创的建立德意志教会语言的事业经伊西多和奥特弗里德等几代人二百多年的努力,终于在 11 世纪由诺特克完成了。

　　然而,尽管诺特克对于创立德国教会语言和传播罗马文化功绩卓著,但他的影响始终未能超出圣加伦修道院,即使在这里他的事业也几乎后继无人。其主要原因是,他将德语和拉丁语两种语言并用难以让人接受,在他的全部注释和翻译作品中,只有《旧约全书·诗篇》是唯一例外,得以在圣加伦以外继续流传。而此时,克吕尼派宗教改革已经在欧洲兴起,德国的一些修道院受其裹挟也在酝酿一场改革运动。为了对普通僧侣进行宣传教育,教会经过长期被拉丁语控制之后,重新开始用普通僧侣所操的语言讲话,于是,由德语向拉丁语的过渡宣告结束,代之而起的是新德语僧侣文学。

（二）维利拉姆以及他翻译和注释的《雅歌》

维利拉姆(Williram)在他翻译和注释的《雅歌》中因循了诺特克翻译和注释《旧约全书·诗篇》的工作方法，即逐字逐句翻译《圣经》文本，用德语—拉丁语混合散文进行注释并且主要解释那些字词背后的深层含义，书写和发音自成体系。因此，虽然两者前后在时间上隔着一场具有转折意义的(克吕尼派)宗教改革运动，但德国古代文学史家仍然认为，可以把维利拉姆视为诺特克事业的直接继承人。

维利拉姆生于 11 世纪初沃尔姆斯一带，成长于传统的修道院学校，曾在巴姆贝格修道院接受教育，在符尔达修道院供职，后来任巴姆贝格圣·米歇尔修道院学校教师。自 1048 年或 1049 年起任巴伐利亚埃伯斯贝格修道院院长，直到 1085 年去世。关于维利拉姆的身世我们所知甚少，只是从他翻译和注释的《雅歌》的拉丁语序幕诗中了解，他受过"七艺"的训练并对"七艺"给予高度评价。但同在这首序幕诗中他又坚决驳斥世俗科学，认为研究世俗科学的好处不过是衡量基督教的光明与非基督教的黑暗，真理与谎言之间有多大距离而已。在评价古代哲学家，其中也包括诺特克翻译和注释的亚里士多德时，他赞同某些同时代人的观点，坚决否认这些哲学家能够帮助人们认识真理。

《雅歌》(Das Hohenlied/Canticum)本是古希伯来诗歌，意为"歌中之歌"，即"最高雅的歌"，系《旧约全书》第二十二卷。成集时间大约在公元前 3 世纪或更早些，共八章，据传，作者是以色列犹太国王所罗门(Salomon，约公元前 960—前 920 在位)。其实所罗门只是作品中的男主人公，歌中叙述，他行猎时偶遇一位美丽的牧女，当他向牧女求爱时，那牧女却向山林逃去。后来他乔装牧童来到山林唱歌，牧女坠入情网，之后两人一起返回王宫。《雅歌》采用情侣对话形式表达男女双方的热烈爱情，是中世纪除《旧约全书·诗篇》外最经常被注释的圣经故事。历代学者对于《雅歌》的解释早已存在两大固定模式：一种是从基督教的等级观念出发，认为歌中国王与牧女的爱情代表基督与教会的关系；另一种则认为，这是上帝与每一个热爱他的心灵之间那种个人的、神秘的内在联系。大约在 1065 年，在符尔达修道院供职的维利拉姆也根据这一圣经故事注释和改写成一部《雅歌》。对于虔诚的维利拉姆来说，他只能考虑第一种模式，把新郎比作基督，把新娘比作教会，把男女之间的性爱通过基督与教会的结合提升为对内心的拯救，是心灵的解脱。如果说加洛林王朝时期《塔提亚恩》《救世主》《基督》的作者是把上帝之子努力写成在人世间传递福音的布道者、导师和奇迹创造者的话，那么现在基督在人们心目中的形象变了。公元 11 世纪至12 世纪，新基督崇拜的特点是，强调教义中的基督是救世主、圣父、末日审判官。维利拉姆在纯教义的基督崇拜道路上大大前进一步，使他注释和改写的这部《雅歌》成为当时基督崇拜(Christusfrömmigkeit)的一部代表作。这部《雅歌》篇幅很长，包括两个部分：一部分用拉丁语改写和注释原文，采用六音步诗行形式；另一部分用德语散文翻译和注释《圣经》文本，为的是帮助教士们丰富语言，也像诺特克一样，文本含有许多拉丁语表达方式。两部分互相关联，普通教徒可以用德语，学者诗人可以用拉丁语，对所有人都适用。因此，这部《雅歌》被广为接纳，大约有二十多种手抄本，直至 15 世纪仍继续有人抄写。

（三）中世纪的自然科学著作《博物学家》

属于僧侣文学范畴的作品，除宗教内容和世俗内容的作品外，还有神学性质的自然科学著作，如从拉丁语翻译成德语的动物故事书《博物学家》，在中世纪流传甚为广泛。

《博物学家》(Physiologus = Naturforscher, Naturphilosoph 即自然科学家和自然哲学家)产生于 2 世纪的亚历山大，原文是用希腊语写的，很快便出现了叙利亚语、科普特语、阿拉伯语、亚美尼亚语等多种文本，大约 4 世纪被译成拉丁语。最早的德语《博物学家》是以拉丁语的所谓《克里索斯托姆的教诲》(Dicta Chrsyostomi)缩写本为基础,共有两种译本:一种用散文体,大约产生于 1070 年前后,只对十二种动物作了释义,很不完整;另一种用韵文体,称《米尔斯台特的博物学家》(Millstaetter Physiologus),写于 1120 年左右,对三十种动物作了释义。与动物寓言中把动物升格为人的某种品质从而成为人的一面镜子不同,这部动物故事书的宗旨不是介绍关于动物的常识,也不是通过动物描写人类世界,而是把动物的行为与耶稣的救赎史联系在一起,用基督教义解释每一个动物的行为的意义,它回答的问题不是"是什么",而是"隐喻什么"。例如,故事中的母狮生出的幼狮是死的,三天后公狮来了,它大声呼喊才使幼狮苏醒。这个过程"隐喻"的是基督死了,躺在坟墓里,直到第三天上帝父亲的声音唤醒他复活。又如,只有童贞女能捕获麒麟,这隐喻基督投胎到了贞女玛利亚的怀里,然后来到人世。狐狸装死,鸟儿落到它身上想吃它的肉,结果狐狸跳起来把鸟儿通通逮住,这隐喻魔鬼巧妙地骗人,当人要吃它,即要对它犯罪的时候,它就把人吞掉了。就此而言,这是一部基督教动物学。《博物学家》作者的出发点是,无论是想象中的动物还是存在于自然界中的动物,它们都是自然科学意义上的真实,是客观存在,而他不满足于知道这种"客观存在",他要探讨这种"客观存在"究竟有什么意义。因为他认为,现世中的一切本身是没有价值的,只有把它们纳入上帝已经确定的、唯一的、绝对的价值系列,它们才具有重要性。这就是,为什么在中世纪人们的想象中,总是把现世中一个个具体的存在物与上帝或神的世界联系起来的原因。作品中的动物象征手法正是在这种思想认识指导下展开的,并发展成为整个中世纪的共识,对文学和艺术,尤其是造型艺术,如插图、玻璃窗门的细密画、建筑雕塑、地毯等都产生了深远的影响。这部作品完全用德语翻译的,语言灵活,句子简洁,内容清晰明了,可以同自然科学报告媲美,没有《圣经》、神学和修辞学的那种转弯抹角。显然,这是为了适应普通僧侣的理解能力,因此这部作品应属于宣传克吕尼派改革思想范畴,11世纪和12世纪出现了几部改写本,但流传并不广泛。至此,诺特克所致力的从德语向拉丁语的过渡宣告结束。

除《博物学家》外,11世纪和12世纪还产生了第一批用"民间语言"写的关于医疗常识的专业文献,如《因斯布鲁克药典》(Innsbrucker Arzneibuch)、《因斯布鲁克(或普吕尔)的本草篇》(Innsbrucker oder Prüler Krauterbuch)和描写十二种能治病的魔石的《普吕尔魔石记》(Prüler Steinbuch)。医生们都是教士,为满足病人需要,他们将写的诊断文字贴在修道院入口处。这种做法在13世纪被开处方取代。

第四节　新德语僧侣文学

大约从1050年到1170年是德语从古高地德语时期向中古高地德语时期的过渡阶段,文学史上也称这一阶段的文学为早期中古德语文学。

历史的发展是,查理大帝开创的"文教改革运动"未能导致对"民间语言"文学的持续扶植和保护,取而代之的是拉丁语主宰书面创作长达一百五十年,其结果是,自8世纪兴起的古代德语文学走向终结。11世纪初,德意志人诺特克创造了一种德语—拉丁语散文,为拉丁语文学向新的德语文学过渡架设了桥梁,为后来德语文学的新开端和连续性发展奠定了基础。造成这一转折的直接原因,有两件大事至关重要,影响到整个社会生活,同时也决定了这一阶段文学的内容和走向,这就是贯穿中世纪早期和中期的皇权与教权之争,以及由此引发的克吕尼派宗教改革运动,而在文学上的表现则是新德语僧侣文学的产生。

皇权与教权之争:自10世纪50年代起,教会逐渐成为德意志国王实行封建统治的支柱,在教会的支持下,王权日益巩固。962 年 2 月 2 日,教皇在罗马为鄂图一世加冕,把"罗马皇帝"称号加给了这个德意志国王,于是这位罗马皇帝鄂图在法律上就成为所有西方国家封建领主的最高君主。根据规定,皇帝与教皇之间的关系是:皇帝宣誓保卫教皇,教皇宣誓忠于皇帝;皇帝手中掌握任免教职的权力和教会的地产。然而,不管皇帝手中的权力有多大,在法律实施上,他必须去罗马由教皇加冕方能得到皇帝的头衔,否则只能是国王,不能称皇帝。世俗皇帝必须由神职人员施行涂油礼,这在理论上又意味着教皇具有驾驭、控制世俗皇帝的权力,教权的地位高于皇权的地位。这种错综复杂的制约关系,就为后来皇权与教权旷日持久的严重纠纷埋下了祸根。随着货币经济的出现,世俗大封建主,特别是教会大封建主总想摆脱中央集权的统治,罗马教廷也不愿再在经济上依附于皇帝,教会更是要求自主地处理教会事物,不希望受世俗权力限制。如果说,在此之前是世俗封建主和教会封建主结成联盟进行统治,而且常常是教会充当世俗封建主的工具的话,那么现在的情况已经今非昔比。自从德意志国王要由罗马教皇加冕才能成为皇帝以来,世俗封建主和教会封建主联合统治的格局被打破,皇权与教权相互争霸的局面开始形成。在这种背景下,从 11 世纪起在天主教会内部出现了一个强大的运动,要求对修道院进行改革,目的在于加强教皇的权力,创立教会的独立性,避免教会地产外流,遏止世俗权力介入。这个运动得到教皇格列高利七世(Grego, Ⅶ, 原名 Hildebrand,1019 年至 1030 年之间—1085)的积极支持。1075 年,他发布"教皇敕令"(Dictatus Papae)27 条,宣称教皇是上帝的代理人,其权力高于一切,不仅有权任命主教,而且有权废黜君主或命令臣民控告皇帝,于是一场形式为授职权之争的皇帝与教皇之间的公开冲突,即所谓关于"主教叙任权之争"(Investurstreit,1075—1122)爆发了。这场冲突的实质是,皇帝为一方,教皇以及与教皇联盟的大封建主为另一方

的争夺领导权的斗争。这场斗争持续了近半个世纪之久,直到1122
年,才在沃尔姆斯的宗教会议上达成和解,缔结了宗教和约。五十来年
的关于授职权的斗争,以教皇与皇帝双方均未达到目的而告终。与此
同时,各诸侯乘虚而入,其势力和独立性不断增大。

克吕尼派宗教改革运动:在天主教内部出现的这场克吕尼派改革
(clunia-zenische Reform)是从法国西南部勃艮第地区开始的。9世纪
以来,由于世俗政治势力不断渗入,教会的许多会规废弛,世俗化严重,
就已经有人发出改革修道院的呼声。910年,法国人伯尔农(Bernon)
重整原来的本笃会,在克吕尼森林建立起一所新的修道院,因为地处克
吕尼,故称克吕尼修道院,僧侣们发起的改革运动称克吕尼派改革运
动。改革后的修道院规定,禁止买卖圣职,禁止教士婚娶,以免教会的
地产通过教士的亲属转给世俗领主。后期,在教皇格列高利七世的倡
导下,强调教皇权力至上,反对世俗君主任免神职人员,反对教产还俗,
并主张教皇有权废黜皇帝。运动不久便扩大到其他教会,进而波及全
部社会生活,酿成了一场声势浩大的改革运动。克吕尼派改革运动传
入德国的时间大概在1070年或1080年,黑森林山区刚建立的希尔藻
修道院率先响应,形势发展迅猛,几乎在同一时间黑森林南部的圣布拉
辛修道院就成了德国克吕尼派改革运动的第二个中心。德国的修道院
就这样一所接着一所被征服,自1070年到1150年间共有一百五十所
卷入改革行列,其中多瑙河流域和阿尔卑斯山地区的阿德蒙特、哥特维
格、弗尔绍、米尔斯塔特、美尔克、圣拉姆布莱希特等修道院受影响最
大,特别在文学方面成效显著。在皇帝与教皇的斗争中,克吕尼派旗帜
鲜明,坚定地站在教皇一边,维护教皇的权威,主张加强教会的独立性,
反对皇帝干预教会事物。他们为了恢复本笃会会规,遏止教会世俗化,
禁止僧侣像世俗贵族一样过腐化糜烂的生活,竭力宣传"生活即罪恶"
的禁欲主义思想,鼓吹"放弃尘世享乐""苦行遁世""追求来世幸福"

的观念。前者属于政治斗争范畴,文学没有像当初用拉丁语撰写的论著那样直接参与,后者则是为大约于 11 世纪中叶开始的新德语僧侣文学提供了思想基础。

一　新德语僧侣文学的宗旨及其代表作品

新德语僧侣文学的宗旨以及体现宗旨的代表作品是:

第一,普通僧侣和信徒进行"克吕尼派的"思想教育,通过讲述上帝的救赎史和圣经故事,向他们灌输人类有原罪且无法自救,于是上帝差独子耶稣来为人类赎罪的教义,告诉他们"生活即是罪恶",要把目光放到彼岸,"追求来世幸福"。

1. 以讲救赎史为内容的作品有:一、《埃索歌》(Ezzolied),这是一个大概名叫埃索的僧侣于 1064 年或 1065 年在巴穆贝格修道院写的。作者不是简单地介绍材料,也无意进行宗教训喻,而是怀着坚定明确的信仰,用清晰明了的文字阐述从上帝创造世界,亚当犯忌一直到耶稣诞生、受洗、受难、最后复活、升天的全部救赎过程。生动感人,听起来不像是宣传禁欲,而是在歌颂死亡降临之日,就是获得解脱之时的那种坚定的信念。这是一首关于上帝救赎和人类得救的颂歌,广为流传,1065 年埃索参加十字军东征,这首歌也成为一首著名的十字军东征歌曲。二、《想着死吧!》(Momento mori!)大约产生于 1070 年,作者叫诺克(Noker,有材料证明,可能是瑞士僧侣 Noggerus),是一位神职人员,他直接宣传克吕尼派的禁欲主义思想,要求全体僧侣和信徒拒绝世俗的引诱,过苦行绝俗的生活。诺克宣称,在上帝面前一切世俗的秩序全部失效,所有的人包括富人、穷人、贵人和贱民一律平等,上帝赐予人以选择的自由,劝导人选择博爱、公正、济世安民的生活态度,要经受住尘世生活的考验,这样才能通过最后审判而获得永生。三、《上苍与地狱》(Himmel und Hölle),属于希尔藻修道院范围。四、《维也纳的创世记》(Wiener

Genesis），属于奥地利范围。五、《美里加尔托》（Merigarto，意为用大海做佩带的世界），这是一本中世纪的地理著作，属于巴伐利亚范围。

2.以讲圣经故事为内容的作品有：一、《维也纳的出埃及记》（Wiener Exodus），12世纪上半叶产生于奥地利，是《维也纳的创世记》的续篇。这是一篇对《旧约全书》中《出埃及记》的复述，讲的是上帝召唤摩西把在埃及沦为奴隶的犹太人拯救出来，摩西战败法老，带领犹太人逃出埃及，过红海来到西奈旷野的故事。二、《耶稣的一生》（Leben Jesu）也是产生于奥地利，大概写于1120年至1125年之间。作者是文学史上第一位有姓名可查的德语女作家阿瓦夫人（Frau Ava）。在作品中，她详细地描述了耶稣诞生、受难、受死、复活、升天的救赎过程，全部是耶稣的真实生活。除《耶稣的一生》外，两份手抄本中还包括一份《关于圣灵的七份赠品的宣传小册子》（ein Traktat über die sieben Gaben des heiligen Geistes），一份《基督的敌人》（Antichrist）和一份《末日审判》（Jüngstes Gericht）。阿瓦夫人把这三部分与《耶稣的一生》看做是一个整体，共3388双叠韵诗行。因为是为礼拜天弥撒仪式上布道所用，所以也称韵体布道辞。与以往的圣经文学不同，作者的兴趣是叙述具体事件及其宗教意义，不作解释和说教。

第二，揭露和批判现世存在的各种弊端和丑陋，告诫世人要远离各种恶习和罪孽，鼓吹禁欲主义和苦行主义。自12世纪中叶开始，文学的目的和写作对象已不再是"记住你是要死的"和"追求来世幸福"一类的单纯警世，而是着眼对人进行教育、启发和循循善诱，使他们树立正确的现世生活态度。这一时期的文学形式，除讲圣经故事外，布道辞越来越受欢迎。代表性的作品有：一、《谈信仰》（Rede vom Glauben），这是一位自称可怜的哈尔特曼（Der arme Hartmann）的作者于1140年至1150年间写的一首布道辞，其中对贪图钱财、追逐名利的世俗生活进行了无情批判，要求僧侣和信徒要不惜牺牲肉体和灵魂坚决放弃一切世俗的虚荣。他亲自履行这一信条，虽然出身于骑士阶级，但自觉放弃骑士贵族生活，当了一名苦行僧，为了效忠上帝，获得上帝的恩宠，在修道院里过清苦的隐士生活，直至去世。据他自己介绍，他在写《谈信仰》之前还写过一首题为《末日审判》(Jüngstes Gericht)的诗，手稿未传于后世。二、《记念着死吧!》(Erinnerung an den Tod!)的作者是来自美尔克的海因里希(Heinrich von Melk)，奥地利人，出身骑士阶级，后来也在一所修道院里当了一名普通僧侣，非神职人员。《记念着死吧!》是海因里希的第一首诗，大约写于1150年至1160年间，因此可与《想着死吧!》归为一类。这首诗由两个相对独立的部分组成，作者把第一部分称作"谈龌龊的生活"(Vom gemeinen Leben)，指的是现实世界中人类的生活秩序，其中描绘了各个等级的生活状况，揭露和批判他们的恶习和罪孽，特别将矛头指向贵族和僧侣。他的批评直截了当，毫不留情，明确而具体。海因里希清楚地意识到他所生活的这个现实世界毫无价值，昔日通行的秩序正在解体，一种新的生活理想正在形成，这种新的生活理想就是肯定现世的，其审美价值是要求有独立存在权利的宫廷文化理想。他不得不承认，他身处的现实世界，虽然形形色色，五花八门，却是遵循一定法则发展的，它的消亡已在意料之中。三、《神甫们的生活》(Das Priesterleben)，是海因里希继《记念着死吧!》之后写的。他在这部作品中又进一步揭露神职人员买卖圣职和赎罪符，生活腐化，贪图享乐等不轨行为。此时"主教叙任权之争"已经过去，可神职人员的腐化堕落不仅没有被制止，反而变本加厉，僧侣们对改革和宣传禁欲思想越来越不感兴趣。因此，他也和哈尔特曼一样，认为当一名隐士是唯一能自救的生活方式，于是住进修道院当了一名普通僧侣，过遁世绝俗的生活。海因里希超出哈尔特曼之处在于，他不仅是一个敏锐的观察者，无情地揭露和批判各种时弊，被誉为德语文学史上最早的讽刺作家，而且也是第一位能认识"新秩序"到来的必然性和基本意义的人。因此可以说,他是克吕尼派生活目标的最后一位捍卫者,新世俗文学兴起以前的最后一位重要作家。四、《论法》(Vom Recht),属于奥地利圣经文学。这是一首韵文体布道辞,把最高的"法"划分为忠诚、博爱和诚实三段。保持忠诚、博爱和诚实的人,上帝就喜欢,死后升入天堂,违者被打入地狱。而且这三段"法"不是来自神学伦理学,而是来自生活经验并且用于实际生活。五、《婚礼》(die Hochzeit)的作者参照维利拉姆对《雅歌》的解释,把新郎比作圣灵,把新娘比作人的灵魂,同时也比作圣母玛利亚,以此比喻灵魂与上帝的关系。

第三,对圣母玛利亚的崇拜(Marienverehrung)。这是一种强调个人体验和感受,通过圣母玛利亚把个人直接与上帝联系在一起的新虔诚主义(Neue Frömmigkeit)。如果说此前宣传克吕尼派思想还是靠教义、训诫、警世、解释和说服等全部诉诸理性和意志的手段进行说教的话,那么到了 12 世纪,圣母玛利亚不再是一种教条,一种象征,一个有轮廓的图像,而是一个有生命的、每一个虔诚的心灵所崇拜的对象。仿照拉丁语颂歌和拉丁语传奇形式产生的玛利亚文学(Mariendichtung)就是体现这种新虔诚主义的文学,包括玛利亚颂歌(Marienhymnik)和玛利亚传奇(Marienlegenden)两部分。

1. 颂歌部分的内容是赞美、颂扬玛利亚的宽广胸怀和助人为乐的美德,共有四首颂歌,或称四首对玛利亚的感恩祷告。这四首颂歌是:一、《阿恩斯台因的玛利亚祷告辞》(Arnsteiner Mariengebet),产生于 11 世纪,公元 1135 年起正式用于克吕尼派修道院的圣餐仪式,之后从克吕尼进一步传播各地。祷告辞由两部分组成,第一部分是向圣母玛利亚呼吁,第二部分是一个怀着负罪心情的人请求圣母玛利亚保佑,请她为所有忏悔者说情。二、《美尔克的玛利亚之歌》(Das Melker Marienlied),可能与前面那首祷告辞产生于同一时期,共十四段,每段有六个诗行,由三组双叠韵组成。歌中既没有叙事,也没有训诫,只是把玛利亚作为贞女、圣母、新娘和皇后加以赞美。在教堂吟咏时,一人领唱,其他做礼拜的信徒在每段最后同声重唱"圣母玛利亚"(Sancte Maria)。三、《圣拉姆布莱希特或瑟考的玛利亚圣歌》(Mariensequenz von St. Lambrecht oder Seckau),大约产生于1150年以后,同样为教堂的圣餐仪式而作,从内容到形式明显以拉丁语圣歌《亚物海星之歌》(Ave praeclara maris stella)为蓝本,尽管只有三十八诗行,却使玛利亚更加人格化。四、瑞士的《穆利修道院的玛利亚圣歌》(Mariensequenz aus dem Kloster Muri)也是以拉丁语圣歌(Ave praeclara maris stella)为蓝本,大约产生于1180年,可能为2月2日圣烛节(Mariae Lichtmess)而作。内容环绕圣洁怀孕和贞女生育的奇迹展开,因为玛利亚和耶稣是母子关系,所以中心题目是请求她做人与上帝之间的中介人。在这里,圣母和圣子都摆脱了那种僵硬的教条,变成了能够活动的人,《圣经》的语言也让位给了对场景的描述。

2. 传奇部分主要是一部叙述玛利亚生平的《玛利亚的一生》(Marienleben),写于1172年,从所用语言看产生于奥格斯堡,作者自称魏尔纳神甫(Priester Wernher)。作品的前一部分以假马太福音《论说幸福的玛利亚的由来》(de ortu Beatae Mariae)为依据,自基督诞生时起改为叙述规范的新约福音,这样便用上帝救赎史来阐明全部玛利亚的故事,甚至故事本身就成为了救赎史的一部分。神甫魏尔纳因此不仅在众多著述玛利亚生平的作者中独领风骚,而且也成为由克吕尼神学教条的虔诚主义向诉诸感情和心灵的新虔诚主义过渡的最重要的人物。新虔诚主义特别在对玛利亚的个人崇拜上得到了表现,对日后玛利亚文学的发展具有深刻影响。

二　新德语僧侣文学与8世纪僧侣文学的比较

在第二章中已经讲过,8世纪末的僧侣文学是在哥特人、凯尔特人和盎格鲁撒克逊人的影响下产生的。他们用文学的方式将基督教传播给了德意志人,被视为第一次传道,直接成果是创造了德语教会语言。新德语僧侣文学是由克吕尼派的改革运动引起的,以宣传克吕尼派的思想主张为己任,时间大约自 1060 年开始到 1170 年前后为止。它的最大功绩是,结束了拉丁语在书面创作领域的主宰地位,重启用德语写作的文学传统。归纳起来,这两次僧侣文学有以下几点不同:

第一,以往只需将最简单的事实解释明白,使人们接受信仰便达到了目的。这一次是用基督教义和基督救赎史启示人的心灵,向他们阐述三位一体的"奥秘"的神学基础,从灵魂深处感动他们,从而使他们自觉参与宗教的和宗教政治的运动。因此这次的宗教宣传活动被视为第二次传道(die zweite Mission)。

第二,在此之前,僧侣们大都待在修道院的图书馆和学校里读经修炼,抄写手稿,间或也用拉丁语进行写作。第二次传教运动开始后,为了广泛宣传克吕尼派的思想,他们把目光从"书斋"转向社会,而且在揭露所谓"生活即罪恶"的时候也常常把批判的矛头指向世俗贵族。为了能与各阶层的人直接沟通,他们断然放弃拉丁语,开始用"民间语言"即德语进行写作。因此,这一次的僧侣文学是德语文学在中断一个半世纪以后的新的开端。新开始的德语僧侣文学,其政治倾向是维护教皇的统治,反对世俗封建主的统治,维护教皇及其所支持的封建割据,反对皇帝(或国王)及其所代表的中央集权。就此而言,它与当时历史发展的趋势是对立的。而它对于结束拉丁语在书面创作领域的主宰地位,重启用德语写作的文学传统,则功不可没。

第三,第一次传道时,僧侣文学的中心在累根斯堡、弗来津、蒂格尔湖、圣加伦、赖兴瑙和穆尔巴赫、符尔达、魏森堡。自 11 世纪下半叶起,这些文学中心相继沉默,代之而起的是莱茵河下游以科隆为中心的周边地区,包括东边黑森—图灵根地区,原巴伐利亚的东部边塞奥地利以及多瑙河一带的凯恩滕斯和斯台尔马尔克地区。我们对这一时期文学的了解主要来自在这两个地区保存下来的手稿。

第五节　从僧侣文学向骑士—宫廷文学过渡

新德语僧侣文学是中世纪宗教文学的最后发展阶段,随着新题材的引入和诉诸情感的、新的虔诚因素的增加,一种以理解现世内在价值为目的的封建世俗文学正在形成,这便是大约在1150年出现的骑士文学。骑士文学与僧侣文学之间的根本差别在于僧侣文学肯定来世,骑士文学肯定现世,而从前者到后者之间有一个既肯定来世,也肯定现世的过渡阶段。12世纪中叶僧侣们写的叙事体作品和当时流行的所谓"艺人文学"(Spielmannsdichtung)就是体现这种过渡阶段特点的文学,它们都是骑士—宫廷史诗的前身。

一　叙事体作品

12世纪中叶有一组作品,它们尽管背景各异,但产生的时间十分相近,而且具有许多共同的内在特征。这些作品的作者虽然都是僧侣,但他们已不再遵循基督教义进行说教或劝诱,而是讲故事,题材也不再像古代圣经文学和后来的传奇文学那样由教会指定。即便作者的观察方式、价值标准,乃至叙述语气尚未脱离宗教文学轨迹,但故事的题材来自现实世界,讲的都是世界史上的重大事件和知名人物,十字军东征过程中的各种冒险经历更是取之不尽、用之不竭的材料源泉。作品的主人公也不再是教士和僧侣,而是世俗的贵族阶级,包括帝王将相和中下层骑士。这些人有骑士阶级的等级感和相应的社会表现,采邑观念决定他们与雇农的主从关系,但头脑里仍充满氏族社会随从制度的伦理道德,打仗是他们的主要任务。诸如求爱、娶亲等男女之间的关系虽然已经受封建等级的限制,但仍保持着原始的自然性质,还不像后来宫廷骑士的"典雅爱情"那样是教育和激励人成长为完美榜样的力量。因此,这些骑士还不能称为"宫廷"骑士,文学史上将这一阶段僧侣们写的叙事体作品统称为"宫廷文学兴起以前的传奇"(Vorhöfischer Roman)。这一组文学最初从巴伐利亚开始,累根斯堡是唯一的创作中心,有人干脆称这里为编年史作者的"故乡"。这组最早的世俗文学作品,在1180年狮子海因里希公爵(Heinrich der Löwe,1142—1180在位)被推翻以前,是受统治巴伐利亚公国的韦尔芬(die Welfen)家族支持的,因此有文学史家将其概括为"韦尔芬派"(welfische Gruppe)。不过,我们不能夸大这个概念的政治含义,尽管有的作品存在一定的政治倾向,但主要还是指作品的风格和品位,即内容忠于历史真实,思想笃信宗教,形式上保持早期中古德语的自由诗韵。这一阶段僧侣们创作的作品有《帝王编年史》《亚历山大之歌》和《罗兰之歌》。从语言上看,第一部和第三部可视为巴伐利亚僧侣的创作成果,第二部的作者很可能是摩泽尔河流域的法兰克人。

(一)《帝王编年史》

《帝王编年史》(Kaiserchronik)是12世纪一部重要的历史文学巨著,用韵体写成,共17283诗行。作者是巴伐利亚的一名僧侣,曾在累根斯堡骄傲的海因里希(Heinrich der Stolze,1126—1138/1139,巴伐利亚公爵)公爵的宫廷当过文书;也有人推测说,这本书是几个僧侣的集体创作,但证据不足。作品内容讲的是罗马帝国的历史,从恺撒开始直到第二次十字军东征(1147—1149)失败突然中断,由此可以确定作品完成的时间应该在1147年之后,而作品中强调得到巴伐利亚公爵的支持则说明,准备和开始写作的时间肯定在海因里希公爵1139年去世之前。

作品中写的是一系列按顺序编排的帝王传记,共分两大组,一组是古罗马帝国统治者的传记,一组是他们的后继者德意志罗马帝国皇帝的传记。古罗马帝国的统治者又分为信奉异教的和信奉基督教的皇帝两大部分。帝王传记从叙述恺撒建立帝制开始直至君士坦丁大帝(Konstantin der Große,306—337)全面基督教化,用了 7805 诗行,这是全书的主旋律和框架;相比之下,关于皈依基督教的罗马皇帝的叙述要详细得多,仅宣扬君士坦丁大帝与罗马教皇西尔维斯特一世(Silvester Ⅰ,314—335)传奇般完美合作的"西尔维斯特传奇"(die Silvesterlegende)就占近 3000 诗行。尽管如此,教皇及其门徒们的故事始终不是主线。

这部诗体编年史产生于 12 世纪中叶,正值中世纪欧洲因教皇与皇帝争霸而备受政治混乱、社会不安之苦的年代。教皇宣称,他是上帝的代理人,皇帝是从教皇手中获得皇冠的,他的权力大于皇帝的权力;皇帝宣称,他是西方国家最高的世俗封建主,自然拥有授予教职和干预教会事物的权力。面对教权与皇权的斗争长期僵持不下的局面,编年史作者主张,主宰中世纪精神领域长达几百年之久的奥古斯丁神权政体学说(die augustinische Civitas-Dei-Doktrin)必须与皇权的合法性相结合,认为这个世俗的大帝国同时也是按照上帝的创世计划建造的上帝之国(Gottesstaat),它应当由教皇和皇帝共同管理。这便是这部《帝王编年史》的主题。书中既叙述了皇帝的生平,也描写了教皇及其门徒的事迹,但作者立场鲜明,反对一切独霸倾向和分裂行径,对于海因里希四世(Heinrich Ⅳ,1056—1106)和他的对手格列高利七世挑起公开冲突表示蔑视并予以痛斥。他认为,教皇作为神权政体(civitas Dei)的代表,皇帝作为世俗政体的代表(civitas terrena),两者都要服务于这个上帝建造的天国,他们和谐一致、相辅而行是一切秩序的中轴,是人类历史上一切福祉的源泉,任何干扰和冲突都必然导致灾难和不幸。在信奉基督教的皇帝中,他十分赞赏查理大帝,奉查理大帝为皇权与教权完美结合的楷模,用 783 诗行的篇幅表扬他的功绩,认为他在位期间法兰克王国得以繁荣发展正是这位世俗君主能与教会联手,与罗马教皇利奥三世(Leo Ⅲ,795—816)兄弟般亲密合作的结果。然而,罗马帝国的衰落和中世纪生活领域的四分五裂是历史的必然,不可阻挡,作者关于教皇与皇帝和睦共处、相辅而行的设计只能是一种空想。

《帝王编年史》是第一部用德语创作的世俗内容的作品,语言尚不规范,拉丁语痕迹明显,韵律不严谨,结构松散。不过,正是由于作品中加入了大量传奇故事,给作品的主题添枝加叶,使作品的内容丰富多彩,更具知识性和趣味性,因此,几百年来深受重视,改写本、新编本、续写本层出不穷,也像那些动物故事书一样,是中世纪流传广泛的历史知识读本和故事书。

(二)《亚历山大之歌》

《亚历山大之歌》(Alexanderlied)是第一部用德语写的史诗,产生于 1130 年或 1140 年前后,最迟不超过 1150 年,作者是摩泽尔法兰克神甫拉姆蒲莱希特(Pfaffe Lamprecht)。

史诗的主人公是古代马其顿国王亚历山大大帝(Alexander der Große,公元前 356—前 323)。他是卓越的军事统帅,公元前 330 年灭亡波斯帝国,通过武力征服,不久建立起一个地跨欧、亚、非三洲的庞大帝国。其领土大体包括巴尔干半岛、埃及、印度西北部、中亚和西亚。关于他的业绩,自古以来流传许多传说故事。这些传说故事中最著名的是 300 年左右用希腊语写的《亚历山大传说》。它是 10 世纪以来在西方国家相继产生的讴歌亚历山大大帝作品的基础。

德国的《亚历山大之歌》是以法国的《亚历山大史诗》(Alexanderepos,1120)为蓝本写成的,共 1532 诗行。书中除引言外只描述了亚历山大加冕以前的事迹和登基后向波斯帝国发动战争的情况。作者在引言里开宗明义,说他给这部作品的题词是"一切虚空之虚空"(Eitelkeit der Eitelkeiten)。显然,他是从宣传遁世绝俗、追求来世幸福的克吕尼思想出发,企图通过亚历山大征服世界的伟大壮举与他英年早逝的对比,启发人进一步思考这种尘世间的伟大作为究竟有什么价值。然而,故事写完后却完全没有达到他预期的宗教目的,相反,跃然于纸上的亚历山大是一个武艺高强、足智多谋的勇士,为了维护因波斯人要求他纳贡而受到伤害的君主尊严,对敌人进行惩罚报复,他浴血奋战,百折不挠,俨然是一位古代的日耳曼英雄。描写这位英雄一往无前的胜利进程成了写作自身的目的。因此,这部中世纪早期的《亚历山大之歌》也就成了第一部反映世俗贵族奋斗业绩的伟大之作。题词里的宗教思想与作品内容之间的这种强烈反差在法国人的《亚历山大史诗》中就已存在,牧师拉姆蒲莱希特在他的《亚历山大之歌》中接受了这份遗产,把它直接写进自己的作品之中。但是,他在作品最后对亚历山大的安排却另有含义:他让亚历山大用玻璃制的潜水钟测量海洋有多深,他让亚历山大坐在由雕头狮身双翅钩爪的怪兽抬着的车子里测量天空有多高,这些事情亚历山大显然是无法做到的。既然是这样,那么作者为什么要把亚历山大做不到的事情加在他的头上呢?很明显,他是要强调亚历山大不自量力。按照基督教的观点,不自量力是违背上帝意志的,应该受到谴责。由此可见,作者虽然自豪地歌颂了英雄的伟大业绩,但他的宗教立场并未改变,依然保持僧侣的思想感情,认为英雄的业绩不论何等伟大,人的能力永远是有限的。至于在法国的《亚历山大史诗》中,因为只是一个断片,仅106行,写了引言和亚历山大的青年时代便戛然而止,作者阿尔贝里克·德·比尚松(Alberic de Besancon)如何安排主人公后来的命运,不得而知。

这部史诗的内容几乎全部由情景画面组成,缺乏深刻的悲剧冲突和后来宫廷史诗中那样的心理分析,这一点很像古代的英雄传说;作品中对于英雄外形的描述,譬如肢体和器官都写得细腻准确,这一点又似

乎开始接近宫廷文学的审美方式,因为喜欢描写肢体和器官正是封建
社会兴盛时期文学的特征,而这种异教的写作技巧却是克吕尼派僧侣
文学所蔑视和禁忌的。此外,作者还用大量笔墨描写了亚历山大的成
长过程:少年时师事亚里士多德,学习过"七艺"课程,受过良好的宫廷
教育,具有勇敢机智、乐善好施、崇尚武艺、精通法律等一切骑士美德,
是 12 世纪的标准骑士,一个理想的封建君主。书中在描写亚历山大征
服世界之后,又用相当篇幅展现各地不同的文化现象、人文景观和地理
风情,这一切都是作者对现实世界感兴趣的证据。德国古代文学史家
赫尔穆特·得·伯尔(Helmut de Boor,1891—1976)给《亚历山大之歌》
的定义是:"纲领是遁世的,题材是世俗的,本质是宗教的,作品是可以
为骑士阶级服务的。"

像过渡阶段的其他作品一样,《亚历山大之歌》的语言还不是纯正
的德语,形式僵硬呆板,押韵也不规范,诗节长短不等,用词陈旧。这些
不足之处很快被发现,因此 1160 年或 1170 年前后就有一位莱茵法兰
克人写了一首《斯特拉斯堡的亚历山大》(Strassburger Alexander),想以
此取而代之。13 世纪上半叶,埃姆斯的鲁多夫也加工改写过《亚历山
大之歌》。

(三)《罗兰之歌》

《罗兰之歌》(Rolandslied)是 12 世纪德语僧侣文学向骑士—宫廷
文学过渡的一部最重要的作品。作者是累根斯堡的康拉德牧师(Pfaffe
Konrad)。他奉一位名叫海因里希的公爵之命,根据法国的《罗兰之
歌》(Chanson de Roland,约 1100)写成这部作品。全文共 9094 诗行。
康拉德牧师自己称,他把法语蓝本首先译成拉丁语,然后再将拉丁语转
为德语填入德语诗的格律。法国的《罗兰之歌》本来就内容翔实,篇幅
浩瀚,经他这一加工改写,又进一步增加了这部作品的篇幅。至于作品
产生年代,绝大多数学者指出,那位海因里希公爵应该是巴伐利亚—撒

克逊公爵狮子海因里希。他于1169年娶普兰塔格纳特的马提尔德为妻,并应爱妻的要求,命令将法国的《罗兰之歌》翻译成德文。狮子海因里希于1172年或1173年去巴勒斯坦朝圣,这样便可以肯定,德国的《罗兰之歌》创作于1170年之后,很可能就在狮子海因里希去朝圣期间。

《罗兰之歌》的故事源于公元778年的一个历史事件:年轻的查理大帝联合阿拉伯人,穿越比利牛斯山,围困信奉伊斯兰教的萨拉戈萨国。后因穆斯林人的袭击和阿基坦地区的起义,查理放弃围困,决定返回法兰西。途中,他的后卫军经比利牛斯山谷时遭山民巴斯克人伏击,伤亡惨重。布列塔尼的边塞方伯罗兰在战役中罹难。然而,产生于12世纪初的法国史诗《罗兰之歌》却把这个普通的历史事件写成了法兰西为夺回被伊斯兰教徒占领的西班牙而进行的十字军圣战。史诗中,查理大帝既是一位世俗君主,又是上帝的代表,圣徒的化身。他为传播基督教,拯救异教徒的灵魂而率兵出征。罗兰被写成一心效忠皇帝,心甘情愿为君主出生入死的忠臣和爱国英雄。他临死前最后的遗言是:"为美丽的法兰西而战","为美丽的法兰西而死",体现了法兰西人民最初的国家意识和爱国思想。

德国的《罗兰之歌》包括法国史诗中的全部内容和主题,无论就范围还是就思想深度而言都堪称一部名副其实的大型叙事体作品。作者以描述查理与部下商议对西班牙异教徒出兵讨伐开始。继而是一连串的战役。查理大帝的军队攻势凶猛,战无不胜,几乎征服了所有的小王国。只有萨拉戈萨国负隅顽抗,拒不投降。为了让查理大帝返回法国,萨拉戈萨国国王马尔西里派使者前来送礼,假装臣服查理帝国,以便保住地盘,伺机反扑。法兰西朝臣中分成主战和主和两派,意见相持不下。最后大主教图尔宾建议,先派一名使臣去侦察马尔西里此举的诚意。后卫军将领罗兰向查理大帝推荐他的继父戈纳伦出使萨拉戈萨国,戈纳伦认为这是罗兰要陷害他,决意报复。于是他向马尔西里泄露军机,挑唆他赶紧调集兵力,引诱查理大帝的部队落入圈套。这样,当罗兰率领大军在返回法兰西途中穿越比利牛斯山谷时,萨拉戈萨国四万骑兵出其不意,将罗兰的军队一网打尽。临死前,罗兰吹响军号求援,远在故乡的查理大帝听到后立即赶来,但已为时过晚,只见战场上满目疮痍,尸骨遍地。查理失声痛哭,天使下凡抚慰。最后查理大帝消灭了马尔西里和与他结盟的波斯国王,并在亚琛的宗教法庭上判处叛徒戈纳伦以五马分尸之刑,为罗兰报了仇。

　　德国的《罗兰之歌》并不是法国《罗兰之歌》的翻版。虽然两部作品都是写查理大帝远征西班牙的这段历史,布列塔尼的边塞方伯罗兰都在战争中阵亡,但两位作者对这段历史的理解和对罗兰这个人物的处理是不同的。法国的作者把这份历史素材彻底改造成了一部英雄史诗。与古代以氏族观念和随从制度为根基的日耳曼英雄文学不同,这部英雄史诗的创作基础除日耳曼人的忠诚关系外,还加入了对于人民、故乡和祖国在内的共同感受,从而使这部作品成为以颂扬查理大帝为中心的真正民族文学的伟大开端。这是法国的特殊历史条件决定的。此外,加洛林王朝时期法国的英雄文学已经与基督教联系在一起,因此在那里故乡和上帝是同样令人振奋的概念。法国的作者就是在这种概念下设想它的英雄的:即查理是受上帝启示与引导的造物主和法兰克王国的统治者,他讨伐西班牙是传播基督教信仰和发扬光大法兰克王国的尊严;他的臣下也是在这种思想指引下为皇帝效忠,尽封臣义务,他们为了实现查理大帝指示的这两个崇高目标不惜将生命孤注一掷。因此,罗兰也就成为上帝的战士,同时又是忠君爱国的英雄。相反,德国的中央集权出现得较晚,国家长期处于封建割据状态,这大大延缓了民族国家的产生。德国人没有法国人的那种民族感情,他们只是从族群的感情出发理解那个庞大的法兰克王国的。在他们看来,查理仅仅是一个皈依基督教的古老大帝国的伟大革新者。这是德国的历史条件决定的。德国的作者只能这样理解查理的形象和《罗兰之歌》的意义，因此，他便在同样的历史素材中纳入了奥古斯丁的教权至上的历史观。查理成了由上帝派遣的、受上帝启示的世俗君主，法兰克王国成了一个神权政体。查理大帝讨伐西班牙就像基督教早期面对异教世界一样，以眼还眼，以牙还牙，谁在这场战斗中牺牲，自然就是直接为上帝殉难的战士。所以，这部叙述历史的小说在德国牧师笔下便成了一部殉道士传奇。罗兰只是一个为实现基督理想而殉难的烈士。他临终前的最后一句话是："永远献身上帝，希望得到上帝的恩惠和酬报。"

此外，这部作品在语言形式上也有明显的过渡时期文学的印记：大多数诗行韵律不严谨，诗节有长有短，文法和用词陈旧；也像《亚历山大之歌》一样，作品的主题思想和故事内容反差强烈，作者的本意是想写一部类似十字军骑士的烈士传奇，颂扬查理大帝是虔敬上帝的楷模，进入天堂的引路人，结果在《罗兰之歌》中表现出来的却是虔诚的忏悔与骑士好斗、乐于冒险的精神的混合，作者把这两个因素紧密地融合在一起，统一在反对异教徒的、比帝国思想（Reichsidee）更具进攻性和侵略性的十字军圣战思想（Kreuzzugsideologie）之中。正因为这一点切合了时代的核心问题，所以这部作品影响深远。然而，除五个断片外，我们只有一份产生于 12 世纪末到 13 世纪初的完整手稿。大约 1220 年前后，法兰克诗人施特里克（der Stricker，生于 1250 年以前）写了史诗《查理大帝》，根据这部著作又有大约四十种手抄本问世，从而使《罗兰之歌》流传极为广泛。14 世纪初，有人将其中大部分与法国的描述查理大帝的作品结合在一起创作了诗歌集《查理大帝》（Karlmeinet）。尽管在德国宫廷文学早期莱茵一带也出现过一些描写查理大帝业绩的作品，但论影响和意义，康拉德牧师的《罗兰之歌》始终是德国描述查理大帝的唯一一部杰作。

二 "艺人"和"艺人叙事文学"

在修道院和封建宫廷里的教士和僧侣们几乎垄断全部书面创作的时候,在修道院和封建宫廷外面还有一个不小的群体从事写作。这群人十分活跃,成员包括在宫廷供职的歌手和闯荡江湖的艺人。他们有一定的文化修养,能说会唱,四处漫游,时常出现在教会或世俗封建主的宫廷,靠献艺或卖艺为生。但他们既不是僧侣,也不是骑士,因此被统称为"艺人"(Spielmann)。与"艺人"们相关的文学,既不像僧侣文学那样以宣传基督教的教义为目的,也不像后来骑士—宫廷文学那样以颂扬骑士精神为宗旨,而是一种从前者向后者过渡的产物,是一种过渡时期的世俗文学。这种文学受世俗的和宗教的文学形式如圣经故事、科普故事,尤其是传奇故事影响,题材通俗,一律采用直接给听众讲故事说笑话的叙事形式,内容真真假假,言辞绘影绘声,为大众喜闻乐见。这种文学包括的范围除作品外,还有配以作品内容的音乐,主要是器乐、表演、杂耍等等。而无论配以哪一项,口头的表达方式并伴以表情和动作是它们的共同特征。因为它们的叙事态度和新的表演技巧与到那时为止的一切书面作品有明显不同,既有别于古代英雄歌,也有别于后来的骑士—宫廷史诗,所以文学史家给它们一个专用名称,叫作"艺人叙事文学"(Spielmannsepik)。"艺人叙事文学"所表现的内容大多是中世纪文学中最常见的主题,如"抢新娘"以及与此联系在一起的地中海景物和东方风情。因为这种主题既能满足宫廷贵族的需要,也能为教士僧侣们所接受,所以它不是民间文学,而是一种供世俗和教会封建主消遣的文学。目前保存下来的作品版本都不同程度地经过书面加工润色,已经不能反映最初口头叙述形式的原貌,是后来一系列文人参与创作的结果。属于"艺人叙事文学"的作品主要有五部:《罗特国王》(König Rother)、《埃恩斯特公爵》(Herzog Ernst)、《欧斯瓦尔德》(Oswald)、《欧伦德尔》(Orendel)和《撒尔曼与莫罗尔夫》(Salmann und Morolf)。

（一）《罗特国王》

《罗特国王》(König Rother)是一部史诗，是表现"抢新娘"(Brautraub)主题的典范，1150 年前后产生于巴伐利亚，保存在 12 世纪后期的一份海德堡手抄本和 12 世纪至 14 世纪的三个手抄本的断片里。作者姓名不详，从作品的语言看，大概来自莱茵河下游地区。故事内容是：在地中海岸的巴厘城有一位罗特国王，声誉卓著，权倾天下，但还没有后代，大臣们劝他赶快娶亲。拜占庭的公主才貌出众，罗特派使者前去求婚，遭到少女的父亲君士坦丁皇帝拒绝，使者被关进牢房。罗特不得不隐姓埋名亲自来君士坦丁堡把少女劫走，同时解救他的使者。后来，拜占庭皇帝使用计谋，将女儿骗回宫廷并把她许配给了异教的希腊皇帝。罗特于是率军队前来讨伐，闯入他们的结婚庆典，消灭了异教徒，最后与君士坦丁皇帝言和并携新娘返回故里。他们生一子，取名丕平。据说，这便是查理大帝的父亲。罗特让位子嗣后和皇后一起住进修道院，隐居避世。

史诗取材于古代蒂德里克传说(Thidrekssaga)中关于东日耳曼英雄狄特里希的一段传说故事。作品中有三点内容与当时的历史相关：第一，作品中的梅兰伯爵以及滕格林格、达豪尔、阿梅尔格和沃尔夫哈特都是巴伐利亚的贵族世家，历史上确有其家族，滕格林格或达豪尔世家很可能就是直接委托作者写这部史诗的施主。第二，故事发生的地点在南意大利和希腊，罗特祖上的宅第所在地巴厘城是通往巴勒斯坦的最大港口，拜占庭的君士坦丁堡是通向东方的门户。罗特虽冠以罗马皇帝，但他实际统治的地区是南意大利，官邸设在巴厘。这种地理上的布局是由十字军东征的背景决定的。有学者认为，罗特就是诺曼底帝国的君主罗戈二世(Roger Ⅱ)。1143 或 1144 年，罗戈向拜占庭公主求婚与史诗中罗特向拜占庭公主求婚是一致的。第三，十字军东征是当时最大的历史事件,在史诗中通过异教徒巴比伦国王围困君士坦丁堡得到反映。在这里,上帝(Gottesreich)和魔鬼(Teufelsreich)直接碰撞:拜占庭皇帝将女儿夺回后,许配给了异教的希腊皇帝。结婚庆典上,罗特闯入,双方决一死战,最后罗特将异教徒通通消灭。在希腊皇帝面前,罗特不仅仅是一位英雄,而且是德国皇帝的代表,他肩负的是为上帝国家而战的任务,希腊皇帝是异教徒,因此失败是注定的。罗特作为罗马皇帝,统治着从西西里亚到弗里斯兰,从西班牙到波西米亚幅员辽阔的大帝国,范围与查理大帝时期的法兰克王国相当。这样,罗特就与加洛林家族衔接起来,最后他成了丕平的父亲,查理大帝的祖父。罗特也因此被载入罗马帝国的历史。

作品中虽然浓墨重彩描绘了封建宫廷的富丽堂皇,骑士阶级的"礼仪""节制""克己"等美德,表面上已经营造出一些宫廷氛围,但作者的思想观念是保守的。比如,国王与封臣的关系还像古代日耳曼首领与随从的关系一样,原则上是平等的,他们相互合作是建立在个人忠诚的伦理观念基础上;爱情主题完全服从政治主题,只是从新娘在自己房间里试鞋时罗特向她泄露隐姓埋名的秘密那一场能看出一点他们之间的亲密情感,有一些宫廷史诗的迹象。此外,"抢新娘"本是一个世俗的主题,但作者加进了宗教内容,把求婚者罗特描写为信奉基督教的骑士,说少女的父亲君士坦丁皇帝是个东方的异教徒。这样,无论是求婚者动用武力抢亲,还是父亲图谋抗拒,都成为基督教与异教徒之间的斗争;而罗特最后把异教徒通通消灭,自己让位后隐居修道院,更说明作者的思维方式还没有摆脱宗教思维的框架。

(二)《埃恩斯特公爵》

《埃恩斯特公爵》(Herzog Ernst)的风格与《罗特国王》相近,也产生于巴伐利亚,作者是莱茵或摩泽尔法兰克人,可能是巴姆贝格的一名僧侣。史诗初稿完成于1180年前后,只保存下来几个断片,13世纪初才有人按照宫廷文学风格加工成一份完整的手抄本。因此,这部史诗虽然通常被归于艺人叙事文学,实际上更像一部宫廷史诗。此后几百年又有不同手抄本问世,影响比较广泛。

作品由两个相互完全独立的部分组成:第一部分的主人公以历史上施瓦本公爵埃恩斯特为原型;第二部分取材于欣得巴德(Sindbad)海员在东方的一连串冒险故事。作品的主题是皇帝与公爵、皇权与族群意识之间的对立,主要情节是:公爵埃恩斯特的母亲改嫁皇帝鄂图,埃恩斯特随母生活在皇宫。有人诬告他谋叛,被继父驱逐出境。他在外面历尽艰险,但战功卓著,最后带着大量战利品回到皇宫,事实证明他清白无辜。皇帝为他恢复了名誉,对诬告者进行了惩处。故事中,在继父与继子,即在帝国与公国的冲突之间插入了一个诬告者。这样就使冲突得以缓解,使皇帝得以摆脱恣意妄为的罪责。在消除误解后他才可能愿意弥补过失。因此从更高的角度看,《埃恩斯特公爵》是一部反映现实政治的诗,已经不像艺人的叙事文学。在上述这个大的历史框架内,十字军东征是另一重要组成部分。海员欣得巴德的著名冒险经历,如经过能吸住铁制的船只并使之撞碎的磁石山,在穿山洞的河流上畅游,与独眼巨人相遇等等,都被转移到巴伐利亚的公爵身上;欧洲各地诸侯对于通过十字军东征占领地盘、劫掠财富、获得实际利益的浓厚兴趣也都得到了细致描述。自从十字军东征以来,东方的阿拉伯文化传播到欧洲,其中也包括德国。阿拉伯的口头文学也渗透到德语文学之中,大大丰富了德国文学的内涵。《埃恩斯特公爵》就是明显的例子。但德国作品的风格过于严肃、凝重和实在,作者缺乏讲故事的兴趣和天赋。他把埃恩斯特的冒险经历写得像专业报告和地理发现一样,他笔下的十字军东征未能点燃德国读者和听众的宗教激情,决心战斗没有变成决心壮烈牺牲。埃恩斯特只是在一次谈话中干巴巴地顺便提了一句:"最大的幸福是为基督殉道的回报。"

（三）《欧斯瓦尔德》

《欧斯瓦尔德》、《欧伦德尔》和《撒尔曼与莫罗尔夫》这三部作品可以称为三部传奇小说，无论就其表现形式，还是就其思想内容都不能归入巴伐利亚文学范畴。三部作品均产生于 12 世纪下半叶，看样子都未被纳入宫廷消遣文学书目，所以其中没有一部见于古代的手抄本，流传下来的记录稿都是来自 15 世纪和 16 世纪。《欧斯瓦尔德》有三个文本，完全在一个共同手稿的基础上重新加工创作的，而这个共同手稿产生的时间也不会早于 14 世纪。《欧伦德尔》的三种记录稿或版本产生于 1477 年和 1512 年。据我们所知，《撒尔曼与莫罗尔夫》最早的四种记录稿产生于 15 世纪初。

《欧斯瓦尔德》（Oswald）的主人公的历史原型是英国早期信奉基督教的国王之一欧斯瓦尔德，公元 635 年至 642 年统治盎格鲁撒克逊最北部的一个王国。他娶异教的邻国国王的女儿为妻并帮助这位国王受洗，后在反对异教国王彭达的战争中阵亡。关于欧斯瓦尔德的故事，在欧洲大陆首先流传于莱茵河下游、佛里斯兰和佛兰得，自 12 世纪起也流传于奥地利和阿勒曼的阿尔卑斯山地区。这个故事有两个德语版本，传奇性质的维也纳版本和艺人叙事文学性质的慕尼黑版本。从作品的结构看，后者更贴近故事原貌。作品的内容是，信奉基督教的英国国王欧斯瓦尔德娶一个异教国王的女儿为妻，他们婚后过上了“清教徒”式的禁欲生活，公主的父亲也皈依了基督教。作者受过宗教教育，他继承口头文学中“抢新娘”的母题和叙事传统，对以往的“抢新娘模式”作了新的解释，使其具有基督教苦行禁欲理想的特征，断然否定既有世俗享乐又让上帝满意的生活的可能性。因此，这是一部在很大程度上受克吕尼派宗教思想影响的作品，不能为世俗的宫廷社会所接受。作者独出心裁，让走在欧斯瓦尔德抢亲队伍里的求婚者和帮手都是会说话的神奇乌鸦。这些乌鸦的外表并不真实，它们披金挂银，头顶金制王冠,但个个神通广大,能像人一样翻山跨海,排恶解难,也能像人一样讲话和思维,扮演诡计多端的使者去完成抢亲任务。他们的嘴还能演说伦理道德,只是不会做祷告。此外,抢亲和冒险过程中交织奇迹显灵、天使救援、上帝赐恩、十字军东征等情节,富有传奇色彩。

(四)《欧伦德尔》

《欧伦德尔》(Orendel)是一部关于基督的"灰色斗篷"(Graumantel)的传奇,也许说它是围绕这个斗篷编造的冒险故事更为贴切。作品一开始首先介绍斗篷的来历和直到被欧伦德尔发现以前的情况,接着是欧伦德尔的求婚历程。欧伦德尔是特里尔的奥格尔国王之子,带船队漂洋过海去耶路撒冷向布里德女王求婚。在已经看到离海岸不远的圣墓时,船队因搁浅而撞毁,只有欧伦德尔一人得以逃命,被渔夫城堡的领主伊泽收留。他在一次出海捕鱼时,神奇地发现一条鲸鱼的肚子里有一件灰色斗篷,借助天意他取得斗篷并把它带走,从此自称"灰色斗篷"。后来,欧伦德尔来到圣墓旁,为了表现自己,当着布里德女王的面与异教徒、巨人族和离经叛道的圣庙骑士比试武艺,经过多次低三下四地自我推荐,终于赢得布里德的爱情,成为女王的丈夫。伊泽也获得重赏,受封为骑士并晋升公爵。布里德同欧伦德尔并肩战斗,置生死于不顾,历尽艰险,最后随丈夫一起返回特里尔。而那件灰色斗篷一直存放在一个石制的棺木里。作品的第二部分是由圣墓落入异教徒之手的消息引起的;接着又是一轮紧迫、困顿、搏斗和冒险,终于赢得胜利;最后按惯例,所有主要参与者都住进了修道院,直至生命终点。抢新娘的模式和罗马后期阿波罗小说的影响,再加上骑士史诗中常见的冒险母题,诸如千篇一律的奇迹构想,生硬地拔高英雄业绩,毫无新意的人物姓名,完全任其自流的语言和韵律形式等等,这些因素构成了这部传奇故事的轮廓。

(五)《撒尔曼和莫罗尔夫》

从语言的特点看,《撒尔曼与莫罗尔夫》(Salmann und Morolf)属于中莱茵文学,题材起源于拜占庭,由德国作者重新加工创作而成。所罗门(Salomo)文学是东方叙事文学的珍贵遗产。在欧洲文学史上,除《埃恩斯特公爵》中欣得巴德的冒险故事外,这部作品是东方文学全面进入西方,进入德语文学的重要证据。

史诗的主要故事情节是:撒尔曼是耶路撒冷的国王,是个信奉基督教的君主。他的妻子撒尔莫是一个异教国王的女儿,被异教国王弗莱拐走,在第二部分又被异教徒普里恩奇安拐走。帮手和兄弟莫罗尔夫为撒尔曼出谋划策,他这才重新赢得妻子撒尔莫。故事中塑造的"抢新娘"母题一反以往的模式,不是英雄向国王的女儿求婚,而是国王的妻子被拐骗。人物形象也与过去不同,撒尔莫作为妇女不再是"抢新娘"这一行为的单纯客体和终极目标,而是扮演着新的、积极主动的角色。她敢想敢干,耳聪目明,不受"忠诚"观念束缚,背叛婚姻,两次与异教徒结盟出走。她的容貌也从呆板变得妩媚动人,莫罗尔夫不仅没被她的姿色折服,反而战胜了她。在寻找撒尔莫的过程中,不是国王撒尔曼,而是兄弟莫罗尔夫最为活跃。他足智多谋,善察秋毫,是侦察王后的暗探和重新获得王后的英雄。他的伪装、计谋和恶作剧都是为他完成使命服务的,而他的外表英俊高贵,举手投足雍容稳健,是周旋自如的宫廷社交家和武艺高强的骑士。王宫贵族和粗俗的玩笑高手在他身上融为一体。正是因为这种性格上的双重性使他成为独一无二的人物形象。作品中,虽然描述了基督教徒和异教徒的冲突,但作者并不把他们分成等级,没有把他们之间的对立作为判断伦理价值的标准。他给人物的评价产生于故事本身。同样,他重视人物身上的宫廷色彩,而不是宗教色彩。对于国王撒尔曼的服饰,王后撒尔莫的美貌,他们去教堂做礼拜的队伍,以及骑士对女主人的殷勤服务等等,都有生动而细致的描述。在作品的形式上,作者也有创新:第一次将段落的形式引入史诗。这一形式日后在很大程度上成为英雄史诗的一个特征。

第三章 封建社会繁荣时期的骑士—宫廷文学

（12 世纪下半叶到 13 世纪中叶）

第一节 概述

如果说在第一章和第二章里,德国文学史从德语文字的诞生到宗教文学最终退出主宰文化领域的地位,时间跨度为四百年的话,那么这一章要讲述的德国文学史,时间跨度仅仅八十年或者说大约三代人的时间(一般三十年为一代人)。这八十年文学的重要意义在于德语文字和德语文学创作第一次不再受命于来自外部的需要和指令,换句话说,德语文学第一次成为独立的艺术。在以往四百年里,德语在拉丁语的影响下,从诞生之日起逐渐发展成为能够充分表达西方国家皈依基督教后的全部新的思想内容的有效工具,成为一种能与拉丁语具有同等价值的西方国家的文化语言。但那时用德语表达的一切,从广义上看,还只能算是一种翻译,只是把西方国家用拉丁语写下的精神成果介绍到德意志来。从 12 世纪上半叶开始,德意志的历史发生了变化。促成这种变化的外部影响是:西方国家以领主与扈从关系为核心的封建体制经过几百年的发展,政治格局已定,经济生活繁荣;在文化领域,他们提倡一种被称为骑士精神的新的行为规范和价值标准。尚处于落后状态的德国的统治者十分仰慕他们,努力学习他们的榜样,在发展经济的同时,积极引入骑士制度,创造自己的骑士文化。在德国内部促成这种变化的因素有两个:一是霍亨史陶芬王朝的繁荣和巴巴洛莎皇帝的业绩,增强了德意志人的独立意识;二是德语从古高地德语阶段发展到了中古高地德语阶段,比之过去中古高地德语又成熟了一步,已经有能力在西方各民族的大合唱中自由地传达德意志人的声音。随之出现了一批大师,他们掌握了这种语言,并用完美的形式刻画和说出人们心灵深处的愿望和要求。德语文学在 1170 年到 1250 年这八十年中成为各种艺术种类中的领先艺术,开创了德国文学史上第一个伟大的古典时期——骑士—宫廷文学时期。

前面提到的霍亨史陶芬王朝(Hohenstaufen,1138—1254)是中世纪德意志皇权统治的又一个辉煌时期。在德国掌权的是一个按其祖居城堡命名的霍亨史陶芬家族。德国国王弗里德里希一世(Friedrich Ⅰ,1122?—1190)是这个家族的第四代传人,1152—1190 年在位,1155 年加冕为神圣罗马帝国皇帝,绰号"巴巴洛莎"(Barbarossa,意大利语,意为红胡子)。巴巴洛莎皇帝是一位强悍的君主,自即位之初,就千方百计致力于恢复和加强皇帝的权力,把控制意大利作为建立并巩固中央政权的基本国策。1154 年,他利用上意大利的混乱和诺曼人进逼罗马教廷之机,率领一支以骑士为主力的军队越过阿尔卑斯山,开始入侵意大利。在那里他召集著名的法学教师,让他们郑重宣布:德意志民族的神圣罗马帝国皇帝作为罗马皇帝恺撒的继承人拥有古罗马皇帝一千年前拥有的一切权力。他把皇帝看作是西方国家最高君主的帝国思想可见一斑。巴巴洛莎侵略意大利的目的除打击教皇的权势外,还看中了意大利经济发达,城市富有,希图劫掠那里的全部财富。有统计称,他每年从意大利掠得的财富价值高达 3 万镑。他多次率军向那里进发;他的军事行动激起了意大利城市的反抗,以米兰为首的北意大利城市结成伦巴德城市同盟,在教皇的配合下,终于在 1176 年把这位德国君主击败。这样,巴巴洛莎总共对意大利进攻六次,前后持续二十多年,最终除保留了形式上的授职权外,别的方面并没有取得什么成就。而且,由于他把主要军事力量投放在意大利,使内部的大封建主得以乘隙发展自己的势力,结果导致分离主义倾向加剧,封建割据加深。但是,另一方面,封建割据也使城市在与大封建主势力的斗争中得到发展。霍亨史陶芬王朝初期德国的情况是:在广阔的德意志土地上,除大片森林和小块田地、一些村落、城堡和修道院外,几乎没有一座城市,生产力低下,经济十分落后;占近人口百分之九十的隶农耕种骑士和修道院的田地把收成的十分之一上缴领主,人民生活贫困,以物换物是通行的流通方式。但此时的意大利已经有货币了。那里有一些大城市,特别是在沿海的城市里,经济发达,商业活跃,航海业也很发达。许多商人漂洋过海去东方,从那里带回布料、珠宝和各种食品,然后再将这些商品陆续卖到法国、英国,乃至德国,刺激了这些地区经济的发展。一批与封建割据势力抗衡的城市出现了。12世纪和13世纪是中世纪德意志城市最早的繁荣时期。

　　为加强皇权,振兴霍亨史陶芬王朝的声威,巴巴洛莎皇帝的另一项举措是,他在位期间引入骑士制度。最初的"骑士"可以追溯到8世纪。当时法兰克王国的墨洛温王朝为了加强军队的作战能力,曾把一批会骑马的武士组织在一起,让他们住在城堡里,脱离农业劳动,平时训练,战时打仗。这些人有严明的纪律,高超的武艺,骁勇的精神,丰富的作战经验,一向受封建统治者的赏识。他们每获战功,国王(或皇帝)便分封一些土地作为奖赏,叫作采邑。他们在自己的采邑里靠剥削隶农为生,是一些小封建领主。这个办法沿用了几个世纪。尽管如此,直到12世纪以前骑士在社会上的地位并不很高,他们没有文化,粗野鲁莽,作用只限于为国王或皇帝打仗,因而他们的称呼一直是"riter"。中古高地德语中的riter是由动词riten(骑马)派生出来的,意

思是骑马作战的人。到了 12 世纪霍亨史陶芬王朝开始执政以后,封建
制度在德国日趋巩固和成熟。当时在法国管辖下的佛兰得地区
(Flandern)是欧洲除意大利以外经济最繁荣的地区,同时也是封建制
度最发达的地区。那里盛行骑士制度。德国的统治者为了提高自己的
文化素养和社会地位积极向佛兰得学习。表现之一就是把佛兰得的骑
士看作是自己的榜样。1170 年,弗里德里希一世正式采用"骑士"
(ritter)一词,并把它列入帝国法典。从此包括皇帝和国王在内的所有
贵族成员都自称"骑士","骑士"成了封建世俗贵族的代名词,社会地
位之高前所未有。1184 年,他在美因茨举行盛大的圣灵降临节宫廷庆
典(Mainzer Pfingsten),为他的两个公子举行授爵仪式(Ritterschlag),以
剑拍肩,表示他们已晋升为骑士。应邀出席庆典的宾客达七万人,来自
世界各地。他们住在五彩缤纷的帐篷里,外面到处燃烧着篝火。庆典
上,有骑士竞技表演,皇帝本人也与儿子们一起比武显示自己的力量,
同时还有诗人和行吟歌手们吟诗演唱为节日助兴。宴席丰富,不仅有
整只整只的烤猪、烤羊和大桶大桶的干酒、甜酒,而且还模仿佛兰得骑
士的榜样,引入了文雅的用餐规则,气氛十分热烈。弗里德里希一世这
么做的用意是,要向世界展示他们学习法国贵族文化的决心和领导骑
士文化的资格和能力,从而公开宣布全面进入骑士社会。这个庆典延
续了许多天,壮观场面使人久久反复吟味。霍亨史陶芬王朝扬名四海,
大大振奋了德意志人的精神。因此,当德国的诗人们亲眼目睹这种盛
况时,他们感受到的就不仅仅是霍亨史陶芬王朝令人瞩目的权势和辉
煌,更是一种震撼。他们意识到德意志已经有能力自立于西方民族之
林,从而产生一种强烈的使命感,要把德意志人的精神、德意志人的这
种能力用文学方式表达出来。德国的骑士文学就是在这样的历史背景
下产生的。这里说明一下,他们此时采用的"骑士"(ritter)一词不是由
中古高地德语动词 riten 派生出来的,而是根据中古荷兰语的 riddere 造

出来的,专指骑士等级。这样,在中世纪就有 Ritter 和 riter 两个概念长期并存,都是指同一贵族等级。不过,因为两个词的历史渊源不同,概念本身也有细微差别,前者是从这个等级的特殊地位出发,后者更多是从他们的职业出发考虑的。因此,在现代德语中表示骑士这个历史上的特定等级时,只保留了前者 ritter,现代德语为 Ritter,不用后者 riter;riter 在现代德语中为 Reiter,即骑马的人。

德语文学的发展与德语自身的发展演变是联系在一起的。按照德语语言发展史划分,大约 750 年至 1050 年为古高地德语阶段(Althochdeutsch),1050 年至 1500 年为中古高地德语阶段(Mittelhochdeutsch),1500 年至今为近代高地德语阶段(Neuhochdeutsch)。第二章里已经讲过,古高地德语只是多种方言的总称,直到中世纪早期第二次德语语音变迁,古高地德语向中古高地德语过渡时,诗人和歌手也都是说各自的方言,没有统一的德语。这些人为谋求生计经常来往于各宫廷之间,为不同的"施主"说唱。为了使不同地区的听众都能听得懂,他们就不得不努力调整自己的语言,使之适用于各种方言区。这样,在德国的中部和南部逐渐形成了一种大家都能听懂的德语。骑士文学兴起以后,奥地利和图灵根的贵族宫廷,帕骚的主教管辖区率先成为这一新的文学的中心。那里的诗人不仅用这种语言说唱,也用这种语言从事写作。随后出现了一批大师,他们在原有的基础上,对德语进一步加工和提高,创作了一批思想新颖、内容丰富、人物形象鲜明、语言比较完美的作品,表达新的世俗贵族阶级对于世界历史、尘世生活,乃至宗教信仰的全新认识。由于他们的杰出贡献,在中世纪一度出现了统一的中古高地德语书面语言。

在德国文学史上,骑士文学是一个完整的历史时期,从 1170 年到 1250 年历时八十年,分为兴起、繁荣和衰落三个发展阶段,也可以把这三个阶段理解为早期宫廷文学、古典时期宫廷文学和后古典时期宫廷文学。这是一种新兴的世俗封建文学,骑士是文学的承载者(Träger),贵族宫廷(Hof)是文学活动中心,宫廷的主人是施主(Gönner)。通常骑士文学是受施主委托进行创作的,因此在性质上这是一种御用文学(Auftragsdichtung)。主要文学种类有骑士抒情诗和叙事体作品即史诗两大部分。宗教文学完全退出了主宰地位。直到后期才出现一种以教育为宗旨的文学(Lehrdichtung)和某些神学、自然科学和法学等新文学散文(Buchprosa)的萌芽,但影响不大。

第二节　骑士—宫廷文学的兴起

德国骑士文学最早大约出现在 12 世纪中叶,12 世纪下半叶进一步兴起。这一节里首先讲一讲德国骑士文学产生的原因,确切名称,与僧侣文学的不同和它的一些特殊用语。

一　德国骑士文学产生的原因

随着霍亨史陶芬王朝的繁荣兴旺和巴巴洛莎皇帝引入骑士制度,骑士的社会地位发生了历史性变化。他们迫切需要有自己的文化,表达他们的阶级意识和阶级要求。这是促使德国骑士文学产生的根本原因。此外还有两个外部因素的影响,一个是法国的骑士文学,另一个是东方的阿拉伯文化。法国封建化的进程比德国快。前面已经提到,在法国,尤其在当时法国管辖下的佛兰得地区经济繁荣,社会稳定,骑士早已克服了原先的粗野习气转而注意文明礼仪。那里提倡一种称之为骑士精神的新的行为规范和价值准则,并且创造了以此为核心主旨的骑士文学。这种变得文雅的、有教养的生活方式和社会习俗对于迫切要求改善自身素质、提高自身文化品位的德国统治者极具吸引力。他们于是也学习法国骑士的榜样,像法国的骑士那样从事文学创作。所以,德国的骑士文学在许多方面都是借鉴了法国的骑士文学。其次,从11世纪末到13世纪末西欧天主教会以从异教徒手中收复巴勒斯坦圣地的名义,举行了长达近二百年之久的十字军东征,对地中海东岸地区发动大规模军事侵略。在十字军东征过程中,德国骑士来到了无论在科学还是在文化方面都远比欧洲先进的阿拉伯国家,接触到东方的阿拉伯文化,他们打开了眼界,增长了知识。这不仅促使他们要创立自己的文化,而且也使他们的文化具有了东方文化的色彩。德国骑士文学接受了许多东方阿拉伯文学的影响。因此,德国的骑士文学和德国的骑士制度一样,不是德意志一国的产物。可以这样说,骑士文学和骑士制度原本就是一种国际现象,德国的骑士文学不过是这种国际文化现象的一个组成部分。

二　德国骑士文学为什么称骑士—宫廷文学?

德国的骑士文学,也称宫廷文学,准确地说,应该称为骑士—宫廷文学(Ritterlich-höfische Literatur)。它为什么是"骑士的",同时又是"宫廷的"呢?"骑士的"一词是等级的标志。说这种文学是"骑士的",首先指的是它的承载者。不论作者还是作品中的主人公都是骑士等级的成员,它代表的是这个等级的思想、感情、理想和追求。"宫廷的"是表示性质的概念,从严格意义上说,是一个文化概念,标志这种文学的文化性质。说这种文学是"宫廷的",指的不仅是它的存在依附于贵族宫廷,服务对象是贵族宫廷成员,而且它所表现的内容也是贵族宫廷的文化生活、审美情趣,以及成员应有的品格修养和道德风范。这里,"骑士的"与"宫廷的"是互相依存的关系,是不可分的。按其社会结构,宫廷社会就是骑士社会,一切称之为"宫廷的"都是在骑士等级的基础上产生的;反之,只有骑士等级的成员才能够获得"宫廷的"教育,具有"宫廷的"品质。因此,骑士—宫廷文学是一个整体概念,全面地体现了这种文学的阶级归属和文化性质。

三　骑士—宫廷文学与僧侣文学的不同

骑士—宫廷文学是世俗封建阶级的文学,是代表世俗封建主的利益的。它的兴起使宗教的僧侣文学黯然失色。贵族宫廷取代修道院成为文化生活的中心,骑士取代僧侣成为文学的主人。虽然这两种文学都是封建性质的文学,但它们之间差别明显。首先,僧侣文学拥护教皇,支持封建割据,而骑士—宫廷文学拥护皇帝,支持中央集权,就此而言,后者的政治态度与历史发展的方向是一致的,具有进步意义。其次,僧侣文学否定现世,宣称现世生活是"罪孽",提倡遁世绝俗,禁欲苦行,把目光放到彼岸,追求来世幸福。骑士—宫廷文学则是肯定现世,鼓励在现世追求事业、荣誉和生活享乐,因而它提倡的生活态度是积极向上的,面向现实的,是世俗性质的。这一点与古代日耳曼文学有相似之处,但不是古代文学传统的恢复或直接发展。第三,骑士—宫廷文学作为世俗文学,并不意味它不表现宗教的内容,更不意味是反宗教的。不同的是,僧侣文学所表述的思想直接来自基督教教义,是为宣传基督教信仰服务的,而骑士—宫廷文学是从世俗封建主的利益出发,反映他们的阶级需要,述说他们的主张与追求,宗教的内容只是在这种前提下被纳入文学创作之中,为世俗的封建阶级服务。

四　骑士—宫廷文学的特殊用语

骑士—宫廷文学不仅在宗旨、主题和题材内容上与先前的僧侣文学有明显区别,它的语言也随着思想内容的改变而有新的变化。在中世纪,骑士等级虽然包括上至王公大臣下到最穷困的宫室官吏多个等级的成员,但他们的感情和理想是一致的,有自己特殊的生活方式、行为规范、价值和道德标准。为了表达这些特殊的内容,骑士—宫廷文学给一些通用的词汇赋予了特殊的含义,要么改变或增删原有词汇的内容,要么对原有词汇的内容加以扩展或限制。比如,"忠诚"(triuwe)在古代日耳曼社会是维系首领与随从之间关系稳定有序的道德品质,现在是表示采邑者与被采邑者,主人与仆人,即报酬与服务两者之间互相负有责任和义务的意识。"尊严"(ere)原本是一种荣誉感,现在突出了它的等级性质,是一种由社会地位和思想观念统一起来的心理状态,表示骑士等级和它的伦理道德毋庸置疑,不可侵犯。"欢乐,喜悦"(vräude)已经超越一般人喜怒哀乐的范畴,专指骑士参与宫廷社会活动的喜悦心情。"庆典"(vest)不是普通友人欢聚,而是宫廷生活的重要组成部分,是宫廷主人炫耀财富和声望的一种方式。每逢婚丧娶嫁,或重大节日,宫廷主人便邀请八方宾客前来一起庆祝,诗人歌手献技献艺,卖力地为主人效劳,而每个参加者只能表现"喜悦"的心情,使"庆典"充满"欢乐"。"情绪"(muot)的意思是人的心情,这里也指气氛,如"欢腾的、高扬的气氛"(hoher muot),就是指"庆典"达到了高潮。"教育"(zuht)专指对贵族后代的培养,也包括作为培养的结果在骑士身上表现出的教养,属于宫廷素质教育范畴。内容包括精通拉丁语和法语,掌握声乐和器乐技巧,以及善于交往、周旋等能力。一个受过宫廷教育的人必须是一个温文尔雅、多才多艺、通权达变的人。"克制,适中"(maze)是指处世态度。骑士要根据应有的行为准则约束自己,说话做事适可而止,待人接物不偏不倚。"品德"(tugende)指的是一个标准骑士必须有的品质,如谦虚谨慎,不矜不伐,待人宽厚,乐善好施等,而这些品质只有用"高贵的材料"(贵族血统的人)才能培养出来。"贵妇"(frouwe)指的是出身高贵的妇女,如女主人、女郡主等。她们是宫廷社会的恒星和中心,地位最高,宫廷成员的聚会只有她们到场才能成为"庆典",她们是欢乐的源泉,是激起高扬气氛的动力,而且永远是"美丽"的。因此,"美丽"(schoene)不是指相貌,而是因为身份。

frouwe 这个概念不包括非贵族出身的普通妇女（wip）。骑士的"劳作"（arebeit）不是一般性劳动，而是专指骑士作为采邑者为女主人效劳，献殷勤。"骑士爱情"（minne）固然是属于感性范畴的概念，但内容是骑士为女主人献殷勤，向女主人表示精神上的爱慕之情。这种爱慕之情不是一般意义上的恋爱，而是提高了的觉悟，美化了的姿态，是对本能冲动的净化，因此是教育人、督促人上进的力量。骑士就是靠这种力量不断地追求、不断地完善自己，从而使自己成为一个所谓"完人"，即一个"标准的骑士"。而他所期待的"报酬"（lohn）仅仅是女主人用一个眼神、一句问候或者丢下一块手帕表示认可，这样他就满足了。

第三节 骑士—宫廷文学的发展与繁荣

骑士—宫廷文学的发展和繁荣期与骑士制度的兴起和盛行期是一致的，都是在 12 世纪下半叶到 13 世纪上半叶，1190 年到 1210 年达到顶峰。维也纳、巴伐利亚和图灵根是著名的文学中心。主要文学种类是骑士爱情诗、宫廷史诗和英雄史诗。它们的共同点是都用韵文体写成，有文字记载。因为当时还没有印刷术，只有手抄本，手抄本不是供人阅读，而是供人朗诵和讲述的，所以，这种文学基本上还是靠口头流传。但它们都有各自独立的发展过程。

一 骑士爱情诗

骑士爱情诗（Minnesang 或 Minnegesang）是骑士制度特有的产物，是随着霍亨史陶芬王朝的繁荣兴盛而发展起来的。骑士—宫廷文学中的诗歌，按其形式通常分为骑士爱情诗和格言诗两大类。它们均产生于不同的历史背景和思想范畴。骑士爱情诗是心灵或情感的自白，格言诗则是信条、教义，用普遍的生活经验、伦理规则和实践知识进行说教,形式简短,易于记忆。骑士爱情诗诗人和格言诗诗人的界限也极为分明,早期的骑士爱情诗诗人是不写格言诗的,反之也是如此。直到骑士—宫廷文学的繁荣期,大诗人福格威德的瓦尔特才既写骑士爱情诗,也写格言诗,两种创作都达到了极高水平。

　　骑士爱情诗是最早用德语写的自叙体作品,也是德国乃至整个中世纪欧洲最早用真正民间语言(对比拉丁语而言)写的新的宫廷抒情诗。与以往的"歌"不同,这种诗有节拍和乐谱,是供歌唱的。早在 12 世纪上半叶,还在克吕尼宗教改革运动狂热鼓吹遁世苦行,视两性之间的爱情为罪孽的时候,这种诗歌就已冲破原有传统,以全新的姿态出现,重新评价现世生活。它选择的唯一主题就是男女之间的爱情,主人公也不再是僧侣而是骑士。关于骑士爱情诗是如何产生的,学者们众说纷纭,综合起来大体有以下五种见解:一、来自民间爱情诗,因为很早以前在多瑙河一带曾经有爱情诗歌在民间流传;二、来自受封骑士为领主服务的社会实践,因为"骑士爱情"是以采邑制的形式表现的;三、来自宗教信仰,他们认为骑士为女主人服务与对圣母玛利亚的崇拜一脉相承;四、来自拉丁语的作品,即教士与修女或世俗妇女之间情意绵绵的信札,以及带有色情内容的流浪汉诗歌;五、来自阿拉伯文化,阿拉伯爱情诗的风格和母题明显与欧洲的爱情诗相近,也是宫廷艺术,演唱时也是采用第一人称形式,在论述爱情的理论中,荡涤情欲,净化心灵,景仰女主人等都是核心论点,这些都对欧洲骑士文学有重要影响。综观这五种见解,都言之有理。看来像骑士爱情诗这样一个复杂现象,这样一种集社会、伦理、文学、音乐于一体的造诣高深的艺术,肯定是兼收并蓄各方影响的结果,单纯用其中任何一种见解都不足以全面解释骑士爱情诗的来源。

　　13 世纪末到 14 世纪初陆续出现骑士爱情诗手抄本,其中收入了自骑士爱情诗诞生之日起近一百五十年的全部创作成果。从规模和装帧看,这些手抄本的产生应归功于富有的、懂得艺术的诗歌爱好者。搜集的范围主要在莱茵河上游西南部的阿勒曼地区,那里是骑士—宫廷文学繁荣时期文学创作的中心,也是对骑士爱情诗的兴趣持续时间最长的地方。因此,手抄本中,这一地区诗人的作品最为丰富,最重要的三个手抄本也产生在这里,它们是:一、《小型海德堡歌集手抄本》(Die kleine Heidelberger Liederhandschrift),简称 A 本,13 世纪产生于斯特拉斯堡,没有插图。二、《魏因加特纳歌集手抄本》(Die Weingartner Lieder-handschrift),简称 B 本,大约 13 世纪产生于康斯坦茨,现存放在斯图加特,集子中收入的诗歌均配有作者肖像。三、《大型海德堡歌集手抄本》(Die große Heidelberger Liederhandschrift),简称 C 本,这部歌集篇幅最长,内容最全,价值最高,在 13 世纪 B 本问世之后产生于苏黎世,曾长期保存在巴黎国家图书馆,1888 年,通过交换返回海德堡,集子中有珍贵插图,诗歌配有作者肖像和徽章。此外要提及的还有:《维尔茨堡歌集手抄本》(Würzburger Liederhandschrift),简称 E 本,可视为福格威德的瓦尔特及其老师莱玛尔的专集,最晚产生于 14 世纪中叶,现保存在慕尼黑。《耶拿歌集手抄本》(Jenaer Liederhandschrift),简称 J 本,这部歌集可能是为当时图灵根和迈森的方伯严肃的弗里德里希(Friedrich der Ernsthafte,1310—1349)而作,于 14 世纪上半叶用中部德语方言写成,装帧华丽,没有插图,但配有乐谱,因此其重要性无法估量。集子中主要是晚期的格言诗,不少作品出自非骑士等级的、新的市民阶级出身的流浪文人之手,作者大都来自德国中部和北部。

今天,我们对于中世纪德国骑士爱情诗的认识,包括诗歌内容、创作形式、诗人风格以及骑士爱情诗的发生发展都是从这些《歌集》中得到的。概括起来,骑士爱情诗分为早期骑士爱情诗和宫廷骑士爱情诗两大部分。

(一) 早期骑士爱情诗

最早的骑士爱情诗是在德国本土生长的,故称"古代本土骑士爱情诗"（altheimischer Minnesang），以区别后来受法国影响而盛行起来的"普罗旺斯骑士爱情诗"（provenzialer Minnesang）。早期骑士爱情诗产生于奥地利和巴伐利亚，因为作者都是多瑙河流域的骑士，所以称他们为"多瑙河派"（Donaugruppe）。

"多瑙河派"诗人所描述的"爱情"还是一种自在之物，一种用贵族的思维方式提高和美化了的，从伦理和情感两个方面同时加以深化的自然的恋爱经历，既不像拉丁语流浪汉诗歌中那种肆无忌惮的、赤裸裸的性爱，也不完全是后来那种超俗化的、程式化的"骑士爱情"，还没有明显的"典雅爱情"的特征。至于骑士爱情诗是否、或者在多大程度上由最初的民歌阶段发展而来，德国古代文学史家赫尔穆特·得·伯尔认为，因为缺乏实例进行比较，难以得出确切答案。值得注意的是，确实有过一种叫作"wineliet"的爱情歌曲或爱情诗歌在民间流传。有两点事实可视为证据：其一，后期诗人奈德哈特的诗歌中有一种农民采花时唱的"情歌"，由一个人独自倾吐衷肠，表达爱情，曲调高雅。这种"情歌"的主人公不是骑士和贵妇，而是乡间的农民。其二，在拉丁语的世俗歌曲中，有一段用德语写的谈情说爱的诗句广为流传，这是一个年轻妇女与一位教士偷情，在她用拉丁语写的情书中特地用德语写的几句话：

> 你是我的，我是你的，
> 你要确信不疑。
> 你被关闭在
> 我的心窝里；
> 小钥匙已丢失，
> 你永远关在我的心窝里。

以上两点事实只能说明，在普罗旺斯宫廷骑士爱情诗成为时尚之前,这里曾有过用德语写的爱情诗歌,也许这就是"多瑙河派"骑士爱情诗产生的土壤。

"多瑙河派"诗人的三位主要代表是库伦贝格尔、爱斯特的狄特玛和累根斯堡的城堡军事长官(der Burggraf von Regensburg)。此外还有施瓦本诗人瑟维林根的美因罗(Meinloh von Sevelingen)和里滕堡的城堡军事长官(der Burggraf von Rietenburg),这二人的风格尚显鲜嫩,受西方影响较多。以上五位诗人均出身于贵族世家,他们的写作生涯大约都在1150年到1175年之间,其中最重要的两位诗人是库伦贝格尔和爱斯特的狄特玛,他们的作品风格各异,给我们提供了从多方面了解早期骑士爱情诗的视角。

1. 库伦贝格尔

库伦贝格尔(Der Kürnberger)是奥地利人,生卒年月不详,他的名字叫什么也不清楚,因为库伦贝格(即米尔贝格 Mühlberg)是一地名,所以库伦贝格加词尾 er 自然是库伦贝格人的意思,有的文学史上也称"那个来自库伦贝格的人"(Der von Kürnberg)。库伦贝格尔性格坚强果断,语言简洁明快,他的诗大多只有一段,最有名的一首歌也只有两段,后人称之为"鹰之歌"(Falkenlied)。歌词是:

> "我饲养了一只鹰,已有一年多。
> 我按照我的愿望,把它驯养
> 并且把金线缠在它的羽毛上,
> 它飞上高空,飞向四方。"
> "我看着那只鹰在空中翱翔,
> 金丝线一直缠在它的脚上,
> 它的羽毛闪烁着金红色光芒;
> 愿上帝把有情人送到同一个地方。"

诗中采用的是古代德语诗歌中惯用的对话形式,但可视为是同一妇人的独白,鹰象征爱情或情人。第一段是从女方的角度看待爱情的,意思是精心培育的爱情总归要失去;第二段虽然是同一妇人说的话,但是从男方的角度看待爱情的,说男人高瞻远瞩,志在四方。最后一行又回到女方的感受上,以一声叹息结尾,间接表示她对爱情的渴望。这里诗人所表达的爱情显然还是自然的真实的爱情。特别引人注意的是,这首歌采用的诗体与所谓"尼伯龙人歌段"(Nibelungenstrophe)一致,即每一段有四个长行,每一长行又分为两个短行。前三个长行的第一短行有四个扬音,第二短行有三个扬音。只有第四长行的两个短行都是四个扬音,以表示停顿。后来的英雄史诗《尼伯龙人之歌》也是用的这种诗体。至于有人据此推断库伦贝格尔就是《尼伯龙人之歌》的作者,没有可靠证据。"尼伯龙人歌段"是在民歌基础上发展起来的,由此可见,库伦贝格尔的诗与民歌之间也许存在某种联系。

2. 爱斯特的狄特玛

"多瑙河派"的另一位有代表性的诗人是爱斯特的狄特玛(Dietmar von Aist 或 Dietmar von Eist),生年不详,大概卒于1171年以前,是德语文学中第一位写"破晓歌"(Tagelied)的诗人。"破晓歌"是法国普罗旺斯骑士爱情诗的一种体裁,这表明狄特玛已经与莱茵河以西的文学有所接触。狄特玛的"破晓歌"虽然也像后来的"破晓歌"一样,写的是男女幽会后黎明前依依惜别时的感情,但他并不强调男女双方的等级,即不强调男主人公的骑士身份,也不强调女主人公是骑士的女主人,或另外一位已婚的贵妇;诗中也没有出现骑士与贵妇幽会时站在门外守卫的、黎明到来时把主人叫醒的"侍卫"(Wächter)形象;女主人公之所以受到男主人公的爱慕,不是因为她等级高贵,而是因为她年轻美貌。在他的一首诗中有"女人之冠,妙龄女郎"的诗句,这一点与库伦贝格尔的看法是一致的。与库伦贝格尔不同的是,他灵活机敏,喜欢尝试,表达感情的语调柔和,库伦贝格尔是以词为出发点,他是以音乐取胜。不过,他们诗中歌颂的爱情都是男女之间平等的个人关系,不是骑士"为女主人服务"(Frauendienst)的关系。他们的爱情诗都反映了骑士对感官享受的要求,感情真实、自然,接近于民歌,还不带有宫廷的性质,因此文学史上称这种诗为"宫廷时期前的骑士爱情诗"(vorhöfischer Minnesang)。

(二) 宫廷骑士爱情诗

宫廷骑士爱情诗是由外国引进的,在德国的发展经历三个阶段,1170—1190 年为第一阶段,1190—1230 年为第二阶段,1230 年以后为第三阶段。

1. 第一阶段(1170—1190 年)

宫廷骑士爱情诗于 1100 年前后产生于法国南部的普罗旺斯(Provence),故称普罗旺斯骑士爱情诗(provenzialer Minnesang)。巴巴洛莎皇帝在位期间大力推行成为时尚的骑士制度,大约于 1170 年,他决定也将普罗旺斯骑士爱情诗的形式引入德国,此后二十年这门新的诗歌艺术在德国得到了长足发展。因为接受这种新型诗歌的作者都是莱茵河中上游一带的骑士,为与德国本土的"多瑙河派"加以区分,称他们为"莱茵河派"(Rheingruppe)。

"莱茵河派"骑士爱情诗与"多瑙河派"骑士爱情诗的区别在于,它不仅抛弃了诸如"尼伯龙人歌段"的诗体、男女对话等德国诗歌的传统形式,更主要的是对于爱情的理解发生了根本性变化。诗中歌唱的不再是男女之间自然产生的、真实的爱情,而是所谓"典雅爱情"(hohe Minne)。这种"典雅爱情"与通常所说的爱情无关,专指骑士与女主人之间一种特殊的"爱慕"关系,它表现在三个方面:一、"典雅爱情"是一种以采邑制度为社会基础,以骑士为女郡主服务,女郡主给予骑士报酬为表现形式的不平等的封建等级关系。诗中的骑士常常就是作者本人,但他并不作为特定的个人,而是作为骑士的代表出现;作为诗人,他与宫廷的关系是宫廷需要他说唱,他靠为宫廷说唱获取生计;宫廷的女郡主常常就是他所"爱慕"的女主人,虽然他看似在以第一人称倾诉衷肠,实际上是在为宫廷庆典增添欢乐气氛,说唱的内容很大程度上是取决于宫廷的。二、骑士单方面向女郡主"求爱",不是因为女郡主在他心中激起了情感,而是他表示愿意为女郡主"服务"(Dienst),目的也不是为了最终结成眷属,而是为了求得女郡主的某种"报酬"(Lohn)。为了得到"报酬",他就要不惜赴汤蹈火,按照规定的程序进行各种"磨练"。因此,骑士的"典雅爱情"不是个人体验,而是一种程式化的社交经历。三、但是,骑士常常得不到"报酬",在"抱怨"和"痛苦"的同时还得表现出最大的"克制"和"忍耐",继续经受"磨练",等待"报酬"。如果说在"服务"的过程中,骑士要显示自己具有"忠诚"、"勇敢"和"自我牺牲"的品德的话,那么在等待"报酬"的过程中,就更要锤炼意志,使自己成为忠于女郡主的、不贪求私欲的、有道德修养的"高尚骑士"(edler Ritter)。因此,宫廷骑士爱情诗所歌颂的"典雅爱情"显然是一种特殊的教育手段。其美学价值在于:女郡主作为"相爱"的一方,扮演教育者的角色,肩负净化心灵的使命。骑士作为"相爱"的另一方,扮演接受教育和进行自我教育的角色。在任何情况下,他都要有绝不气馁、永远向上的精神和永不停息地追求"完美"的情怀。

除上面谈到的那种诗歌外,还有另外一种诗歌,这就是在"莱茵河派"宫廷骑士爱情诗繁荣发展的同时产生的十字军东征诗歌(Kreuzzugslyrik)。从1096年到1291年,西欧国家的大封建主和天主教会对地中海东岸地区发动了大规模侵略性远征,历时近二百年。参加远征的国家有法、意、德、英等国,骑士是这次远征的主力军。德国的骑士,从皇帝到普通宫廷成员包括诗人歌手都纷纷加入了远征队伍,他们满怀热烈的宗教激情,抛下倾心仰慕的女主人来到远离故乡的土地。十字军将士中的诗人大约从 1189 年到 13 世纪初写出了一批描述这次非凡经历的作品。他们在开阔眼界,增长知识,丰富了创作经验的同时,也遇到了新的痛苦和困惑。骑士们来到异国他乡才发现,"为上帝服务"和"为女主人服务"难以兼顾。因此,如何将对上帝的爱、为上帝服务与对一个人的爱并全心全意为这个人服务结合起来,如何做一个让上帝满意的世俗骑士,便成为他们诗歌创作的核心题目。如果说中世纪早期的德语诗歌的特点是,宣布信仰是真理,展现非个性的宗教体验,那么十字军东征诗歌则是与骑士爱情诗的性质相适应,主要描述十字军东征这个历史事件与每一个人的关系和对每一个人的生活的影响。因此可以说,描写个人对于宗教信仰和世俗爱情的体验和感受是德国十字军东征诗歌的特征。总之,歌颂"典雅爱情"和把宗教的与世俗的主题结合起来是德国宫廷骑士爱情诗的全部内容,这一时期的诗人在他们的作品中都不同程度地,从不同侧面和视角描写了这个主题。

属于"莱茵河派"的诗人有莱茵法兰克人,如豪森的弗里德里希、霍尔海姆的贝伦格尔(Bernger von Horheim)、斯台因纳赫的布里格尔(Bligger von Steinach);有阿尔萨斯人,如古藤堡的乌尔里希(Ulrich von Gutenburg)和瑞士人菲尼斯的鲁道夫(Rudolf von Fenis)。他们中弗里德里希的资历最深,影响最大。他不仅把法国的普罗旺斯骑士爱情诗引入德国,而且通过自己的创作使其在德国扎根,开了新的骑士爱情诗诗风的先河,成为德国宫廷骑士爱情诗的奠基人。

(1)豪森的弗里德里希

豪森的弗里德里希(Friedrich von Hausen,约 1150—1190)出身于男爵家庭,本人供职霍亨史陶芬宫廷,在重大的政治事件中总是站在皇帝周围,支持中央集权,积极参加巴巴洛莎率领的十字军东征。他有强烈的维护封建贵族利益的责任感,是所谓"史陶芬精神"的坚定战士。他的诗歌自成一派,中心题目是"典雅爱情",全部焦点都放在表述内心感受上。他笔下的骑士胸中充满"高昂的情绪",即使在"服务"得不到"报酬"的时候也能"克制"和"忍耐"。弗里德里希认为能够感受真正"爱情"的能力是上帝的恩赐,是上帝托付给一个骑士的义务,因此这种"爱情"的价值是永恒的,牢不可破的。然而,现实对他的这种乐观精神提出了严峻挑战。在参加十字军东征过程中,他深切感到"爱情"和"上帝",即为"女主人服务"和为"上帝服务"是相互矛盾的,两项义务不能兼顾,也无法使之协调均衡,他最后的抉择是:拒绝"爱情"。在一首十字军东征诗歌中他这样写道:

> 我的心灵和我的躯体想要分离,
> 可它们待在一起已经这么长时间。
> 躯体渴望为反对异教徒而战,
> 心灵却公开选择了一位妇人。
> 长久以来,这一直是我的负担,
> 它们二者再也不愿携手同行。
> 这么大的不幸,我无能为力,
> 唯有上帝才能平息这场争端。

这里,躯体显然代表为上帝服务的意志,心灵代表对女主人的"爱情",二者不能兼得。这首诗就是建立在这种冲突的基础之上的。弗里德里希共有十七首诗歌流传后世,其中尤以十字军东征诗歌闻名。他的重要意义在于,在作品中不仅表达了对"典雅爱情"的理解,而且探讨了这种"爱情"与上帝的关系,他是第一位,也是"莱茵河派"中唯一一位涉及这个问题的诗人。

(2)费尔德克的海因里希

宫廷骑士爱情诗初期的另一位重要代表是费尔德克的海因里希

(Heinrich von Veldeke),他大概于 1140 年至 1150 年间生于莱茵河下游,1210 年前后去世,但不直接属于"莱茵河派"。海因里希出身于马特里赫地区的一个下层贵族家庭,受过修道院学校教育,后供职图灵根宫廷。他最早的作品《赛尔瓦提乌斯》(Servatius)写于 1170 年前,是一部用北方方言写的诗体传奇,以一部拉丁语散文传奇为蓝本,主人公是马特里赫大教堂的守护圣徒大主教赛尔瓦提乌斯。1170 年后,他开始写伊尼亚斯小说(Äneasroman),大约于 1187 年或 1189 年完成。这部作品使他很快在莱茵一带的文学界闻名。《关于所罗门及其爱情的诗》(das Gedicht von Salomon und der Minne)肯定产生于 1170 年至 1189 年这二十年之间,具体年份不详,诗稿已经丢失。

　　早年的海因里希首先是抒情诗人,写了大量抒情诗歌,其中大部分是用他故乡林堡的方言写的,产生时间肯定早于莱茵河中上游的德语诗歌。从他与法国诗人的来往看,可以推测,他接受了法国田园诗和爱情诗的启发,对于自然风光的描写也比奥地利诗人更具现实主义和专业化,而且喜爱用有教育意义的格言警句和生动具体的形象比喻。在内容上,他全盘接受了法国人关于"骑士爱情""为女主人服务""为骑士爱情歌唱"等观点,爱情和自然,爱情和社会成为他诗歌创作的主题。但他这时写的爱情诗歌与弗里德里希的骑士爱情诗不同,后者主要表现骑士为女主人服务后得不到报酬时的"抱怨"和"哀伤"(rouwe),海因里希则认为"哀伤"与"骑士爱情"是相悖的,"骑士爱情"的任务是为宫廷聚会贡献"欢乐"(bliscap),"哀伤"只能妨碍这种"欢乐",因此他诗歌中的关键词是"欢乐",而且经常毫不掩饰地表达感官上的欢乐,所以他这时所描写的爱情还不能说是"典雅爱情"。使他诗歌创作发生重要转折的事件是巴巴洛莎皇帝 1184 年在美因茨举行的盛大宫廷庆典,他亲历庄严的骑士授爵仪式,结识了几位新的史陶芬诗歌艺术的代表,深受鼓舞,从他后来在图灵根时期创作的诗歌看,他已与普罗旺斯风格的骑士爱情诗有所接触。不过,海因里希的主要贡献是在宫廷史诗方面,后面还要谈到。

2.第二阶段(1190—1230 年)

在德国中世纪诗歌史上,1190 年是一个明显的转折。这一年,巴巴洛莎皇帝和"莱茵河派"权威诗人豪森的弗里德里希在十字军东征途中相继辞世,这意味着统治诗坛整整二十年的"莱茵河派"时代宣告结束。一代新的诗人被提到议事日程上来,他们差不多同时从不同地方掀起一股新的诗歌艺术之风,德国宫廷骑士爱情诗从此进入繁荣阶段。这种新的诗歌艺术虽然与"莱茵河派"一样仍以"典雅爱情"为创作的中心主题,但不同的是:第一,"莱茵河派"整体上着眼于生搬硬套,他们不仅接受了普罗旺斯人的"骑士爱情"观念,也接受了普罗旺斯人体验和表达"骑士爱情"的方式。在这个意义上,他们只是学生,亦步亦趋地学习一种已经成熟的艺术,有赶上老师的雄心,却没有超过老师的壮志,因此他们的诗歌显得矫揉造作,理智多于感情。第二,如果说"莱茵河派"诗人只有一种类型的话,那么新一代诗人的创作理念虽然都是"典雅爱情",但这种理念是通过每个人的"感受",而且往往是通过每个人痛苦的"感受"得到的,因为每个人的性格、气质和想象力不同,他们"感受"和"体验"的方式和内容也各不相同,每个人都有自己的特点。因此,进入繁荣期的德国宫廷骑士爱情诗已经脱离法国的榜样,从常规模式走向个性化,从抽象概念走向具体经验,从学习别人走向自我创造;诗人把"典雅爱情"的理念融入德意志人的天性当中,创造了新的、表达他们心灵深处的诉求与渴望的德国宫廷骑士爱情诗。

将德国宫廷骑士爱情诗推向顶峰的新一代诗人共有五位,他们是:

(1)约翰斯多尔夫的阿尔布莱希特

约翰斯多尔夫的阿尔布莱希特(Albrecht von Johansdorf),下巴伐利亚人,据史料记载,1180 年到 1209 年在帕骚大主教管辖区供职,曾参加巴巴洛莎率领的十字军东征,共创作十一首诗歌,其中四首是十字军东征歌曲。阿尔布莱希特虽然理论上认为女主人的"报酬"能提高骑士的社会地位和道德修养,使骑士由此产生进入贵族等级的归属感,但从他自己为女主人"服务"的实际经历中感受到"爱情"是相互的,是双方彼此爱慕。因此,他努力使早期"多瑙河派"的骑士爱情诗的传统与宫廷骑士爱情诗的立场相结合,不仅男方对女方的关系可以更自然一些,尤其重要的是,女方也要把男方看作是真正的伴侣。在他的一首类似早期骑士爱情诗的"破晓歌"中女主人公预感分别的痛苦时说了这样一句话:"爱情如何开始,我也许知道,爱情如何结束,我不得而知。"女主人公这样直白自己的感情在宫廷骑士爱情诗中是不允许的,这里,诗人则通过女主人公之口表白他理解的"爱情"是双方的,用他的话说"忠诚在相互的爱中产生"。

(2)奥埃的哈尔特曼

奥埃的哈尔特曼(Hartmann von Aue)大约生于1160年至1165年之间,阿勒曼人,施瓦本地区骑士,曾经在奥埃的一个封建宫廷供职,参加过1189年至1190年巴巴洛莎皇帝率领的十字军东征,青年时代写的骑士爱情诗中很大一部分是十字军东征歌曲。哈尔特曼是一个冷静的伦理学家,善于理性思辨。他的早期作品除骑士爱情诗外还有一本题为《小册子》(Büchlein)的理论著作,大约产生于1180年至1185年之间。书中探讨的问题是"骑士爱情"的本质,人对于这种爱情本质的态度以及没有"报酬"的"服务"和这种"服务"的伦理意义。他认为骑士对于"报酬"的期待过程就是孜孜不倦地进行自我教育的过程。从十字军东征归来后,他开始探讨并且深刻反省,为得到一位高不可攀的女主人的恩宠进行没有"报酬"的"服务"是否值得。从他后来的诗歌中可以看出,他谢绝了骑士"典雅爱情",把真诚的、相互的爱情作为写作的题目。他说,他从妇人那里期待的是有回报的、相互的爱情,而这样的爱情在宫廷社会中是找不到的,因此他悻悻而去,到宫廷社会之外,也就是到卑微的妇女那里去寻找。此后,他的主要文学成就是宫廷史诗和骑士传奇,1210年以后去世。

(3)莫伦根的海因里希

莫伦根的海因里希(Heinrich von Morungen,1150—1222)按出生地是图灵根人,曾在史陶芬宫廷服务,有三十三首诗歌流传后世。因为诗人特点显著,所以对作品的真实性几乎无人质疑。他位于莱比锡附近的庄园是从施主迈森的狄特里希(Dietrich von Meißen,? —1221)方伯手里得到的,晚年他将庄园赠给刚刚建成的托马斯修道院,不久自己也住了进去,成为托马斯教堂的第一位大音乐师,直到去世。海因里希的诗一方面受普罗旺斯骑士爱情诗的影响,与史陶芬—"多瑙河派"诗歌一样,主题都是描写为得到一位高不可攀的女主人的恩惠而做的没有"报酬"的服务。他诗中的女主人往往性情乖戾,"你给她唱歌,她让你住嘴,你一旦住嘴,她又要求你唱歌"。因为诗歌内容写的一律是骑士的沉思内省,语言苍白无力。另一方面,他也接受了古代罗马诗人奥维德(Publius Ovidius,公元前43—公元17)爱情诗的影响,有"奥维德派诗人"之称,认为爱情是一种充满魔力的、不可抗拒的、置人于死地的力量。他反复表达的一个基本思想是:爱情能让你昏迷不醒或者哑口无言,能让你神魂颠倒,眼花缭乱,它像疾病一样可怕,一旦袭来,你就会精神失常,四肢瘫痪。他颂扬女主人时,既写妇人的高贵品质,也写她迷人的外貌,有时候甚至自然主义地描写她裸露的美丽身躯。海因里希的创作灵感来源于他敏锐的知觉和超凡的感受能力,诗歌中经常出现的两个动词是"听"和"看"。他的诗都是音乐体验的产物,他所刻画的一切,都是亲眼观察的结果。他在一首诗中这样写道:

如果我没有听说她如此善良

没有看见她姿态婵娟,美貌无双,

我怎会把她铭刻在心上?

我必须目不转睛地凝视

像月亮从太阳光那里

接受自己的光辉一样;

所以,我常常感觉

当她在我身旁走过的时候,

她那双明亮的眼睛

把目光投进了我的心房。

与其他参加过十字军东征的诗人不同,海因里希不曾有过那种狂热的宗教激情,诗歌中几乎没有涉及上帝与爱情之间的冲突问题,看来他不像参加过十字军东征,起码这个问题没有触动他。

(4)哈格瑙的莱玛

哈格瑙的莱玛(Reinmar von Hagenau,约1170—1210)是13世纪宫廷骑士爱情诗的一位大师。关于他的身世几乎没有史料记载,只是在他的诗歌手抄本即手抄本C中提到作者莱玛的名字。为与年轻的格言诗人兹维特的莱玛(Reinmar von Zweter,死于1260以前)相区别,他被称为"年长的莱玛"(Reinmar der Alte)。莱玛的诗自成一派,模仿他的人很多,以他的名义流传后世的诗歌数量可观,但真伪难分。

莱玛一生供职维也纳的巴本贝格宫廷,那里是他的故乡,他的全部文学活动都是在那里进行的。虽然他与莫伦根的海因里希一样,把歌颂"典雅爱情",歌颂骑士为求得女主人的恩惠而做的没有"报酬"的"服务"视为己任,但相同的理想却因两人性格不同而表现各异。后者表现出的是激情,他用感官感受一切,因此他的诗歌生动、明快、具体;莱玛则是反思、内省和心灵的微微颤动,他把一切能感受到的直接体验都溶解成轻微的、隐蔽的内心冲动。他早期的诗歌虽然能听出一点普罗旺斯骑士爱情诗的余音,但整体上,他完全遵循宫廷骑士爱情诗的惯例,绝对恪守"典雅爱情"的理念,丝毫没有追求感官享受的表现。相反,忧伤、断念和听天由命是他诗歌创作的基调。他笔下的骑士在"服务"得不到"报酬"时也一味"忍耐"、"克制"、等待、继续追求。对于他们来说,"爱情"能否实现,"服务"能否得到"报酬"都无关紧要,"求爱"和"女主人"都只是象征,在"求爱"过程中,培养自己的高尚情操,显示无私的奉献精神才是目的。因此,他的每一首诗实际上都是一篇骑士自我教育的表白。莱玛把"典雅爱情"这个主题发挥到了无以复加的地步。实际上,这是提倡一种世俗的禁欲主义,脱离真实生活,弃绝个人感受,完全从观念出发,结果势必只能是一些千篇一律的陈词滥调和苍白无力的人物形象。因此,宫廷骑上爱情诗被他推向顶点的同时,也被他推上了绝路。

(5)埃申巴赫的沃尔夫拉姆

除以上四位诗人外,与他们同时代的诗人中还要提到的是埃申巴赫的沃尔夫拉姆(Wolfram von Eschenbach,约1170—1210)。他是德国中世纪最伟大的叙事文学作家,主要成就在宫廷史诗方面,但也写过骑士爱情诗。不过,使他得以施展诗人特殊才华的是"破晓歌",他因此被看作是德国"破晓歌"的真正缔造者。"破晓歌"源于法国的普罗旺斯,可能从民歌发展而来。典型的"破晓歌"总是有一段故事情景:天色破晓,守护在门外的侍卫把偷情的男女主人从甜美的梦中叫醒,催促他们分手。歌中出现男女主人和侍卫三个人物,采用他们互相对话的形式。此前在德国,爱斯特的狄特玛、莫伦根的海因里希和哈格瑙的莱玛都写过"破晓歌",但他们都只描写了两个情人黎明时分别离的痛苦,而在沃尔夫拉姆的"破晓歌"中多次有侍卫这个人物直接或间接出现,文学史家越来越倾向,让侍卫来叫醒主人这个特殊的叙事特征是沃尔夫拉姆首次引入的,是他对德国"破晓歌"的新贡献。在宫廷骑士爱情诗中总是把爱情精神化、超俗化,"破晓歌"第一次突破这个人为的抽象模式,允许起码在一种虚构的经历中尽情享受男女间那种自然的、本能的爱情。因此,"破晓歌"好像是管乐器上改变音调的栓塞,打破了宫廷骑士爱情的僵硬的惯例,给宫廷骑士爱情诗注入了生气和活力。

3. 第三阶段(1230 年以后)

宫廷骑士爱情诗走向衰落,下一节进一步介绍。

(三) 德国中世纪的伟大诗人——福格威德的瓦尔特

莱玛作为著名的宫廷歌手,维也纳宫廷的领衔诗人,曾经显赫一时,很多人把他视为学习的榜样,福格威德的瓦尔特(Walther von der Vogelweide,1170—1230)就是作为他的学生登上诗坛的。但是,不久瓦尔特就发现莱玛的"典雅爱情"的观念过于片面,从这种观念出发写出的诗歌太缺乏真实自然的感情。于是他离开老师莱玛的轨道,把"典雅爱情"与民歌中的自然的感情结合起来,写出了一批有真情实感的抒情诗,这些诗成为骑士爱情诗中最优美的诗篇,登上了宫廷骑士爱情诗的顶峰,瓦尔特同时成为德国中世纪最伟大的诗人。

关于瓦尔特的身世记载很少,我们只从他的作品,尤其是他的格言诗歌中获知,他是奥地利人,大概生于 1170 年,出身于下层贵族家庭,受过一定的学校教育,1190 年前后来到维也纳巴本贝格宫廷,在莱奥波特五世(Leopold V. der Tugendhafte,1177—1194 在位)身边服务。在那里,他成为当时名噪一时的骑士爱情诗诗人莱玛的学生,跟莱玛学习"说"和"唱",包括学习音乐和谱曲,写出了一批具有莱玛风格的早期抒情诗。但不久他发现,莱玛在诗中歌颂无"报酬"地为女主人"服务",其本质是矫揉造作,无病呻吟,与他热情开朗的性格、低贱的等级出身和贫寒的经济地位格格不入。他决定离开莱玛,转向当时以文笔生动具体著称的莫伦根的海因里希。莱玛感到受了侮辱,于是引发了一场老师与学生之间的激烈争论(Reinmarfehde)。1194 年莱奥波特五世去世,其子和继承人弗里德里希(Friedrich I. der Katjorische,1194—1198 在位)成为瓦尔特的施主。从 1194 年到 1198 年弗里德里希公爵死于十字军东征途中为止,这四年是瓦尔特生活的第一个高峰。弗里德里希死后他真是每况愈下,不久与宫廷决裂,最迟于 1198 年夏天离开维也纳,从此开始历时二十多年的漫游生涯。

瓦尔特离开维也纳后,立刻被当时皇权与教权的激烈纷争吸引,他明确地站在皇帝一边,就在那个夏天投奔了施瓦本的菲利普(Philipp von Schwaben,1198—1208 在位),开始在史陶芬宫廷服务。他作为诗人和骑士跟随主人先后去过许多地方,1198 年圣诞节来到马格德堡,并且去瓦尔特堡参加瓦尔特堡歌唱比赛(Wartburgkrieg/Sängerkrieg auf der Wartburg)。1203 年,他返回维也纳,本打算长期留在那里,但他的努力不仅未能缓和与维也纳宫廷艺术权威莱玛的纷争,反而导致最终决裂。他不得不告别维也纳,此后一段时间在帕骚大主教沃尔夫格处供职,生活拮据,沃尔夫格曾赠钱让他买一皮衣御寒。然而,外面的世界一再吸引瓦尔特,从一些格言诗歌中可以看出,他后来作为行吟歌手又投奔图灵根的赫尔曼伯爵(Hermann von Thüringen,1190—1217)、迈森的狄特里希方伯以及奥地利公爵莱奥波特六世(Leopold Ⅵ,1198—1230)等。虽然并不总是一帆风顺,但他尊重骑士等级、珍视宫廷艺术的感情从不动摇。1220 年,史陶芬王朝的皇帝弗里德里希二世(Friedrich Ⅱ,1212—1250 在位)在维尔茨堡附近给了他一块封地,他终于有了一个属于自己的栖身之处,实现了毕生的宿愿,是年五十岁。但他并未真正在那里定居,从他与科隆大主教恩格尔贝特的关系推测,他至少在科隆附近住过一段时间。他最后的一批诗歌可能产生于故乡奥地利,诗歌中提到的最后一次重要经历是 1227—1229 年的十字军东征,其后不久,大概在六十岁时去世。

按照瓦尔特的生活经历的顺序,可以将他的创作生涯大体分为如下几个时期:1198 年至 1203 年为第一个时期,在维也纳巴本贝格宫廷跟莱玛学习写作,不久与老师展开激烈争论,抛弃莱玛的诗歌艺术,开始第一次漫游生活。1203 年或 1205 年至 1220 年为第二个时期,进行第二次漫游,这一时期也是他的创作顶峰时期,他写出了大量骑士爱情诗和政治格言诗。1220 年至 1230 年为第三个时期,他已进入晚年,回顾一生酸甜苦辣的奋斗历程,总结经验教训,写了一些格言、教诲诗、哀歌等。

瓦尔特的主要文学成就是创作了一批有独特风格的、脍炙人口的骑士爱情诗,将德国宫廷骑士爱情诗推向了新的顶峰。他与莱玛的争论是他摆脱已经僵化了的古典的“典雅爱情”观念,开始独立成长的起点,正是这场争论使他建立起关于“爱情”的新的观念,形成了他诗歌的独一无二的风格。瓦尔特的新见解主要表现在下列三个方面:第一,他认为,爱情不应是等级之间“服务”与“报酬”的关系,而是男女之间平等的互相爱慕的关系。从这一观念出发,他诗中的女主人既有贵妇,也有普通妇女。而且贵妇所以值得爱慕,不是因为她等级高贵,而是因为她品德高尚;同样,普通妇女如果品德高尚,即使门第低微也是值得尊敬和爱慕的。打破“爱情”的等级界限,并且把品德放在首位,把等级和门第放在次要地位,这在当时是相当进步的思想,是瓦尔特对于宫廷骑士爱情诗的大胆发展。第二,一反莱玛诗中“伤感”、“自责”的基调,他的爱情理念的中心词是“欢乐”,是生活情趣的升华和心灵的振奋,而这种振奋只能是双方相爱的结果。他诗中虽然也有“抱怨”和“悲痛”,但“抱怨”不是自我谴责,而是“抱怨”女主人为什么对自己献的殷勤不予理睬,“悲痛”也不是因为“服务”没有得到“报酬”,而是因为为这样一个高傲的女主人“服务”白白浪费了自己的宝贵时光很不值得。因此,他笔下“求爱”的骑士,不再是在女主人面前卑躬屈膝的仆人,而是一个独立的、有自豪感的、有尊严的男子,是真心爱慕这位女主人的情人。第三,在瓦尔特的诗歌中,"爱情"不再是对骑士进行教育,通过"等待"、"忍耐"、"自我牺牲"锤炼意志、净化心灵的一种手段,而是真实自然的感情。男女双方通过"爱情"找到生活的伴侣,使生活丰富多彩,更有意义。他在一首题为《请告诉我,什么是爱情?》的诗中写道:"爱情是两颗心的幸福,只有双方都感到幸福,才能算是爱情。"抛弃传统的骑士"求爱"的虚伪程式,主张"爱情"是男女双方心灵的沟通,这是瓦尔特对于宫廷骑士爱情诗具有突破性的贡献,使他的诗歌创作在莱玛以后中世纪的诗坛上独领风骚。

不过,瓦尔特的骑士爱情诗虽然在内容方面突破了老师莱玛的框框,但他保持了"典雅爱情"的基本态度,保留了向地位比自己高的女主人"求爱"而得不到"报酬"的主题。他在他的诗中提高了普通妇女的地位并认为她们自然真诚的爱情比骑士的"典雅爱情"更有价值,他甚至毫不掩饰地描写接吻、抚爱等细节,这一点十分接近民歌。但人物的语言、行为方式和内心体验都与民歌不同,他并没有让一个乡下姑娘按照自己的方式说话和感受事物。所以,当他的反对者以轻蔑的口吻称他的诗写的是"低俗爱情"(niedere Minne),说他写的是非骑士等级的妇女和女孩的爱情,也就是对农家姑娘的爱情时,他坚决予以否认,说他所歌颂的爱情既不是"典雅爱情",也不是"低俗爱情",而是"适中的爱情"(ebene Minne)。意思是,他的诗既要保持宫廷骑士爱情诗的高雅格调,又要有民歌中那种自然真挚的感情,瓦尔特成功地实现了这种综合,从而使他成为德国中世纪最杰出的骑士爱情诗诗人。他的一些诗直到今天读起来仍然韵味无穷,其中《心爱的女孩》《妇人,请收下这束鲜花!》和《菩提树下》三首可以说是到歌德以前德语文学中最优美的抒情诗篇。

《心爱的女孩》(Herzliebes Mädchen)歌唱的主题是爱情与美丽的

关系,共五段,每段六个诗行。诗人一开头就宣布,这里所谈的不是
"骑士爱情"(minne/Minne),而是那种自然的、直接感受和互相给予的
倾心爱慕之情(herzeliep/Herzliebe),而且爱慕的前提是女孩必须有高
尚的品德。诗中有这样的诗句:

> "美丽常常与嫉妒相伴。
> 我们不要太追逐美丽。
> 爱情使你心情愉快,
> 先有爱情后有美丽,
> 爱情可以使妇人变美——
> 美丽却不能:至少不能让她变得可爱。"

还说:

> "你如果忠诚可靠,
> 我就不怕,
> ——
> 你如果既不忠诚又不可靠,
> 我决不让你做我的情人。"

《妇人,请收下这束鲜花!》(Nehmt, frouwe, diesen Kranz!)是由舞
曲和牧羊曲发展而来。诗人看见一位少女在跳舞,他用宫廷的方式称
她为妇人(frouwe/Frau)并送上一束鲜花表示要选择她做伴侣。少女
脸上泛起红晕,她感到羞涩,表情像一个贵族少女,并且用宫廷式的
"克制"轻轻问候一句作为"报酬"。这里用的语言和行为方式是宫廷
式的,而内容则是描写骑士内心感受的爱情,这一点正体现了瓦尔特主

张的"适中的爱情"。不过,他把这种甜美的爱情放进了遥远的梦境之中,隐约地象征遥远的希望。全诗共五段,每段有七或八个诗行,例如第三段和第四段是这样写的:

> 你是这么高贵,
> 我愿意把我的鲜花送给你,
> 这是我拥有的最好的东西:
> 我有许多白色的、红色的鲜花,
> 它们就长在那不远的草地里。
> 那里花儿怒放,鸟儿歌唱,
> 我们可以一同去摘取。
> 我觉得,我心中好像从未
> 有过这样的绵绵情意,
> 花瓣不停地飘落
> 从树上落到我们身边的草地。
> 瞧,我高兴得忍不住笑了起来。
> 当我在睡梦里
> 获得这么多爱的时候,
> 天色破晓,美梦已离我而去。

《菩提树下》(Unter der Linde)是以一个少女回忆的口气描述她与情人幽会的情景,诗中的环境也是牧歌式的。幽会在一片田园风光中进行,他们无拘无束,热烈相爱。这里,诗人把原始的、纯朴的热情与贵族的温柔融为一体,体现了他把 wip(普通妇女)提升为 frouwe(贵妇),把 liebe(自然的爱情)提升为 minne(典雅爱情)的设想。全诗共四段,每段九个诗行,译文如下:

在菩提树下，

在草地上，

那里是我俩躺着的地方，

你们会发现，

我俩采摘了一大堆

花儿和小草。

在那河谷的林边，

汤达拉达伊，

夜莺在甜美地歌唱。

我从那边走来，

从那片河谷的草地上，

我亲爱的人儿已经来到幽会的地方。

他欢迎我，把我看作

"高贵的女郡主"那样，

这让我永远心满意足，心花怒放。

他吻过我吗？哦，吻了也有一千遍，

汤达拉达伊，

你们看，我的嘴唇多么红润！

他在那里

用许多鲜花

搭起一张漂亮的小床。

从这条路上走过来的人，

他们也都会因为欣赏到

这样的美景而心情舒畅。

从玫瑰花上他们还能——

汤达拉达伊——

看出,那里是我的头枕过的地方。

他曾经在我身旁躺过,

要是有人发觉——

上帝保佑!——那我会害臊。

他跟我都干了什么,

别人谁也不许知道,

除了他和我,

还有那只小鸟,

汤达拉达伊,

这可得好好隐瞒,别露出马脚。

　　1198 年,瓦尔特离开维也纳后来到当时政治生活极为活跃的史陶芬宫廷,接触到许多新鲜事物,他的天才有了更为广阔的发展空间。在此后的漫游年代,他除了写骑士爱情诗外,还写了一批不同题材和不同形式的格言诗歌(Sangspruchdichtung),其中以时事政治为主题的格言诗是前所未有的,是他的重要创新。12 世纪末至 13 世纪初德国皇权与教权之争达到白热化,皇帝力图维护中央集权,诸侯坚持封建割据,教皇发现德国君主和诸侯之间的利益冲突可资利用,于是从中挑拨离间,制造分裂。瓦尔特热心关注这一重大政治事件并通过诗歌表明,自己坚定地站在施瓦本的菲利普一边,维护皇帝的权威,赞成统一,反对分裂,对坚持割据的诸侯和制造分裂的教皇深恶痛绝。作为行吟歌手,他常常受施主之命,用格言诗歌的形式,表达对时局的看法,写了一批很有见地、诗艺精湛的"帝国歌调"(Reichston)。瓦尔特作为诗人能抓住尚未被广泛重视的现实政治问题进行创作已属难能可贵,他进而还能通过诗歌的形式说出自己的政治观点,这在当时的诗人间就更是绝无仅有了。他因此很受听众,起码很受那些贵族上层人物的赏识,一举成为政治格言诗诗人,名望甚至盖过他作为抒情诗诗人的名望。瓦尔特最著名的政治格言诗有:《我坐在岩石上》《我听见潺潺流水声》和《我亲眼看到的》。

在《我坐在岩石上》(Ich saz auf eine steine)一诗中诗人的观点是:"尊严"、"财富"和"上帝的恩泽"缺一不可,遗憾的是,眼下到处是虚伪和强暴,和平和正义被置于死地,因此这三者难以同时得到。要想使和平和正义得以恢复,就得有一个保护者伴行,这当然指的是皇帝,因为他认为,只有皇帝能保护"尊严"、"财富"和"上帝的恩泽"。他给这首诗起的标题是《为菲利普和帝国而作》,汉语译文如下:

> 我坐在岩石上,
> 一条腿压着另一条腿,
> 用肘在上面支撑着,
> 用手托着下颏儿
> 和我的一个腮帮。
> 我心事重重,苦苦思索,
> 人生在世应该如何生活:
> 我不能奉告,
> 有三件东西怎么才能获得,
> 而且缺一不可。
> 前两件是尊严和财富,
> 它们早就成了障碍,常常招灾惹祸。
> 那第三件是上帝的恩泽,
> 它在尊严和财富之上,光华闪烁。
> 我多么想将这三者融为一体,
> 可惜呀,再也不能够

让财富、世俗的尊严

和上帝的恩泽

在一颗心中会合。

它们的条条道路都被堵死，

虚伪四伏，伺机而动，

强暴在马路上横行。

和平与正义被置于死地，

只要它们不恢复，

那三者就少了必要的保护者。

《我听见潺潺流水声》(Ich hört ein wazzer diezen) 大概产生于菲利普当选和在宫廷加冕的那段时间，诗人对皇位继承问题直接表态，点名呼吁："菲利普，戴上那顶宝石王冠吧！"明确支持合法产生的史陶芬王朝皇帝施瓦本的菲利普，反对由反对史陶芬王朝的诸侯们选举产生的鄂图四世(Otto Ⅳ,1175 或 1182—1218)。他用动物界的自然秩序做比喻，说明那里虽然有仇恨和斗争，但是有一定限度，动物很明智，它们懂得选举国王，设立法庭，区分主人和奴隶，为自己规定了一套政治、法律和社会的秩序。可是德国的社会状况怎样呢？他在诗中哀叹道：

唉，你啊，德意志人民，

你的国家秩序状况怎样？

连蚊蝇都有自己的国王，

你的尊严已经丢光！

改弦易辙吧！

那些可怜的对手趾高气扬，

他们都在跟你较量。

菲利普，戴上那顶宝石王冠吧，

把他们赶回他们自己的领地上。

诗中所说的"可怜的对手"指的不是德国的诸侯，而是德意志以外的皇权竞争者，如英国的理查德·勒文赫尔茨、丹麦的克努德和法国的菲利普·奥古斯特。

值得注意的是，当1208年施瓦本的菲利普被害，1209年鄂图四世正式即位，瓦尔特在另一首诗中又转而支持鄂图四世。关于瓦尔特的突然转变立场学术界有各种推论：是叛变，是不忠，是投机，还是为了恪守自己一贯坚持的维护皇帝权威，支持中央集权的帝国思想？如果我们不过高估计一个13世纪靠为宫廷说唱维持生计的行吟诗人的政治觉悟，而是历史地解释和判断瓦尔特的转变，就不能不考虑，当一个统治者已经失去统治的合法性和能力，他的慷慨、美德也随之而去，而另一个统治者权力在握并且证明自己能够胜任的时候，他投靠这个统治者，也是在情理之中的。

《我亲眼看到的》(Ich sach mit minen ougen)，这首诗的矛头直接指向罗马教廷，说教皇在罗马撒谎欺骗，制造事端，破坏帝国的秩序。诗人认为教会内部生活瘫痪，教义被扭曲，滥用教会职责的情况达到了登峰造极的地步。像在"帝国歌调"或其他格言诗中一样，在这首诗中他也特别强调第一人称即"我"的人称形式，他的用意是要扮演权威人士的角色，像忧心忡忡的预言者或耳闻目睹的证人那样"我说，我看到，我听说"，目的是让大家听他说和唱。他喜欢采用"我"（"我告诉你这一点，这一点是我的建议"）的说教形式，以期达到赢得声望和报酬的良好效果。

总而言之，无论福格威德的瓦尔特出于何种考虑改变立场，他维护皇帝权威、反对封建割据的政治理想在当时无疑是进步的。但是，现实的发展与他的愿望相反,不是中央集权日益加强,而是诸侯的独立倾向愈演愈烈。他到了晚年,心情忧郁,对未来悲观失望,只能以回忆巴巴洛莎统治时期的一去不复返的皇朝盛世消极度日。他的晚期创作不再是充满战斗激情的政治格言诗,只是一些古曲、格言、哀歌等。13世纪后期骑士制度走向衰落,他的名字连同他在文学方面的成就也随之被人忽略,14世纪以后就逐渐被人遗忘了。是18世纪瑞士作家博德默尔(Johann Jacob Bodmer,1698—1783)在研究中世纪文学时重新发现了他,从此瓦尔特的诗歌才又受到重视,并在文学史上给予了应有的地位。

二　宫廷史诗

宫廷史诗(das höfische Epos),或称宫廷传奇(der höfische Roman)是用韵文写的长篇叙事体作品,相当于现代的长篇小说。roman一词来自古法语,一直到17世纪,德语都借用这个词表示各种传奇故事,到了18世纪才专指"长篇小说",因此,现代的长篇小说是从古代的史诗或传奇故事逐渐演变而来的。因为这类作品都是由在宫廷供职的骑士受宫廷封建主之命为宫廷创作的,为了突出其宫廷性质,故名宫廷史诗。

宫廷史诗有以下三方面的特点:首先是理想性,宫廷史诗表现的是骑士的理想,不是他们的实际生活。史诗中描绘的世界是骑士理想中的世界,不是他们所生活的骑士贵族世界,所描绘的骑士也不是实际生活中的骑士,而是体现骑士品德的理想化了的人物。史诗作者所以要把理想当作现实来描绘,一方面固然出于教育的目的,因为宫廷史诗也像僧侣文学一样是一种教育文学,借用理想的榜样教育骑士在现世努力达到"尽善尽美",另一方面,这也说明他们有所追求,至少在创作的那一瞬间他们还真诚地相信他们的理想有可能成为现实。因此,他们的作品有一种进取向上的精神,不是故意自欺欺人,借以消愁解闷。所以,12 世纪和 13 世纪之交的宫廷史诗与 17 世纪充斥文坛的骑士传奇有本质的不同。其次是传奇性,宫廷史诗既不是取材现实生活,也不是取材历史上的英雄传说,它的题材都是源于各种传奇故事,最常见的有不列颠系统的亚瑟传奇(Artus-Legende)和特里斯坦传奇(Tristan-Legende),此外还有圣杯传说(Grall-Sage)。其中,亚瑟传奇最为流行,以亚瑟传奇为题材的宫廷史诗是最典型的宫廷史诗,狭义上的宫廷史诗就是指这一类作品。相传,亚瑟是凯尔特国王,周围聚集了一批最优秀的骑士。在宫廷史诗中,亚瑟王是一个模范的封建主,不要求他的骑士绝对服从他,也不要求他们为自己和自己的宫廷服务。所有被接纳的骑士都是靠自己的品德和武功入围,互相之间不分高低,平等地在圆桌旁就座(Tafelrunde),被称为"圆桌骑士"(Ritter der Tafelrunde)。"圆桌骑士"称号是骑士的最高荣誉,但这个称号不是一劳永逸的,骑士的言行一旦损害了自己的"荣誉",他们就得放弃这个称号,离开亚瑟王宫廷,去接受新的考验,以便重新获得"圆桌骑士"称号。所以,骑士不断地经历磨难,接受考验,去完成各种各样的冒险事业,不是受命于他人,而是为了获得和保护自己的骑士荣誉所做的自觉自愿的选择。因此,骑士们都向往亚瑟王宫廷,不是因为这个宫廷拥有无上的权力,而是因为聚集在这里的骑士都建立过丰功伟绩,具有最优秀的品德,享有最崇高的威望。不过,这样的宫廷只是一种理想境界,在现实生活中是不存在的。因此无论宫廷本身,还是其中的人物以及他们的经历都只能是非现实的、虚无缥缈的传奇,这种传奇性是极盛时期宫廷史诗的共同特征。第三是雷同性,所有的宫廷史诗,尤其以亚瑟传奇为内容的宫廷史诗除以上两个特点外,还有一个共同特点,即都是按照一定的公式安排情节和刻画人物,因而故事情节和人物性格彼此雷同。一般说来,情节都是这样发展的:一个圆桌骑士由于某种原因荣誉受到损害,他于是离开亚瑟王宫廷外出历险。在历险过程中,他必须克服各种各样的困难,战胜各色各样的敌人,显示大无畏的勇敢精神、高超的武艺和高尚的情操,因而赢得某个贵妇的欢心,获得贵妇的爱情。最后他携贵妇载誉回到亚瑟王宫廷,重新被接纳为圆桌骑士,宫廷为他举行庆典。因此,历险、爱情、庆功是每个圆桌骑士必须经过的三个阶段,同时也是故事发展缺一不可的三个环节。另外,宫廷史诗中的人物大体分为两类,一类是"善"的代表,一类是"恶"的代表,而且主人公都是"好人",他的对手都是"坏人"。无论"好人"还是"坏人",他们都缺乏个性,经历大同小异,发展大体雷同。因此,雷同性是宫廷史诗的第二个特征。

　　德国的宫廷史诗除少数例外都是以法国原作为蓝本,但德国的作家是根据本国情况和自己的认识对原作做了重大修改后重新创作的,因此既不是抄袭,也不是翻译,而是一种独立的文学种类。德国宫廷史诗的先驱是前面已经提到的费尔德克的海因里希,被称为"德国宫廷史诗之父";繁荣时期的主要代表是奥埃的哈尔特曼、埃申巴赫的沃尔夫拉姆和斯特拉斯堡的戈特弗里德,他们三人被称为德国宫廷史诗的"经典作家"。

(一) 德国宫廷史诗之父——费尔德克的海因里希

　　当普罗旺斯宫廷骑士爱情诗在德国兴起的时候,年轻的费尔德克的海因里希开始创作骑士爱情诗,成为早期宫廷骑士爱情诗的代表诗人之一,与此同时他也把在法国流行的宫廷史诗引入德国。12世纪60年代,法国产生了根据罗马诗人维吉尔的史诗《埃涅阿斯纪》改写的《埃涅阿斯史诗》(Le Roman d'Énéas)。海因里希又根据法国人的改写本于1170年至1180年之间写了德国的宫廷史诗《埃奈德》(Eneid)。故事内容是:在特洛伊战争中,特洛伊被希腊人攻陷,王子埃奈德与妻子离散,在逃往罗马途中经过非洲北岸的迦太基,与迦太基女王狄多相爱。但埃奈德奉神的旨意必须前往罗马,不得在迦太基久留,他走后,狄多绝望自焚。最后他来到意大利,经过争夺迦南地方的战斗,终于在那里定居,与公主拉维尼亚成婚,并被立为王位继承人。后来埃奈德成为罗马的奠基者和罗马帝国的君主。在德国人写的这部史诗中,罗马的新王朝的建立和罗马帝国的兴旺不再是叙事的意义和目的,爱情成为故事的核心题目,通篇讲的是一个标准骑士的行为方式以及爱情的不可思议的、强制性的力量。狄多和拉维尼亚的爱情故事是史诗的两个极,前者表现的是爱情的破坏性结果,后者是爱情的圆满实现。把拉维尼亚从次要角色改写成中心角色是德国诗人对于维吉尔史诗革新的标志。作者站在骑士阶级立场上看待古代英雄,把希腊英雄(特洛伊的故事)和罗马英雄(埃涅阿斯的故事)有意识地纳入骑士阶级的概念之中,用意在于塑造标准的人、标准的骑士。《埃奈德》是海因里希为德国宫廷史诗播下的第一粒种子,为后来宫廷史诗的发展奠定了基础,他本人因此享有德国宫廷史诗之父的美誉。流传下来的《埃奈德》手稿和断片相当丰富,均产生于12世纪至15世纪,是德国中世纪第一部以完整的文本原貌流传几百年而经久不衰的作品。

(二)奥埃的哈尔特曼

奥埃的哈尔特曼早期是宫廷骑士爱情诗的代表,从写骑士爱情诗开始,经过著述《小册子》的理论准备,最终走上独立的文学创作道路,先后写了《埃雷克》、《格勒戈利乌斯》、《可怜的海因里希》和《伊魏因》四部叙事体作品,成就卓著。他是将流传于中世纪欧洲的亚瑟传奇,尤其是法国人克雷蒂安·得·特洛耶(Chretien de Troyes,约1135—1190前)的作品引入德国的第一位德国作家。

历史上,亚瑟是6世纪不列颠岛上凯尔特族的领袖,大约500年打败入侵的盎格鲁撒克逊人,在一次与他侄子莫德雷德的战役中受了重伤,来到仙女岛阿瓦隆修养。富于幻想的凯尔特人很怀念他,久而久之在民间围绕着他产生了一系列传说故事。他是传说中的英雄人物,周围聚集了一批优秀的骑士。9世纪,有关亚瑟的传说流传到现在法国西北部布列塔尼的凯尔特人中间,后来诺曼人征服英国时又把这个传说带到了英国。1137年,威尔士主教杰弗里(Geoffrey of Monmouth,约1100—1154)写的拉丁文《不列颠诸王记》(Historia Regum Britanniae),用大量篇幅描写了亚瑟王的事迹。1155年,诺曼诗人瓦斯用诺曼法语写了一部包括亚瑟王传说的叙事诗《布鲁特传奇》,他让亚瑟王周围的骑士围坐在一张圆桌旁,表示骑士之间是平等的。1160年至1190年,法国诗人克雷蒂安·得·特洛耶在他们这些作品的基础上写出了一系列描述亚瑟王和他的圆桌骑士的著名诗体叙事作品。从此关于亚瑟王及其圆桌骑士的传说在西欧广泛流传。在传说中,亚瑟已不是具体事件的英雄,而是一个象征,是亚瑟世界的中心。亚瑟王与圆桌骑士的关系受等级制约,在亚瑟王身上浓缩了骑士等级的思想观念。亚瑟世界是一个非现实的童话世界,没有现实的时空概念,一切都是虚构的。这里的全部活动内容就是"历险"(Aventiure),在以亚瑟传奇为内容的文学作品中,除历险外"爱情"也是一个中心点。两者的互动关系是:一个骑士必须通过历险获得荣誉与爱情,然后被接纳为圆桌骑士,成为亚瑟宫廷的一员;一旦荣誉受到损害,他就必须离开宫廷,继续历险,重新获得爱情与荣誉,然后再成为圆桌骑士。著名的圆桌骑士有埃雷克、伊魏因、兰泽罗特、帕其伐尔、特里斯坦等,他们各自都有自己的冒险故事。哈尔特曼的《埃雷克》和《伊魏因》就是最重要的以亚瑟传奇为题材的德国宫廷史诗。

1.《埃雷克》

《埃雷克》(Erek)产生于1180年至1185年间,以法国作家克雷蒂安·得·特洛耶的同名小说《埃雷克和艾尼德》(Érec et Énide,约1170)为蓝本,整部作品分为两部分。第一部分的内容是:年轻的骑士埃雷克因为没有经验犯了错误,损害了骑士的荣誉。他自动离开宫廷,外出历险,在图尔美恩的一次行动中经过三次比武,最终战胜对手,获得了克拉鲁斯伯爵的女儿艾尼德的爱情,挽回了荣誉,然后携艾尼德回亚瑟王宫廷,被接纳为圆桌骑士,同时举行盛大结婚庆典。第二部分的内容是:婚后,埃雷克忘记了自己作为骑士的职责,完全沉溺于爱情的欢乐之中。他的这种态度引起各种非议,艾尼德暗自沮丧。为恢复受了损害的荣誉,埃雷克再次外出历险。然而,这时他又陷入另一个极端,他让随行的艾尼德走在前面,不许跟他说话,不许表现出他们是夫妻,以此说明爱情已经远离他的生活。最后,埃雷克经过痛苦的磨练,胜与败的考验,尤其是看到艾尼德抵御外来诱惑,用忠贞不渝的爱情对他支持和鼓励,他终于净化了思想,在骑士职责和骑士爱情之间找到了恰当的"节度"(maze),在两种极端之间走出一条和谐的中间道路,实现了理性的均衡,他和艾尼德同时也显示了自己完美的人格。故事结尾是,埃雷克偕夫人离开亚瑟宫廷,回故乡继承父业,作为标准的宫廷骑士实现建设太平盛世的君主理想。作者通过《埃雷克》的故事要说明的是:第一,任何片面行为都具有破坏性,没有"节度"的爱情也可以成为瓦解战斗力的因素,因为它与骑士的职责发生了矛盾,这种矛盾的实质是个人利益与社会义务之间的冲突。第二,骑士爱情和骑士职责是可以兼顾的。要做到这一点,骑士必须找到恰当的"节度",即要学会调整各种片面性使其达到合理的"均衡",避免走极端。第三,掌握"节度"的过程就是通过使两种极端和谐一致来培养完美人格的过程,因此"节度"问题是一个教育问题,也是标准骑士的重要品德和前提。

然而,哈尔特曼在《埃雷克》中所展示的通过"和谐"和"均衡"培养完美人格和标准骑士的道路只是一种理想,是他从伦理的角度进行推理的结果,没有现实基础。12世纪的德国还笼罩在宗教的恐惧之中,生与死、暂时与永恒、上帝与现世是每一个人时时要面对的问题。

在《埃雷克》中，年轻的哈尔特曼虽然肯定现世，讴歌骑士等级的理想，实行了大胆突破，但他对现世的把握是不牢固的，不堪一击，终归难以摆脱宗教与现实、现实与理想之间的重重矛盾，因此陷入了深深的思想危机之中。经过这场思想危机，他得出的认识是，自己忽略上帝的存在，一味追求世俗价值是罪孽。他决心拯救自己的灵魂，决定放弃骑士阶级的世俗立场，回到宗教的苦行禁欲、遁世绝俗的立场上来。他的这一转变得出两个结果：一是决定参加十字军东征并写出了一批十字军东征歌曲；二是选择了一种全新的题材，写出了忏悔者的传奇《格勒戈利乌斯》。

2.《格勒戈利乌斯》

《格勒戈利乌斯》(Gregorius) 大约写于 1189 年或 1190 年，以法国古代传奇《石头上的格勒戈利乌斯》(Vie de Saint Grégoire) 为基础，主人公格勒戈利乌斯是虚构的，故事情节离奇曲折。故事内容包括四部分：一、格勒戈利乌斯的父母是同胞兄妹，自幼一起成长，相亲相爱，长大后，因抑制不住情欲发生了性关系。哥哥十分悔恨，离家出走，在去圣地耶稣故乡的途中因想念妹妹害相思病而死。家中的妹妹不久生了一个男孩，她意识到这是罪孽因此将面临不幸，于是偷偷将新生婴儿放在一条小船上，任其在海上漂游。父亲去世后，她继承王位，拒绝一切男人求婚。二、小男孩被住在一个岛上修道院附近的渔夫收养。岛上修道院院长为弃婴洗了礼并按自己的名字给他命名为格勒戈利乌斯。小格勒戈利乌斯在修道院读书，聪明伶俐，深受院长喜爱。长大后，他得知自己原系一个弃婴，于是决定离开修道院去尘世寻找生身父母。无论院长如何劝阻和警告，都动摇不了他的决心。三、格勒戈利乌斯离开修道院后当了骑士。一天，他无意间来到生身母亲居住的城市，那里正受敌人围困。格勒戈利乌斯武艺高强，急公好义，以大无畏的勇敢行动解救了这个城市。摄政女王自然不知道这是亲生儿子所为，决定与他结婚。四、后来女王发现，她与新郎竟是母子关系，他们在痛苦中分手。格勒戈利乌斯为了忏悔罪过，让人把自己绑在海边一块礁石上，顶酷热，冒严寒，每天以少许泉水充饥，就这样苦行遁世，诚心而严酷地忏悔了十七年。上帝为他的真诚所感动，罗马教皇去世后，派两名神甫找到他并把他从礁石上解救下来，宣布他为教皇的继承人，召他回罗马上任。消息传到他的母亲那里，母亲来到罗马请求他宽恕。格勒戈利乌斯本人为自己同时也代表父亲真诚地忏悔了十七年，得到上帝宽恕，因而得以与母亲一起幸福地度过余生。

这是一部包括双重血亲乱伦母题的传奇故事。格勒戈利乌斯是第一个血亲乱伦母题的产物，同时又是第二个血亲乱伦母题的参与一方。他父母的乱伦行为是在他们知道他们是同胞兄妹的情况下发生的，而他和母亲的乱伦行为是在他们不知道他们是母子关系的情况下发生的。但作者认为，无论知情还是不知情，这种行为都是罪孽，因为人天生就有"原罪"，所以这种罪孽总要在他身上表现出来。格勒戈利乌斯离开修道院后当了骑士，经历了冒险，也赢得了爱情。然而，正是这种骑士的世俗荣誉使他陷入魔鬼的圈套，犯下了新的乱伦罪行。这说明骑士荣誉不能拯救灵魂，只能让人陷入罪恶。最后，哈尔特曼从宗教忏悔的立场出发，安排格勒戈利乌斯远离现世，真心忏悔，过了十七年苦行僧的生活，然后得到上帝的宽恕，从而指出这才是拯救灵魂的唯一道路。这部传奇将早期宫廷爱情小说的早恋母题、骑士小说的冒险母题和忏悔者传奇统一在一个人的一生当中，但与《埃雷克》不同，这里的结局不是通过解决矛盾最后达到和谐，而是根据二元论的思维方式将正反情节进行比较对照，不作结论。

3.《可怜的海因里希》

写完《格勒戈利乌斯》的时候，哈尔特曼可能还在十字军东征途中。这次经历对他的思想发展意义重大，他把骑士行为看作是为上帝服务,并在实现上帝意志的过程中确信,在现世是可以与上帝建立联系,做让上帝满意的事情的。从这一认识世界的新视角出发,哈尔特曼写出了一部与《埃雷克》和《格勒戈利乌斯》完全不同的、中世纪最优美的宗教小说《可怜的海因里希》(Der arme Heinrich)。

小说的主人公海因里希是一个标准的骑士,具有骑士应该具备的一切美德,享受着荣华富贵的生活。正当事业如日中天之际,他突然得了麻风病,用尽世上所有办法都不能治愈,因此陷入绝望,最后断念。他来到租种他领地的农民家里,请农民照料。这位农民有个女儿,天真纯洁,对领主体贴入微,关怀备至。当她得知主人的病只有用一位无辜少女的鲜血才能治好时,她恳切地要求献出自己的生命。海因里希十分疼爱这个女孩,最初很不忍心,后来还是同意了少女的请求。然而,当医生真的要动手杀死这个少女时,海因里希恍然醒悟,原来他得病是因为贪图尘世享乐,忘记了上帝而受到的惩罚。上帝的惩罚是不得违抗的,只能顺从。于是他放弃要治好病的念头,不让一个虔诚无辜的少女为自己做无谓的牺牲。正是在这一瞬间海因里希的病奇迹般地痊愈,不是通过医术,而是上帝撤销了对他的惩处。故事结尾不是传奇式的,而是童话式的:海因里希恢复了健康,并与那位少女结为夫妻。作者通过海因里希的前后经历显然是要说明一个道理,即一个骑士在追求荣誉和享受现世生活的时候不得把上帝抛在脑后,一个标准的骑士在追求"尽美尽善"的道路上,必须摆正尘世生活同上帝的关系,模范地享受世俗生活是可以同时也让上帝满意的。而那位农家少女自愿为一位骑士牺牲性命的行为也不是受爱情的驱使,而是出于对上帝的虔诚,她感到上帝在呼唤她去同情和怜悯一个绝望的病人,她把自己的牺牲看作是以身殉教,相信这样的行为能给她带来永恒的幸福。在表白决心时,她用的语言与一部贞女传奇中的语言一模一样。《可怜的海因里希》无疑是哈尔特曼作品中最具特色、最引人入胜的一部。故事情节生动,题材来源于现实生活。作者暗示这是真人真事,海因里希就是他曾经服务过的主人。在思想内容方面,这部小说也在一定程度上突破了当时流行的等级观念。比如把农民写成正面人物,其品德与他主人的品德一样高尚。那位农家少女感情纯朴自然,思想纯洁无瑕,行为无私无畏,这些都与一般宫廷史诗中的贵妇形象形成了鲜明的对照。尤其是让她取代贵妇成为一位骑士的生活伴侣,这正体现了作者倡导的"内心高贵"的理论,是他抛弃为等级服务的"骑士爱情",承认爱情是双方互相爱慕的所谓"低俗爱情"的具体实践。当然,这在当时只能是一种空想。在艺术上,作者通过小说中两个主人公既是天上的又是人间的爱情和谐地调解埃雷克的人性与格勒戈利乌斯的宗教性之间的矛盾,在这两个极端之间找出了一条既享受世俗生活又让上帝满意的中间道路。这也只能是一种空想,不过,这种处理人与上帝、世俗与宗教关系的方式在中世纪古典文学中是独一无二的。

可以肯定,《可怜的海因里希》是哈尔特曼个人生活经验的体现。他在十字军东征途中深入思考关于上帝与尘世,为上帝服务还是为"骑士爱情"服务等问题,克服了他生活中最严重的危机,最后又回到现世中来。不过这一次,他作为作家是在上帝与尘世的和谐中找到了创作空间,认为一个完美的骑士是可以在这个世界上实现他的理想的。大约在1200年他写了最后一部,也是艺术上最成熟的一部作品《伊魏因》。

4.《伊魏因》

《伊魏因》(Iwein)是哈尔特曼的第二部宫廷史诗,与《埃雷克》一样,也是以法国作家克雷蒂安的同名小说为蓝本,取材于亚瑟传奇。不同的是,哈尔特曼写这部作品时的心境不比从前。当年,年轻的哈尔特曼一心想通过《埃雷克》表达自己的见解,加入了不少个人的观点,以至于有人对作品的题材来源提出质疑。《伊魏因》则更像法国同名小说《伊万因》(Yvain,1171—1181)的一部德语译本。这里所谈的问题与《埃雷克》中的问题相反，不是爱情妨碍骑士履行职责，而是骑士只顾冒险，损害了爱情的亲密关系。骑士伊魏因在一次历险中杀死水井主人，占有了他的城堡、土地和美丽的遗孀劳蒂涅，并在女佣露涅特的帮助下很快赢得劳蒂涅的爱情。一次，伊魏因向劳蒂涅请假外出历险并保证一年后返回。结果他忘记了诺言，当他坐在圆桌骑士中间时，露涅特突然出现，她受女主人劳蒂涅委托当众责骂伊魏因不守信义，违背誓言，要求归还定情戒指，解除婚约。伊魏因承受不住这一猛烈打击，精神失常。治愈后，为了挽回婚姻，重新赢得劳蒂涅的爱情，他接连历险，经过一系列考验，受到教育，懂得了骑士历险必须要有意义，不能为历险而历险，从此，他历险的明确目的是帮助和保护弱者。与迦魏因的一场决斗使他来到亚瑟王宫廷，修复了失去的骑士荣誉。但他并不就此满足，还要继续进取，因为还未与劳蒂涅和解。相思心切，他又来到从前的那口水井旁，这一次，不见水井和土地的保护者，只见劳蒂涅在抱怨自己孤立无助。聪明的露涅特明白伊魏因的来意，她向劳蒂涅保证，如果劳蒂涅允诺给一位骑士以女主人的恩惠，她就把那位带着狮子的骑士叫来。当伊魏因出现时，劳蒂涅起初不愿意原谅这个背弃情义的负心汉，直到伊魏因恭恭敬敬地承认自己所犯的错误时，劳蒂涅才改变了态度并承认自己也有一部分责任，故事在轻松和谐的气氛中结束。与《埃雷克》相比，《伊魏因》中伊魏因与劳蒂涅的关系是采邑思想指导下的夫妻关系，是仆人为女主人服务的所谓"典雅爱情"关系。当初劳蒂涅接受伊魏因求婚，除寻求保护的实际需要外，很重要的一点是她知道，伊魏因选择了她做自己的女主人，因此，伊魏因外出冒险必须向她请假，由她规定期限。当他逾期不归时，劳蒂涅有权解除他的服务资格，拒绝付给报酬，作为象征要求他归还定情戒指。对于伊魏因来说，劳蒂涅的一系列措施固然使他失去了婚姻，但更重要的是使他失去了尊严，心灵受到沉重打击，以致精神错乱。伊魏因第二次来到水井旁是有象征意义的,说明他决心找回劳蒂涅的爱情。直到这个犯了错误的仆人承认错误,劳蒂涅才从心里接受他并表示自己也有一部分责任。这样,在史诗结尾才表现出一点哈尔特曼所要求的那种真正的相互的爱情。

哈尔特曼的一生是不断探索的一生,他的文学创作是他一生探索的思想剖析。早年,他从伦理推想出发,首先进入《埃雷克》的骑士生活,然后从尘世来到《格勒戈利乌斯》的宗教世界,经过一段内省和忏悔,又从笃信上帝的《可怜的海因里希》回到为"典雅爱情"服务的圆桌骑士《伊魏因》那里。他始终徘徊在世俗与宗教、尘世与上帝中间,试图找出一条和谐的、平稳的、既符合世俗标准又能让上帝满意的生活道路。然而,在12世纪到13世纪的德国,就整体而言,宗教主宰人的精神世界的时代已经过去,骑士作为世俗封建阶级的代表成为新的文学的主人。这是不可逆转的历史潮流,兼顾过去是不可能的,中间道路是走不通的,哈尔特曼的探索最后只能陷入社会空想主义。因此,他写完《伊魏因》之后,自觉已经罗掘俱穷,没有话可说了,没有材料可写了,即使有也写不出来了,于是年仅四十岁收笔,1210年以后大概五十多岁时辞世。

(三)埃申巴赫的沃尔夫拉姆

埃申巴赫的沃尔夫拉姆出身于巴伐利亚一个没落的骑士家庭。故乡埃申巴赫是东法兰克的一个小镇,位于安斯巴赫附近。他没有田产,作为诗人曾作客多个贵族宫廷,靠施主的恩赐和吟游为生。与费尔德克的海因里希和奥埃的哈尔特曼不同,沃尔夫拉姆没有受过修道院学校教育,在其作品《帕其伐尔》第二卷开头他说"schildes ambet ist min art",意思是,"当骑士打仗是我的天性"。当然,他说自己目不识丁只是诙谐夸张,不是想表明自己没有文化,而是指没有进过正规学校,靠自学成才,认为这正是他的长处,不是短处。他的作品证明,他见多识广,满腹经纶,身上汇集了同时代人的全部知识和文化修养。当奥埃的哈尔特曼完成他最后一部作品《伊魏因》的时候,埃申巴赫的沃尔夫拉姆和斯特拉斯堡的戈特弗里德刚刚开始写作。他们创造了德国骑士文学的辉煌。不仅德国的宫廷史诗,而且整个中世纪的叙事文学都是在这两位大师的作品中达到顶峰的。沃尔夫拉姆写过三部叙事体作品:《帕其伐尔》《维勒哈尔姆》和《提图勒尔》。此外,他还写过少量骑士爱情诗和"破晓歌",前面已经提到。

1.《帕其伐尔》

《帕其伐尔》(Parzival)大约于 1200 年开始写作,1210 年完成,是沃尔夫拉姆最主要的作品,也是中世纪文学中一部最受读者欢迎的作品。保存下来的手抄本或断片竟有七十五种之多。这部史诗是根据法国作家克雷蒂安·得·特洛耶的未完成的《圣杯传奇》(Conte du Graal,1181—1188),也称《帕塞瓦尔》(Perceval)加工改写的,在内容和形式上都超过了法文蓝本,篇幅也扩大了许多,是一部包括亚瑟传奇和圣杯传奇两个故事,并在这两个传奇故事的基础上展开帕其伐尔和迦万两条故事线索的大型宫廷史诗,约 25000 诗行。

亚瑟传奇我们前面已经介绍过了,现在介绍一下圣杯传奇。圣杯传奇的起源可追溯到上帝创世时期。在基督教神话中,圣杯是从大批"造物"里取出的一块石头,最初由"天使们"看护。到了 12 世纪,法国人克雷蒂安把这块石头设想为教会举行圣礼时盛放圣体的餐杯,这样这块石头就与圣餐联系在一起了。大致与沃尔夫拉姆同时代的另一位法国作家罗伯特·得·伯伦(Robert de Boron)在他大约于 1200 年写的《圣杯故事》(Estoire du Saint Graal)中说,这块石头是耶稣在最后晚餐时所用的杯子,他的门徒约瑟夫曾经把耶稣被钉死在十字架时从伤口流下来的血盛在这个杯子里,于是这个杯子在约瑟夫传奇中便成了圣杯。据传,后来围绕这个圣杯聚集了一批狂热的崇拜者,他们把圣杯送到了布列塔涅岛上。与克雷蒂安和罗伯特不同,沃尔夫拉姆把圣杯描写成一块石头,而且是一块奇石,名为"lapsit exillis",能供给膳食,谁一看到它就能获得青春和生命,它还有使长生鸟从灰烬中再生的力量,总之,这是一个奇妙的、神秘莫测的东西。此外,他又加进了宗教和童话母题。比如在宗教母题里,说是每逢耶稣受难日就有一只鸽子作为圣灵的象征把圣饼从天上送到人间;还说石头上刻有碑文,是上天向圣杯堡及其保护者们下达的旨意;他设想这块石头是很重的,除一个贞洁少女能轻易扛起外,没有人能把它抬起来。童话母题就更是美妙离奇,说是在古代这个圣杯由天使看管,现在是由一批骑士保护,他们属于一个圣杯家族,帕其伐尔就是这个家族的成员,他的母亲与圣杯国王是兄妹。圣杯国王的王位是祖传的,帕其伐尔已经被任命为圣杯国王,但他事先必须通过一系列考验。现在的圣杯国王阿莫佛尔塔斯因为贪色,玷污了圣杯的纯洁性。作为惩罚,他得了不治之症。只有一句恰当的问候才能使他摆脱病痛。而这位问候的人就能继承他的王位,成为圣杯堡国王。在史诗中,这句问候便成了对帕其伐尔成败的关键性考验。至于圣杯堡与亚瑟宫廷还有哪些主要区别,下面做一简单比较:一、圣杯堡的最高统治者是圣杯国王,他拥有无上的权力,他的职责是保护圣杯的纯洁性,所有圣杯骑士都必须服从他的命令。亚瑟王是亚瑟世界的中心,由于过去的功绩在圆桌旁永远占有一个座位,但他没有支配其他圆桌骑士的权力,其他圆桌骑士必须靠自己的业绩和品德保持荣誉。二、圣杯骑士的一切行为都是为了保护圣杯世界,有明确的集体意识。圆桌骑士则是为了个人的荣誉,他们并不把亚瑟宫廷看作是一个整体,他们的座位并不固定,总是要轮换的。三、在圣杯骑士身上,骑士的人格已与对上帝的信仰融为一体,因此他们的心灵能得到净化。圆桌骑士则永远停留在世俗层面,不能超越自己。

　　史诗中,帕其伐尔和迦万的两条故事线索是平行发展的,各占作品大约二分之一的篇幅。帕其伐尔的发展道路分孩提、亚瑟骑士和圣杯国王三个阶段。而亚瑟骑士和圣杯国王又是骑士阶级的两个层次，必须首先当上亚瑟骑士，然后才能当圣杯国王。故事内容：帕其伐尔的父亲是一个骑士，转战东方与西方，先后有两位夫人，各生一子。一个叫费勒菲茨，是黑白混血儿，另一个就是史诗的主人公帕其伐尔，他是白人。帕其伐尔还没出生，父亲就在一次征战中身亡，母亲痛切地感到骑士生活危险，决心不让他们的儿子再当骑士，以免重蹈父亲的覆辙。帕其伐尔出生后，母亲便带着他隐居密林，因此帕其伐尔从小与世隔绝，天真愚昧，除了从母亲那里听说有上帝外对人世生活一无所知，更不知道骑士是什么样子。一天，有四个骑士来到密林，帕其伐尔误以为他们是上帝。当他得知这几个人不是上帝而是骑士的时候，他按捺不住与生俱来的骑士本性，非要当骑士不可。母亲无奈，只好给他穿了一身傻子服，希望他一旦遭到嘲笑便会回心转意，还根据自己一知半解的知识给他讲了一通骑士的规矩。帕其伐尔不顾母亲的悲伤，头也不回，骑马走出密林开始他的骑士征程。他的第一个目标是亚瑟宫廷，与所有的骑士一样，一路经历"爱情"、"见义勇为"、"冒险"等多种考验，也因为单纯无知犯过许多错误。有三次经历标志他一步一步走向成熟：第一次经历是与"红衣骑士"伊特尔的决斗。他用他的农民匕首杀死这名对手，强占了死者的盔甲和骏马，把死者的骑士服装穿在自己的傻子服外面，以为自己从此就是"红衣骑士"了，欲当骑士的迫切愿望似乎已经实现。然而，骑士的外表与骑士的内涵在他身上还没有联系在一起，骑士服装下面仍然是那个傻子，这场战斗只证明了他有骑士般的勇气。第二次经历是与阅历很深的老骑士古尔内曼茨相遇。古尔内曼茨对他进行了真正的骑士教育，教他学会宫廷的行为方式和处世规则，训练他准确掌握骑士的武艺，让他听唱弥撒，接受有关宗教习俗的教诲，使他懂得了骑士应有的品德和义务，尤其是"克制"和"节度"两个概念的含义以及骑士爱情的本质和价值。帕其伐尔在争当骑士的道路上又前进了实质性的一步。然而,古尔内曼茨的一句"你不许多问"的忠告却因为他没有正确理解,结果给他后来在圣杯堡带来了致命性的灾难。第三次经历是与女王康德维拉莫尔斯的爱情。康德维拉莫尔斯是个绝代佳人,有人带兵前来用武力强行求婚,情况险急。帕其伐尔勇敢相助,施展他的骑士武艺,打败了敌人,解救了女王和被围困的城市。他的行动博得女王的敬意,因而得到了她的爱情,最后他们喜结连理。到此,帕其伐尔实现了他骑士征程的第一个目标,赢得了一个亚瑟骑士应有的荣誉与爱情。但他的使命是向更高的目标——圣杯冲刺,因此必须继续接受考验。从这里开始是一段童话母题。一次,他来到一个湖边向渔人王阿莫佛尔塔斯问路。渔人王热情地接待了他,在吃圣餐的时候,让他体验圣杯的神奇景观和效果。他看见了圣洁的光辉和深重的苦难奇妙地混合在一起的壮丽画面。阿莫佛尔塔斯身患重病,帕其伐尔理应有所表示,然而,这位年轻人因为只记住了老骑士"你不许多问"的忠告,机械地理解骑士的所谓"克制"和"节度",一句多余的话都不敢说。当晚,他做了一夜噩梦。第二天早上整个城堡空无一人。他试图跟踪圣杯骑士的足迹,很快这些足迹也看不见了。他再往前走,刚刚走过的天桥突然断裂坍塌,只听见背后传来一个门卫责骂的声音。实际上,这里已经是圣杯堡,阿莫佛尔塔斯就是圣杯国王,帕其伐尔的任务十分简单,只需询问一句圣杯王的病情如何,表示一下最朴素的人与人之间的关爱之情就能帮助圣杯王解除病痛。结果他因为恪守"你不许多问"的忠告犯了错误,未能通过考验,失去了当圣杯王的机会。沃尔夫拉姆插入这一段童话母题,是因为他看到了宫廷骑士制度的那一套形式僵硬刻板,十分有害,刻意让帕其伐尔展示一下人性的一面,说明圣杯骑士必须超越亚瑟骑士的标准。当帕其伐尔离开圣杯堡又回到亚瑟世界的时候,正是冬天。一只被鹰咬死的野鹅的血滴在雪上。

红和白是象征妇女美貌的典型颜色。此情此景使帕其伐尔深深地怀念起妻子康德维拉莫尔斯。骑士迦万根据自己的切身体会理解他渴望爱情的心境,于是用一块布将血迹覆盖,然后带领他去亚瑟宫廷。帕其伐尔重新赢得荣誉,被接纳为圆桌骑士。然而,在亚瑟王举行的宫廷庆典上,圣杯堡的女使者恭德立突然出现并说,帕其伐尔不尊敬圣杯国王必须予以谴责,他也因此侮辱了亚瑟宫廷。帕其伐尔陷入孤独和绝望,认为是上帝故意抛弃他,决意不再相信上帝。他从此靠自己不屈的精神顽强地活着,毫无目的地游荡了四年多,继续经历"爱情"、"见义勇为"和"冒险",终于在一个耶稣受难日遇到一位带着全家打着赤脚在森林里忏悔的老骑士。老骑士教他懂得耶稣受难日的意义,敦促他进行忏悔,让他去找特雷夫里森特。特雷夫里森特是一位隐士,同时也是圣杯国王阿莫佛尔塔斯和他母亲的兄弟,是他的舅舅。隐士给帕其伐尔两点帮助:一是向他揭示了圣杯的奥秘,告诉帕其伐尔他是圣杯家族的一员,圣杯国王的王位是世袭的,因而他负有当圣杯国王的使命;二是给他讲述了上帝的本质,让他认识到,他的母亲因他出走悲伤致死,他的亲戚"红衣骑士"伊特尔被他杀害,以及他没有询问圣杯国王阿莫佛尔塔斯的病情因而未能帮助他免除病痛等等都是他犯下的罪孽,因此上帝撤销了他服务的权利。不过,只要他认真忏悔,愿意忠于上帝,相信上帝的恩惠,就能够得到上帝的宽恕。于是,帕其伐尔忏悔自己所犯的错误,从罪孽中解脱出来,重新振作精神,怀着攀登更高目标的信念,踏上寻找圣杯的征程。这最后一段路还是要从亚瑟宫廷出发,当他坐在圆桌骑士中间的时候,圣杯堡的女使者恭德立又突然出现并且宣布,圣杯堡撤销对帕其伐尔的谴责,同时任命他为圣杯国王。此间,他的夫人康德维拉莫尔斯和他们的两个儿子也来到宫廷,他们全家在这里团聚,然后一起重新沿着他走过的征程去参加圣杯庆典。为了与帕其伐尔上一次在圣杯堡的表现相呼应,作者在作品的最后一卷里特地安排他问阿莫佛尔塔斯:"舅父,你身体如何?"(oeheim,waz wirret dir?)有了这一句简单的问候,阿莫佛尔塔斯立刻痊愈,同时也为帕其伐尔赢得了圣杯国王的王位。

迦万的故事情节总体上比较单一,除了"爱情",就是"历险",在很大程度上是为与帕其伐尔的故事情节做对比而设置的。两者的不同点是:一、迦万的目标是当一名圆桌骑士,亚瑟宫廷是他的整个生活空间;帕其伐尔的目标是成为圣杯国王,亚瑟宫廷只是他通往这一目标的必由之路,圣杯堡才是他的归宿。二、迦万"历险"的目的是赢得"爱情"和成为亚瑟世界的童话宫殿(Chastel marveil)的主人;帕其伐尔"历险"的目的是赢得"爱情"和成为圣杯堡的统治者。三、无论是迦万还是帕其伐尔要想达到最终目标都必须做一件救助他人的好事。迦万只须通过一次高难度的历险,解放被关押在童话宫殿里的妇女,就能成为童话宫殿的主人,从而证明他作为标准的亚瑟骑士的价值。帕其伐尔虽然只要说一句简单的、无须非得荡人心腑的问话,但这却是他能否成为圣杯国王的前提,是他能否达到生命顶峰的关键,即回归自己和回归上帝。这是他全部发展的终极目标。四、迦万出色地履行了骑士的职责,同时也犯了一系列错误,但因为他的思想境界始终停留在亚瑟骑士的范围,不能超出世俗层面,不能把自己与上帝的存在联系在一起,因此无法认识错误,自然就没有进一步发展;帕其伐尔也犯了很多错误,但因为胸中怀有更高的目标,他相信上帝,能虔诚忏悔,认识错误,所以思想不断升华,最后达到了"尽善尽美"的境界。

从以上对故事内容的分析,已经凸显出这部史诗的主题思想。沃尔夫拉姆作为12世纪的作家也和同时代其他作家一样,世俗与宗教、现实与理想的矛盾是他必须面对的问题。哈尔特曼笔下的骑士都是以被接纳为亚瑟宫廷的圆桌骑士为最终目标,当他对这一目标感到没有把握的时候,他看不见前进的方向,于是放弃了,又退回到12世纪宗教的禁欲主义立场上。沃尔夫拉姆继承并超越了哈尔特曼,他比后者的进步之处在于,他看到了在亚瑟宫廷之上还有一个更高的、笃信宗教的骑士世界。他把这个世界设想为圣杯堡。圣杯象征着崇高、和解和纯洁,由一批骑士保护。因此他要求:第一,一个骑士不能只安于现世的荣誉与欢乐,在亚瑟宫廷的圆桌旁占一个座位仅仅是骑士征程上的一个不可逾越的阶段,还必须继续向更高的目标攀登,成为圣杯的保卫者。第二,圣杯是崇高、纯洁、和解的象征,因此要成为圣杯保卫者首先要成为一个完美的人。只靠骑士的勇敢精神和宫廷社会那些僵化了的条条框框不仅不够,甚至还会导致破坏性后果。一个骑士除掌握高强的武艺外,还必须进行道德修炼,要有平和、善良、博爱等人格素养。帕其伐尔最后成为圣杯国王就不是通过骑士冒险,而是通过他表现出的人性品质的力量。可见人的道德修养比勇敢更重要。第三,在圣杯堡,上帝与世界是和解的,因此对待上帝的态度和对待世界的态度是一致的。任何人思想的净化、精神的升华、品德的完善都只能在对上帝的笃信中求得,所以宫廷骑士必须相信上帝的存在,接受上帝的指引,不断反省忏悔,改正错误,完善自己。然而,上述要求只能是沃尔夫拉姆希冀和平与和解的美好愿望,面对当时的德国社会,封建贵族与罗马教廷、中央集权与诸侯割据的斗争错综复杂,无尽无休,他的愿望是无法实现的。在整部史诗中,圣杯堡只出现过两次。一次是在帕其伐尔的梦境中,一次是最后浮现在虚无缥缈的远方。这表明,连作者本人也并不知道圣杯堡到底是什么样子。可见那个崇高、纯洁、和解的目标对于他来说也只是一个遥远的、模糊的、空泛的理想。

《帕其伐尔》写的是主人公从天真幼稚的孩童经过矛盾、曲折、迷惘和错误最终达到"尽善尽美"的成长过程。因此,这是一部以个人成长发展为主题的"发展小说"(Entwicklungsroman)或曰"成长小说"(Bildungsroman)。严格地说,"成长小说"只是"发展小说"的一种,"发展小说"还包括以心理发展为主题的"心理小说",如歌德的《少年维特的烦恼》,以主人公受教育过程为主题的"教育小说"（Erziehungsroman）,如高特荷尔夫（Jeremias Gotthelf,1797—1854）的《长工乌利》（Uli der Knecht,1841）。不过,由于后两种在"发展小说"中不占主要地位,所以人们常常把"成长小说"就看作是"发展小说"。我们把《帕其伐尔》称为"发展小说",同时也称为"成长小说",是因为在这里"Bildung"一词不是指受教育的过程,而是指受教育的结果,即他从一个单纯幼稚的小孩,经过骑士阶段的发展,最后达到了"内心的成熟"。这样,《帕其伐尔》便成为德语文学中第一部以个人成长发展为主题的所谓"发展小说"。

2.《维勒哈尔姆》

《维勒哈尔姆》（Willehalm）开始写作的时间在13世纪20年代,未完成,流传下来的断片很多,而且时有新的发现。故事内容以一部法国作品为基础,但不是宫廷小说,而是一种英雄歌（Chansons de geste）,如同《罗兰之歌》那样,讲的是真实的历史事件。

作品以虔诚的路德维希时代为历史背景,内容描写的是发生在法国南部阿里山兹的基督教徒与异教徒之间两次最严重的流血冲突。纳尔蚌的海姆利希和他的族人守卫法国和基督教边界,他的儿子维勒哈尔姆被异教国王提巴尔德俘虏,但国王的夫人阿拉蓓勒,也是强大的特拉摩尔的女儿,解放了维勒哈尔姆并与他一起逃跑。阿拉蓓勒与维勒哈尔姆相爱,接受基督教洗礼取名吉布尔格并成为维勒哈尔姆的夫人。提巴尔德和特拉摩尔大举进攻,报仇雪耻。这首诗就是以浩浩荡荡的异教大军奔赴奥兰热攻打一小队基督教士兵开始的。在奥兰热近郊的阿里山兹打了两次战役,第一次基督教士兵力量薄弱,抵不住异教军队的强大攻势,因而被彻底消灭,只有维勒哈尔姆幸免,携吉布尔格逃到了奥兰热。他让妻子在那里留守,自己去劳恩向路德维希国王求援。起初,国王和王后很不热情,后来海姆利希和他的儿子们答应相助并答应说服国王。于是一支大军开往奥兰热。第二次战役，两军经过浴血奋战，最后以基督教徒的胜利告终。凡是未能登上船逃跑的异教徒，一律在基督教徒的剑下丧命。沃尔夫拉姆的《维勒哈尔姆》到此突然中断。不过，他还是把法国作品里的一个重要角色纳入了他的故事，并将这个角色取名伦那瓦尔特。伦那瓦尔特是被拘留在王宫里的一个俘房，他是异教徒，尽管相貌、体魄和性格都显露了他高贵的出身，但因为他拒绝洗礼，所以只能在伙房当帮厨。而维勒哈尔姆任用了他，让他参加援军奔赴奥兰热。他以自己的体力和勇气，用一根巨大的木棒拼搏，对战役的胜利起了决定性的作用。然而，战役过后他就消失了，维勒哈尔姆对失去这个可爱的年轻人深感惋惜。13 世纪中期大约 1240 年至1250 年之间，德国诗人梯尔海姆的乌尔里希（Ulrich von Türheim，1236—1286）用 36000 诗行的篇幅接着叙述了伦那瓦尔特后来的经历，从而使维勒哈尔姆的故事得以圆满结束。

　　从作品的题材看，《维勒哈尔姆》显然又回到了 12 世纪宫廷文学以前的时代，与《罗兰之歌》一样，无论就时间、地理和历史情况而言都是描述一段真实的故事。首先，作品以反对伊斯兰教的十字军东征为背景，描述了下洛林公爵率军反对萨拉逊人（伊斯兰教徒）的战斗，以及各路人马奔赴东方在那里大肆掠夺的情景，其中包括许多骑士浴血奋战和亚瑟骑士式的各种历险场面。阿里山兹也与《罗兰之歌》中的伦策伐尔（Ronceval）一样是一个真实的地点，这与同时代包括《帕其伐尔》在内的宫廷史诗所描述的那种虚无缥缈的亚瑟世界和圣杯世界迥然不同。其次，《维勒哈尔姆》既不是法国英雄歌的翻译，也不仅仅是《罗兰之歌》的续篇。沃尔夫拉姆要尝试的是，将中世纪毋庸置疑的基督教世界观与史陶芬时期新的宫廷人道主义世界观统一起来，创造一种新的、世俗宫廷的人的形象，结束基督教徒与异教徒之间的对立，让他们作为人在上帝面前受到平等对待。维勒哈尔姆是一个基督教徒，也是一个宫廷骑士,为效忠上帝与异教的穆斯林世界浴血奋战。但他同时又与异教国王的女儿阿拉蓓勒成婚,而阿拉蓓勒不仅接受洗礼,取教名吉布尔格,而且表示确信基督教的至高无上的价值,发誓在任何情况下都与维勒哈尔姆站在一起,因为他代表最崇高的骑士阶级。此外,维勒哈尔姆还吸收异教徒伦那瓦尔特参加基督教的军队去与异教的敌人打仗,伦那瓦尔特果真对战斗的胜利起了关键性的作用。在这一点上,沃尔夫拉姆超越了自己,在追求宗教和解的梦想道路上前进了一步。如果说在《帕其伐尔》中基督教和异教的和解还只是一种信念,一个遥远的愿望,作者只是在史诗最后附带提了一下主人公同父异母的异教兄弟费勒菲茨,虽然安排他带领帕其伐尔进入亚瑟宫廷,并准许他陪同帕其伐尔去参加圣杯庆典,但因为他的异教徒身份,他没有看见圣杯的能力;那么在《维勒哈尔姆》中,基督教和异教的和解已经在一个真实的、世俗的骑士身上实现了。基督教徒和异教徒在对上帝的共同信仰中平等相处,携手共进,这就是沃尔夫拉姆的世界观,是他的人道主义的理想。与《帕其伐尔》比较,《维勒哈尔姆》是一部表现内心成熟的作品,就此而言,无论在思想上还是在艺术上都超过了前者。

　　3.《提图勒尔》

　　《提图勒尔》(Titurel)是沃尔夫拉姆的晚期作品,可能与《维勒哈尔姆》同时或在其后产生,采用长行分段的韵律形式,流传下来的只有一些断片,见于13世纪和16世纪两份手抄本。题材和主题思想与《帕其伐尔》密切相关,人物大都来自这部史诗,标题《提图勒尔》就是圣杯家族祖先的名字。这里讲的是一个以悲剧结尾的爱情故事,共175段,按内容分为互不相关的两组。第一组:女孩吉古尼随母系属于圣杯家族,男孩施欧纳图兰德出身于古尔内曼茨家庭。他们很早丧失父母,由帕其伐尔的母亲抚养。两人从小相亲相爱,可是吉古尼要求施欧纳图兰德必须用骑士的业绩证明有获得爱情的资格,施欧纳图兰德于是随帕其伐尔的父亲远征东方。两人分别后,爱情像病魔一样折磨着他们。作品中,作者让他们用对话的形式吐露心声。第二组:吉古尼和施欧纳图兰德在一处森林里。这处森林就是帕其伐尔和母亲当年隐居的地方。施欧纳图兰德逮住一条猎犬,缰绳上刻着文字,当吉古尼读着文字的时候,猎犬跑掉了。吉古尼答应施欧纳图兰德,如果他能把缰绳找回来就嫁给他。施欧纳图兰德上路寻找,故事到此结束。

《提图勒尔》表现的是沃尔夫拉姆的爱情观。诗中采用了少年早恋,把爱情理解为病魔,通过独白和对话表现爱情的心理过程,赞美爱情是最高的、不可抗拒的力量等早期宫廷叙事作品的母题。他这样写可能是从前辈费尔德克的海因里希那里学来的,不过,这只是形式上的继承,还不是他的爱情观的核心。沃尔夫拉姆的爱情观的核心是,他把爱情与骑士行为和信仰上帝联系在一起。一方面,与同时代人斯特拉斯堡的戈特弗里德一样,他承认爱情拥有合抱世界、决定生命的无限力量,具有超验的意义。另一方面,在描述施欧纳图兰德与帕其伐尔的父亲谈论爱情这个题目的时候,他特别强调爱情能号召骑士积极行动,激励骑士经受锻炼。这一点正是对戈特弗里德的批评,因为他把爱情非骑士化,让爱情与骑士的业绩脱离关系。沃尔夫拉姆让爱情以基督教的伦理道德为基础,认为纯洁的爱情是通向天堂之路。吉古尼之所以要一生忏悔直至离开人世,就是因为她突发奇想,让情人施欧纳图兰德既非去历险亦非去战斗,而是去寻找猎犬的缰绳,结果让他走上不归之路。这是她对真正爱情犯下的罪孽,必须受到惩罚。而戈特弗里德认为爱情是独立的,与上帝没有任何关系。因此,我们可以把《提图勒尔》看作是与戈特弗里德的《特里斯坦和伊索尔德》相对立的作品。

(四) 斯特拉斯堡的戈特弗里德与《特里斯坦和伊索尔德》

斯特拉斯堡的戈特弗里德(Gottfried von Straßburg,约1170—1220)与埃申巴赫的沃尔夫拉姆齐名,都是德国宫廷史诗的经典作家。霍亨史陶芬王朝兴盛时期的文学就是在这两位大师的矛盾对立中达到顶峰的。关于他的生平,我们所知甚少,只是从别人的记述中了解,他是斯特拉斯堡人,博古通今,对于神学理论,尤其是古代希腊罗马文化造诣很深,精通拉丁语和宫廷法语。他的作品不多,只写过一部宫廷史诗《特里斯坦和伊索尔德》和少量骑士爱情诗。在关于他的所有记述中没有一处称他为"领主",在骑士爱情诗手抄本中的图像上他也不戴骑士徽章,由此推断,他不是封建领主,而是"师傅",不是骑士,而是受过学校教育的市民。13世纪,莱茵河上游斯特拉斯堡等大城市正处于上升时期,市民阶级开始觉醒,要求与骑士阶级一样在社会和政治领域发挥作用,原来的贵族也要在新的城市贵族中占据位置。看来,戈特弗里德应该属于这一新的、在思想和教育方面都已觉悟的城市上层阶级。这也许正是他与沃尔夫拉姆尖锐对立的阶级背景。

戈特弗里德的唯一一部史诗《特里斯坦和伊索尔德》(Tristan und Isolde)是根据法国作家托马斯·得·布里塔涅(Thomas de Britanje)的同名史诗写成的,取材于古凯尔特族人的传说,属于特里斯坦传说系统。戈特弗里德认为,他与其他作家,特别是沃尔夫拉姆不同,他的材料来源于"真实",不容"侵犯"。因此,他既不加工改写,也不重新创作,而是对于原有材料做全新的、独特的、大胆的解释,原则上采用评注的方式给不容"侵犯"的原文加上注释或插入说明。他主要在语言形式上下工夫,巧妙地运用一切语言和修辞手段,因而使他的《特里斯坦和伊索尔德》达到了中古高地德语语言与修辞艺术的顶峰,取得了惊人的成就。

《特里斯坦和伊索尔德》大概写于1210年前后,作品未完成,存留下来的初稿只是一些断片,包括特里斯坦的年轻时代和第一次去爱尔兰,特里斯坦第二次去爱尔兰以及爱情魔汤及其后果,特里斯坦被放逐和他返回时的冒险故事三大部分。故事内容是:特里斯坦的双亲在他出生前后相继去世。父亲的部下把他抚养长大。十四岁时，被人拐骗到克伦瓦尔。出乎意料的是国王马尔克是他的舅父。特里斯坦从小才智出众，受过良好的教育，现在又有舅父的精心培养，很快便成为一名德才兼备、智勇双全的骑士。有一次，爱尔兰人进犯克伦瓦尔，特里斯坦率军上阵，杀死了敌人将领莫罗尔德，自己也中了毒剑。这种伤是致命的，只有爱尔兰女王，即莫罗尔德的姐姐伊索尔德能够治好。特里斯坦于是乔装成行吟诗人来到爱尔兰。他的才艺打动了女王。他不仅被允许进王宫接受治疗，还做了女王的女儿小伊索尔德的家庭教师，教她音乐和宫廷礼仪。他伤愈后回国，舅父体面地接纳了他，并定他为王位继承人。这引起了大臣们的嫉妒。此间，马尔克听说爱尔兰的公主相貌出众，想选她为王后。特里斯坦自告奋勇，接受替国王向死敌的女儿小伊索尔德求婚的危险任务，第二次来到爱尔兰。这个国家正遭受凶龙之害，国王悬赏，谁能制服这条凶龙，就把女儿嫁给他作为报酬。特里斯坦果然打败了凶龙，但自己也晕倒在地，被一群妇女发现并把他送到宫廷。给他洗澡时，爱尔兰女王从他剑上的一块凹痕认出，他就是仇敌特里斯坦。在女仆布兰甘的帮助下，特里斯坦平息了女王的愤怒，揭发了狂言要猎获凶龙的膳务总管如何懦弱无能，随即在宫廷上替主人马尔克舅父向伊索尔德公主郑重求婚。女王表示愿与克伦瓦尔媾和并同意特里斯坦将女儿带回克伦瓦尔。他们临行前，女王交给伊索尔德公主的伴娘布兰甘一瓶饮料，实际是一瓶"爱情魔汤"（Minnetrank），让新娘和新郎在洞房之夜喝下。归途中，丫鬟误以为这是一般饮料，拿给特里斯坦和伊索尔德公主饮用，结果两人产生了不可抑制的爱情。回到克伦瓦尔后，伊索尔德公主形式上与马尔克国王结婚，实际上情人却是特里斯坦。他们不顾道德约束，暗中幽会，背弃骑士"诚实"的美德，用一切办法蒙骗老实的国王。事情败露后，他们被赶出宫廷，两人逃到森林，在爱情岩洞（Minnegrotte）里继续享受欢乐。后来，国王表示愿意谅解,他们又返回王宫。然而,当他们回来后,受奸臣们的怂恿,国王只接纳伊索尔德公主,放逐特里斯坦已成定局。特里斯坦逃亡到诺曼底,大公霍埃尔的藩臣犯上作乱,闹得他已到山穷水尽的地步。特里斯坦以高超的骑士武艺,与霍埃尔的儿子卡埃敦一起施计逞勇,捣毁敌营,大败敌兵。为了感谢他仗义相助,卡埃敦表示愿意将妹妹"白手伊索尔德"(Isolde Weisshand)嫁给他。特里斯坦听到伊索尔德的名字立刻陷入迷惘,胡思乱想,装疯卖傻。他又来到克伦瓦尔,想找回与伊索尔德公主的爱情,史诗到此中断。戈特弗里德的后继者梯尔海姆的乌尔里希和弗莱贝格的海因里希(Heinrich von Freiberg,生活在1278—1305之间)分别于1270年和1290年把故事续完。后续的内容是:特里斯坦与"白手伊索尔德"结婚后,关系并不和谐。特里斯坦经常外出历险,在一次为卡埃敦服务的战斗中负伤,伤势又是致命的。他悲观绝望,只有伊索尔德公主能给他安慰。卡埃敦派人去请伊索尔德公主并约定,如果她来了,就张白帆,否则,张黑帆。伊索尔德公主果然来了,但"白手伊索尔德"出于嫉妒故意说是张的黑帆,特里斯坦在失望中逝去。伊索尔德公主上岸后,见情人已经逝去,于是倒在他身边悲痛致死。马尔克国王赶来道歉,但已为时过晚。故事结尾,特里斯坦和伊索尔德公主被安葬在一个小教堂的两侧,在他们的坟墓上分别长出一株玫瑰和一棵葡萄,两棵植物根蔓缠结,盘绕在小教堂的屋顶上,象征他们的爱情永生。

这部史诗的主题讲的是爱情,而且是那种来势凶猛、使人失去意志、不顾任何道德约束、像喝了魔汤一样不能自持的激情。这与其他宫廷史诗的爱情主题截然不同,归纳起来,有四点区别:第一,在其他宫廷史诗中,"骑士爱情"只是为达到终极目的的一种教育和自我教育的手段,是骑士"历险"的一个必不可少的环节,骑士对女主人的"爱情"是他"服务"的方式,以期得到女主人的"报酬",因而这种"爱情"是不真实的,矫揉造作的,不平等的,带有功利性质。特里斯坦和伊索尔德公主的爱情不是"服务"与"报酬"的关系,不追求其他目的,既不是为了用"爱情"证明高尚的骑士情操,也不是为了享有骑士的荣誉;他们的爱情是真挚的、无私的,不是通过任何理性的态度或行为可以赢得的。戈特弗里德认为,爱情或者说真挚的爱情属于人的本质,它一旦发生就是纯粹的、绝对的、永恒的。在史诗第一卷他便开宗明义地说这是"一个生相爱、死相随的动人故事"。此外,"爱情"的归宿是婚姻,这是亚瑟传奇必须达到的圆满结局,特里斯坦和伊索尔德公主并不打算把婚姻作为实现他们爱情的最终目标,能够"生相爱、死相随"就是爱情的实现。第二,把个人真挚的爱情与宫廷社会道德之间的矛盾作为作品的中心冲突,这在其他宫廷史诗中不乏先例,但它们的作者声称,这种爱情是"低俗的爱情"。戈特弗里德相反,他认为在现实的宫廷社会存在两部分人:一部分是平庸的人,他们只满足于"欢乐";另一部分是出类拔萃的人,他们有一种深刻的、只能意会不能言传的、却是贯穿一生的对于爱情的原始体验,他们不只是要欢乐,也要痛苦,承认欢乐与痛苦都体现了生命的价值。作者在史诗的序幕里言明,他的作品只针对那一小部分"高贵的心灵",这些人能够在爱情中把欢乐与痛苦、生与死高度统一起来。因此,特里斯坦和伊索尔德公主的爱情不是低俗的,而是思想的升华和灵魂的净化,结果带来美德和荣誉。第三,诚实是哈尔特曼和沃尔夫拉姆作品中正面人物的共同特点,无论处境如何险恶,他们都以诚相见,绝不欺诈,他们都是靠过人的胆略和超群的武艺战胜对手的。戈特弗里德的这部史诗的主人公恰恰相反,他们的出众之处在于才智,他们取胜既靠勇敢,更靠计谋,他们性格的主要特征是机智和随机应变的本领。特里斯坦和伊索尔德公主不仅欺骗国王,还欺骗上帝。当他们的"不轨"行为被国王察觉时,伊索尔德公主矢口否认,并要求由上帝裁判。裁判设在海岸进行,伊索尔德公主暗中让特里斯坦乔装"巡礼者"一起上船。到岸时,她借故请"巡礼者"背她下去。背她下船时,特里斯坦故意失足,两人一起倒在地上。裁判开始后,伊索尔德公主发誓,除国王和这位"巡礼者"外她没有在任何一个男人身边躺过,要求用烧红的铁放在她身上进行测试。结果她顺利通过测试,所有的人都中了她的圈套,连上帝也成了她利用的工具。这是对上帝的嘲弄,也是对主人公的机智的颂扬,反映了市民阶级的价值观念。第四,诚然,无论主人公何等机智,取得的效果都只是暂时的,美好的愿望永远是一种理想。值得注意的是,哈尔特曼寄希望于世俗和上帝的和谐一致,向往一种既符合世俗标准又令上帝满意的生活,而这种向往是没有基础的,无法实现的。沃尔夫拉姆虽然虚构出了一个圣杯世界,在那里世俗与宗教、世界与上帝已经和解,但这个圣杯世界虚无缥缈,连他自己也看不清楚,不过是他的一个美丽的幻想而已。戈特弗里德则走了一条与他们完全不同的道路,他讴歌自由的爱情,把爱情视为一种完全独立的力量,既与骑士阶级无关,也远离上帝,而且他要在现实中实现对自由爱情的向往。特里斯坦和伊索尔德公主曾一度逃离宫廷,住进密林深处的一个岩洞里,在大自然中享受自由自在的爱情,"爱情岩洞"一场是全书最富有诗意的篇章。然而,寻求在一个真实的环境里实现理想,固然是戈特弗里德的一个突破性进步,但让自由的爱情只能在世外桃源里实现,也包含深刻的寓意,说明他承认这种爱情在当时的宫廷社会里无法实现,这就点出了特里斯坦与伊索尔德公主这段情缘的结局必然是悲剧性的。后来,特里斯坦与伊索尔德公主又返回宫廷,他们果然完全失去了自由。史诗最后,男女主人公双双以身殉情,从而使这部史诗一反其他宫廷史诗建立在虚假的乐观主义基础上的"圆满"结局的惯例,成了一部爱情悲剧。

从以上比较我们可以得出这样的看法,戈特弗里德的《特里斯坦和伊索尔德》在思想和语言方面都超过了其他宫廷史诗,已经达到骑士阶级可能达到的思想高峰,强调爱情与骑士和宗教无关的特征更预示了早期市民文学的兴起。这是中世纪骑士—宫廷文学最后一部伟大的传世之作,在它之后,宫廷史诗日趋衰落。

三 英雄史诗:《尼伯龙人之歌》

在 12 世纪到 13 世纪霍亨史陶芬王朝兴盛时期,除了以亚瑟传奇、圣杯传奇和特里斯坦传奇为题材的宫廷史诗外,还有一部史诗,这便是《尼伯龙人之歌》(Das Nibelungenlied)。这部史诗与当时流行的宫廷史诗不同,既不是以外国人的作品为蓝本翻译改写的,也不是用非现实的神话虚构出来的,而是根据在德意志本土口头流传的古代日耳曼英雄传说,用长篇史诗的叙事形式加工创作的,故称"英雄史诗"(Heldenepos)。直到大约 12 世纪中叶,古代英雄传说还只是以"歌"的形式出现,由行吟歌手到处传唱,因此属于口头文学范畴。自从《尼伯龙人之歌》问世,英雄传说才从数百年没有文字记载的历史空白中走出来,并且以英雄史诗的独特形式立刻站到了文学创作的顶峰,与骑士爱情诗和宫廷史诗一起创造了德国中世纪骑士—宫廷文学的辉煌。

《尼伯龙人之歌》(Das Nibelungenlied)的原文系中古高地德语,大约于 1202 年至 1204 年之间写成。作者可能是奥地利人,生于帕骚与维也纳之间的多瑙河流域,姓名不详。关于他的身世没有文字记载,至于他是骑士、神职人员,还是"艺人",众说纷纭。不过,从作品的基本思想和所描述的社会内容看,可能是一个下层骑士,曾在帕骚大主教手下或附近的尼德恩修道院供职,有一定的文化修养,对于法律、宫廷礼仪以及骑士生活很熟悉。

《尼伯龙人之歌》是用韵文体写的,采用的诗体与早期骑士爱情诗诗人库伦贝格尔的抒情诗的诗体完全一致,即每一诗节有四个长行,每一长行又分为两个短行,中间有一个停顿。前三个长行中每一行的第一个短行有四个扬音,第二个短行有三个扬音,只有第四长行的两个短行各有四个扬音。这种独特的诗体究竟由谁所创造,至今尚无定论。人们称这种诗体为"尼伯龙人诗体"(Nibelungenstrophe),仅仅因为《尼伯龙人之歌》比库伦贝格尔的抒情诗更著名。"尼伯龙人诗体"听起来有强烈的节奏感,便于口头传诵。

《尼伯龙人之歌》分三十九歌,每一歌又分若干诗节,全诗有 2379 诗节,每诗节四行,共 9516 行。内容由两大部分组成,第一部分是《西格夫里特之死》(Siegfrieds Tod),第二部分是《克里姆希尔德的复仇》(Kriemhilds Rache)。那么,这部史诗何以得名《尼伯龙人之歌》呢? 在北欧冰岛歌集《埃达》里记载,古代勃艮第国有一个王族叫 Nibilingos。Nibilingos 是古德语,中古德语称 Nibelunge,指的是这个王族的人,译成汉语是尼伯龙人。相传,尼伯龙王族确实拥有一大批宝物,使匈奴王阿特利(Atli)垂涎欲滴。后来有人将这个传说与北方流传的另外一个关于尼德兰英雄西格夫里特打败尼伯龙克(Nibelunc)和希尔蚌克(Schilbunc)两个王子并占有其全部宝物的传说融合在一起,创作出了这部以争夺尼伯龙人宝物(Nibelungenhord)的斗争贯穿首尾的大型英雄史诗。史诗中,谁占有这批宝物,谁就被称为尼伯龙人。在史诗第一部分尼德兰英雄西格夫里特是宝物的占有者,尼伯龙人指的就是尼德兰人及其国度。在史诗第二部分宝物到了勃艮第人手里,尼伯龙人指的就是勃艮第人及其国度。总之,"尼伯龙人"这个称谓在史诗的第一和第二两部分虽然指的是不同的人和不同的国度,但内容讲的都是这些"尼伯龙人"从兴盛到衰亡的故事。因此可以说,这部史诗就是一首对"尼伯龙人"悲壮命运的颂歌,故这部史诗的书名应译为《尼伯龙人之歌》。

(一) 故事内容

第一部分《西格夫里特之死》共十九歌,即从第一歌到第十九歌,以西格夫里特或布伦希尔德传说为基础。内容分为四段。第一歌至第五歌是克里姆希尔德与西格夫里特的故事:西格夫里特是尼德兰王子,生活在桑滕父王的宫廷。传说中称,他年轻时代曾外出冒险,杀死过一条巨龙并用龙血沐浴,全身皮肤变成鳞甲质,刀枪不入。但沐浴时一片树叶落在肩上,这块地方未沾上龙血,因此成了全身唯一可以致命的部位。此外,他还打败了尼伯龙克和希尔蚌克两位王子,占有了他们的全部"宝物"并夺得一把宝剑和一顶隐身帽(Tarnkappe),即一件带帽子的斗篷。勃艮第国有一位公主名叫克里姆希尔德,美貌超群。西格夫里特欲向她求婚,置父母的忠告于不顾,带十二名勇士来到勃艮第首府沃尔姆斯。一年后,西格夫里特帮助勃艮第打败撒克逊人,在庆功会上他第一次与克里姆希尔德见面。第六歌至第十一歌是布伦希尔德与恭特的故事:此时,勃艮第国王恭特正打算向冰岛女王布伦希尔德求婚,但听说这位女王武艺高强,任何向她求婚的人都必须与她比赛三项武艺,而且每项都得取胜,输掉一项,就被杀死。恭特请西格夫里特帮助并允诺,事成后将家妹许配给他。西格夫里特扮成家臣,随恭特来到冰岛。比武时,他披着隐身斗篷,站在恭特身边,恭特做着比武的样子,实际是西格夫里特在操作,结果三项比赛都战胜了女王。布伦希尔德随恭特来到沃尔姆斯,两对新人同时举行婚礼。婚礼上,布伦希尔德发现,国王的妹妹竟然嫁给了一名家臣,心里十分难过。夜间,她拒绝恭特与她亲近,恭特万般无奈,只得又请西格夫里特前来相助。西格夫里特使出十八般武艺,制服了傲慢的女王,并乘机拿走她的腰带和指环,直到返回尼德兰之后,才将腰带和指环交给了自己的妻子。第十二歌至第十四歌是布伦希尔德与克里姆希尔德的故事:十年过去,西格夫里特从不前来进贡,布伦希尔德百思不得其解,于是说服国王,邀请西格夫里特夫妇来沃尔姆斯做客。在一次观赏骑士比武的时候,两位夫人发生争吵。第二天清晨去教堂做弥撒,布伦希尔德认为自己是王后,坚持要走在"家臣"妻子的前面，克里姆希尔德不能容忍她的挑衅，说布伦希尔德是她丈夫的姘妇并出示腰带和指环作为证据。她的举动不仅损害了布伦希尔德的荣誉，也损害了勃艮第王国的尊严。第十五歌至第十九歌是哈根与西格夫里特的故事：哈根是勃艮第王国的忠臣，如今看到王后受了伤害，决心替女主人报仇。他先是谎称有撒克逊人前来进犯，当西格夫里特表示愿意全力协助迎战后，他借口以保护西格夫里特为由从克里姆希尔德口里骗得英雄致命部位的秘密，然后又突然宣称，撒克逊人不来了，国王要带领随从去森林狩猎。路上，他故意不提供饮料，西格夫里特口渴难熬，来到一处清泉边吮水，他认为铲除西格夫里特的时机已到，于是一剑刺在西格夫里特那块致命的部位上。克里姆希尔德怒火中烧，叫人将存放在桑滕的尼伯龙人宝物运到沃尔姆斯，然后慷慨分赠，以此扩大自己的势力。哈根诡计多端，终于把宝物弄到手，并通通沉入莱茵河底。

第二部分《克里姆希尔德的复仇》共二十歌，即从第二十歌到第三十九歌，以勃艮第传说为基础，讲的是克里姆希尔德的复仇或称勃艮第王国的覆灭。内容也分为四段。第二十歌至第二十七歌讲的是匈奴王后克里姆希尔德如何邀请客人：匈奴国王艾柴尔的王后仙逝，国王想要续弦。他派方伯吕狄格去沃尔姆斯向克里姆希尔德求婚。起初，克里姆希尔德不答应，当吕狄格对她暗示可以替她为西格夫里特报仇的时候，她才同意随吕狄格去匈奴宫廷与艾柴尔成亲。七年后，生一贵子，又过了六年，克里姆希尔德看到匈奴国的臣民以及聚集在那里的外国王侯将师都已顺从她的统治，认为复仇的时机已经成熟，于是说服丈夫邀请勃艮第人前来匈奴赴宴，并且关照一定把哈根带来。哈根看出这是一个阴谋，起先不赞成接受邀请，当主人执意前往时，他坚持要全副武装并有军队随行。第二十八歌至第三十一歌讲的是勃艮第人来到艾柴尔宫廷做客：勃艮第人经过十三天长途跋涉终于到达匈奴。克里姆希尔德要求他们进入大厅前交出武器,哈根断然拒绝,克里姆希尔德问哈根是不是杀害西格夫里特的凶手,他供认不讳。国王艾柴尔设宴款待客人,克里姆希尔德派人把他们年幼的儿子带进宴会大厅,哈根大谈这个孩子短命,蓄意挑衅。第三十二歌至第三十六歌是大杀戮前的战略准备阶段:客人们被通通安排在宴席大厅,匈奴人布洛德尔突然袭击手无寸铁的勃艮第侍从,勃艮第英雄坦克瓦特手斩布洛德尔并只身杀向大厅。哈根听到报告,当即拔剑杀死匈奴王的太子,克里姆希尔德随即下令纵火焚烧大厅,一场大血战开始。第三十七歌至第三十九歌是史诗的最后结局:吕狄格方伯经过激烈的思想斗争,在友人与主人之间决定忠于主人,并以死结束内心的痛苦。匈奴人和勃艮第人厮杀的结果是:匈奴方面,除寄居匈奴的东哥特国王伯尔尼的狄特里希和他的军师希尔德勃兰特外,全部战死。勃艮第方面,只剩下恭特和哈根,他们俩被狄特里希生擒。克里姆希尔德要求哈根说出尼伯龙人宝物存放在何处,哈根不说。克里姆希尔德于是令人杀死恭特,自己又将哈根斩首。希尔德勃兰特看见一名英雄惨死在一个妇人手里,不忍漠视,他又杀死了克里姆希尔德。这样,全诗就以众英雄同归于尽而告终。

（二）传说系统

从内容看,《尼伯龙人之歌》主要以两大古代传说系统为基础。这两大传说系统最初见诸文字是《埃达》中笔录的《古西古尔德之歌》和《古阿提里之歌》。西古尔德即西格夫里特,阿提里是匈奴王阿提拉（Attila）,即史诗中的艾柴尔。这两大传说系统彼此独立,科学研究表明,它们各自都有自己的演变历史。随着时间的推移,故事情节、人物形象以及所表现的思想都不断变化更新。下面分别介绍一下它们演变的过程。

1.关于西格夫里特或布伦希尔德的传说:历史上有没有西格夫里特和布伦希尔德这两个人物,学术界众说纷纭,有的学者认为,关于他

们的传说可能是想象的产物,但也没有历史根据。这个传说系统早在
5 世纪或 6 世纪就已经形成,当时流传一首名叫《布伦希尔敦之歌》
(Brünhildenlied)的英雄歌,故事情节与《尼伯龙人之歌》第一部分的故
事情节大体相同。尼德兰的王子西古尔德由于外族入侵逃到勃艮第王
国,他的勇敢得到勃艮第国王巩纳尔(Gunnar,即《尼伯龙人之歌》中的
恭特)的赏识,并获准与其妹妹谷德伦(Gudrun,即《尼伯龙人之歌》中
的克里姆希尔德)结婚。他还乔装打扮成国王的家臣,靠隐身斗篷的
力量,替国王战胜武艺高强的蛮族少女布伦希尔敦并娶她为妻。新婚
之夜,布伦希尔敦不让巩纳尔与她亲近,西古尔德前来相助,把她制服
并暗中拿走她的指环,事后交给了自己的妻子。一次,在莱茵河沐浴,
布伦希尔敦坚持要在谷德伦之先下水,因为她是王后。谷德伦感到受
了侮辱,说布伦希尔敦不过是她丈夫的一个"妍头",还出示指环作证,
并说明指环的来历。布伦希尔敦了解真相后,又怨又恨。她首先与巩
纳尔解除婚约,然后煽动巩纳尔的家臣荷格尼(Högni,即《尼伯龙人之
歌》中的哈根)杀死西古尔德。当谷德伦悲痛欲绝时,她只是冷笑,但
她同时承认,西古尔德本属无罪,背叛她的是勃艮第人。她认为,唯一
有资格获得她的爱情的男子是西古尔德,于是拔剑自尽,愿为西古尔德
殉情。由此可见,这首歌的中心人物是布伦希尔敦,而且着重表现她的
内心冲突。这时的布伦希尔敦还是一个蛮族的女英雄,勇敢、坚强,但
她也是一个受害者,被勃艮第国王巩纳尔欺骗。她与谷德伦的争执,并
非出于虚荣,而是为了维护国王的尊严,因为她知道西古尔德确系巩纳
尔的家臣。她挑动荷格尼杀死西古尔德,也不是因为仇恨和对谷德伦
的嫉妒,主要是因为她爱西古尔德,只有把他杀死,自己也拔剑自尽,两
人才能在身后结合。

在以后的几个世纪中,南方日耳曼人与北方日耳曼人的发展程度
逐渐拉开了距离。10 世纪,德意志的封建国家建立之后,在文明程度

较高的南方德意志人的眼中,发展比较缓慢的北方日耳曼人不过是一些蛮人。这一历史的变化也反映在关于布伦希尔德的传说之中了。产生于12世纪的《新布伦希尔敦之歌》(Jüngeres Brünhildenlied)就把这位北方的少女描绘成一个生性凶残、专横跋扈、难以驾驭的强悍女子。她完全出于嫉妒才制造了杀害西古尔德的阴谋,使谷德伦成为受害者。这首歌的故事也只讲到西古尔德被害为止。

2.关于勃艮第的传说:如果说关于西格夫里特或布伦希尔德的传说是虚构的,那么关于勃艮第的传说则有确切的历史渊源。民族大迁徙时期,日耳曼的一个部族勃艮第人曾建立显赫一时的勃艮第王国,公元434(或435)年遭西罗马帝国的沉重打击,次年被匈奴人彻底消灭。勃艮第人的幸存者,根据西罗马帝国的指令,迁徙到法国的萨伏依(Savoyen)定居直到现在。另外,匈奴有个国王叫阿提拉,公元445年即位,453年突然病逝。白天,他与日耳曼少女希尔蒂珂(Hildico)举行婚礼,大概因为饮酒过量,兴奋过度,夜间突然发病而死。事实上,打败勃艮第的匈奴王并不是阿提拉,阿提拉的死与那位日耳曼少女也没有关系。但是,日耳曼人在他们的想象中把这两个互不相关的事件联系在一起,似乎是阿提拉消灭了勃艮第王国,那位日耳曼少女希尔蒂珂为了给族人报仇杀死了阿提拉。关于勃艮第覆灭的传说就是根据以上历史事实再加上人们的想象逐渐形成的。

大约在5世纪,还有另外一首以勃艮第王国覆灭为内容的英雄歌,因为当时正值法兰克王国时期,故称《法兰克勃艮第之歌》(Das frankische Burgundenlied)。故事是这样的:匈奴王阿提拉为了夺取勃艮第人的宝物,娶勃艮第国王的妹妹谷德伦为妻。后来,他又以举行庆典为名,把勃艮第国王和他的弟弟诱骗到匈奴宫廷,然后通通杀掉。谷德伦决心为亲人报仇,借机杀死了阿提拉。

9世纪,一首《新勃艮第之歌》(Das jüngere Burgundenlied)问世。

它在《法兰克勃艮第之歌》的基础上收入了本来是独立存在的狄特里希传说,因而从故事情节到思想内容都有重大变化。首先,阿提拉不再是日耳曼人的敌人,而是他们的朋友,由于他的慷慨相助,像狄特里希这些被罗马人赶出家园的日耳曼人才有了栖身之处。阿提拉也不再是一个诡计多端、图财害命的野蛮人的首领,而是一个慈善的君主。他卷入同勃艮第人的冲突,是因为中了谷德伦的奸计,当他明白真相后,马上竭力制止这场无谓的杀戮。最后,局面失去控制,他就把全部愤怒倾注在谷德伦身上,杀死了这个罪魁祸首。其次,故事的中心人物也不再是阿提拉,而是谷德伦。因为西格夫里特被杀害,尼伯龙人宝物被夺走,她怀恨在心,伺机报复。是她欺骗阿提拉,阴谋邀请勃艮第亲人来匈奴宫廷做客,是她挑动哈根杀死匈奴王的儿子,从而引起匈奴人与勃艮第人之间的大屠杀,也是她让人杀死他的哥哥并亲自斩掉哈根。这样,谷德伦就不仅是一个极端凶狠的复仇者,而且她复仇的动机也不再是出于维护有血缘关系的部族的利益,而是出于对亡夫的忠诚,企图恢复亡夫失去的权力。

大约于 1160 年,出现一部《尼伯龙人惨史》(Die Nibelunge Not)。这标志勃艮第传说又开始一个重要的发展阶段。从形式上看,这部作品已经不是"歌",而是一部史诗,叙事范围也明显扩大,故事内容与 9 世纪的《新勃艮第之歌》相比,除原有的内容外,增加了吕狄格这个人物以及他的"灵魂悲剧"。吕狄格是匈奴人的边塞方伯,他的职位和财产都是匈奴王赐予的,而且他曾答应克里姆希尔德帮助她为西格夫里特报仇。所以,当匈奴人受到勃艮第人的攻击,国王和王后要求他出兵援助时,他一方面对恩人负有尽忠的义务,不能背弃效忠主人的誓言,另一方面,是他把勃艮第人作为贵宾迎接到匈奴宫廷,他对客人的安全负有义不容辞的责任,况且,由于勃艮第人对他赤诚相见,他已经把女儿许配给勃艮第国王的弟弟,他们已经结为亲戚关系。在这种情况下,他如果效忠国王，就得背弃友人，如果要对友人负责，就得背叛国王，两者之间，无法做出抉择，因而陷入极端的痛苦之中。最后，他认定这是命运的安排，怀着绝望的心情投入同勃艮第人的战斗，企图以死求得内心的解脱。吕狄格这个人物的出现以及他面对选择主人还是选择友人的内心冲突，对于忠诚这一道德原则的价值提出了质疑，选择死亡成了解决矛盾的唯一出路。因此，整个故事不再是所谓英雄行为的颂歌，而变成了一部"惨史"。

从以上演变的历史可以看出，这两大传说系统经过数百年的发展，到13世纪初，故事情节和人物形象都已经基本定型。《尼伯龙人之歌》作者的主要功绩在于，他把这两个彼此独立的传说组织成为一个首尾连贯、总体统一的故事，借助古代日耳曼人的英雄形象表现13世纪的宫廷文化和骑士生活。所以，这部英雄史诗既不同于古代的英雄歌，也不同于同时代的宫廷史诗。它与古代英雄歌相比最大的不同点是，不是歌颂英雄的精神和业绩，西格夫里特年轻时代的光荣经历只是由哈根用回忆的方式口述的，而史诗主要表现的是英雄们受命运驱使一步一步走向同归于尽的"惨史"，结局是悲剧性的；与同时代其他宫廷史诗相比，它也不是勾画骑士理想中那种非现实的、没有冲突，没有矛盾的神话般的世外桃源，史诗中人物的思想观念、行为方式和价值标准都是13世纪宫廷社会的真实反映。

（三）主题思想

《尼伯龙人之歌》的中心冲突是争夺尼伯龙人宝物。尼伯龙人宝物是一批巨大的财富。在封建社会，财富是封建宫廷赖以生存的条件，也是封建统治的基础。财富意味着权势，有财富才有权势，失去财富就失去权势。所以，尼伯龙人宝物就成了权势的象征，贯穿全诗的争夺尼伯龙人宝物的斗争实际上就是封建王侯争夺权势的斗争。起初，尼德兰王子西格夫里特占有尼伯龙人宝物，他的国家尼德兰被称为尼伯龙人国,繁荣昌盛,是一个强大的封建王国。勃艮第国位于莱茵河中游,克里姆希尔德是勃艮第国王恭特的妹妹。西格夫里特与克里姆希尔德的婚姻将这两个国家连接为姻亲邻邦。后来,克里姆希尔德伤害了勃艮第国王后布伦希尔德,忠臣哈根为了替王后报仇,杀死了西格夫里特。然而,哈根并不善罢甘休,他深知财富的重要性,于是处心积虑地怂恿恭特说服克里姆希尔德同意将尼伯龙人宝物从尼德兰运到勃艮第国。克里姆希尔德在丈夫死后一直寡居在沃尔姆斯宫廷,她拿到宝物之后,广泛布施,取悦人心,培植自己的势力。哈根看到她有可能作为西格夫里特的遗孀与勃艮第国分庭抗礼,于是抢走全部宝物,使之成为勃艮第王国的财富。尼德兰王国从此销声匿迹,勃艮第王国代之而起,被称为尼伯龙人国,勃艮第人被称为尼伯龙人。后来克里姆希尔德远嫁匈奴,表面上是为了寻找时机为亡夫西格夫里特复仇,实际上是为了找回失去的宝物,也就是找回失去的权势。当她的勃艮第亲人应邀来匈奴宫廷做客时,她见面第一句话就是索要宝物。在匈奴宫廷,匈奴人和勃艮第人展开大杀戮,她知道是哈根杀死了她的丈夫,然而,在哈根被生擒后,她并不急于讨还血债,而是要他说出宝物藏在何处,甚至许诺,只要他肯交出从前夺走的财产,就可以饶他一命。哈根断然拒绝她的要求,克里姆希尔德看到收回宝物的希望已不复存在,她复辟天下的梦想彻底破灭,于是置血缘纽带于不顾,令人杀死长兄恭特,接着又亲手斩掉哈根,同时也结束了自己的复仇生涯。

　　两位王后的争吵是全诗故事情节发展的关键性转折,后来发生的一系列事件都是从这里开始的。她们争吵的焦点是各自都在维护自己的尊严和地位。封建社会是一个等级森严的社会,君君臣臣,其界限不得逾越,这是天经地义的戒律,有地位才有尊严,要维护尊严必须维护地位。封建君主靠地位和尊严维系其统治,因此视它们为自己的存在价值。布伦希尔德纳闷,克里姆希尔德是一名封臣的妻子,为什么敢于同她平起平坐,感到自己的尊严受到挑衅,于是千方百计贬低西格夫里特,欲将西格夫里特置于恭特之下,她坚持说,"恭特才是真正的王中之王"。克里姆希尔德竭力反抗这种企图,她反驳说,"他(西格夫里特)的门第和等级与恭特完全一样",因此她也是堂堂的王后,把她置于封臣之妻的位置无疑降低了她的地位。一个要维护自己的尊严和地位,一个要争得同样的尊严和地位,这就是两位王后争吵的实质。

骑士阶级也和古代英雄一样,他们伦理观念的核心是勇敢和忠诚。但是,到了13世纪勇敢和忠诚这两个概念的涵义已经发生变化,增加了新的内容,获得了更深层的价值。首先,《尼伯龙人之歌》中的人物都是勇敢的,充满英雄气概。但是,作者作为霍亨史陶芬王朝兴盛时期的诗人,他所理解的勇敢已经不仅仅表现为披坚执锐和浴血奋战,还表现为勇于经受痛苦,迎接命运的挑战,而且最后都不可避免地走向死亡,从而捍卫自己的人格和信念,成为自己命运的主人。克里姆希尔德本是一位温柔贤淑的少女,后来命运使她成为一名疯狂的复仇者。为了复仇,她不惜牺牲亲生儿子的性命点燃战斗的导火线,也是为了达到复仇的目的,她让成千上万的勇士,包括自己的亲生兄弟互相残杀,直到最后自己也与他们一起在血泊中倒下。哈根作为恭特的心腹,他看出克里姆希尔德邀请他的主人去匈奴赴宴是一个阴谋,起初竭力警告主人此行会十分危险。可是,当他看到匈奴之行不可避免的时候,为了证明自己的勇气和胆量,毅然决然地随同前往。多瑙河上的仙女们对他预言这次旅行有去无返,面对死亡的厄运,他将摆渡他们过河的木船砸碎,切断回头之路,表现了绝不因害怕而逃跑的大无畏精神。后来在匈奴宫廷里,他面对愤怒的克里姆希尔德,对杀死西格夫里特的罪行供认不讳,也是因为他相信,任何一种否认或回避都意味着怯懦,而任何一种怯懦都有失英雄本色,损害英雄的荣誉。因此,他临危不惧,视死如归。同样,忠诚的涵义也有新的发展,注入了13世纪骑士阶级的人道思想。这一点主要表现在哈根和吕狄格这两个人物的心理变化上面。哈根是勃艮第国的忠臣,为了宫廷的荣誉和国王的权益一向舍生忘死,奋不顾身。可是,在史诗最后,勃艮第国的全体勇士被匈奴人围困在大厅里,当他们看见全副武装的吕狄格走来,一场厮杀不可避免的时候,他们本以为,哈根会挺身而出,同吕狄格决一死战。然而,这位一向作为忠诚倡导者和忠诚美德化身的哈根却出人意料地恳求吕狄格把盾牌送给他,并且保证"在战斗中我的手决不碰你一下"。国王的忠臣在这最后一瞬间通过向敌人恳求和承诺,背叛了自己的主人,同时也背弃了自己一贯恪守的忠诚的原则,这不能不说他的忠诚观念在发生变化,起码"忠君"不再是他的唯一选择。而吕狄格所经受的内心冲突更进一步显示,在《尼伯龙人之歌》中,忠于主人那条至高无上的行为准则已经受到新的挑战。吕狄格是匈奴国王的一名边塞方伯,他赖以生存的土地和财产都是国王赐给的,因此忠于国王是他应尽的义务。另一方面,是他把勃艮第人接到匈奴宫廷的,保护客人的安全又是他义不容辞的责任。后来在匈奴人和勃艮第人展开血战的时候,他内心十分矛盾,因为"不管我站在这一边,还是站在那一边,我的行为都有失偏颇,有损骑士的尊严。如果我双方都弃之不顾,又要遭世人责难"。在忠诚和友情之间他无法做出抉择,他不愿背叛任何一方,最后只好以死结束心灵的痛苦。吕狄格的"心灵悲剧"打破了忠诚只限于对君主而言的传统,它向我们展示了一种新的骑士阶级的世界观,即世上人与人之间的关系中除君臣关系之外,还有亲戚关系和朋友关系等等,而这些关系也同样应受到尊重。

与同时代的宫廷史诗和其他叙事作品一样,《尼伯龙人之歌》也受到了基督教的影响。史诗中的英雄都是基督教骑士,他们每天去教堂做祈祷、唱弥撒,结婚、加冕、骑士授爵都要由神甫为他们祝福。西格夫里特的遗体是完全按照宗教的礼仪安葬的,克里姆希尔德孀居期间的全部时光也都是在教堂里度过的。然而,这一切只是表面现象,不触及宗教信仰的核心。英雄们在灵魂深处仍然保持着日耳曼英雄的气质,他们有独立的人格和道德意识,面对命运考验,始终坚持自己的信念,绝不动摇。他们的行为与神灵无关,既不由神来规定,也不体现神的要求,他们临死前既不仰望上苍降福,也不希冀在彼岸得到永生。这一点与基督教的英雄史诗《罗兰之歌》有本质不同。垂死的罗兰最后说的话是"献身上帝"和请求"上帝恩典",哈根临死前所表现的则是胜利的喜悦,视死如归的豪迈气概和不屈的人格。此外,匈奴王艾柴尔是个异教徒,但史诗中没有描写基督教与异教的冲突,吕狄格虽然有意通过克里姆希尔德的婚姻使艾柴尔皈依基督教,而这个母题并没有展开,克里姆希尔德决定远嫁匈奴的初衷是为西格夫里特报仇。相反,在匈奴宫廷云集各路英雄,基督教徒和异教徒和睦相处,他们做礼拜的教堂也是并列的,互不干扰。宗教之间的宽容随处可以察觉。这表明,作者已经不是宗教对立的拥护者,很可能就是主张均衡、宽容、不同宗教信仰的人和平共处的基督教信徒。他的思想体现了骑士阶级关于培养"和谐完美的人"的崇高理想。

(四) 创作特点

在创作方法上,这部史诗有两个显著特点:一是人物没有善人与恶人、上帝满意的人和魔鬼喜欢的人之分,他们都是听从命运的召唤,直到生命的最后一分钟都在顺从命运的安排。例如,克里姆希尔德和哈根是史诗中两个主要对手,但作者不偏不倚,把他们放在同样高度,让他们同样体面。虽然他们都干了一些令人毛骨悚然的事情,但谁也不是坏人,不是懦夫,他们都是威武不屈、百折不挠的英雄,受命运驱使,最终又都成为主宰自己命运的主人。这在宫廷文学中是独一无二的。作者安排两位英雄双双壮烈殉难,把他们的价值留给公正的客观现实去检验。二是真实性。这部史诗不仅真实地反映了13世纪骑士阶级

的思想状况,而且也真实地再现了他们的生活环境。在亚瑟传奇和圣
杯传奇中,人物是生活在一个虚构的、非现实的世界里,《尼伯龙人之
歌》中的人物则是生活在一个真实的、具体的社会里。譬如,史诗的故
事就发生在莱茵河和多瑙河流域。这里的大路和小径、城市和乡村都
是真实的,甚至像帕骚大主教彼尔格林这个人物在历史上也确有其人。
既然是现实社会,各种矛盾盘根错节,因此就有欢乐和痛苦。作者认
为,生活就是对欢乐和痛苦的体验,而且欢乐总是在痛苦中结束。乐而
生悲、福以祸终是这部史诗的又一主导思想。它像一条红线贯穿作品
始终,其间每一个情节都在为下一个情节做铺垫,一步一步把故事引向
悲剧性结局,说明"厄运"是必然的,无法避免,也不可抗拒。克里姆希
尔德发誓,终身不嫁,后来她还是接受了西格夫里特的爱情,从此灾祸
接踵而来。西格夫里特生性善良,光明磊落,急公好义,助人为乐,而伴
随而来的也总是灾祸,结果他成了权势之争的牺牲品。庆典本是宫廷
生活的一个重要组成部分,应该是欢乐的高潮。然而,作者在这部史诗
中描述的四次庆典,每一次都是下一次不幸的开始。西格夫里特帮助
恭特打败撒克逊人后凯旋,在庆功会上与克里姆希尔德订下终身,这就
为她后来一系列痛苦埋下了祸根;布伦希尔德在沃尔姆斯举行的婚宴
上流泪,新婚之夜不让恭特与她亲近,致使恭特非请西格夫里特来床上
行骗不可,结果布伦希尔德的腰带和戒指失窃;西格夫里特夫妇来沃尔
姆斯参加庆典,庆典上两位王后发生争吵,克里姆希尔德出示腰带和戒
指,引起布伦希尔德的仇恨,因此招来西格夫里特的杀身之祸;最后在
匈奴宫廷举行的盛宴酿成匈奴人与勃艮第人的大杀戮,各路英雄,包括
克里姆希尔德在内,通通壮烈牺牲,勃艮第王国就此覆灭。所以,在全
诗结束时作者这样说道:"国王举行的庆典就此以痛苦收场,世界上的
欢乐到头来总是变成悲伤……以后发生的事情,我也不能告诉你们,我
只知道,人们看见许多骑士和妇人,还有高贵的侍从,他们都为失去亲

友而伤心。故事到此结束,这就是尼伯龙人的厄运。"既然作者把英雄们的同归于尽看作是一种必然的、不可抗拒的厄运,因此整部史诗就成了一曲悲壮的命运颂歌。

关于《尼伯龙人之歌》的文学风格,学术界一向争议很多。比较一致的观点是,古代的英雄传说是一种口头文学,《尼伯龙人之歌》保持了这种口头文学的风格,故事主要是讲给人听的,而不是写给人读的。因此具有如下特点:一、故事以克里姆希尔德为中心,情节首尾连贯,总体统一。从她梦见一只野鹰被两只大鹫啄死到她被希尔德勃兰特杀死是全部故事的框架。这中间发生的一系列事情都与她有直接或间接的联系。但讲述时有的放在前面,有的放在后面,有时由近及远,有时由远及近,因而结构不够严谨。二、在总的框架之内,各个故事相对独立,自成一体,有人把这种结构形式称作"段落结构"。从西格夫里特在沃尔姆斯出现到他偕妻子克里姆希尔德返回尼德兰为第一"段落";从西格夫里特和克里姆希尔德应邀来沃尔姆斯到西格夫里特之死为第二"段落";从吕狄格替匈奴国王艾柴尔向克里姆希尔德求婚到克里姆希尔德成为匈奴王后为第三"段落";从勃艮第人应邀赴匈奴宫廷做客到故事结束为第四"段落"。从局部看,"段落"与"段落"之间没有紧密的联系,相隔的时间空隙甚大。譬如,从第一"段落"结束到第二"段落"开始经过十年,从第二"段落"结束到第三"段落"开始经过十三年,从第三"段落"结束到第四"段落"开始又经过十三年。在这三十六年的时间里都发生过什么事情,作品中没有记载。用近代小说的标准衡量,这是布局上的一大缺陷,但是,对于《尼伯龙人之歌》来说,却是自然的,因为对于听众最重要的是每次所听的故事要有头有尾,生动有趣,引人入胜。至于这次听的故事与下次听的故事相距多长时间,并不重要。时间仅仅起划分"段落"的作用,对于人物和事件的发展没有影响。故事中许多人物,虽然经过近四十年的岁月,年龄始终未变。此外,《尼伯龙人之歌》不仅可以分为四大"段落",而且每一大"段落"又可分为若干小段故事,每一小段故事都独立完整,扣人心弦。这正是这部史诗在艺术上的最大成就。三、人物的行为方式仅仅与他所处的环境相吻合,人物缺乏统一性格。西格夫里特初到沃尔姆斯的时候,犹如一个来自深山的野人,蛮横鲁莽。他迫不及待地向恭特宣战,企图诉诸武力获得克里姆希尔德。但不久他就变成了一名温顺的、十分耐心的求婚者,愿意接受一切考验。作者没有交代人物内心的变化,因为他的任务是讲故事,人物的行为方式是根据故事中特定的环境设计的,只要符合环境的需要,人物就完成了角色的使命。同样,克里姆希尔德在史诗的前半部分还是一个温柔娴淑的女子,心地善良,可是后来,却变成了一名疯狂的复仇者,凶狠残暴,杀人不眨眼,表面上为给丈夫报仇,实际上是要夺回失去的权势。她性格上的这一巨大变化,使她前后判若两人。对此作者也没有做任何交代,他仍然只着眼于讲故事,不去剖析人物的内心世界,塑造完美的人物性格。所以,他只讲人物在做什么,不讲为什么这么做,即他只讲人物的状态,不讲人物的发展。在布伦希尔德的身上也体现了作者"讲故事"的意图。布伦希尔德本是冰岛国的一位女王,专横跋扈,所向无敌。可是和恭特结婚以后,她突然变成了一个爱虚荣、好嫉妒、心胸狭窄的普通妇人,不能容忍克里姆希尔德对她的冒犯,于是指使哈根替她报仇,成为此后一系列阴谋的肇事者。她只在史诗的第一部分中出现,到了第二部分,因为作者讲的故事与她无关,这个人物也就销声匿迹了。

（五）接受史

《尼伯龙人之歌》自问世以来,深受众人喜爱,不断有人传抄,流传广泛。从 13 世纪到 16 世纪出现过许多手抄本,仅搜集到的就有三十种之多,其中十种是完整的。最早的手抄本产生于 13 世纪初,即作品问世后不久,可惜没有完整地保存下来,只剩下一些断片。在保存完整的十种手抄本中,有三种比较重要,它们分别被称为手抄本 A、手抄本 B 和手抄本 C。普遍认为,手抄本 B 最接近作品的正本,手抄本 A 是后来从手抄本 B 派生出来的,比手抄本 B 简短。手抄本 C 经过了仔细加工,被看成是原作的修订版,但肯定不是出自作者之手,产生于 1220 年前后。由于这些手抄本的最后一句话各异,因此又分为 not 本(daz ist der Nibelunge not:这就是尼伯龙人的厄运)和 liet 本(daz ist der Nibelunge liet:这就是尼伯龙人之歌)两种。手抄本 A 和手抄本 B 属 not 本,手抄本 C 属 liet 本。

在《尼伯龙人之歌》的所有手抄本中无一例外地都包含一篇附件,被称为《哀诉》(Die Klage)。经学者们多方考证,《哀诉》与《尼伯龙人之歌》确属一个整体,大约写于 13 世纪 30 年代,诸多迹象表明,产生地点可能是巴伐利亚。《哀诉》包括两个部分:第一部分讲的是,匈奴宫廷的大杀戮之后,搜寻、停放和安葬英雄们尸体的情况。第二部分讲的是,英雄们阵亡的消息传到贝希拉恩、帕骚和沃尔姆斯后,家里的人如何哭诉、哀叹,高苔琳德和乌特如何悲伤致死以及恭特年幼的子嗣如何加冕的情况。诗中最后说,狄特里希带着希尔德勃兰特和赫拉特重返自己的故乡。《哀诉》虽然也描写了丧礼的豪华排场和众人哭悼亡灵的悲哀氛围,但语言乏力,画面单调,是一篇平庸之作。当然,作者也力图加上一点变化,他不再问命运如何安排,而是问谁要承担过失,最后他让克里姆希尔德升入天堂,把所有罪过都推到了哈根身上,连匈奴敌人对其他阵亡的勃艮第英雄所做的赞美和悼念也没有他的份儿。诗的形式也从史诗特有的段落形式过渡到了宫廷文学的双叠韵形式。

从 16 世纪开始,《尼伯龙人之歌》逐渐被遗忘。1551 年,瑞士的制图员和历史学者沃尔夫冈·拉奇乌斯(Wolfgang Lazius)出版了他的《罗马共和国注释》(Kommentar zur Römischen Republik),共十二卷,

1557 年，又出版了他著名的《论民族大迁徙》（Über die Völkerwan-
derung），在这两部作品里他都援引了《尼伯龙人之歌》中的几个段落，
他是这一时期最后一位从中世纪英雄文学的源头吸取知识的作家。到
17 世纪上半叶，《尼伯龙人之歌》则完全被湮没在故纸堆里了。1755
年，德国外科医生雅可布·赫尔曼·欧伯莱特（Jakob Hermann Obereit，
1725—?）在奥地利发现了《尼伯龙人之歌》手抄本 C，并把这个消息告
诉了瑞士学者博德默尔。次年，博德默尔将此消息作为自己的发现
公布于众，并于 1758 年第一次印刷出版了这部作品。此后，各种手
抄本被陆续发现。1782 年瑞士学者克里斯朵夫·海因里希·米勒
（Christoph Heinrich Müller，1740—1807）编订了第一个完整的版本。
1807 年哈根的弗里德利希·海因里希（Friedrich Heinrich von der
Hagen）把《尼伯龙人之歌》从中古德语翻译成了现代德语。但是，上述
一切努力在 18 世纪并未引起学术界和文学界对这部作品的重视。真
正严肃对待并认识到这部作品伟大意义的是 19 世纪初的德国浪漫主
义作家。早在 1801 年，路德维希·蒂克（Ludwig Tieck，1773—1853）就
认真研究过《尼伯龙人之歌》并计划出一个自己的版本，而且估计肯定
引起轰动。1803 年秋，奥古斯特·威廉·施莱格尔（August Wilhelm
Schlegel，1767—1845）在他的浪漫主义文学史大课上论述了《尼伯龙人
之歌》，把这部史诗与《伊利亚特》和《奥德赛》相比较，称这是一部"宏
伟的艺术作品"，史诗中的人物代表了"德意志民族的伟大性格"。但
是，他的这种评价并未引起反响。相反，倒是反对拿破仑的解放战争使
"尼伯龙人热"（Nibelungen-Begeisterung）达到了高潮，德国人的民族情
绪膨胀。一位地理教授出身的奥古斯特·佐伊纳（August Zeune，
1778—1853）在全国各地，尤其在青年学生中间煽动鼓吹《尼伯龙人之
歌》的"民族精神"，称这是一面"德意志精神的镜子"（Spiegel der Deut-
schheit）。他特地为未来的战士印刷了《尼伯龙人之歌》的袖珍本，让

他们在战场上带在身边。然而,这种民族主义狂热只能是短暂的,1815年拿破仑在滑铁卢惨败,"尼伯龙人热"随之降温,最迟到1820年彻底结束。1827年卡尔·约瑟夫·西姆洛克(Karl Joseph Simrock,1802—1876)出版了《尼伯龙人之歌》的现代德语译本。诗人歌德为译本写了书评,预见到作品会有深远影响。1829年4月2日,他在同艾克曼(Johann Peter Eckermann,1792—1854)谈话时,把这部史诗与荷马史诗相提并论,给予极高评价。19世纪以来,陆续出现各种类型的《尼伯龙人之歌》改写本。1860年,戏剧家弗里德里希·赫伯尔(Friedrich Hebbel,1813—1863)出版了他的戏剧《尼伯龙人三部曲》(Nibelungen-Trilogie)。这部作品已经没有古代英雄文学的特点,所表现的历史观实际上是悲观的,但出场人物栩栩如生、主动、有个性。1869年,理查德·瓦格纳(Richard Wagner,1813—1883)的歌剧《莱茵宝物》(Rheingold)在慕尼黑上演,次年又上演了《伐尔凯》(Walküre),获得成功。1876年,瓦格纳的剧院在拜罗伊特落成,落成典礼上演出了整套《尼伯龙人的指环》(Ring der Nibelungen)。但瓦格纳带给观众的不是骑士,而是日耳曼的众神之首奥丁和日耳曼人,不是"均衡"、"节制"的生活准则,而是毫无顾及的感情释放,不是一个封建社会,而是喷放熊熊火焰的世界末日。实际上,指环四部曲与《尼伯龙人之歌》已经没有多大关系,这里演绎的是史前的日耳曼时代,舞台上登场的是神灵、鬼怪和原始的人,要是有人说到"西格夫里特"的名字,指的也不是莱茵河下游年轻的尼德兰王子,而是一个身披兽皮从德意志森林里走来的野人。19世纪,特别是威廉帝国初期,德国人急需振兴"民族"精神,增强"民族"意识,于是把遥远的"日耳曼"作为理想和象征,《尼伯龙人之歌》又一次被充分利用。所谓《尼伯龙人之歌》是"民族史诗"、"民间史诗"、"人民的史诗"等说法,可能就是由此而来。第三帝国也鼓吹"西格夫里特精神",《尼伯龙人之歌》被用于宣传纳粹主义。虽然希特勒在他的《我的奋斗》(Mein Kampf)中没有提到《尼伯龙人之歌》,但是,戈林在希特勒上台十周年纪念日对部队将领的一段讲话中谈到了《尼伯龙人之歌》。他在这篇演说最后谈到斯大林格勒战役时,把在斯大林格勒打仗的德国人与被困在匈奴大厅里的尼伯龙人相提并论,要求德国士兵也像尼伯龙勇士一样,排除万难,坚持到最后胜利。1945年以后,用《尼伯龙人之歌》题材加工、改写的作品,各种各样的嬉拟模仿,以及校勘本、翻译本和研究专著,一如既往层出不穷,虽然形式各异,内容褒贬不一。除美术、木刻、影视等艺术作品外,仅文学方面就有:赫尔贝特·施奈德(Herbert Schneider)的《尼伯龙人在巴伐利亚》(Nibelungen in Bayern,1974)、鲁道夫·安格勒(Rudolf Angerer)的《安格勒的尼伯龙人之歌》(Angerers Nibelungenlied,1984)、乌塔·克劳斯和罗尔夫·库撒拉(Uta Claus und Rolf Kutschera)的《十足的粗暴英雄》(Total krasse Helden,1986)和《尼伯龙人刚强不屈的故事》(Die bockstarke Story von den Nibelungen,1986)等等。20世纪80年代产生的六部作品虽然都是二流水平,部分作品的政治观点很固执,故弄玄虚,但说明《尼伯龙人之歌》依然受到关注。这六部作品是罗尔夫·施奈德(Rolf Schneider)的《尼伯龙人之死》(Der Tod der Nibelungen,1985)、格奥尔格·曹讷(Georg Zauner)的《忆英雄西格夫里特》(Die Erinnerungen des Helden Sigfried,1985)、沃尔夫冈·霍尔拜因(Wolfgang Hohlbein)的《特洛尼的哈根》(Hagen von Tronje,1986)、虞尔根·罗德曼(Jürgen Lodemann)的《西格夫里特》(Sigfried,1986)、伯恩哈德·施内伦(Bernhard Schnellen)的《尼伯龙人之歌》(Nibelungenlied,1986)和阿尔冈·爱伦(Armin Ayren)的《康拉特师傅的尼伯龙人传奇》(Meister Konrads Nibelungenroman,1987)。90年代,米歇尔·柯尔迈耶(Michael Köhlmeier)的《新编尼伯龙人的故事》(Die Nibelungen Neu erzählt,1999),不是介绍"材料",而是讲故事,因此可读性强。

第四节　骑士—宫廷文学的衰落

1250 年,巴巴洛莎皇帝的孙子弗里德里希二世(Friedrich Ⅱ, 1212—1250)突然死去,霍亨史陶芬王朝的"黄金时代"宣告结束,一个由振兴德意志的伟大理想维系的时代随之不复存在。他的儿子康拉德四世(Konrad Ⅳ,1250—1254 在位)是霍亨史陶芬王朝的最后一位代表,没有什么作为。自从他的父亲去世后,中央皇权日趋衰退,诸侯割据步步加深,自然经济解体,城市经济发展。十字军东征以后,骑士的地位和作用每况愈下,城市市民和乡村农民的地位和作用步步上升。除政治和社会的巨大动荡外,教会内部也是矛盾重重,各教派纷纷寻找新的思维方式和生存空间。上述种种变化决定了 13 世纪德国的社会面貌。历史的这一转折,必然影响文学的发展,老一代诗人相继沉默,再也写不出新的作品来。因此,1250 年在德国文学史上也是一个划时代的标志,它为封建社会繁荣时期的骑士—宫廷文学真正画上了句号。从 1210 年到 1250 年是新旧交替时期,一方面骑士—宫廷文学走向衰落,另一方面市民文学开始萌芽。关于市民文学的发展我们将在下一章里详述,这里首先介绍骑士—宫廷文学的衰落和市民文学的萌芽。

一　走向衰落的骑士—宫廷文学

在 13 世纪初到 13 世纪中叶大约四十年的时间里,骑士爱情诗、宫廷史诗和英雄史诗这几种文学形式都依然存在,瓦尔特的诗歌、哈尔特曼的叙事体作品、《尼伯龙人之歌》、戈特弗里德的《特里斯坦和伊索尔德》以及沃尔夫拉姆的《帕其伐尔》仍具有权威性影响,被奉为学习的典范。起初,不少人都是按照这些作品的格式进行模仿,甚至抄袭,他们不去分析研究前辈们遇到的问题,而日后的问题还没提到议事日程上来。随着时间的推移,他们才渐渐意识到时代已经发生了变化,于是出现一批新人,这些人独辟蹊径,把骑士—宫廷文学引向了另外的发展方向。而这一发展最终的出路只有两条,要么是最后与市民文学合流,要么变成纯粹的消遣文学,为腐朽没落的封建贵族的需要服务,但不论哪一种都再也没有产生可以与极盛时期相媲美的作品。下面分别叙述一下骑士—宫廷文学的三种典型形式骑士爱情诗、宫廷史诗和英雄史诗如何走向衰落的。

(一)晚期骑士爱情诗

1230 年福格威德的瓦尔特去世,骑士爱情诗的繁荣期宣告结束,继而进入了晚期发展阶段,时间大约从 1230 年到 1250 年。这二十年中成长起来的诗人分为两种情况,一部分人继续接受莫伦根、莱玛和瓦尔特三位大师的影响,但因为这些前辈已经把骑士爱情诗几乎发展到了极限,各种可能性都尝试过了,他们开创的古典传统总体上再也没有发展空间。因此,他们的后继者和学生虽然人数众多,也创作了大量作品,但无论形式还是内容都不外是模仿前辈作品的各种变体,平庸乏味,没有留下一部有意义的诗篇。另一部分人则是在前辈奠定的基础上走出了一条独特的创作道路,使骑士爱情诗在晚期有所发展和创新,他们中出现了几位比较重要的诗人,他们的作品也在文学史上写下了浓重一笔。这一部分诗人的出现确有时代和社会原因。如果说老一代诗人曾经生活在一种动荡不安的年代,社会、政治、宗教之间的矛盾错综复杂,他们必须经历各种焦虑、痛苦和磨难,始终不懈地探索和尝试的话,那么,新一代诗人已经没有那种紧迫感了,他们现在既不再迷恋宗教,也不再热衷政治,而是在一种具有市民气息的狭隘但平稳的环境中生活,享受轻松、自由和欢乐。在这样的背景下,一种表现新一代人生存意识和生活态度的诗歌诞生了,渐渐地改变和更新原有的诗歌传统。

1. 晚期格言诗及代表诗人

1230 年以后,老一代诗人中唯有瓦尔特的格言诗对骑士爱情诗晚期的发展起过一定的推动作用。一是因为格言诗的宗旨是教育,传达一种包含深奥哲理的认识,因此时间性不强,既能用于表现过去的时代,也能用于表现新的开始变迁的时代。其次,格言诗最容易打破等级界限,从骑士到非骑士,以至最后到职业工匠,他们都喜欢写格言诗,因为格言诗形式简单,内容扼要,易于接受。第三,与脱离实际的宫廷史诗和宫廷骑士爱情诗相比,格言诗讲的是宗教、政治和社会生活中的真实现象,因而比较能与时代同步,容易跟上时代的变化。

晚期格言诗的主要代表是茨维特的莱玛(Reinmar von Zweter)和布鲁德·维尔纳(Bruder Wernher)。莱玛是骑士,自称生于莱茵地区,早年去奥地利,在那里开始接触瓦尔特的诗歌艺术,成长为诗人。1230年,莱奥波德七世(Leopold Ⅶ)去世,维也纳宫廷的“黄金时代”结束,莱玛的诗歌创作失去了依靠和土壤。1235 年,他来到波希米亚文策尔国王(Wenzel Ⅰ,1228/1230—1253)的宫廷,本以为那里是德国宫廷文化的保护地,六七年后,他失望而去。从他晚年的格言诗获知,1241 年以后,他一直往返于科隆、美因茨等地高级贵族的宫室之间,始终没有固定住处。他最后的政治格言诗写于 1248 年,大约在 1260 年去世。维尔纳可能也是骑士出身,早年也在奥地利学习瓦尔特的诗歌艺术,后来也去了西部德国,最后来到施瓦本,大约在 1250 年销声匿迹,此后的情况不详。

莱玛和维尔纳都是瓦尔特的学生,把歌颂和捍卫骑士的宫廷思想和道德准则视为己任。他们都全神贯注地致力于格言诗创作,题材涉及宗教、政治、伦理道德等多个领域,弗里德里希二世当政的最后二十年是他们创作生涯的高峰,都是在 1250 年前后收笔。不同的是:第一,莱玛的宗教格言诗主要描写上帝的“仁爱”,为了拯救人类,基督如何道成肉身以及他后来的全部救赎过程;诗中还盛赞玛利亚的伟大和博爱,这与12世纪末兴起的玛利亚崇拜是一致的。维尔纳关注的是人死后或者在末日审判时灵魂的遭遇,他再次提醒人们要牢记克吕尼时代"想着死吧"的教诲。第二,莱玛的骑士爱情诗是彻头彻尾的"模仿",只是复制从前辈那里学到的东西,没有创新。他在诗中大谈"骑士爱情"的纯洁性,教育和培养"完人"的功能,描写妇人的美德以及她们正确选择男人的义务。莱玛是一个严肃的、冷静的、不张扬却很乐观的伦理学家,他反复强调"尊严"(Ehre)一词,他的作品的力量和价值不在于感受,因此他的女主人不是他爱慕的妇人(Frau Minne),而是他尊敬的妇人(Frau Ehre)。维尔纳也写过关于施主的格言诗,他涉及的都是具体的女主人,但诗中有赞美也有指责,而且占支配地位的往往是对那些有钱有势人的指责,比如指责他们吝啬、贪婪等等。从这些格言诗中可以看出,他的宫廷理想正在逐渐破灭。莱玛和维尔纳与他们的前辈瓦尔特的不同之处是:第一,瓦尔特认为帝国和教会代表两大政治势力,皇帝和教皇是这两大政治势力的象征,恢复正常生活秩序的唯一保证是皇帝与教皇和解;莱玛在他的政治格言诗中也描写政治事件和政治人物,但在他看来,帝国与教会是两大政治权力集团,皇帝与教皇不是这两大权力集团的象征,而是真实的人,他们也有缺点错误,可以免职,也可以轮换,因此,他在他的政治格言诗中不是用政治标准而是用伦理标准衡量人物。比如,瓦尔特当年离开菲利普转而站到新当权的鄂图四世一边,是为了支持以皇帝为代表的中央集权,莱玛后来不再支持弗里德里希二世,理由是弗里德里希二世不再符合他的伦理标准。第二,在莱玛和维尔纳的时代,皇权已经开始衰落,地方封建领主的势力日益强大,瓦尔特把"领主"只看作是帝国的一个有机组成部分,一旦在格言诗中提到某一领主指的也是作为文学中心的宫廷或施主,莱玛和维尔纳则不同,他们面对的是地方封建领主的统治,思考与判断的具体对象是奥地利统治者的更迭。总之,莱玛和维尔纳的格言诗的内容和艺术形式虽然都在沿着瓦尔特的轨迹发展,但作为史陶芬时代后期的诗人,他们已经尖锐地、不无忧虑地察觉到宫廷文学繁荣时期培养"完人"的理想是无法实现的。严酷的现实告诉他们,理想与现实、表象与存在之间的矛盾永远不可调和。他们都写过大量作品,莱玛自己就有三百余首,但都未能引导骑士爱情诗走出日薄西山的困境,没有留下一首传世之作。1250 年以后,骑士爱情诗的爱情主题逐渐融于民歌之中,它的形式后来被工匠歌曲借用,而骑士爱情诗本身作为特定历史条件下的一种文学形式也就不复存在了。

2."宫廷乡村诗"及代表诗人

另一部分诗人属于新的一代,但他们的诗歌艺术也不是凭空创造的,作品的语言、形式、母题都继承了老一代的遗产,与老一代诗歌不同的是,他们表现的是真实的生活体验。新一代诗人的代表是罗因塔尔的奈德哈特和汤豪塞。这两位诗人的关系既不是师生,也不是志同道合的朋友,他们只有一点是共同的,即都断然抛弃公认的、传统上已经确定的宫廷骑士爱情诗,大胆"突破"原有的框框,接受民间的,包括流浪汉诗歌的因素,从中吸取养分并且分别用自己的方式创立了"宫廷乡村诗"(höfische Dorfpoesie)。

(1)罗因塔尔的奈德哈特

罗因塔尔的奈德哈特(Neidhart von Reuenthal)大概生于 1180 年至 1190 年之间,巴伐利亚人,出身于下层贵族,1210 年以前就已开始写作,1230 年以后,由于同巴伐利亚公爵反目,被驱逐出故乡,逃亡到奥地利。慷慨的施主好斗的弗里德里希(Friedrich der Streitbare,约 1210—1246)在图恩一带封给他一块领地,他在那里一直住到 1237 年,在 1250 年前后去世。奈德哈特是中世纪最有影响的诗人之一,13 世纪末就有他的诗歌手抄本问世,内容最丰富的手抄本产生于 15 世纪;

他也是中世纪唯一一位诗人,其作品在 16 世纪还广泛流传,甚至被印刷出版,影响很大。奈德哈特的诗分为"夏天的歌"(Sommerlied)和"冬天的歌"(Winterlied)两种,形式和内容都有严格区别,它们是平行发展的,写作时间没有先后之分。"夏天的歌"以古代法国圆圈舞曲和古普罗旺斯牧羊曲为基础,实际上就是圆圈舞曲,旋律轻松简单,每一段只有四至六个诗行。诗歌结构由两部分组成:第一部分是引子,描写夏天里生意盎然的大自然;第二部分叙述诗的内容,出场人物是尽情享受夏日欢乐的年轻人,他们成双成对,翩翩起舞。值得注意的是,这里的女舞伴不是宫廷贵妇,而是乡村姑娘,男舞伴是诗人自己,他一会儿是骑士,一会儿是普通青年,而且主动求爱的一方往往是姑娘,骑士反倒成了被追求的对象。叙事部分一般以对话形式展开,诗人故意采用低俗、粗鲁的农民语言,他们吵架时不仅动嘴、动拳头,还把钉耙和马厩猪圈里的工具一并用上。这标志着奈德哈特正在有意识地突破和背弃"宫廷"的立场,开始用真正纯朴的、乡间的(törpel, dörpel, dörpisch)题材和语言进行写作。不过,奈德哈特并没有彻底离开骑士—宫廷文学的轨道,他的诗与宫廷骑士爱情诗有许多相同之处。例如他笔下的大自然一派牧歌式的田园风光,他把诗歌中的妇女都描写得像宫廷贵妇一样美丽,他用的词汇也都是宫廷骑士爱情诗的术语,甚至直接引用其中某些句子和段落。这种用"宫廷"的外衣包装庄稼人诚实、纯朴、粗野本色的结果,使他所设置的环境与人物的行为方式反差很大,形式与内容极不协调,许多场景滑稽可笑。"冬天的歌"与"夏天的歌"同源而生,近似之处是,每一首诗也包括两大部分。第一部分也是以描写大自然作为引子,但与"夏天的歌"中生意盎然的景象不同,这里是冰、雪、寒风、光秃的树梢、凋谢的玫瑰和沉寂的小鸟,景象十分萧条。第二部分的内容虽然也是跳舞,场地却从田野上和椴树下移到了小屋子里,人物对话被叙述或场景取代。两种诗歌的区别是:第一,"冬天的歌"在语言和形式上更靠近宫廷骑士爱情诗,用的全是宫廷骑士爱情诗的措辞和套语,因为在每首诗的引子和跳舞两部分之间加入了一段骑士爱情歌曲,所以整个结构可视为由三部分组成。第二,"宫廷的形式"与"乡村的内容"之间反差更加尖锐,一群方圆左近的农村青年喝得醉醺醺的,吵吵嚷嚷,笨手笨脚地挤在一间小屋子里跳舞,他们的语言和行为粗野,露骨,百无禁忌,其中有些人把自己打扮成骑士,矫揉造作,自吹自擂,傲慢放肆。其间,不仅这些青年人满口方言土语,连诗人自己也有意识地不用"高雅"的方式讲话。第三,骑士的等级优越感和农民的虚荣心直接碰撞。在"夏天的歌"里,诗人还是被姑娘们追逐的英雄,现在他作为骑士,面对一群五大三粗的农民,这些人一方面因为自己地位低下,出于嫉妒常常把他视为敌人,对他粗鲁地责骂和嘲弄,另一方面,他们受虚荣心驱使又极力掩饰自己的农民身份,一身骑士穿戴,招摇过市,结果不伦不类,丑态百出。奈德哈特站在骑士阶级的立场上,直截了当地讽刺那些不安守本分、竭力在表面上模仿骑士的农民,开了晚期宫廷骑士爱情诗社会批评的先河。奈德哈特不是政治诗人,很少描写政治事件。他参加过十字军东征,写过三首与这次经历有关的"信使歌"(Botenlied),形式属于"夏天的歌"那一种。但在这三首诗歌中他根本不谈反对异教徒的斗争,只字不提圣战的目的和探望圣地时的宗教激情。相反,他写的不是十字军东征途中各路军队钩心斗角,士气涣散,就是人马疲惫,气候恶劣,瘟疫蔓延,骑士们思乡心切。奈德哈特对十字军东征的体验是一种新的、不抱任何幻想的,现实的体验,代表了新一代诗人们的感受,这种感受的背景正是十字军东征已经离开宗教理想的初衷,把经济发达、资源丰富的东方变成了西欧各国封建势力群雄角逐的战场。

　　总之,奈德哈特创立的"宫廷乡村诗"已经不是真正意义上的骑士爱情诗,而是它的一种"嬉拟"(Parodie)。作者抛弃了"典雅爱情"的观念,诗中描写的是乡村男女青年的恋爱关系,即所谓"低俗的爱情",人物和环境也不再是理想化了的骑士和他们的冒险经历,而是取材于现实生活。虽然作者在诗中所描写的乡村并不是13世纪乡村生活的真实写照,但无论如何这是对骑士爱情诗脱离现实的积习的一种纠正。诗歌的主旨也从歌颂"骑士的美德"变成挖苦讽刺,尤其讽刺那些爱虚荣的农民,说他们装腔作势,拙劣地模仿骑士风度,令人哭笑不得。尽管这种讽刺是出于日益贫穷的骑士对富裕起来的农民的嫉妒和仇恨心理,但也反映出骑士阶级已经日暮途穷。他的十字军东征歌曲更是一反老一代诗人的宗教幻想和虚无缥缈的激情,写出了诗人的真实体验。因此,他的创作虽然在艺术成就方面无法与瓦尔特相比,但是,因为在一定程度上反映了时代的变化,所以对骑士爱情诗的晚期发展具有重要意义。奈德哈特的名字一直到15世纪和16世纪仍为人所熟悉,在当时流行的一部笑话集中把他描绘成了农民的敌人。

(2)汤豪塞

汤豪塞(Der Tannhäuser)是一个与传奇故事联系在一起的诗人,大概生于1200年,骑士出身,巴伐利亚的一个叫汤豪森的村子是他的城堡所在地,曾经参加过十字军东征,有一段时间与史陶芬宫廷关系密切。但他真正的施主是巴本贝格的最后一位公爵好斗的弗里德里希,此人在维也纳附近封给他一块面积可观的领地。弗里德里希去世后他的好日子也随之结束,于是甩卖家当,开始过起了充满艰辛和酸楚的漫游生活,最后来到撒克逊、布伦瑞克、勃兰登堡、西里西亚一带,始终未找到一个固定的栖身之地。他的最后一首古乐曲(Leich)写于1266年,那时他已经六十多岁,可能在此后不久去世。他留给后世的作品有六首古乐曲,一套由五首格言组成的格言诗系列,一条格言谜语,一首十字军东征歌曲,一首关于好斗的弗里德里希和自己贫困生活的悲歌,几首骑士爱情诗和骑士爱情诗的"嬉拟"。他的六首古乐曲与奈德哈特的"冬天的歌"相似,一首乐曲由两部分组成,第一部分的内容是客观描述,气氛平静,形式非常简单,继而渐渐过渡到艺术性强、旋律快、以跳舞为核心的第二部分,最后在弦乐器的响声和舞者的欢呼声中戛然而止。六首古乐曲的内容也各不相同,有赞美好斗的弗里德里希公爵的,有吹捧著名女主人的,有展示风土人情的,也有用古乐曲的艺术形式改编成牧羊曲的,等等。总之,在汤豪塞的作品中,无论是古乐曲还是其他诗歌,"宫廷"世界已经变成空洞的概念,人物也不再千篇一律的"谦恭"、"克制",所谓"低俗爱情"与"典雅爱情"之间的距离也被大大拉近,而且他十分注重妇女的形体美,描写时不设"禁区",这里孕育着文艺复兴时期的倾向。不过,作为一种类型汤豪塞完全不同于奈德哈特,两位诗人虽然都把舞曲和牧羊曲作为文学创作的起点,但奈德哈特是从农民的实际生活出发,认识到农民是一种尚未发展成熟,却是富有弹性的潜在力量的象征,与过分讲究"典雅",但已僵化了的、再无反抗力量的骑士阶级形成鲜明对照。汤豪塞相反,他作品中既没有乡村的外在环境,也没有对受到威胁的骑士制度的内心感觉,作为诗人,他生活在一种新的,既不是乡间的,也不是骑士的,而是田园式的世外桃源之中,与世无争,享受大自然赐予的宁静、优美和天堂般的快乐。当然,他的作品也不是都与现实无关,他参加过 1228 年至 1229 年弗里德里希二世领导的十字军东征,写了一首描述这次经历的歌曲,关于"我在海上航行"一段他写的是航海的辛苦劳累,船在海岸的暴风中搁浅,吃的是干面包片和咸肉,喝的是变质的葡萄酒等赤裸裸的严酷现实,一点都没有巴巴洛莎时代诗人们的那种虔诚和狂热。与奈德哈特的十字军东征歌曲一样,汤豪塞的这首十字军东征歌曲也清楚而具体地反映了时代的变化。14 世纪和 15 世纪流传一批署名汤豪塞的忏悔歌曲,汤豪塞被纳入一则骑士传奇,从此成了民间传说中的人物。传说中称,汤豪塞受爱神维纳斯引诱来到维纳斯山(Venusberg),事后知道自己去了不该去的地方,于是向罗马教皇请求当面忏悔。教皇说除非他的旅杖能长出绿枝他才能前来忏悔,意思是拒绝了他的要求。他只好返回维纳斯山并且永远留在那里。这时,上帝想通过让旅杖长出绿枝的奇迹帮助他实现他的请求,但已为时过晚。后来,德国的浪漫主义作家重新启用这个母题,路德维希·蒂克写了《忠诚的艾克哈特和T》(Der getreute Eckart und der T,1800),海涅(Heinrich Heine,1797—1856)也写过长诗《汤豪塞》(der Tannhäuser),理查德·瓦格纳又以这首诗为基础创作了著名歌剧《汤豪塞》(Tannhäuser,1845)。

(二) 晚期宫廷史诗

尽管戈特弗里德的《特里斯坦和伊索尔德》和沃尔夫拉姆的《帕其伐尔》已经表现出了一些新的倾向,但传统的宫廷史诗在1210年以后很长一段时间里仍占据主导地位,特别是那些指导性的原则被继续用于文学创作。像骑士爱情诗一样,也是因为几位大师的作品无论在思想内容还是在语言艺术方面都已达到登峰造极的地步,后继者再也无法创新,他们只能在表现形式上下工夫,所以晚期宫廷史诗的第一个特点便是更加注重形式。有人喜欢把这一时期的创作称为"学派",指的也只是对于哈尔特曼、戈特弗里德或者沃尔夫拉姆在形式上的模仿和继承,对哈尔特曼清晰严谨的思维方式,戈特弗里德和沃尔夫拉姆独特的语言风格的完美综合。虽然形式空洞僵化的危险一直存在,但总体上可以说,后起的一代对于语言和诗律的运用还是生动灵活的,没有矫揉造作、生搬硬套,也没有滥用形式。第二个特点是文学中心的分布发生了变化,方言又占了上风。自从1217年赫尔曼伯爵去世以后,图灵根作为各方公认的宫廷史诗中心也随之失去作用,一度趋于统一的书面语言又四分五裂,德语陷入新的混乱。北部德国开始走自己的路,讲自己的方言;西北部的佛兰得和尼德兰脱离了本土开始独立发展,但到了13世纪下半叶才有显著成效;在下撒克逊,人们也开始使用在此前宫廷文学繁荣时期都未曾使用过的方言写作。虽然少数诗人如荷勒的贝托尔德（Berthold von Holle）以及他的先辈欧贝格的埃尔哈特（Eilhart von Oberge）和哈尔贝斯塔特的阿尔布莱希特（Albrecht von Halberstadt）仍努力寻求与高地德语文学的联系，但在北方宫廷文学的衰落已成定局，再也没有新的、稍有品位的作品出现，保存下来的作品寥寥无几；与此同时，新兴起的冒险小说（Aventiurenroman）开始进入创作领域，模仿宫廷的小说悄然沉寂，最终完全退出历史舞台。只有莱茵河上游原来的文学中心地区哈尔特曼、沃尔夫拉姆和戈特弗里德三位大师的影响还继续存在了一段时间，并保持着用高地德语写作的传统。这里要提到三位作家的名字，他们是康拉德·弗赖克、埃姆斯的鲁道夫和梯尔海姆的乌尔里希。

1. 康拉德·弗赖克

康拉德·弗赖克（Konrad Fleck）可能是莱茵河上游某一城市的市民，从语言看，是哈尔特曼和戈特弗里德的同乡，有一定的文化修养。他的作品不多，写过一部小说、一首长诗和一部亚瑟传奇，分别见于 15 世纪的两个手抄本和 13 世纪的两个断片。他的第一部作品是小说《弗洛伊勒》（Floire 或 Floiris），讲的是异教的王子弗洛伊勒和信仰基督教的奴隶的女儿布兰歇芙露两个儿童早恋的动人故事。弗赖克自己称，小说题材来源于一位名叫欧尔伦特的鲁佩特（Rupert von Orlent）写的一首诗，内容与法国弗洛伊勒小说的几个版本十分接近。这是在南部德国继戈特弗里德的《特里斯坦和伊索尔德》之后，第二部把爱情描写成是一种不可抗拒的、具有冲破一切秩序的威力的作品。与《特里斯坦和伊索尔德》相比，弗赖克在题材和结构上未作任何改动，只是对于爱情的理解和叙述的方式具有自己的特点。戈特弗里德把爱情提高和深化为一种神秘的力量，弗赖克则是被优美的故事内容所吸引，因此他描写的是爱情的纯洁和温柔，把对身体上的爱抚动作都写得很优雅。他是一个深受欢迎的作家,他的作品被称为感情丰富的小说(empfindsamer Roman)。与《特里斯坦和伊索尔德》相同的是,作品中没有骑士冒险的情节,比如,在弗洛伊勒寻找失踪情人而迷失方向时本可以加进一些冒险经历,但作者却是把弗洛伊勒的路写得很平坦,毫无惊险,随时都有贵人出现并热情相助。小说共有大约8000诗行,但不是通过增加故事情节,而是通过拓展对话和生动形象地描绘具体细节完成的。弗赖克特别擅长精巧细腻地描绘景物,故事最后,他安排弗洛伊勒的父母在给布兰歇芙露假装造的坟墓上竖立一座纪念碑,坟墓位于一座公园里,纪念碑上镶嵌着各种各样的动物图案,金光闪烁,被几株枝繁叶茂、散发着芳香的树遮盖着,四周是鸟儿甜美的歌唱。纪念碑的顶端有两个泥塑小人,一个是弗洛伊勒,另一个是布兰歇芙露,他们头戴金质王冠,互相赠送玫瑰和百合,这两种花是他们的名字的象征。作者把这一切都刻画得惟妙惟肖,两个少年仿佛在互相亲吻,比翼双飞,象征他们的爱情永存。这种处理方式与《特里斯坦和伊索尔德》的结尾如出一辙,体现了戈特弗里德关于真正的爱情要求心甘情愿承受巨大痛苦和心灵震撼,并且敢于面对生与死考验的理念,难怪弗赖克被视为戈特弗里德的学生和继承人。

2. 埃姆斯的鲁道夫

埃姆斯的鲁道夫(Rudolf von Ems)大概生于1200年,1252年去世,管家出身,曾为一位名叫蒙特弗特的领主服务,因为生于博登湖一带的霍亨埃姆斯城堡,故称埃姆斯的鲁道夫。鲁道夫早年与瑞士多有联系,后来与施瓦本的文学界以及弗里德里希二世的后嗣关系密切,是史陶芬宫廷举足轻重的作家之一。他的文学创作活动集中在1225年到1250年之间,共写过《好人格哈德》(Der Gute Gerhard)、《巴尔拉姆和尤萨法特》(Barlaam und Josaphat)、《奥伊斯塔西乌斯》(Eustachius,已丢失)、《欧尔伦斯的威廉》(Wilhelm von Orlens)、《亚历山大》

(Alexander,未完成)和《世界史年鉴》(Weltchronik,未完成)等六部作品。《好人格哈德》写于1225年,从他的思想发展看,不像是他写的第一部作品,但是他作品中得以保存下来的最早的一部。格哈德是科隆的富商,却淡泊名利,乐善好施,故被尊称为好人。他曾经听从上帝呼吁,在东方用自己的全部钱财赎回一群因航海遇险而落入异教徒手中的信奉基督教的骑士和妇女,其中包括已经与年轻的英国王子威廉订了婚的挪威公主,然后让骑士返回英国,把公主带回自己家中。两年过去,没有威廉的音信,格哈德替儿子向公主求婚。婚礼上,威廉乔装成一位朝圣者突然出现,格哈德让儿子立刻放弃娶公主的要求,并让威廉与公主结为连理。当格哈德开船将两位新人送回英国时,那里正在为继承王位混战一团,他帮助威廉争得王冠,然后返回科隆,谢绝任何报酬。这部作品值得我们关注的是:首先,在当时传统的等级划分中除僧侣、骑士和农民外,市民根本没有任何地位,鲁道夫作为骑士等级的作家,竟然选择一个商人,一个被许多同时代作家贬为放高利贷者(wuocher)的城市市民作为他作品的主人公,从而使城市也登上文学创作的大雅之堂,这不能不说是一个突破。不过,鲁道夫是把这个商人设想为一个骑士,一个贵族等级的成员,拥有万贯家产,过着荣华富贵的奢侈生活;他的儿子到了成年也被授剑晋升骑士,结婚庆典喜气洋洋,俨然一派骑士—宫廷社会的景象,只是暗示这个社会的背景是城市。其次,鲁道夫作为骑士等级的作家同时笃信基督教,与沃尔夫拉姆和哈尔特曼一样,他在这部作品中讲的也是宗教主题,即人与上帝的关系,也就是骑士的高贵情怀如何才能与基督教的虔诚态度结合起来。不同的是,沃尔夫拉姆寄希望于那个遥不可及的理想化的亚瑟世界和圣杯世界,让人与上帝在那里达到和谐一致;鲁道夫则是把故事放到鄂图皇帝统治的真实历史环境和科隆这个具体的地理环境里,皇帝的对立面不再是隐士和苦行僧,而是一个科隆富商,他解救受难者的义举使人折服,在他面前甚至连皇帝都感到羞愧。这里,作者显然是在宣扬基督教的"博爱"和骑士阶级的"人道"思想,格哈德出钱解救被俘的骑士和妇女,不是做"生意",而是出于对教友的同情,这与唯利是图的东方异教徒形成了鲜明的对照。他说格哈德是"好人",指的并不是格哈德具体做的好事,而是指他能忏悔自己的罪孽,对上帝敬畏恭顺。格哈德解救挪威公主也不是出于爱情,而是出于对上帝的信仰,把解救受难者视为基督教徒应尽的义务,正如哈尔特曼在他的《可怜的海因里希》中让少女自愿为骑士献身不是出于爱情,而是出于对上帝的忠诚一样。这里,他把骑士既要为上帝服务也要为女主人服务结合在一起,就此而言,这部作品与过去的宫廷史诗一脉相承。此外,鲁道夫十分喜爱历史,他是作家,同时也是历史学家,他的最后两部作品《亚历山大》和《世界史年鉴》都既是文学著作也是历史著作,而后者使他的创作生涯达到了巅峰。《世界史年鉴》是一部真正的编年史,完全按照创世记叙述的,篇幅浩瀚,但刚讲到犹太国王史就突然中断了,基本上只叙述了《旧约》部分,共有大约 36000 诗行,是一部未完成的著作。与 12 世纪的《帝王年鉴》相比,年鉴的作者认为历史是按照一定的规律发展的漫长过程,这个过程包含世界的历史与上帝的历史之间的对立冲突。他从这一观点出发观察时代与人物,不重视历史的"真实"事件,认为非"真实"事件所包含的意义才具有榜样力量。鲁道夫相反,他认为历史就是知识,写历史就是要写历史事实,而不是写历史观念。历史上,凡是上帝的作用明显的地方,都是因为《圣经·旧约》的历史观是建立在历史真实基础上的缘故。他的《世界史年鉴》正好符合面向真实、面向具体知识、面向博学多才、面向现实主义的时代需要,为中世纪后期德语诗体年鉴开了先河,因此流传极为广泛。据埃里斯曼(Otfried Ehrismann)统计,手抄本竟达 76 种之多,后来还有各种各样的加工本和改写本。因为鲁道夫所用的题材是《圣经·旧约》,所以他的作品同时也是后来诗体圣经的先驱和基础之一。在鲁道夫身上汇集了宫廷史诗四位大师的影响,他尤其崇拜戈特弗里德,通常被归类为戈特弗里德的学生。但他只是模仿了戈特弗里德的语言技巧,而不是他的文学风格,他的本性更像哈尔特曼,作品中思维清晰明了,形式严谨规范。

3. 梯尔海姆的乌尔里希

梯尔海姆的乌尔里希(Ulrich von Türheim)出身于奥格斯堡附近的一个下层贵族家庭,是鲁道夫的同时代人,很受鲁道夫赞赏。他对史陶芬王朝繁荣时期的宫廷文学推崇备至,是“史陶芬”的思想观念、真诚的骑士等级意识和继承大师们文学遗产的高度责任感把他与鲁道夫联系在一起。乌尔里希本人的文学成就微不足道,几乎没有自己独创的作品,在同时代的作家中他的“模仿”特征最为明显,他不过是把其他大师未能写完的作品接着写完而已。他的名字之所以被经常提到,是因为他补充并完成了戈特弗里德的《特里斯坦和伊索尔德》和沃尔夫拉姆的《维勒哈尔姆》这两部性质完全不同的大型宫廷史诗的未完成部分,体现了他对大师们的敬仰和热爱,也体现了他对这种艺术形式的重视。事实上,他没有一部作品是成功的,加在《特里斯坦和伊索尔德》结尾的白手伊索尔德的故事仿佛是一个附件,为了赶快把史诗续完,他竟然不顾戈特弗里德的意图,采用了一个曾经被戈特弗里德拒绝的蓝本为基础。《维勒哈尔姆》的结尾写得很长,有 36000 多诗行,起初文本没有直接与《维勒哈尔姆》衔接起来,维勒哈尔姆被排挤成为次要角色,大段内容写的是伦那瓦尔特,成了一部独立的伦那瓦尔特大型史诗。后来,迫于外界压力,他加进了伦那瓦尔特的儿子的冒险经历,以及维勒哈尔姆直到去世前作为僧侣和隐士的生活情况,这才被认可他是把沃尔夫拉姆未完成的作品继续写完的人。

(三) 晚期英雄史诗

骑士—宫廷文学晚期唯独英雄史诗在奥地利继续受到扶植,直到

1250年《尼伯龙人之歌》这部英雄史诗作为一种独特的文学种类,艺术魅力仍然不减。在其影响下产生出两部史诗,即《瓦尔特史诗》和《谷德伦》。

1.《瓦尔特史诗》

瓦尔特的故事本是一首古代的英雄歌,题材来自古代英雄传说,几个世纪以来,用这个题材写的各种各样的作品很多,其中也包括拉丁语的《瓦尔塔里乌斯之歌》。在这个过程中,瓦尔特故事原来的主题思想、内容和形式都有不同程度的变化,甚至或多或少受到一些成为时尚的冒险小说的影响,说明英雄歌的古老原型正随着时代的变迁慢慢更新,这些在前面的章节里已经谈到。

这里所谈的《瓦尔特史诗》(Waltherepos)仅仅是两份奥地利手抄本的残缺不全的断片,产生时间在《尼伯龙人之歌》之后,可能就是以这部英雄史诗为蓝本写成的。作者显然理解了《尼伯龙人之歌》的意图,努力给他的英雄文学题材加入宫廷色彩,避免步入冒险小说的歧途。可惜,断片中主要描写了瓦尔特与希尔德贡德准备结婚庆典的情景,我们从中看到,作者只学习了《尼伯龙人之歌》作者表面上的写作技巧,尽量使"庆典"具有宫廷风格。而在结尾,"庆典"达到"欢乐的高潮"时,也表现出许多亚瑟传奇的影响。

2.《谷德伦》

史诗《谷德伦》(Kudrun)产生于1230年至1240年之间,全诗共6860诗行,作者姓名不详。故事起源于北方诺曼底人的抢婚母题,后来由北方传到南方,最终在奥地利写成,作品见于后来的阿姆布拉斯手抄本(Ambraser Handschrift),我们现有文本的来源也仅此一处。因为没有其他文本可以比较,所以无论文本的语言还是史诗的形式都有许多不能确定之处。

史诗由序篇和两个主要部分组成,讲的是一个三代人的家族史,而每一个主要部分又可以自成一个独立的故事。在古代,挪威和冰岛一带的诺曼底人常到法国沿海和地中海进行海盗活动,9世纪产生了以此为背景的"希尔德传说"(Hilde-Sage),《谷德伦》的故事就是以这个传说为基础发展而成的。故事内容是:爱尔兰的王子哈根被怪鸟掳走,放在一个荒岛上,在那里与三位同样是被掳去的公主相遇。他们情同手足,相依为命。后来他们脱险,哈根同其中一个叫希尔德的公主结婚,婚后生一女,也取名希尔德。丹麦国王赫特尔想娶小希尔德为妻,派人把她拐骗到丹麦。哈根闻讯后带兵追赶,与丹麦人发生冲突,小希尔德出面调停,双方达成和解。小希尔德与赫特尔结婚,生一男一女,男孩叫奥尔特文,女孩叫谷德伦。以上是第一代人和第二代人的经历,是整个故事的"序篇"。

下面是两个主要部分,也是故事的"正篇",讲的是第三代人的经历:谷德伦美貌超群,但生性傲慢。西兰(Seeland)国王赫尔维希与诺曼底国王路德维希的儿子哈特姆特都曾向她求婚,均遭拒绝。赫尔维希为此与谷德伦的父亲赫特尔交战,他的英勇博得谷德伦的欢心,谷德伦出面调解,平息了战斗,并与赫尔维希订婚。路德维希得知此讯,心里非常着急,于是趁赫尔维希外出征战之机把谷德伦抢到诺曼底,谷德伦的父亲赫特尔随后追赶,被他打死在路上。在诺曼底,路德维希夫妇起初对谷德伦好言相劝,只要她答应同他们的儿子结婚什么要求都可以满足。谷德伦不肯,他们又对她百般虐待,企图以各种残暴手段迫使她就范。但这一切都未能奏效,谷德伦坚定不移地忠于未婚夫赫尔维希。十三年过去,谷德伦的兄弟奥尔特文已长大成人,他与赫尔维希联合攻打诺曼底,来解救生活在水深火热之中的谷德伦。诺曼底人惨遭失败,路德维希被杀,他的儿子哈特姆特和女儿奥特伦被俘,谷德伦获得自由。谷德伦并没有借此机会进行报复,相反,曾试图阻止杀害那个最凶恶的敌人路德维希的夫人,她还利用自己的影响使哈特姆特和奥特伦获释。最后,谷德伦与赫尔维希,奥特伦与奥尔特文,原来诺曼底的女俘希尔特葆与哈特姆特结婚,史诗以"大团圆"告终。

《谷德伦》虽然是在《尼伯龙人之歌》的影响下产生的,但两部史诗的题材、任务和主导思想已有明显不同。首先,《谷德伦》的题材不是来自日耳曼英雄传说,而是来自北方诺曼底人的抢婚故事,采用的形式也是宫廷文学以前的叙事形式。因此,除谷德伦一人外,所有其他人物都不是主宰自己命运、捍卫自己人格的古代英雄,古代英雄文学的特点已经淡化。其次,虽然《谷德伦》也如实地描写了战争的残酷,但它的主旨不是揭示由于诸侯之间的权力之争而导致的悲剧结果,而是寄希望于相持各方的和解。所以,史诗结尾与《尼伯龙人之歌》的结尾截然不同,不是众人同声哭悼英雄殒命,而是庆贺三对男女喜结连理,曲折的故事最后以大团圆告终。第三,作者重点塑造了谷德伦的善良形象,她在苦难面前不屈不挠,对爱情忠贞不渝,在遭受虐待和敌意时毫无报复之心,获救后更是不记旧恶,这与克里姆希尔德疯狂报复的性格和她表现出的古代英雄那种以牙还牙、视死如归的英雄气概形成鲜明对照。因为这部史诗成书较晚,作者对谷德伦性格的塑造显然受了基督教思想的影响,在她身上体现了基督教的宽容博爱,当然也体现了以德报怨、逆来顺受的消极一面。

在表现形式上,《谷德伦》充分使用了《尼伯龙人之歌》的语言和风格,许多段落就是不折不扣的尼伯龙诗段,因此有人说《谷德伦》是《尼伯龙人之歌》的姊妹篇。它把故事分为"序篇"和"正篇",这也是宫廷史诗惯用的一种做法。尽管如此,《谷德论》在思想水平和艺术水平上都无法与《尼伯龙人之歌》相比,虽然产生的时间在《尼伯龙人之歌》之后,但不是英雄史诗的进一步发展,却标志了英雄史诗已走向终结。

在《谷德伦》以后,古代日耳曼人的英雄传说虽然仍是受欢迎的题材,但以此为基础产生的作品都逐渐离开了骑士文学的发展轨迹,与以消遣娱乐为目的的、追求内容惊险怪诞、情节生动有趣的民间文学合流了。比如,后来围绕狄特里希传说产生的作品,统称《狄特里希史诗》(Dietrichepen),其中的狄特里希就不再是那种标准骑士的形象,而是一个真正的日耳曼英雄,他勇敢善战并不是为了考验自己,以期维护或是获得骑士的"荣誉",而是被环境所迫非战斗不可。这种倾向在以其他英雄传说为题材的作品中也可看到。

二　市民文学的萌芽

在骑士—宫廷文学日渐衰落的同时,一种以强调教育和传播知识为目的的文学得到前所未有的发展,自13世纪开始,在贵族宫廷文化中占据了显著位置。这种文学现象的出现,一方面是职业作家继承宫廷文学传统,视介绍生活准则、培养"完美"人格为己任;另一方面,在俗教徒(die Laien)受12世纪新虔诚主义运动的影响,要求用"民间语言"传播法律、专业知识和宗教教义。1209年,由意大利人创立的方济各会(Franziskanerorden)提倡过安贫、节欲的苦行僧生活,1215年由西班牙人创立的多明我会(Dominikanerorden)提倡把安贫与学术讨论结合起来。这两个修会的主张不仅强烈地影响了宗教文学,也影响了新兴起的叙事文学、诗歌和戏剧文学。这种文学的作者最初都是贵族出身的文艺爱好者和受过修道院教育的宫廷官吏,后来有市民作家和在俗教徒参与写作,城市逐渐成为他们活动的中心。他们面向所谓一切人,即贵族、市民和农民,反映这些阶层成员的要求和存在的问题。不过,他们主要是用骑士阶级和乡间贵族的视角观察世界,以贵族文学为标准从事创作,所以这一时期的文学还不是"市民的"文学,只是市民文学的萌芽。这些萌芽到14世纪和15世纪才有进一步发展,最终取代骑士—宫廷文学,成为占主导地位的早期市民文学。萌芽的市民文学具有形式多样、重视写作技巧、内容包罗万象、题材面广泛等特点,能顺应贸易不断合理化、手工业技术日益熟练的时代潮流,所以从一开始就展露出勃勃生机。下面简单介绍一下叙事体作品,以及诗歌和戏剧的情况。

（一）叙事体作品

13 世纪 20 年代,一种新的叙事文学种类,即以讽刺挖苦或是道德说教为特点的小故事（Mären）在文坛流行,出现了许多小型的叙事体作品,其中最重要的是讽刺—教育小说、动物故事和笑话。随之,除贵族和僧侣外新的社会阶层市民,尤其是农民开始成为德国文学的写作对象。

1. 讽刺—教育小说

德国中世纪艺术水平最高的道德教育小说是园丁维尔纳（Wernher der Gertenaere = Gärtner）所写的《佃农赫尔姆布莱希特》（Meier Helmbrecht）。作者生卒年代不详,作品大概于 1270 年前后在巴伐利亚或奥地利写就,是一本诗体小说。《佃农赫尔姆布莱希特》已经脱离宫廷史诗的传统,像奈德哈特的诗歌一样,也是取材于农村生活。主人公佃农赫尔姆布莱希特是一个农民的儿子,由于家境富裕起来,不愿再从事体力劳动,一心想当一名骑士,过不劳而获的寄生生活。父亲劝他留在乡间,安心干农活,但他不听劝阻,离家出走,来到一个城堡与骑士为伍。他把自己打扮成骑士模样,到处招摇撞骗,偷盗抢劫,无恶不作。后来他回家乡炫耀"业绩",还把妹妹嫁给了他的一名同伙。婚礼上,这伙人全被捉拿归案,赫尔姆布莱希特在被挖去眼睛,砍掉一只手和一只脚之后获释。他有家不能归,到处乞讨。深受他坑害的农民发现了他,在征得他父亲的同意之后,把他活活吊死。这部作品的价值在于,以一对父子之间的矛盾为中心,展现了 13 世纪社会各阶层的动荡,农民不安于自己的地位,骑士沦落为强盗,甚至一个修女也要逃离修道院去过世俗生活。作者站在骑士阶级的立场上看待农村发生的变化,他不欢迎这样的动荡,希望还像过去一样,各个等级严守自己等级的界限。所以,他一方面为要求改变自己农民地位的青年赫尔姆布莱希特安排了一个罪恶的下场,另一方面把安分守己、心甘情愿地保持原来等级地位的老赫尔姆布莱希特塑造成一个值得效法的榜样。他认为眼下的时代是一个堕落的时代,怀念过去的"金色时光"。这种怀旧的心情是没落骑士的共同心态,因而这部作品所反映的思想倾向有一定的普遍性。在情节安排上,维尔纳仍效仿亚瑟传奇出走—还乡—再出走—第二次还乡的模式,故事线索简单,出场人物不多,但受古典大师戈特弗里德和沃尔夫拉姆的影响,语言功底好。

2. 动物故事

动物故事在市民文学萌芽时期占有突出的地位,其中最著名的是列那狐的故事。据说,列那狐的故事最早是从印度经希腊传入欧洲的,起先在民间口头流传,12 世纪由艮特的尼瓦尔都斯(Nivardus von Gent)用拉丁语记录成册,标题为《伊森格里姆斯》(Ysengrimus,1146—1148)。12 世纪 70 年代法国作家据此编写了《赖那特传奇》(Roman de Renart),随后德国一位名叫口是心非者海因里希(Heinrich der Gleisner,生卒年代不详)的艺人又根据法国人的《赖那特传奇》编写了《狐狸赖因哈特》(Reinhart Fuchs,约 1180/1190),随后又由其他人几度改写,直到 1250 年才成为一个完整的故事。然而,就是这个故事也只是后来流传下来的全部列那狐故事的一部分。

《狐狸赖因哈特》的故事以兽寓人,故事中所有的动物都有人的语言、行动和思想,甚至也像封建制度下的人一样,分为不同的等级。狮子是国王,狼是宫廷大臣,小动物是平民百姓,狐狸的等级介于宫廷贵族与一般臣民之间。狐狸生性狡猾奸诈,四面树敌,它一方面欺凌小动物,因而遭到小动物的反对,为了对付小动物,它进入宫廷,辅佐恶狼;另一方面,它与大动物(即大贵族)也有矛盾,既不想忠心耿耿地为它们效劳,也不甘心忍受它们的凌辱。狼的自私自利刺激它不时地进行报复,狼气急败坏去狮王那里告状,但名为主持正义的狮子国王并不秉公执法,它受狐狸的蒙骗反而下令剥了狼的皮。最后,狮王也未得善报,遭到的是被狐狸毒死的下场。这个故事的中心思想是揭露封建贵族的自私自利和昏庸无知,同时肯定狐狸的聪明机智。这里告诉人们一个道理:弱者可以战胜强者,智力能够战胜暴力。正是由于这个原因,狐狸的故事特别受市民们的欢迎。

几个世纪以来,列那狐的故事不断有人加工改写,流传广泛。其中最完整的改写本是 1498 年在吕贝克出版的《列那狐》(Reinke de Vos)。这部《列那狐》是根据尼德兰语的版本改写的,用低地德语写成。内容大体是:狐狸作恶多端,被狮子判处绞刑。但在绞索已经套在脖子上的时候,狐狸利用它的机智和狡猾居然又死里逃生。事后,它继续为非作歹,多次被召到狮子的宫廷受审,但每次都逃脱了应得的惩罚。最后,它竟然把它最大的仇敌狼和熊这两个狮王的亲信排挤出宫廷,自己当上了宰相,成为狮王的枢密顾问。在这个故事里狐狸永远是"胜利者",而它取胜的法宝是它有一套精明的"骗术"。这种"骗术"在弱肉强食的动物世界是绝对必要的,有了它就可以飞黄腾达,没有它难免不穷愁潦倒。这显然是对封建制度的深刻批判和辛辣的讽刺。作者在故事结尾特别强调:"谁没有学会列那的这套本领,他就不配到这个世界上来。现在,不论在教廷还是在皇宫,到处都有数不胜数的列那,虽然它们不一定都长着红胡子……谁会使用列那的狡猾,谁就能够轻而易举地成为大人物。"与 1250 年出版的《狐狸赖因哈特》相比,1498 年出版的《列那狐》不仅对封建制度的批评更加尖锐,而且故事完整,情节紧凑,寓意深刻。而最大的不同是,后者把道德教育放在重要位置,作者除叙述故事外,还加进许多以道德说教为内容的"批注"。这种通过讲故事进行道德教育的做法,不仅是 15 世纪到 16 世纪的一种普遍倾向,而且也符合早期启蒙运动的思想。1752 年,启蒙运动理论家约翰·克里斯朵夫·高特舍德(Johann Christoph Gottsched,1700—1766)把这部作品翻译成现代高地德语,并且把他能搜集到的"批注"也一并译了出来。高特舍德的译本使列那狐的故事在 18 世纪得以继续流传,并且引起了赫尔德(Johann Gottfried Herder,1744—1803)和歌德对这个故事的重视。歌德于 1794 年改写的《列那狐》(Reineke Fuchs),其根据就是高特舍德的译本,但赫尔德和歌德与高特舍德不同,他们的兴趣在故事本身,而不是那些"批注"。此后,仍不断有各种加工本、改写本、翻译本问世,列那狐的故事能经久不衰,这个事实本身就说明了它的价值。

3. 笑话

笑话是市民用以讽刺骄横的贵族、不道德的僧侣和不合理的社会现象的一种文学形式,取材于现实生活,内容生动有趣,文字简短精练,既符合市民的文化修养和审美情趣,又表达了他们对统治者的不满,深受民众喜爱,流传广泛。

笑话这个文学种类的真正创造者是法兰克诗人施特里克,他出身于市民,一生大部分时间居住在奥地利,为贵族宫廷、教会和圣母修道院写作,宣传基督教教规、教徒的道德修养以及他们在现实社会中应有的理性审慎的处世态度。他虽然生于 1250 年以前,但他的大量创作成果是在后来才发扬光大的。他改写过《罗兰之歌》,写了史诗《查理大帝》,14 世纪以简写本形式被收入描写查理大帝的诗歌集《查理大帝》(Karl der Große,大约 1320 或 1340);写过亚瑟传奇《从草木葱茏的山谷来的达尼尔》(Daniel vom blühenden Tal)、《梅勒兰兹》(Meleranz)和《坦达赖斯与弗罗底倍尔》(Tandareis und Flordibel)等。但他的主要成就是创作了抨击弊端、进行道德说教的小说、笑话、箴言诗(bispel 即 Beispiel Mahnspruch)和寓言,其中尤以笑话集《阿米斯牧师》(Pfaffen

Amis)闻名。他以阿米斯牧师为中心人物,把社会上流传的本来互不相关的小故事串联在一起,编辑成了一本笑话集。阿米斯是一个英国牧师,曾经周游各地,通过自己的所作所为显示其聪明和机智,同时也揭露了宫廷贵族的愚昧无知和他们所推崇的骑士美德的虚伪。比如有一个故事这样写道:阿米斯从法国来到洛林一个公爵的宫廷,公爵正为他的诸臣通通生病而烦恼。阿米斯自吹是天下最好的医生,公爵叫来十二个病人请他医治。阿米斯把病人带到一个屋子里,要他们对天发誓,而且在一星期内不得将所说的话向任何人泄露,声称这样才能把病治好。病人起过誓之后,阿米斯又让他们找出他们中谁病得最重,他要拿这个人的血为其他十一个人治病。在场的病人都怕自己被确认是最重的病人,于是争先恐后地说,自己已经恢复了健康。阿米斯佯作不信,说他们在撒谎。这些病人生怕自己被杀掉,便赶紧对天发誓,说自己说的都是实话。阿米斯见此情景就让他们去禀报公爵,说自己的病已经治好。公爵不信,他一个一个地询问,结果个个都说自己已经像好人一样。公爵听了大喜过望,拿出一笔巨款给阿米斯作为报酬,阿米斯拿了钱,兴高采烈地扬长而去。我们读了这个故事,并不觉得阿米斯行骗可恶,反倒觉得受骗的公爵和诸臣愚不可及,自私自利。这个小故事的主题说明,真正的强者不是威风凛凛的贵族,平民百姓才是最聪明、最机智的。大部分笑话都是采用类似的主题,与列那狐的故事有异曲同工之美。施特里克汇编的这部《阿米斯牧师》对于14世纪和15世纪笑话的创作和传播起了不可替代的作用。

（二）诗歌

市民文学萌芽时期在诗歌方面的突出成就是格言诗(Spruch)的流行和工匠歌曲(Meistergesang)的创立。两者都与骑士—宫廷文学有一定联系,前者是利用骑士爱情诗的旧形式表现市民的新思想,后者则是市民在骑士爱情诗的基础上所进行的新创造。

1. 市民格言诗

市民格言诗的开山鼻祖是弗赖丹克（Freidank，？—1233），他广泛搜集民间谚语，经过加工汇编成格言诗集《明辨是非》（Bescheidenheit，约1230），共4700诗行。这些格言诗涉及社会生活各个方面，主要观点是，认为人生来没有高低贵贱之分，"人的外表千差万别，但都是亚当的后代"。人的"高贵"不取决于出身，而是看他的行为和品德，无论是农奴还是自由民，只要品德高尚，他们就是高贵的。

弗赖丹克以后，写格言诗也成为了一种风气，产生了所谓"格言文学"（Spruchdichtung）。到14世纪，人们不仅用格言诗一般地表达市民的观点，而且还借助格言诗针砭时弊。管道制造工海因里希（Heinrich der Teichner，1310—1372/1378）就是这种倾向的代表。

2. 工匠歌曲

弗赖丹克的格言诗只用于朗诵，另有一些行吟歌手则是用骑士爱情诗的曲调吟唱格言诗，他们以此传播知识和真理，因而自称"大师级歌手"（Meistersinger），把他们吟唱的歌统称"绝唱"（Meistergesang），这就是工匠歌曲这个名称的来历。这里，需要对"Meistergesang"这个名称的含义略作说明。"Meister"一词来自拉丁文的"magister"，本来的意思是指那些精通一门知识或一种技艺并向别人传授这种知识或技艺的人，相当于"教师"、"导师"。13世纪的行吟歌手就是根据这个意思称他们的歌为"Meister-Gesang"的，即他们认为自己是"知识和真理的传播者"，是"人生的导师"。随着工业的发展，"Meister"一词的词义发生了变化，到中世纪后期通常指娴熟地掌握了一门手艺的人，即"师傅"、"工匠"。所以，从13世纪开始在手工业工人中间流行开来的"Meistergesang"虽然是当初行吟歌手吟唱的那种"Meistergesang"的继续，但这个名称已不再表示这种歌的性质，而是表示这种歌是由谁编写和吟唱的。换句话说，这时"Meistergesang"的含义是"工匠们的歌"，因此,我们把"Meistergesang"译为"工匠歌曲"。需要指出的是,不论是行吟歌手吟唱的"Meistergesang",还是在手工业工人当中流行的"Meistergesang",这个名称都有别一层含义,即这种歌达到了最高水平,从这个意义上说,前面把"Meistergesang"译为"绝唱"也许更贴切。不过,考虑到"Meistergesang"后来发展成为手工业工人特有的一种文学表现形式,并因此在文学史上获得一定意义,所以我们在介绍这种歌曲时,用"工匠歌曲"这一译法可能更清楚些。

这一时期,在行吟歌手中影响最大的是迈森的海因里希(Heinrich von Meißen,约1250—1318),自他开始,"工匠歌曲"逐步在城市市民中普及。一些市民组织了"兄弟唱歌会"(Singbruderschaft),作为业余爱好在宗教节日上吟唱这些歌曲,他们的活动和所唱的内容直接受教会控制。后来,手工业工人脱离教会控制,建立自己的业余歌唱组织"唱歌学校"(Singschule),最早的一所据说是1375年创立的美因茨唱歌学校。"工匠歌曲"的内容、形式、唱歌比赛等进一步发展情况后面详细介绍。

（三）戏剧

在骑士—宫廷文学中没有戏剧这个种类,戏剧的产生和发展是市民文学的一个成就。最初,戏剧是为宗教服务的,只是宗教仪式的一个部分。每逢宗教节日,为了烘托气氛,加深信徒们的内心感受,在宗教仪式过程中插入一些以圣经故事和宗教传奇为内容的行为动作,这便是最早的戏剧形式。因为宗教节日不同,演出的内容也不尽相同,因此剧目有为圣诞节和为复活节演出之分。这类演出大都在城市的广场举行,时间有时长达数天,演员有时多达数百人以上,观众随时可以加入其中,实际上,这是一种群众性的娱乐活动。

随着城市的发展,市民不再满足于那些表现圣经故事的宗教剧,他们要求戏剧能表现现实生活,也能为他们提供消遣娱乐,于是,在13世纪到 14 世纪由原来的宗教剧演变出了一种世俗剧,名曰"狂欢节剧"
(Fastnachtsspiel)。狂欢节,亦名谢肉节,时间在封斋期前夕。市民在
这期间,沿袭演宗教剧的传统,举行各种以市民生活为内容的戏剧演
出,这就是演狂欢节剧的由来。市民戏剧在 14 世纪和 15 世纪才得到
进一步的发展。

第四章 "新时代"与早期市民文学
(13 世纪下半叶到 16 世纪末)

第一节 概述

公元1250年,巴巴洛莎皇帝的孙子弗里德里希二世(Friedrich Ⅱ,1212—1250)去世,标志霍亨史陶芬王朝时代结束,帝国陷入混乱;从1250年起到1500年是中世纪后期向新时代(Neuzeit,1500年开始至今)的过渡时期。自15世纪以来,欧洲发生了一系列划时代的事件:哥白尼、伽利略、开普勒等科学家研究证实,太阳是恒星,地球是围绕太阳旋转的一颗行星,从而推翻了中世纪以来主宰人们对于宇宙认识的地心说,建立了日心说。1492年,哥伦布从西班牙出发扬帆西航,最后来到一个岛屿上,他发现了美洲大陆,接着是麦哲伦环球航海证明地球是圆的,这一重大的地理发现使基督教的教义受到严峻挑战,动摇了欧洲人的基督教信仰。此外,火器的发明使骑士阶层的存在失去了意义,他们再也没有打仗任务,威风日减,社会地位随之低落,在社会上的作用越来越小。而要特别指出的是,有一项技术发明对于这一时期的文化发展和信息传播产生了巨大影响,这便是1450年左右美因茨的印刷工匠约翰内斯·古腾堡(Johannes Gutenberg,1397—1468)发明的活字印刷术。这项发明结束了包括文学作品在内的一切文化典籍依赖手抄本维系存在的历史,用铅铸字母印刷不但提高了排版速度,而且降低了印刷成本,使大批量生产书籍成为可能,从而大大促进了文学作品的广泛流传和文化的普及。以上这些事件不仅改变了人对于宇宙的认识,更改变了人对于自身的理解和对于世界的理解,他们发现宗教教条太束缚人的思想,想要寻找一种自由的、独立的、开放的东西,将人和人的力量表达出来,于是他们发现了古代希腊和罗马。通过阅读古希腊和古罗马作品他们觉得自己获得了新生,因此常常把这种体验叫作"Renaissance"(复兴),德语叫"Wiedergeburt"(新生)。这便是我们通常所说的欧洲的"文艺复兴"。

欧洲的文艺复兴运动最早发端于意大利,随之传入欧洲其他国家,16世纪传入德国,在德国则表现为人文主义运动,以及后来由此而引发的宗教改革和农民起义。此时,曾经繁荣一时的骑士—宫廷文学已走向衰退,古典文学再也没有创新,只剩下一些因袭前人的拟作;骑士阶级在社会中的地位和作用每况愈下,取而代之的是市民和手工业者,他们聚集在各种帮会、行会之中,迫切要求参与市政管理和文学创作,城市逐渐代替骑士城堡成为文化生活的中心,市民阶级成为文学的主人。

中世纪致力神学与哲学相结合的经院哲学(Scholastik)由大阿尔伯特开创,现在经托马斯·阿奎那推向顶峰;神秘主义(Mystik)也在繁荣发展,尤其对于德语的丰富创新有突出贡献,神秘主义运动由霍赫海姆的艾克哈特师傅最终引上了宗教的虔敬内省道路。但是,来自意大利的文艺复兴运动的影响则是在德国扎了根,并且孕育出一种新的人生观和世界观,即所谓早期人文主义(Frühhumanismus)。1348年,第一所德国大学在布拉格建成,紧接着在维也纳、海德堡、科隆、埃尔富特也建立了大学;15世纪在格赖夫斯瓦尔德、弗赖堡、巴塞尔、莱比锡、罗斯托克、特里尔、美因茨也相继建立了这种新型大学,这里是人文主义思想最活跃、最集中的地方。

　　欧洲的文艺复兴是新兴市民阶级在思想与文化领域反对封建阶级的运动,它的思想体系叫作人文主义(Humanismus),也称人本主义。为宗教服务的经院哲学以"神"为本,试图用哲学理论阐述神学的奥秘,将哲学与神学统一起来;人文主义或人本主义以"人"为本,把人作为研究的对象,强调人是一切价值的核心。它用一种新的、立足于自我的、并且全面发展的人的形象与中世纪神学抗衡,反对禁欲主义和来世哲学,要求在现世实现"千年帝国"的理想;反对按照人的出身划分人的等级,主张根据人的行为和品德确定他的价值;反对迷信,提倡科学,反对愚昧,提倡理性。人文主义还致力于古代文化的研究和扶植,奉古希腊罗马文化为榜样,认为只有了解古希腊罗马文化才可能获得真正的文化修养。然而,16世纪最初的二十几年,正当人文主义思想广泛传播的时候,在德国爆发了举世闻名的宗教改革和农民起义,人文主义运动被推后了,与其他国家蓬勃发展的理性主义和世俗科学相比,德国的精神生活一时间把着眼点主要放在宗教信仰、教会地位以及教派是非等问题的激烈争论上。

　　前面提到的人文主义、宗教改革和农民起义是1525年以前德国历史上的三件大事,这三件大事之间有着前后的因果关系。人文主义运动是从研究古籍开始的,文艺复兴以来古代(包括希伯来文、古希腊文)的典籍被重新发现并从语文学的角度对它们进行研究,在这些被研究的典籍中也包括希伯来文的《圣经·旧约》和古希腊文的《圣经·新约》。人文主义者都是古代语文学者,他们研究《圣经》只对语文和文学方面的问题感兴趣,除此之外没有其他目的。不过,他们的研究也激起了人们研究《圣经》的热情,马丁·路德就是在这种情况下开始研究《圣经》的。他在研究过程中发现,基督教的最高权威教会代表上帝所说的"圣言"与《圣经》中所记载的"圣言"并不完全吻合,他认为教会说了谎,于是号召信众不要再听教皇及其下属的话,而是要自己阅读

《圣经》,按照《圣经》中说的话去做。为了实现这一目标,马丁·路德把《圣经》翻译成德文,以便让不懂拉丁文的德国信众也能阅读《圣经》,让他们直接聆听上帝的声音。上帝在我心中,直接与上帝对话,一切信仰与行动都要以《圣经》为准,这是宗教改革的核心内容。迄今为止教皇一直被认为是上帝的代言人,他的话就是上帝的话,而马丁·路德号召信众不要再听教皇的话,这显然是对教皇权威的严重挑战,因此他推行的宗教改革遭到了教皇以及维护教皇权威一派人的反对。令人惊奇但也不感到意外的是,在反对他的一派人中也有他的老师辈的人文主义者。人文主义者研究《圣经》只是把《圣经》作为一部古籍,他们并不想借此寻找批评基督教的根据,更不想挑战教皇的权威。因此,当马丁·路德循着他们开辟的道路又往前迈了一步的时候,他们就愤怒了,他们不能容忍马丁·路德这种反对教皇、改革基督教教会的离经叛道的"行径"。更有讽刺意味的,或者确切地说,更为顺理成章的是,当农民起义者响应马丁·路德的号召认真阅读《圣经》,并发现上帝的意旨是人人平等,共同幸福,从而把宗教改革从教会引向社会的时候,这位宗教改革运动的发起人又成了农民起义的坚定反对者。农民起义者认为,既然上帝的意旨是人人平等,共同幸福,那么为什么诸侯贵族不按照上帝的意旨放弃剥削,与被他们剥削的人共同富裕呢,他们为什么不仅不放弃剥削,反而还要压迫被他们剥削的人呢,这是赤裸裸地亵渎上帝。他们于是就以维护上帝意旨的名义举行了起义。所以说,农民起义的领袖们是在马丁·路德的感召下以维护上帝意旨的名义掀起反对封建主的斗争的,现在这位宗教改革的领袖又起来反对在宗教改革背景下爆发的农民起义了,他认为起义的农民是一群"魔鬼",他们的主张是"异教邪说",他们的要求是"亵渎上帝"。

人文主义运动、宗教改革和农民起义,这三大事件决定了1525年以前的德国历史,同样也决定了这个时期的文学。每一场运动都有属于自己的文学,运动的性质和要求决定着相关文学的内容和形式。遗憾的是,人文主义者一直停留在对于古籍的研究和整理上面,宗教改革以路德倒向贵族诸侯结束,农民起义以失败告终,因而一度生机勃勃的革命文学到1525年农民起义失败也就随之凋零。另一方面,随着城市经济实力的增长,德国市民阶级在掌握商业贸易命脉的同时,对于文化的要求越来越强烈,1525年以后,他们全面占领文学创作园地,文学逐渐成为表现市民阶级生活、理想和审美情趣的手段。16世纪是德国早期市民文学的繁荣时期。

第二节　1525年以前的文学

从13世纪末到1525年以前,德国文学经历了从中世纪向新时代的过渡,充当过人文主义思想在德国传播的开路先锋,也曾经为宗教改革和农民战争这两个革命运动呐喊助威,产生了一批充满革命激情和斗争精神的作品。在德国文学史上也称14和15世纪这一时期的文学为早期市民文学,下面就其中的几个部分做进一步叙述。

一　过渡时期的文学状况

从13世纪末到15世纪初,除上一章已经讲到的晚期骑士—宫廷文学外,还有其他的文学,它们都不同程度地受经院哲学、神秘主义和早期人文主义的影响,这三种潮流同时并存,它们有斗争,有妥协,共同支配和影响这一时期文学的走向。

（一）经院哲学

11世纪以来,西欧开始注重文化教育,一批大学相继建立,研究古代希腊罗马一时间成为风尚,出现了翻译介绍古代典籍的第二次高潮。在这种文化背景下,大量希腊哲学典籍特别是亚里士多德的著作,被译成拉丁语传入西欧并成为教会、修道院学校和大学中的修学课程。而在这时的西欧人们早已感到,原有的教父语录式的神学课程已经不能满足需要,现在他们要将亚里士多德的理性逻辑引入神学教育,于是在神学家中兴起了辩证法与反辩证法之争,争论的焦点是,理性、逻辑能否与神学结合,亦即亚里士多德所说的"辩证法"能否与神学结合。在争论过程中,支持理性、逻辑和神学结合的势力渐渐占据上风,经院哲学(Scholastik)就是这样产生和发展起来的。因为经院哲学是用大量逻辑推理的方式去辩论一切问题的,往往有过于烦琐的弊端,因此被称为"烦琐哲学",但它并不仅仅是僵硬的教条和烦琐的例证,它论争的内容都是围绕理性与信仰、哲学与神学之间的关系这个根本问题进行的。它使理性的思辨渗入神学领域,对中世纪前期的教父哲学有所更新。在 13 世纪,围绕能否以亚里士多德的理性逻辑改造基督教神学的哲学基础的问题,斗争十分激烈,大体分为赞成和反对两种态度。主张用亚里士多德学说改造神学理论的代表是托马斯·阿奎那(Thomas Aquinas,1225—1274),他是经院哲学的先驱者大阿尔伯特(Albertus Magnus,1193—1280)的学生,致力于异教文化与基督教文化关系的研究。他采取温和的立场,成功地应用亚里士多德的理性逻辑,推导出了早期教会领袖和神学家奥古斯丁(Aurelius Augustinus/Augustin,354—430)的大部分结论,进行了哲学与神学的综合,创立了一种新的、庞大的基督教哲学与神学体系。他的著述很多,代表作是《神学大全》(Summa theologica,1267—1273)。他在这部著作中证明,人是把现世与来世联系起来的造物,对上帝的爱启示人的感知,也帮助人认识和理解那些神秘的、超自然的事物。阿奎那承认认识与信仰有异曲同工之效果,也承认一种独立的哲学的重要性,但是,要使认识达到尽善尽美,必须要有信仰,因此他把哲学置于神学之下。13 世纪末到 14 世纪,经院哲学趋于衰落、解体过程中,又交织着许多思想论争。在德国,经院派与人文主义者的那场围绕《蒙昧人书简》的大辩论就是其中的一种表现。

(二) 神秘主义文学

神秘主义(Mystik)是一场用理性的方式反对教会和经院哲学的运动。在德国,14 世纪是神秘主义文学的兴盛时期。

Mystik 一词系希腊语的 mystein,即"闭上眼睛",形容词为 mistikos,即"神秘的,秘密的"意思。Mystik 所表达的是那种直接看到上帝或者在精神上与上帝融为一体的最原始的宗教感受,因此这是一种人们从内心争取与上帝同在的哲学。这种哲学认为,人通过吃斋绝俗,沉思内省,他的灵魂即可在那一瞬间走出尘世的躯体,去感受神性并与神灵融为一体,从而达到他们对上帝认识的最高境界和所追求的最高目标。这种心灵的感受显然充满神奇色彩,只能意会,是难以用语言表达的。因此,神秘主义文学为了能描述这种感受,只好在语言上下工夫,想方设法造出具有特色的词汇来。德国神秘主义文学的主要代表是马格德堡的梅西特希尔德和霍赫海姆的艾克哈特师傅。他们的共同特点是重在表现内心生活,文字细腻,语言有创新。

马格德堡的梅西特希尔德(Mechthild von Magdeburg,约 1207—1282)是最著名的用德语写作的神秘主义者,也是最早用德语散文细腻地刻画心灵感受的女作家。她用短篇故事、祈祷辞和颂歌、传奇、《圣经》和自白等一切可以采用的文学形式反复表达她炽烈的宗教热情和对基督的渴念,并继承《雅歌》的故事传统,经常把人与上帝结合在一起的体验想象为两性之间的爱情。她的《流动的神之光》(Das fließende Licht der Gottheit)是用低地德语写的,但流传下来的是阿勒曼语改写本,大概产生于1345 年。即使在这部改写本中,她把中世纪普通信徒的那种虔诚心理也刻画得淋漓尽致。神秘主义的代表还有霍赫海姆的艾克哈特师傅、约翰内斯·陶勒和海因里希·绍伊瑟。霍赫海姆的艾克哈特师傅(Meister Eckhart von Hochheim,1260—1327)注重观察思想与灵魂的关系,主张信徒要通过深刻忏悔建立与上帝的联系。他研究的主题是,人必须与上帝的意志融为一体才能使自己得救,并且与上帝一起参与创造世界。他知道,上帝的意志只能领悟,不能言传,为此他孜孜不倦地寻找词汇把无法言传的内容明了地表达出来。因此,德国的神秘主义者对于丰富和发展德语有特殊贡献,今天我们通用的一些词汇如"Eindruck"(印象)、"Einfluß"(影响)、"Zufall"(巧合)以及"wesentlich"(本质的)、"ursprünglich"(最初的)、"begreifen"(理解)、"nachfühlen"(有同感)等等,都是他们创造的。艾克哈特师傅不仅参与创造了通用的德语词汇,他还创造了德语哲学专业用语如"All"(宇宙万物)、"Geschaffenheit"(合适)、"Sein"(存在)等。约翰内斯·陶勒(Johannes Tauler,1300—1361)是斯特拉斯堡多明我会修士和巴塞尔的一位牧师,有八十篇布道辞和几封信札流传后世。他布道主要不是讲授系统理论,很少做预言和推想,而是宣传简单朴素的信仰,劝诫基督教徒要虔诚地忏悔,真诚地洗涤罪孽。他的作品直到19世纪还被用作宗教信仰的修身书籍。海因里希·绍伊瑟(Heinrich Seuse,1295—1366)是一位诗人,有"神秘主义者中的骑士爱情诗诗人"之称,写过《永恒智慧的小书》(Büchlein der ewigen Weisheit,约1328)、《真理的小书》(Büchlein der Wahrheit,1326)等。他在《永恒智慧的小书》中把苦行僧比作为女主人服务的宗教骑士,把永恒的智慧比作骑士为之服务的情人。他还把为玛利亚服务与骑士为女主人服务联系在一起。德国的第一部自传体作品也是出自绍伊瑟之手,这部书对于观察心灵活动过程的神秘力量具有重要意义。

(三)人文主义文学

要谈德国的早期人文主义,首先必须提到的是德国皇帝卡尔四世(Karl Ⅳ,1316—1378)。他于1347年至1378年在位,宫廷设在布拉格,并在布拉格建立了德国历史上第一所大学。当时布拉格所在的波希米亚是人文主义思潮最早传入德国的地方,这里汇集了一批人文主义者,他们带来了关于人、人在世界上的地位和使命的新思维和新认识,要求改革宗教生活,倡导丰富和创新德语,使其取代拉丁语成为通用的文化语言。卡尔四世本人和他的宰相诺伊马克特的约翰(Johann von Neumarkt,约 1310—1380)与意大利人文主义者关系密切,他们邀请意大利作家、人文主义者、语文学家弗兰齐斯科·彼特拉克(Francesco Petrarca,1304—1374)来布拉格宫廷讲学。在他的修辞学的影响下,约翰开始改革公务用语并创造了一种新的用于写文学作品的德语散文(Kunstprosa),用大家都能懂得的语言形式克服方言造成的四分五裂的语言状况。

1. 对话体散文《波希米亚的农夫》

另一位早期人文主义者特尔普的约翰内斯(Johannes von Telp,约 1342/1350—1414),也称萨孜的约翰内斯(Johannes von Saaz)就是用这种新的散文体写作的作家。他曾当过文书和拉丁语学校校长,妻子去世后,悲痛欲绝,大约于 1400 年写了对话体散文《波希米亚的农夫》(Der Ackermann aus Böhmen)。作品中,他以农夫身份出现,抱怨是死亡夺走了他妻子的性命,要求死亡说明理由。死亡拒绝他的要求,指出现世存在的一切都将化为乌有,这是上帝赋予死亡的权力。农夫与死亡于是去找上帝,上帝裁判:原告农夫应得到尊敬,但这场斗争的胜利属于死亡。这里我们看到两种世界观、两个时代的碰撞:农夫表达的是对现世的热忱,赞美人以及万物之伟大,他代表文艺复兴时代;死亡则指出世界是空虚的,人是软弱的,它代表中世纪。最后,作者委托上帝做断案法官,上帝肯定农夫(即人)的积极态度,却让死亡成为胜利者,说它提出的理由是真理。作者显然不否定中世纪的观点,但指出,相比之下人的态度是积极的。《波希米亚的农夫》是德国文学从中世纪向新时代过渡的最后一部作品,对话中表现了人的自我意识和实事求是的态度,创新语言的意图也十分明显,词句优美,想象力丰富,文学风格独树一帜,其成就是后来人文主义者再也未能达到的,有十六种手抄本和十七种印刷版本保存至今。

2. 沃尔肯斯台因的欧斯瓦尔德

中世纪最后一位诗人是沃尔肯斯台因的欧斯瓦尔德(Oswald von Wolkenstein,约1376—1445)。他是第一位亲自搜集有关自己生平证据和历史资料的德国作家,因此后人可以在大量翔实可靠的案卷基础上为他写一本经得起学术考证的传记。他那些具有个性的肖像表明:一、他生性好强,勇于进取,作为骑士受右眼(可能天生)残疾的困扰在贵族升迁发迹的征途上肯定随时都会屡遭挫折,但追求飞黄腾达的心态使他百折不挠,永不放弃;他刻意为自己树碑立传。二、他不是靠父辈的遗产,而是靠自己奋斗的业绩保持和提高合法的贵族地位的。他的诗歌是他四海颠簸、历经惊险的一生的真实写照。沃尔肯斯台因十岁离家,在长达十四年的独立闯荡生涯中,曾作为骑士随军远征,也做过商务旅行,去过巴勒斯坦朝拜圣地,还充当过各种各样的外交使者,足迹踏遍欧洲、北非和近东。功夫不负有心人,他终于在晚年功成名就,将财产、权力和声望一并收入囊中,自1435年起一直住在自己的领地上。他的文学创作主要集中在四十至六十岁之间,题材和形式同样丰富多彩,写过骑士爱情诗、世俗歌曲和宗教歌曲、政治歌曲、自传体叙事歌曲、旅行歌曲,以及狱中歌曲等等,还有两篇韵文体对话,全部作品总体上都是遵循了贵族的审美趣味和等级标准。他不仅继承了德国诗歌的传统,能充分掌握和运用常见的德语诗歌模式和类型,熟悉罗马语和拉丁语的诗歌艺术,而且在接受传统的基础上力求表现出自己的独立思考和独立性格,在改写传统的文学种类时始终与时代发展保持同步。例如,他改写的"破晓歌"一部分保留了古典的对话与叙事形式,一部分则适应新的情况将"破晓歌"的母题多样化,时而讽刺模仿,时而与其他母题渐次交替,或者用自己独特的方式与其他母题结合在一起。骑士求爱,与情人告别时的痛苦,对于性爱的渴望和情人美丽身躯的生动描绘是他爱情诗中经常出现的母题。尤其引人注意的是,他喜欢并能熟练地运用骑士爱情诗的语言表达性爱的感情体验,例如他在一首爱情诗里写道:

> 不论我离你多远,请把你丰满的身躯
> 热烈地向我挨近,
> 我贪婪地渴望亲近你;
> 况且,你使我快乐,代表了全体妇女。

此外,他也用自然现象比喻和对照爱情经历,用牧歌式对唱小调歌唱爱情,他还模仿奈德哈特在诗中表现乡间农民恋爱、跳舞、酗酒等场景,例如有一首诗就是歌唱酒徒们狂欢豪饮的:

> 堂倌儿,我们口渴得很,
> 上酒!上酒!上酒!
> 这能给人驱散忧愁,
> 端酒来!端酒来!端酒来!
> 这也能给你增加盈利,
> 快斟酒吧!斟酒!斟酒!

除表现世俗欢乐主题的爱情诗歌外,他在宗教歌曲和圣诞歌曲中也有所建树。为了表现对圣母玛利亚的崇拜,他翻译了拉丁语的赞美诗以及其他赞美玛利亚的歌曲。作为一个虔诚的普通教徒,沃尔肯斯台因能真诚忏悔,但随着年龄的增长越来越害怕死,认为面临死亡威胁时那句严肃的"想着死吧"的忠告滑稽可笑,这表明他开始脱离中世纪的宗教思想禁锢。他运用熟练的语言技巧,喜欢在诗歌中运用文字游戏、格言警句、俗语谚语,并以他贵族阶级的趣味教育读者。所有这些倾向表明,他的作品已属于世俗的说教文学。他能巧妙地将个人的观点、体验和经历带入文学创作,那些表现他政治观点、阶级立场和个人经历的诗歌尤其引人入胜,因此他常常成为文学研究者关注的中心。总之,沃尔肯斯台因虽然还没有完全走出旧诗歌的套路,但他接受了文艺复兴的人文主义思想,颂扬现世欢乐是他诗歌鲜明的、有目共睹的个性。就此而言,他的诗已为旧传统诗歌奏响了结束曲。为了让他的作品能够流芳百世,他也像搜集有关自己身世的资料一样,还在生前就让人将他写的歌词和曲调全部记录下来,并编辑成两部珍贵的手抄本。手抄本 A(维也纳)共含一百零八首歌,由七至十五人抄写,于 1441 年最终完成;手抄本 B(因斯布鲁克)装帧比手抄本 A 精致,含一百一十八首歌,主要部分由一个人抄写,加上后来的增补最终于 1438 年完成。然而,沃尔肯斯台因去世后,他的诗除个别几首外很快被遗忘。17 世纪有人研究过他的生平,直到 19 世纪才在部分地区对他产生了兴趣,而他在文学史上的重要地位是在 1962 年卡尔·库尔特·克莱因(Karl Kurt Klein)出版了他的作品集之后奠定的,诗人从此开始得到越来越广泛的赞誉。

二 人文主义者与经院派学者的论争和他们的讽刺文学

文艺复兴于 13 世纪在意大利发端,以后遍及欧洲各国。在德国,人文主义思想于 13 世纪初见端倪,14 和 15 世纪有进一步发展,而自觉地传播人文主义思想是在 15 世纪末到 16 世纪初。人文主义思想的传播带来了科学(如数学、医学、语言研究等)的进步和艺术的繁荣(如丢勒的绘画),也促进了文学的发展。16世纪充满战斗气息的政治散文和讽刺文学就是在人文主义思想影响下产生的。著名的人文主义者有康拉德·蔡尔提斯、约翰·罗伊希林、鹿特丹的埃拉斯穆斯和乌尔里希·冯·胡滕。

(一) 康拉德·蔡尔提斯

康拉德·蔡尔提斯(Konrad Celtis,1459—1508)致力于人文主义者的联合,在他的倡导和推动下,不少地方建立起了人文主义者协会。康拉德·蔡尔提斯在文学方面的主要贡献是把贺拉斯(Horaz/Quintus Horatius Flaccus,公元前65—8)的颂歌介绍到德国,他还写过一些颂扬神圣罗马帝国皇帝马克西米利安一世(Maximilian Ⅰ,1493—1519 在位)的剧本。他是按照罗马的习惯由皇帝加冕的第一位德国诗人。另外,罗马史学家塔西佗的《日耳曼志》是经他发现和重新出版的。尽管蔡尔提斯的活动是多方面的,但他的成就与影响远不能与其他几位人文主义者相比。

(二) 约翰·罗伊希林

约翰·罗伊希林(Johann Reuchlin,1452—1522)是著名古语文学家,对希伯来文的《圣经·旧约》有深入研究并提出了新的解释。他曾是人文主义者与经院派学者所进行的那场激烈斗争的中心人物,在当时的人文主义者中享有很高威望。

人文主义者与经院派学者的斗争是从科隆开始的。当时科隆大学是经院派的堡垒,那里的学者反对一切形式的人文主义。有一位名叫约翰内斯·普法弗尔科恩(Johannes Pfefferkorn,1469—1521/1524)的犹太人出身的教授,他皈依了基督教,于1509年提议采取强制手段,迫使犹太人改变宗教信仰,销毁一切用希伯来语(即犹太语)写的典籍。皇帝支持他的建议,并委托他具体实施。他于是不分青红皂白把所有希伯来语典籍一律收缴,这一行动激起人文主义者的强烈抗议,他们要求由希伯来语专家对典籍进行鉴定。罗伊希林参加了鉴定,他认为,虽有一些谤书混杂其中,但大部分是有价值的神学、哲学和自然科学著作。此外,他坚决反对强迫犹太人皈依基督教,而且质疑普法弗尔科恩改变宗教信仰的个人动机。普法弗尔科恩老羞成怒,于1511年著文诽谤罗伊希林,说他根本不懂希伯来文,他的鉴定是受了犹太人的贿赂由别人代写的。罗伊希林针锋相对,对科隆大学发起猛烈攻击。一时间,拥护和反对的人分成对立的两派,展开了人文主义者与经院派神学家之间的大辩论。皇帝公开支持经院派神学家,下令禁止出版罗伊希林的论著,异教裁判所把罗伊希林作为"异端分子"进行审判。这样,这场争论就远远超出了希伯来文典籍的命运问题,直接涉及人文主义思想本身的存在权利。面对这种严峻形势,各地的人文主义者纷纷写信给罗伊希林,支持他斗争到底。罗伊希林在征得作者的同意之后,把一部分信件编选成集,标题为《名人来信》(Clarorum viroum epistolae),于1514年公之于众。《名人来信》的发表引起了强烈反响,人文主义者又从中得到启发,克罗图斯·鲁贝亚努斯(Crotus Rubeanus,1480—约1531)和胡滕等人着手撰写《蒙昧人书简》(Dunkelmännerbriefe,1515—1517)。

《蒙昧人书简》是一部出色的讽刺作品,全书分上下两部。上部主要由鲁贝亚努斯撰写,于1515年出版,下部的作者是胡滕,于1517年出版。书简作者假装是反对人文主义的经院派学者、神学家和教士,用蹩脚的拉丁文再夹杂一些似通非通的德语,写信给参与迫害罗伊希林的科隆大学教授奥特文·格拉提乌斯(Ortwin Gratius,1480—1542)。信中,他们"揭露"人文主义者的种种亵渎行为,表示与人文主义势不两立,坚决"维护"正统思想和经院哲学。最初人们以为这些信真的是出自蒙昧人的手笔,因为从论述的方式到遣词造句都完全符合蒙昧人平时写作的习惯,后来才发现,实际上这是对蒙昧人写作方式的成功

"嬉拟",而内容则是通过"反语"对教会的腐败和经院派学者的虚伪与空虚进行尖刻辛辣的讽刺。例如,一个学神学的学生写信说,他游历了德国的许多地方,处处遭人文主义者和受了人文主义思想影响的人的敌视和虐待。乍看上去,他好像是在"控诉"人文主义者的"罪恶",实际上他是在说经院派已落到人所不齿的地步。又如,一位神学家写信向收信人求教,说他遇到了一个难题,一个市民交给教会一笔钱以求赎罪,但钱被人盗走了,这还算不算他已经赎罪? 这里既可看到教会在"神圣"的幌子下到底在干些什么,又可看到神学家是如何无知和烦琐。《蒙昧人书简》是一部别具一格的讽刺作品,在 16 世纪初的文学中占有重要地位。

(三) 鹿特丹的伊拉斯谟

鹿特丹的伊拉斯谟(Erasmus von Rotterdam,1466—1530)是闻名欧洲的人文主义者,他是荷兰人,但长期侨居瑞士的巴塞尔,在德国有很大影响。他也是古语文学家,编辑出版过许多古希腊罗马的作品,出版了经他校勘的《圣经·新约》希腊文原版,后来马丁·路德就是依据他校勘的《圣经·新约》希腊文原版将《圣经·新约》翻译成德语的。伊拉斯谟继承了古希腊作家琉善(Lucianos,约 125—约 192)的传统,最主要的文学作品是《愚人颂》(Encomion moriae,1509)。这是一部讽刺作品,作者让"愚蠢"夫人自述她(即"愚蠢")的威力和作用,声称没有她世界就无法存在,人人都得听她的忠告,任何思想、愿望和行为都与她有关。为了证实她的论点,"愚蠢"夫人列举了她的崇拜者,其中包括教皇、红衣主教、牧师、神学家以及世俗封建主。在伊拉斯谟看来,社会上的一切弊端均来自"愚蠢",诸侯纷争是来自"愚蠢",因为他们以为这样才能显示英雄本色;教会上层人物不务正业,"不关心做礼拜、祈福和其他分内的事,而是热衷于争权夺利,一再以宗教名义进行战争,似乎不在战场上为上帝的荣誉而战,就是怯弱,就不符合教职人员的声望",这也是"愚蠢"所致。作品中列举的弊端和积习都由"愚蠢"夫人口中说出,而且是当作她的"功绩"加以炫耀,这样就产生出了一种特殊的讽刺效果。作者着力真实、具体、生动地叙述事实,不做评论,不附加任何道德说教,而是引导读者自己从中做出判断。这种创作方式在16世纪初的文学中是十分罕见的。

然而,罗伊希林、伊拉斯谟等人文主义者基本上还是一些书斋学者,他们的活动中心是大学,活动范围主要限于学术领域,他们宣传新思想,反对经院派哲学的目的,只是为了提倡科学,反对愚昧,既无改革社会的抱负,与民众也没有什么联系。他们对愚昧的讽刺和揭露客观上固然使人们对于教会的所作所为产生了怀疑;他们重视古代文化遗产,研究古籍,并以古代作家为榜样进行创作,固然使希腊罗马的古代文明得以复兴,从而大开国人的眼界,丰富了德国文学的内容和表现形式,但是,由于思想境界的局限,活动脱离群众,因而在文学创作方面不可能有大的作为。与此同时,他们完全忽略了当时在本国流行的不见经传的市民文学,甚至嫌德语太粗俗,只用所谓"高雅"的拉丁文写作。

(四)乌尔里希·冯·胡滕

乌尔里希·冯·胡滕(Ulrich von Hutten,1488—1523)与他们不同,他是一位社会改革家,不再只限于一般地宣传人文主义思想,而是走出人文主义者的活动基地大学和知识分子的圈子,直接投身激烈的现实斗争中去,先是积极响应马丁·路德的宗教改革运动,后又参加了弗兰茨·冯·济金根(Franz von Sickingen,1481—1523)领导的骑士起义。他的政治主张是建立由骑士贵族统治的自由、统一、富强的德意志国家,他为唤起民众的民族意识大声疾呼,为实现民族统一呕心沥血。胡滕的作品除前面提到的《蒙昧人书简》外,还有短文和诗,而最重要的是他的"对话"。"对话体"是古希腊作家琉善首创的一种文学体裁,在胡滕之前就有德国作家采用过。

胡滕的"对话"最初是用拉丁文写的,1520年编辑成集,题为《对话集》(Dialogi),共五篇。随后他自己又把这些"对话"译成德语,取名《对话手册》(Gesprächsbüchlein),共四篇,于1521年出版。为什么胡滕一反人文主义者的习惯改用德语写作呢?他在一首题为《致德国人的呼吁书》(Anruffung an Teutschen)的诗中写道:"我过去用拉丁文写作,谁也不知所云,如今用德意志民族的语言,是写给它的祖国。"所以,胡滕从1520年改用德语写作说明,他的思想比其他人文主义者前进了一步。这种进步同时也表现在他作品的内容方面,那四篇对话中最著名的一篇叫《瓦蒂古斯或罗马的三位一体》(Vadiscus oder die Römische Dreifaltigkeit),他借其中一个从罗马朝圣回来的朋友之口说:

"罗马的权力就是三件事:教皇的权威、圣徒的骨头和赎罪券交易。

"在罗马多不胜数的三样东西:娼妓、教士和书写匠。

"在罗马人人渴望的三件事:简单的弥撒、黄金和奢华生活。

"罗马人出卖的三样东西:基督、神职和女人。

"罗马最不喜欢的三件事:宗教会议、要求神职人员进行改革和德国人的觉醒。

"在罗马最受称赞而又最为罕见的三样东西:虔诚、信仰和纯真。

"在教皇法庭打官司需要的三样东西:金钱、门路和撒谎。

"朝圣的香客从罗马带回来的三样东西:变坏的良心、一身疾病和空空如洗的钱袋。

"罗马最怕的三件事:诸侯的团结、大众的觉醒和罗马各种邪恶的暴露。

"在罗马不能说出真相的三件事:教皇、赎罪券和无神论。"

胡滕这种与教皇势不两立的思想和所表现出的坚忍不拔的战斗精神贯穿在他所有作品之中。他在德文版《对话集》的前言中写道:"我永不放弃真理,不管是革除教门,还是剥夺公权,都不能使我沉默。"在《一首新的歌》(Ein neues Lied,1520—1521)中他又写道:"我冒天下之大不韪,我丝毫也不后悔,我可能一无所获,但我永远忠贞不渝。"济金根的骑士起义失败后,他逃往瑞士,在苏黎世湖的一个小岛上消磨余生。他在回首往事时,写了这样的话:"我进行战斗,不是想获取荣誉、财富和权力,我追求的目标是为祖国夺回被夺走的自由。我的一切行动都是在履行这美好的义务,我始终渴望自由,我心灵深处只有一个念头,那就是在适当的时候为祖国效力。"胡滕的战斗精神是可敬的,但在 16 世纪骑士阶级毕竟已走向没落,他要恢复以农奴制为基础、由骑士贵族统治的民主制国家,这种政治理想显然是逆历史而动,因而失败是必然的。

三 宗教改革和马丁·路德对德国语言文学的贡献

正如欧洲的文艺复兴是新兴市民阶级在神学与文化领域反对封建阶级的思想运动一样,宗教改革是新兴市民阶级采取神学异端的形式反对统治中世纪西欧的强大的宗教封建主集团罗马天主教会的社会运动。随着封建制度的解体和资本主义生产关系的产生,新兴市民阶级与封建主的矛盾日益尖锐,罗马教廷离经叛道,奢侈腐败,搜刮民财,使大众的不满情绪日趋强烈。早在 13 和 14 世纪就有改革天主教会、以信仰得救和建立廉俭教会的呼声。到了 16 世纪,这种呼声逐渐形成系统理论,并发展成为指导西欧各国宗教改革运动的行动纲领。宗教改革运动是从德国开始的,站在这场运动最前列的是马丁·路德。

(一)马丁·路德与宗教改革

马丁·路德(Martin Luther,1483—1546)出身于图林根的一个农民家庭,1501 年入埃尔富特大学学习法律,认识了克罗图斯·鲁贝亚努斯等人文主义者,受他们的影响很快成为一名唯名论者。1511 年底至

1512 年初,他访问罗马,目睹了教廷的腐败和龌龊。同年,受聘维滕贝格大学神学教授,专门研究古文《圣经》,他发现罗马教廷所宣传的"教义"与基督教本来的精神不符,开始产生按照基督教本来面目改革教会的思想。当时社会上赎罪券买卖盛行,民间流传这样一句谚语:"钱在匣子里当啷响,灵魂就从洗涤所跳上天堂。"意思是,只要出钱购买一份教皇的赎罪券,就算是赎了罪,就能保证在末日审判时免受惩罚。路德认为,这是教会的欺骗行为,必须革除这一弊端,于是,于 1517 年10 月 31 日在维滕贝格城堡教堂大门上贴出了《九十五条论纲》(95 Thesen),抨击赎罪券这种金钱买卖。《论纲》指出,教皇出卖赎罪券违背了基督教的教旨,宣称基督徒只要内心真正信仰上帝,通过阅读《圣经》直接获得上帝的启示,灵魂就能得救,不需要教会做中介,把攻击的矛头直指罗马教廷。1520 年,路德又连续发表了《致德意志民族的基督徒贵族》(An den christlichen Adel deutscher Nation)、《教会的巴比伦之囚的序幕》(Präludium über die Babylonische Gefangenschaft der Kirche)和《论一个基督徒的自由》(Von der Freiheit eines Christenmenschen)等三篇纲领性文章,系统地提出信仰得救、建立廉俭教会的主张,公开号召"把罗马来的恶棍逐出国境"。他的这一行动,像"火药桶触到了电火一般"(恩格斯语),引起了燎原大火,全体人民都行动起来,《九十五条论纲》实际上成了德意志民族战斗的共同纲领,一场声势浩大的宗教改革运动就此开始。

　　罗马教廷十分惶恐,认为这是对教廷权威的挑战,要求路德收回他的观点,否则将被革除教门。路德拒不认错,他反驳说,只有用《圣经》的话证明他是错误的,他才肯放弃自己的观点。1521 年神圣罗马帝国皇帝查理五世(Uare V,1519—1556 在位)在沃尔姆斯召开帝国会议,剥夺路德的法律保护权,并下令逮捕他。撒克逊的选帝侯智者弗里德里希(Friedrich der Weise,1482—1556)把他隐匿在瓦尔特堡

（Wartburg），路德从此失去对外面运动的影响。在瓦尔特堡期间，他开始从事把《圣经》翻译成德语的伟大工程。1522 年宗教改革分裂，他倒向温和的市民和贵族改革派，不久返回维滕贝格，致力于创立新教。这时，路德对于在宗教改革的影响下相继爆发的骑士起义和农民战争都持反对态度。原来他用《圣经》反对教皇，当农民用《圣经》反对所有剥削和压迫他们的封建主时，他又用《圣经》污蔑起义农民是"强盗"和"暴徒"。由他发起的宗教改革顺乎潮流，符合民意，而他在宗教改革中创立的新教又成了封建主统治农民的工具。

（二）马丁·路德对德国语言文学的贡献

人文主义者曾以他们的活动和作品客观上对宗教改革起过促进作用。但是，当宗教改革运动爆发以后，他们中除胡滕外又都成了宗教改革的反对者。这样，随着形势的发展，他们在文学中的影响也就逐渐减弱，代之而起的是宗教改革运动的主将马丁·路德。他用言词激昂、笔锋锐利的政论、散文，对罗马天主教会口诛笔伐，为宗教改革呐喊助威，他创作的德语教会歌曲成为歌唱宗教改革的颂歌，他将《圣经·新约》从希腊文原版译成德文，为德国语言的统一奠定了基础。路德的功劳卓著，堪称这一时期语言文学领域的一个伟大代表。

路德对于德国语言文学的贡献归纳起来有以下三个方面：

第一，路德最重要的贡献是他的《圣经》翻译，这也是宗教改革运动的伟大成就之一。《圣经》是基督教的最高典籍，但一直只有拉丁文本，一般人都读不懂，教会也不希望一般人能够读懂。教皇自诩是上帝的代言人，说他讲的话就是神谕。路德否认任何人有代表上帝讲话的权利，他认为只有《圣经》才是信仰的依据。为了把《圣经》交给大众，让每个信徒都能阅读并且根据《圣经》的要求规范自己的行为，而不是依赖教会，他在瓦尔特堡隐匿期间将《圣经·新约》翻译成德文。把《圣经》翻译成德文的尝试不是从宗教改革才开始的。早在 8 世纪僧

侣们开始传道的时候,就有人尝试翻译《圣经》,13 世纪又出现过翻译
《圣经》的高潮。但几百年来都只是根据教会生活的需要翻译了《圣
经》的某些部分,虽然 14 世纪上半叶有过一部完整的译本,也因技术条
件太差,手抄本未能保存下来。直到活字印刷术发明以后,书籍传播条
件改善了,这才终于有了一部《圣经》的德语文本,这便是由印刷工匠
约翰·门特林(Johann Mentelin, 1410—1478)于 1466 年在斯特拉斯堡
出版的《门特尔圣经》(Mentelbibel)。但是,这个文本并不是特地为这
次出版而翻译的,译稿大约产生在一百多年前,不但语言不能代表 15
世纪下半叶的水平,译者也没有把人文主义者的研究成果作为文本的
基础。与之相比,路德翻译的《圣经·新约》具有划时代的意义。首
先,他的翻译建立在他特殊的信仰基础之上,即让每一个基督徒都能通
过阅读《圣经》的文字直接与上帝沟通,上帝在每一个人的心中,不需
要教会从旁帮忙。从这一点出发,他不仅力求准确地把握原文的精神,
而且努力采用大家都能接受的、符合德语习惯的语法和词汇。他的翻
译原则,正如他在《翻译通讯》(Sendbrief von Dolmetschen, 1530)中所
说:"必须向家里的母亲,街头巷尾的孩子,市场上的普通人学习,看他
们嘴上是怎么说的,根据他们说的来翻译,他们就会懂得并且能感觉
到,你同他说的是德语。"他在瓦尔特堡翻译的《圣经·新约》,亦称《九
月圣经》(Septemberbibel),于 1522 年在维滕贝格出版。其后,在助手
们的参与和帮助下,又历时近十三年,路德于 1534 年将包括《新约》和
《旧约》在内的完整的《圣经》文本翻译成了德文。直到路德去世该《圣
经》共出了二十版次。路德没有采用天主教会规定的拉丁文《圣经简
易本》作为基础,而是从经过伊拉斯谟等著名人文主义者校勘的希腊
文和希伯来文修订本直接翻译的。他翻译时忠实于原文,同时十分重
视词句的准确性,他认为词句是认识和领悟上帝启示的唯一根源。其
次,德语本是日耳曼各氏族方言的总称,即使在文字产生以后也一直没

有形成统一的书面语言。12世纪到13世纪骑士—宫廷文学兴盛时期曾一度出现过趋于统一的文学语言,但随着骑士—宫廷文学的衰落,各地的方言又占了上风。而且,在路德翻译《圣经·新约》以前,因为德语已经开始从中古高地德语向现代高地德语过渡,新旧交替更是造成了语言的极大混乱。路德的功劳是,他在翻译过程中,将这种极为混乱的语言去粗取精,加工提高,起了统一和规范德语的作用。由于他用的德语贴近大众,所以他翻译的《圣经·新约》不仅在他所创立的新教教会活动中使用,就是与新教对立的天主教以及其他教派也使用,不仅宗教活动使用,包括文学创作在内的社会生活各方面也都使用。这样,路德翻译《圣经·新约》所用的语言就逐渐成为联系德意志各领域、各地方、各阶层人民的纽带。同一时期,在撒克逊和图灵根地区已经通行一种语言形式比较标准、涵盖多个地区方言特点的公务用语,是进行公务沟通的工具。因此,路德加工提炼的德语和撒克逊—图林根地区的公务用语便成为后来统一德语书面语言的基础。要指出的是,路德的《圣经》德语既不是中古高地德语,也不是现代的"标准德语"(Standarddeutsch),它处于过渡时期,在德语发展史上称为早期现代高地德语(Frühneuhochdeutsch),标志德语已从中古高地德语进入了现代高地德语的发展阶段。

第二,把自己的观点写下来,印成传单,散发出去,用以宣传自己,攻击对方,这种"传单文学"(Flugblätterliteratur)是宗教改革的一项"发明",第一次展示了文学在斗争中的重要性。而马丁·路德在一定程度上堪称德国的第一位"传单文学家",他在实践中创造了这种以应用为目的的散文文学种类。他反对赎罪券的《九十五条论纲》几星期内就传遍整个德国,也传到了欧洲其他国家。他1518年写的第一份传单《关于赦罪和赦免的演说》(Sermon von Ablaß und Gnade)到1520年已经印刷二十五次,传单的中心内容是路德的神学思考,即人只能依靠上帝的仁爱得救,不能依赖教会做中介。1522 年,他又写了三篇政论性文章,可看作是宗教改革的政治、宗教和伦理纲领。《致德意志民族的基督徒贵族》是路德对宗教改革的几项建议,因为他认为教会已经不能指望,所以寄希望于德国信仰基督教的贵族,把建议提给他们;《论一个基督徒的自由》阐述的是唯独靠信仰才能得救的理论;在《教会的巴比伦之囚的序幕》中他陈述了简化洗礼、圣餐等仪式的理由。这几篇文章都是路德政治散文中的上乘之作,是讨伐教皇和天主教会的檄文,言辞简明,气势磅礴,鼓舞人心,煽动性强。路德宣布《圣经》是最高权威,这就使人对于教会的职能产生了怀疑,于是,持反对政见者也连篇累牍地表明自己的观点,其他各阶层人上至专家学者,下到普通僧侣和农民都参加到辩论中来。他们采用传单的形式各抒己见。传单是一种实用性质的文学,把政治、宗教、社会等各种问题都结合进来,采用的形式有书信、对话、宣传手册、布道辞以及韵文体小故事,其文学风格有辩论、嬉拟、讽刺和比喻等,还经常给文字配上插图。这些作品的语言和写作质量有好有坏,但共同点是,绝大多数人非常认真投入,积极为自己的立场辩护。1518 年到 1520 年,两年间竟有约三千份传单、小报等宣传品出版,简直就是一次新闻传播学的大爆发。当然,路德的政治散文中也包括他在 1525 年为反对农民战争而写的文章,如《敦促和平》(Ermahnung zum Frieden)、《反对农民这伙强盗杀人犯》(Wider die räuberischen und mörderischen Rotten der Bauern)、《关于那本针对农民的措辞强硬的小册子的公开信》(Sendbrief von dem harten Büchlein wider die Bauern)等。

此外,路德创造的散文文学种类中,除政治论文外还包括他翻译的寓言。路德认为寓言是最适合对人进行道德教育的文学体裁之一,因此除自己撰写寓言外,还用散文体翻译了《伊索寓言》。早在 1476 年到 1480 年,《伊索寓言》就由海因里希·斯台因豪伊尔(Heinrich

Steinhäuel, 1412—1483)译成了德文, 但因译文费解, 影响不大。路德挑选了十三篇最富于教育意义的寓言译成德文, 并在每篇译文最后画龙点睛地指出主题, 文字通俗易懂, 生动活泼, 效果极好。他对寓言的看法以及处理方式对 16 世纪寓言创作的繁荣起了很大推动作用。

第三, 如果说信笺、传单、宣传小册子等还不能算严格意义上的文学作品的话, 那么, 路德为教会写的德语教会歌曲可就是名副其实的文学作品了, 这也是路德在宗教改革中除将《圣经》翻译成德语外的又一伟大成就。教徒用德语唱弥撒是新教教会的特征。宗教改革以前也有德语的教会歌曲, 但没有正式列入礼拜仪式, 自从路德开始, 德语教会歌曲才在教会生活中占据了固定位置。为了吸引教徒们参加教会生活, 而且不总是唱同一首歌, 路德一共写了三十六首教会歌曲, 其中二十四首大概产生于 1523 年到 1524 年之间。有一些是脍炙人口的佳作, 如《我们的主是一个坚固的堡垒》(Ein fester Burg ist unser Gott)、《我主在天上》(Vater unser im Himmelreich)、《基督已复活》(Christ ist erstanden)、《我从高高的天上来》(Vom Himmel hoch, da komme ich her)、《我在深重的苦难中呼喊你》(Aus tiefer Not schrei ich von dir)、《我们就是要赞美基督》(Christum wir sollen loben schon)、《我们大家相信一个上帝》(Wir glauben all an einen Gott)等。路德创作的教会歌曲都以拉丁语的颂歌为基础, 有些是直接翻译的, 有些是加工改写的, 绝大部分歌曲语言简明精练, 用词生动形象, 扼要地传达了路德的信仰和新教教义, 与他的《圣经》翻译一样具有极大的语言表现力。在形式方面, 他吸取了许多民歌的特点, 歌曲富有民歌韵味。歌的曲调部分接受古代的遗产, 部分由他自己创作, 后来在教会的礼拜仪式上广泛应用。自 1529 年起, 路德的教会歌曲就开始以单面印刷的书籍形式传播, 1542 年,《维滕贝格教会歌本》(Wittenberger Gemeindegesangbuch)和《莱比锡歌本》(Leipziger Gesangbuch)由瓦伦廷·巴布斯特(Valentin

Babst)出版,并配上了漂亮的插图,它们标志这种新教教会专用文学的开端。

《我们的主是一个坚固的堡垒》是根据《旧约全书》中诗篇的第四十六篇《主啊,我们的堡垒》改写的。歌词大意是:世上处处有魔鬼,凡人无力抵挡;但有全能的上帝,他把凡人从苦难中解救。不管撒旦如何凶残狡诈,凡人都无须害怕,只要上帝说一句话,撒旦就得逃之夭夭。这首歌的节奏铿锵有力,仿佛使人听到一个充满生活信心的人向前迈进的步伐。虽然这种信心不是来自对自己力量的估计,而是对上帝的信仰,但对于正在走进新时代的新教教徒来说这确实是精神的支柱,表达了他们的团结和自信,因此恩格斯把它比作是"16 世纪的马赛曲"。后来人们把这首歌作为宗教改革的节庆歌曲,《我们的主是一个坚固的堡垒》因而成为宗教改革的标志。

四　托马斯·闵采尔和他激进的革命宣传文学

1524 年至 1525 年所爆发的德意志农民战争,席卷德国大部分地区,约有三分之二的农民参加进来,是德国乃至欧洲历史上一次规模空前的人民革命运动。在这场革命运动中,最伟大的人物是托马斯·闵采尔,他是当时革命的反对派思想领袖,是德国历史上第一位伟大的革命家,同时也是这一时期充满战斗激情的德国革命宣传文学的代表。

(一) 托马斯·闵采尔

托马斯·闵采尔(Thomas Münzer,1490—1525)出身于哈尔茨山区的一个农民家庭,曾在莱比锡大学学习哲学和神学,拥护路德的《九十五条论纲》,并于 1519 年认识了路德本人。大学毕业后,他经路德介绍于 1520 年在茨维考当了牧师,积极支持那里以采矿工人和纺织工人为主体的教派"再洗礼派"(Anabapisten 或 Wiedertäufer)的宗教和社会主张,开始形成激进的人民宗教改革思想。"再洗礼派"从《圣经》关于千年帝国的说法中汲取思想滋养,宣称要在现世建立一个没有剥削、没有贫穷、人人平等的理想社会。"再洗礼派"中的一部分人甚至主张财产公有,反对世俗和教会封建主占有土地的制度,因而该教派于1521年遭当局镇压。闵采尔离开茨维考来到布拉格,与激进的宗教改革派胡斯(Johannes Hus,1372/1373—1415)党人建立了联系,这年11月,发表了著名的《布拉格宣言》(Prager Manifest)。这是第一份见证他的理论的文献,他攻击基督教的一切主要论点,否认《圣经》是唯一的、无误的启示。此后,闵采尔的神学见解越来越具有强烈的政治性质,他到许多地方游说和布道,动员农民和平民行动起来为反对一切剥削者而斗争。最后他在阿尔斯特德当了牧师,这时,他激进的暴力革命思想已成熟,最终与以路德为代表的温和市民和诸侯的宗教改革分道扬镳。

(二)托马斯·闵采尔的激进的革命宣传文学

托马斯·闵采尔坚定地站在平民与农民一边,为准备和组织武装起义,写了许多布道辞、小册子,在神学的外衣下宣传革命的理想,号召人民起来反对封建主和城市贵族,推翻剥削制度,建立统一的德意志共和国。如在《向诸侯布道》(Fürstenpredigt,1524)中,他要求诸侯放弃特权,支持在现世实现基督教的理想,即建立没有剥削与压迫的、人人平等的共和国。同时他告诫当政者、教会封建主以及牧师,如果他们反对这种要求,农民将以上帝的名义把他们消灭。在《坚决揭露假信仰》(Ausgedrückte emplössung des falschen Glaubens,1524)中,他从神学的视角论证人民掌权的合理性。他认为,耶稣的真正门徒是穷人和被压迫者,高居普通人之上的达官贵人是上帝的叛徒,他们盗用上帝的名义干着违背上帝意志的罪恶勾当。他的每一个作品都是一份宣言书,号召农民和平民大众起来战斗。诸侯们采取各种手段企图制止闵采尔的革命活动,禁止印刷他的著作,不让百姓听他布道。路德也加入了围攻,骂闵采尔是"魔鬼的工具",说他宣传的是"异端邪说",要求诸侯们把他和他的拥护者驱逐出去。闵采尔则针锋相对,驳斥路德的攻击。在《反对维滕贝格那个才疏学浅、平庸无能之辈的理由充足的辩护演说和答辩词》(Hoch verursachte Schutzrede und antwort wider das geistlose Sanft-lebende Fleisch zu Wittenberg,1524)中,他说路德是诸侯的奴才,背叛了基督教信仰。他指出,诸侯和贵族是盘剥偷盗的罪魁祸首,他们把一切造物,水中的鱼,空中的鸟,地上的植物,统统据为己有,然后又对穷人宣布上帝的戒律:不许偷盗;这种不合理的现象绝不能容忍。当农民起义军陷入困境时,闵采尔又发表了《致阿尔斯特德居民和曼斯菲尔德矿工的宣言》(Manifest an die Allstedter und an die Manns-feldischen Bergknappen,1525),公开号召城市贫民和矿工拿起武器,支持农民的斗争。

正如恩格斯所说:"当时反对封建制度的每一种斗争,都必然要披上宗教的外衣,必然首先把矛头指向教会。"①托马斯·闵采尔也不例外。他在《布拉格宣言》中否认《圣经》的权威,认为信仰主要来自圣灵的"启示",圣灵的启示表现为活跃在人体内的理性。靠理性人人都可以进入天国。这个天国不是在彼岸,而是在现世,基督徒的使命就是要在现世建立起这个天国。恩格斯说:"闵采尔所指的天国不是别的,只不过是没有阶级差别,没有私有财产,没有高高在上,和社会成员作对的国家政权的一种社会而已。"②闵采尔的神学观实际上已经接近天神论,他的理想超出了当时的时代条件,只是一张空想的共产主义蓝图。不过,他提出的政治纲领直到1848年仍有实际意义,所以,托马斯·闵采尔虽然由于农民战争的失败于1525年被残害在反动派的绞刑架上,

---

① 恩格斯:《社会主义从空想到科学的发展·英文版序言》。见《马克思恩格斯选集》第三卷,第390页。

② 恩格斯:《德国农民战争》。见《马克思恩格斯全集》第七卷,第419页。

但他的革命思想和他留下的革命宣传文学仍不失为一份有历史价值的精神财富。

第三节　1525年以后的文学

宗教改革运动分裂和农民战争失败的直接后果是:德意志诸侯从中渔利,哈布斯堡皇室(Habsburger)进一步失去对他们的控制,旧教和新教都成为他们实行封建割据和进行掠夺的工具,国家政治体制不是向中央集权发展,而是走向领土专制制度的确立,这就使得德意志帝国政治上的分崩离析变本加厉;市民阶级力量削弱,已经萌芽的资本主义生产方式没有得到壮大,反而是封建的自然经济重新抬头,农奴制再度复活。所以,1525年以后,德国社会不是前进,而是停滞,甚至倒退了。标志这一时期特征的是在新教与旧教"信仰之争"背后诸侯之间进行的权力之争。在农民战争中,德国北部的一些诸侯趁火打劫,夺取教会的财产,标榜支持新教,在自己的领地内建立新教教会,所谓路德教会就是这样建立起来的。南部的一些诸侯认为宗教改革导致了农民起义,因为害怕农民起义,所以站在旧教一边。随着农民起义被平息,旧教诸侯看到,自己领地内的教会如能脱离罗马教廷,将会大大增强自己的势力。于是,有的原来支持旧教的诸侯转而支持新教,有的试图建立独立的教会。支持旧教的神圣罗马帝国皇帝查理五世也想仿效英国建立德国国家教会,遭新教诸侯的反对,于是他对新教诸侯发动战争,于1547年取胜。但是,皇权增强又引起了所有诸侯的不安,他们结成同盟,于1552年发动对皇室的进攻;另一方面,新教诸侯和旧教诸侯在1555年签定了著名的奥格斯堡宗教和约(Augsburger Religionsfriede),和约规定,根据早已存在的"教随国定"(cuius regio, eius religio 谁当权,信谁的教)的原则,各邦当局具有规定邦内居民信仰何种宗教的权力。这样,查理五世就被迫放弃他建立国家教会的计划,并于1556年退位。此时,社会上除了诸侯们以宗教名义进行的权力之争外,再也看不到别的斗争了。农民虽然仍在反抗,但是他们的斗争是局部的、零散的,对于整个社会生活没有多大影响。市民阶级只图保持既得的利益,对封建势力一味妥协迁就。

在这种形势下,1525年以后的文学就与在此以前的文学有了明显的差异。首先,文学不再是反封建斗争的武器,而是成为所谓"信仰之争"的工具,或者是进行道德教育和供人娱乐的手段。人文主义者已不像当初那样,站在反对经院派学者斗争的前列,积极传播人文主义思想,他们现在埋头研究希腊罗马古代遗产和致力于文化教育,对文学的影响仅限于形式方面。宗教改革时期盛行的那些公开信、传单、对话、辩论文等进攻性的文学形式也不再时兴,幽默讽刺代替了战斗号召,虽然这时的讽刺有些也指向封建统治者,但主要是针对农民、低级贵族和下层教士,或者批评一些人人皆有的缺点和毛病。

其次,这时文学的"生产者"和"消费者"都是市民,而且主要是手工业工人,文学反映的是他们的生活、理想和审美趣味,因而可以说,这个时期的文学是地地道道的市民文学。这种文学的最大特点是朴实、自然,绝大多数作品与现实关系密切,充满生活气息,带有民间文学的色彩。就此而言,这是一个很大的进步,不仅1525年以前的文学与它相比相形见绌,就是后来17世纪的文学也无法与之比拟。但是,由于16世纪的德国市民处于一种落后的社会历史环境,他们所依附的经济基础是宗法制的行会手工业,接受的思想主要来自路德新教,再加之整个国家诸侯各自为政,经济不发达,阶级斗争被诸侯与皇帝以及诸侯彼此之间的权力之争所淹没,因而他们的思想不是积极进取,而是因循守旧,不是高瞻远瞩,雄心勃勃,奋发向上,而是目光短浅,妥协迁就,安于现状。因此,这个时期的文学缺乏革命的激情和鼓舞人心的理想,缺乏反抗和战斗的精神。它旨在忠实地描绘市民的日常生活,很少涉及具有普遍意义的重大社会问题;它批评各种不良社会现象,目的是让人从中得到教育,注意自己的内心修养,而不是为反对旧制度的战斗擂鼓助威,为新制度的创立鸣锣开道;它以轻松幽默的笔调讲述生动有趣的故事,供人消遣,却不提出任何政治要求。所以,1525 年以后的文学不再是朝气蓬勃的战斗文学,而是一种维护现状的"状态文学"。

第三,1525 年以后的文学所取得的一个重要成就是,现实主义的写作方法开始发展,各种文学种类的形式趋于完善。叙事体作品的进展最为明显,人文主义运动以来的讽刺文学继续发挥影响,笑话作品不仅本身花样翻新,而且在此基础上产生了故事完整、情节连贯、人物性格突出的民间故事书,这种民间故事书已很接近长篇小说。此外,搜集成语谚语成为风气,寓言和动物文学也有明显成就。戏剧创作以及戏剧演出从初期的萌芽阶段开始向高一级的阶段过渡,剧本开始有了戏剧特有的结构,演出有了职业演员。诗歌创作也起了显著变化,在保持原有诗歌传统的同时,采集民歌之风盛行,各种民歌歌集相继问世。工匠歌曲本身自汉斯·萨克斯以后虽没有新的发展,但随着市民阶级逐渐强大,在帝国城市中普遍建立了歌唱学校,练习唱工匠歌曲越来越成为时尚。到 16 世纪下半叶,采集民歌的热潮逐渐减退,工匠歌曲日趋衰落。代之而起的是受意大利人文主义者和诗人弗兰齐斯科·彼特拉克以及法国 16 世纪诗派七星社(Pleiade)影响产生的所谓"雅文学"(Kunstpoesie)。这种诗的形式完整优美,作者一味追求所谓"典雅"和形式美,故意与民歌风格对立,这表明 16 世纪带有民间色彩的市民文学已开始向 17 世纪与宫廷有千丝万缕联系的所谓"学者文学"过渡。

一 叙事体作品的发展

15 和 16 世纪叙事体作品的根源要追溯到 12 和 13 世纪德国和法

国的古代传奇和骑士—宫廷文学,市民阶级的文学创作是从继承这一份古代文学遗产开始的。他们根据自己的文化水平和阅读能力,对于遗产进行"改造",遏制封建思想的影响能量,突出那些引人入胜的故事情节和冒险活动,在原有作品的基础上笔录、汇编、加工,改写出了许多新的作品。这些作品题材广泛,大致可归纳为爱情故事和英雄故事两类,其共同特点是内容真实,资料性强,人物开始显现个性,都以教育和消遣为目的。形式也丰富多彩,通常篇幅短小,结构紧凑,大多叙述一个特别"令人惊讶的"事件,散文体基本取代了韵文体。作者主要是普通市民、文书、医生和手工行业的工匠等。

(一)文学创作概况

讲述德国故事的小型叙事体作品有:《查理大帝》(Karlmeinet,约1320),书中搜集了六篇围绕查理大帝的故事,其中包括施特里克改写的《罗兰之歌》,编者姓名不详。一套《亚瑟和圣杯故事丛书》(Zyklus von Artus und Gralsdichtungen,1473—1479),是慕尼黑的纹章图案绘制匠乌尔里希·菲埃特勒尔(Urlich Füetrer,死于1492年以后)受主人(封建主)之托编辑的。《阿姆布拉斯的英雄故事书》(Ambraser Heldenbuch)是收税员汉斯·里德(Hans Ried,约1454—1534)于1504年或1516年为皇帝马克西米里安一世(Maximilian Ⅰ,1493—1519在位)而作,把大量宫廷史诗收入其中,中世纪的许多史诗都是通过这部作品流传下来的,英雄史诗《谷德伦》就是一例。《德累斯顿的英雄故事书》(Dresdener Heldenbuch,1472),主要包括《狄特里希—史诗》(Dietrich-Epen),编者是勒恩山的卡斯帕(Kaspar von der Rhön)和他的一位同事。

讲述法国英雄故事的作品有拿骚—萨尔布吕肯的伯爵夫人伊丽莎白(Gräfin Elisabeth von Nassau-Saarbrücken,1397—1455)翻译的几部散文作品:《洛赫尔和马勒尔》(Loher und Maller,1407),内容是查理大帝的儿子洛赫尔和他的朋友马勒尔一起被放逐,洛赫尔当了皇帝衣锦还乡,重被他同父异母兄弟路德维希驱逐的故事。《胡戈·沙普勒》(Hug Schapler,1437)的内容是胡戈·卡佩(Hug Capet)建立法国卡佩王朝的传奇故事。《席必勒》(Sybille)的内容是查理大帝夫人因遭诽谤受贬,后在儿子的帮助下恢复名誉的动人故事。此外,大受读者欢迎的还有《美露姬格妮》(Melusigne,1456),原作为法语诗体小说,德语译者是伯尔尼议会议长林果尔—廷根的蒂灵(Thüring von Ringol-Tingen)。美露姬格妮传说流传广泛,到1500年已有十五种手抄本和三十种印刷本,并发展成为民间故事书。由欧贝格的埃尔哈特(Eilhart von Oberge,写作时间1189—1207)用散文体翻译的《特里斯坦史诗》(Tristanepos,约1170)也发展成为一本真正意义上的故事书,自1484年开始陆续有大量印刷本问世。然而,产生较大影响的还数意大利的人文主义文学,薄伽丘(Giovanni Boccaccio,1313—1375)的《十日谈》(Decamerone,1348—1353,1470年印刷)和布拉乔利尼(Gian Francesco Poggio Bracciolini,1380—1459)的《笑话集》(Liber facetiarum,1438—1452,1471年印刷)都是在这一时期纷纷传入德国的。1472年,纽伦堡的人文主义文人首次将薄伽丘的《十日谈》译成德文,这部作品不仅带来了关于人性、人道主义等新的观念,而且还给德国作家的文学创作提供了启发、题材和思想,他们在此基础上又写出了许多新的作品。

中世纪后期兴起的格言诗、讽喻诗等以说教为目的的讽刺文学也有进一步发展。新的格言诗的代表是奥地利市民作家管道制造工海因里希,从1350年至大约1370年的二十年间,他写下七百二十九首格言诗,共计七万诗行。各生活领域,各社会阶层(主要是贵族和僧侣)都在他的视线之内,他在抱怨世事普遍沉沦的同时也给读者指出应遵循的行为准则。其他格言诗人还有纽伦堡的外科医生汉斯·福尔茨(Hans Folz,约1435/1440—1513)和铁匠兼火炮业主汉斯·罗森普吕特(Hans Rosenplüt,约 1400—约 1470),他们二人同时也是工匠歌手,写过笑话和狂欢节剧。罗森普吕特在他的《赞美纽伦堡》(Lobspruch auf die Stadt Nürnberg,1447)和《土耳其人之歌》(Lied von den Türken)中特别强调城市对于稳定帝国政权的重要性。以往讽喻诗都是采用宗教题材,现在也肩负起了普及教育的任务,如本笃会的修士阿门豪森的康拉德(Konrad von Ammenhausen,约 1360 年入会)所写的(国际象棋)棋书,书中用棋子代表各阶层的人,通过它们在棋盘上的表现解释这些人的特征。

　　15 世纪最重要的道德教育和社会批评作品是瑞士人海因里希·维滕卫勒(Heinrich Wittenweiler/Wittenwiler,1360—1436)写的诗体小说《圆》(Der Ring,约 1410)。作者虽出身下层贵族,但市民思想倾向强烈,他用“圆”一词作为小说的标题是想告诉世人,宇宙是一个以太阳为中心的椭圆形,地球是围绕太阳运转的,反映了日心说取代地心说这一新科学发现的时代背景。《圆》是第一部用德语写的滑稽小说,既有严肃说教,也有粗俗逗乐,取材农村生活,讲的是一对瑞士农村青年从求爱、订婚到举行婚礼的故事。婚礼上,双方乡亲发生争执,大打出手,酿成一场村与村之间的暴力冲突。结果男方的乡亲被打败,村庄被洗劫一空,新娘也在混战中丧命。男青年因受打击一蹶不振,孤身来到黑森林,当了虔诚的隐士。作品充满滑稽可笑的场景和许多生动的细节描写,加上讽刺戏谑的笔调,饶有风趣;批评的对象是封建的宫廷文化和农民粗俗低劣的生活习气,比如,认为骑士“为女主人服务”是矫揉造作,提倡真正的爱情、负责的家庭观念以及在战乱和灾祸临头时正确的处世态度。《圆》是 15 和 16 世纪德国流浪汉文学的先驱。15 和 16 世纪德国的叙事体文学就是在上述这些作品的基础上发展起来的,其中最有代表性、流传最广泛并且时至今日仍为读者喜闻乐见的文学种类是讽刺文学、笑话和民间故事书、成语、寓言与动物文学等。

(二)讽刺文学

宗教改革过程中,关于信仰的争论几乎耗尽了这个民族的全部精力,国家淹没在拥护或者反对宗教改革的论战文字里。人文主义运动初期开始的用于纯文学创作的散文没有得到进一步发展,而讽刺、笑话等短小的文学形式却成了一种常用的斗争手段,它们与论战文字相辅而行,尤其在论战高潮过后,人们为表达内心的不满,便拿起了讽刺的武器,或是发泄怨气,或是消愁解闷。所不同的是,它们讽刺的对象都是社会上存在的愚蠢和陋习,或者透过这些愚蠢和陋习攻击那些"大人物",有时冷嘲热讽,滑稽可笑,有时尖刻辛辣,让人无地自容。讽刺文学最早可追溯到古代希腊,从罗马人开始才成为独立的文学种类。在德国,宗教改革以前除人文主义者创作的政论性讽刺文学外,就已经存在这种讽刺文学,最早的代表是塞巴斯蒂安·勃兰特。那时的讽刺文学也称"愚人文学"(Narrendichtung),是由勃兰特的《愚人船》得名。在他以后有代表性的作家还有托马斯·穆尔讷、约翰·菲莎特以及德国市民文学的开山鼻祖耶尔格·维克拉姆。

1. 塞巴斯蒂安·勃兰特

塞巴斯蒂安·勃兰特(Sebastian Brandt,1457/1458—1521)是斯特拉斯堡人,曾在巴塞尔学习法律,自 1503 年起任斯特拉斯堡市政文书并由皇帝马克西米里安任命为皇家法律顾问。他同情人文主义运动,反对路德的宗教改革。他写过法学论文、拉丁语诗歌、圣经故事,但影响较大的还是那些别具一格的讽刺作品,《愚人船》(Das Narrenschiff,1494)是其中最有代表性的一部。这部作品用韵文体写成,内容是:一艘船载着一百一十个愚人,并且由愚人驾驶在海上漂泊,船上坐着来自社会各阶层的"愚人",他们个个做自我介绍,或叙述别人的愚蠢行为。这些愚蠢行为几乎囊括了当时社会上流行的所有弊端,如追逐时髦、贪图享受、卖弄风骚、淫秽放荡、阿谀逢迎、吹牛拍马、好大喜功、弄虚作假、尔虞我诈、沽名钓誉、嫉贤妒能、不守信义、忘恩负义等等。此外,诸侯昏庸无能,教会腐化堕落,市民妄自尊大,农民不知羞耻,学者鼠目寸光等也都是揭露的内容。总之,在作者的笔下社会完全脱节,出现了空前未有的混乱,正如他所说,"整个社会都处在阴暗的黑夜"。

这部作品是充满矛盾的:一方面真实地展现了当时的社会面貌,使人强烈感到这个"愚人社会"已经完全腐败,非得彻底改造不可;另一方面,在正确的社会批评背后又隐藏着一种认为今不如昔的思想,它喋喋不休地告诫人们,必须维护封建秩序。这种矛盾表明,《愚人船》是新旧思想交替时期的产物,作者已经站在新时代的门槛,受新思想的影响,看到了社会上的各种腐败现象并把它们不加掩饰地揭露出来。但是,他心目中的理想还是封建的等级制,中世纪的宗法制和行会制,作品中表现出的矛盾正是他思想矛盾的反映。从这部作品的创作方法上也可以看出新旧交替的特征:一方面,作者不满足于像讲笑话故事那样,表现社会的一个侧面、一个局部,而是要展示社会的全貌;另一方面,他又不具备高屋建瓴、鸟瞰全貌的能力,出场人物虽然代表了社会的一切阶层,列举的愚蠢行为包括了社会上存在的一切弊端,但作品仅仅是一个个具体画面的组合,根据需要可以随时取舍,没有形成一个统一的有机整体。然而,《愚人船》所取得的接受效果是前所未有的,到1600年光是在德国就已出了二十六版,第一版出版后的第三年,即1497年被译成法文,此后又陆续出现英文译本和荷兰文译本。可以说,《愚人船》是在歌德的《少年维特的烦恼》(Die Leiden des jungen Werthers)以前德国文学中唯一一部在欧洲立即引起反响的作品。《愚人船》所以能有这样的效果,固然是因为它描绘了社会生活中存在的各种愚蠢行为,采用了许多通俗易懂的谚语、俗语,但还有一个因素不容忽视,这就是,作者为每一种愚蠢行为都配了一幅木刻插画,这样,读者就不仅可以通过文字阅读,而且还可以从画面上看到"愚蠢"的千姿百态。

2. 托马斯·穆尔讷

托马斯·穆尔讷(Thomas Murner, 1475—1537)是"愚人文学"的另一位代表。他模仿塞巴斯蒂安·勃兰特的创作手法所写的《祛除愚人》(Narrenbeschwörung, 1512),共分九十个章节,从内容到形式都与《愚人船》极为相似,也是以揭露各种愚蠢陋习为主题,并配有木刻插图。不同的是:穆尔讷不像勃兰特那样,把愚蠢行为归之于人的品性,而是看作社会现象;他并不泛泛揭露一切愚蠢行为,而是集中鞭挞包括教皇和皇帝在内的"大人物",说他们像强盗一样欺压和劫掠穷人。两位作家之间存在这些不同,与穆尔讷的身世有关,他是个下层教士,曾在斯特拉斯堡、巴塞尔、伯尔尼等地供职,对人民的疾苦有所体会,认为整体人类都是亚当的子孙,穷人也应该享有平等的生存权利。不过,穆尔讷的基本立场与勃兰特是一样的,他揭露社会上的弊端也是出于维护封建制度,他讽刺教会的罪恶也是为了维护基督教的权威。因此,他反对宗教改革,更反对农民起义。穆尔讷与路德一度是志同道合的朋友,当路德投身宗教改革以后,他就把路德视为社会秩序的破坏者,在他的《论说穆尔讷博士是如何祛除大愚人路德的》(Von dem großen Lutherischen Narren, wie ihn Doktor Murner beschworen hat, 1522)一文中,对路德进行冷酷无情的嘲讽。穆尔讷的作品幽默风趣,善于用谚语等文字游戏手段达到讽刺效果,如《施文德尔斯海姆的磨房》(Die Mühle von Schwindelsheim, 1515),是讲磨房主的驴丢了,后来发现,它坐在议会里。在《愚人牧场》(Geuchmatt, 1519)中,他巧妙抨击愚蠢的爱情,批评宫廷—骑士的爱情观念。

3. 约翰·菲莎特

约翰·菲莎特(Johann Fischart, 1546/1547—1590)是16世纪最重要的讽刺文学作家。他是斯特拉斯堡人,出身于市民,曾游历意大利、法国、英国、尼德兰等许多国家,当过律师,1585年起成为中级司法官。

他信奉加尔文教,反对由西班牙贵族军官伊格纳提乌斯·冯·罗亚拉(Ignatius von Loyala,1491—1556)于1534年在巴黎创立的反对宗教改革的教派耶稣会(Jesuitenorden)及其重振罗马教廷、重树教皇权威的宗旨。菲莎特继承15世纪讽刺文学的传统,以嘲讽戏谑为武器,激烈抨击天主教会和耶稣教士。他在根据法语原作写的荒诞讽刺作品《四角小帽的传奇和描述》(Die Legende und Beschreibung des Vierhörnigen Hütleins,1580;四角帽是耶稣会士的帽子)中,把教皇、主教、僧侣以及耶稣会士比作魔鬼,并预言耶稣基督不久将来到人间,惩办这些魔鬼。

菲莎特最主要的作品是他根据法国作家拉伯雷(François Rabelais,1494—1553)的《卡冈都亚和庞大固埃》(Gargantua et Pantagruel,1532—1564,中译《巨人传》)第一部改写而成的《胡乱拼凑的关于英雄卡冈都亚和庞大固埃的生活,主意和行为的可笑而非同寻常的故事》(Affentheuerliche und Ungeheuerliche Geschichtsklitterung vom Leben,Rhaten und Thaten der Helden Gargantua und Pantagruel,1575),情节与原作基本相同,但故事和人物明显影射德国的现实。主人公是一个馋鬼加酒徒巨人,六名大汉给他用铲子往嘴里装芥末,让他就着凉菜吃。作者借此对天主教会、经院派学者、诸侯贵族,以及堕落的道德和粗俗的风气进行辛辣讽刺,同时还设计了一个摆脱贫困、人人各取所需的乌托邦。书中采用大量典故、双关语、俏皮话、文字游戏等,语言妙趣横生,把消遣性的笑话与严肃的社会批评巧妙地结合在一起。虽然整个作品用词显得有些混乱,但对于德语散文文体的发展具有重要意义。此外,他还于1527年将欧伦施皮格尔的故事加工成诗体的民间故事书。他的《带来好运的苏黎世船》(Das Glückhafft Schiff von Zürich,1576)讲的是苏黎世市民在射击节那天出游,他们带着小米粥从苏黎世到斯特拉斯堡,走了一天小米粥还是热的,这证明,必要时小米粥也是能救急的。

4.耶尔格·维克拉姆

耶尔格·维克拉姆(Järg Wickram,约 1505—1562)与约翰·菲莎特齐名,他们的不同点是,菲莎特以散文体讽刺作品著称,维克拉姆的作品形式上倾向长篇小说。两位作家的创作范围广泛,包括短小精悍的逸事、传奇、笑话以及近乎长篇小说的叙事体作品,内容真实,语言生动,风格独特,寓教育于娱乐之中,并且在这种朴素的现实主义基础上创造出了一个个具有市民阶级意识的人物形象。他们都是 16 世纪叙事文学的领衔作家,对德国文学史的发展起了重要的推动作用。

维克拉姆是阿尔萨斯人,当过金匠和粉刷工,后来在市政厅做了文书。他的创作生涯丰富多彩,搜集过 14 和 15 世纪的工匠歌曲,在家乡创立了工匠歌曲学校,写过笑话、狂欢节剧、戏剧和小说。他的成名作是笑话集《旅行马车中的小书》(Rollwagenbüchlein,1555)。这本小书原本是他为家乡的一位朋友搜集编写的,供其旅途解闷之用,同时也适用于一般读者。作者津津有味地讲述那些滑稽可笑的小故事,内容也包含讽刺和社会批评。第一个版本的六十七篇笑话中就有许多篇是针对道德败坏的牧师和腐化堕落的僧侣的,用幽默诙谐的方式表现他们没有文化、爱财如命、心肠冷酷、缺乏信仰、爱卖弄风骚等丑陋行为;与此同时,手工业工匠、小店主、农民、雇工,还有贵族、犹太人也都在被嘲讽之列。

维克拉姆的主要贡献是在小说创作方面。最初,他通过翻译和改写法国骑士小说向德国的市民阶级介绍骑士—宫廷文学,后来自己也开始写散文体作品,并且越来越多地取材于市民生活。他共写了五部小说,分别是:受骑士小说影响创作的《苏格兰的加尔麦骑士》(Ritter Galmy aus Schottland,1539),内容是一个破落骑士羞涩地向女主人求爱,终于赢得了贵妇人的爱情。《赖因哈特和加布里欧托的冒险故事》(Historie von Reinhart und Gabriotto,1551)是作者经过自己深思熟虑虚构的故事,他通过一对青年冲破等级界限的爱情招致悲惨结局的例子,表现市民阶级的生活方式和他们的心态,要求给予自由择偶的权利,并且借助这种典型的友情表明,与贵族相比,市民阶级团结互助,休戚与共,伦理道德占有优势。《小男孩儿的镜子》(Der jungen Knaben Spiegel,1554)是最直接联系现实的作品。故事内容是:一个骑士收养了一个农民的儿子,不久他自己也生了一个儿子,他把两个孩子一起抚养成人。那个收养的农家孩子由于勤奋努力,职业成就显著,而他自己的那个贵族出身的后代胸无大志,游手好闲,最后沦落到了社会底层。书中,作者通过对两个出身不同的男孩儿的比较,反对只看出身成分和等级地位,热情颂扬市民阶级勤奋努力、吃苦耐劳、精明干练的品质,主张在经过改革后的封建秩序中市民阶级应占有重要位置。第四部是《金线》(Der Goldtfaden,1554,1557 印刷),这本书的重要性不能与前面提到的作品相比,但在文学史上还是有一定价值的。小说讲的是一个富有浪漫色彩的爱情故事。洛伊夫里德是牧人的儿子,因家境贫困给一个伯爵当佣人。他的歌唱得非常好听,伯爵就派他给女儿安格丽亚娜使唤。一天,安格丽亚娜无意间把绣花时剩下的一根金线给了他,他却把这看作是爱情的表示,于是用锋利的刀子切开自己的胸膛,把金线放在里面。后来,安格丽亚娜问起金线的去向,他打开胸膛把金线取了出来。安格丽亚娜深受感动,对他产生了不可抑制的爱情。经过一番考验,他高超的武艺使他得以晋爵骑士,并与伯爵女儿结为连理。这里,作者把骑士—宫廷文学的母题发展成为一个新的、与时代相适应的故事。这个故事很受浪漫派作家的欢迎,克莱门斯·勃伦塔诺(Clemens Brentano,1778—1842)于 1809 年重新出版了这部作品。维克拉姆的最后一部散文体小说是《话说好邻居和坏邻居》(Von Guten und Boesen Nachbarn,1556),这部作品以城市手工业和商业环境为背景,讲的是一个首饰师傅由于坏邻居的恶意中伤不得不离乡背井,后来由于得到好邻居的帮助生意越来越兴隆的故事。作者跟踪两个市民家庭三代人的命运,勾画了一个安定和睦的市民生活的理想模式,但还没有详细描绘人物的个性发展。这部小说最突出地体现了市民阶级的立场和要求,将德国 16 世纪叙事体作品的创作推向了顶点。

维克拉姆小说的特点是:运用并丰富了现实主义的写作方法,与以往作家不同,他努力使作品内容真实具体,描写准确细致,并且试图加入主人公的心理发展过程;他也对读者进行说教,但不是像传统作品那样在故事最后加上几点训示,而是在讲故事的过程中结合情节的发展表达自己的思考、意图以及对人物和事件的判断。此外,他还模仿骑士传奇和意大利文艺复兴时期的小说,用人物独白、书信等作为艺术手段直接表达市民的思想感情,称赞友谊与爱情是战胜一切障碍的美德,认为事业有成靠的是工作和业绩,与出身等级无关。维克拉姆的叙事体作品已经显示出长篇小说的雏形,因而常常被称作德国的早期小说,他本人也被誉为德国第一位独立的小说作家。

(三) 笑话

德国文学中的笑话(Schwank),受意大利文艺复兴时期轻松活泼的小故事或短篇小说的影响,在 15 世纪脱颖而出,因为正好符合当时市民的接受能力和审美水平,到 16 世纪风靡一时,出现了大量笑话作品。这些笑话作品题材广泛,内容丰富多彩:性情乖戾的女人、精明洒脱的通奸者、堕落好色的教士都是常用的主题;愚蠢、酗酒、偷盗等卑鄙下流的勾当也同样是描述的对象。引人注目的是,意大利人生性开朗,喜欢讲轻松活泼的小故事,娱乐消遣,德国人比较严肃,在笑话里总是不同程度地涉及社会政治问题。他们不仅从日常生活中提取笑料,而且还对统治阶层的百般丑态和社会上存在的各种弊端旁敲侧击,无情鞭打,如骑士的拙劣表演、法官的不公正裁判,以及国王如何骄矜傲慢等等,都给予辛辣讽刺。归纳起来,德国的笑话代表两种不同倾向:一种是进行社会批评,把矛头指向腐朽的贵族、堕落的僧侣以及爱虚荣的农民,同时着力表现市民阶级的聪明机智,勤劳正直。在形式上,通常以一个人物为中心,通过这个人物将一系列互不相干的笑话串联起来,而每一个笑话又都是一段智慧战胜愚蠢的故事。另一种是把道德教育和消遣娱乐结合在一起,尤其在1525年以后这种倾向更是有了进一步发展。这时的笑话不是以嘲弄世俗的或教会的封建贵族,表达下层人民对封建制度的不满和抗议为主,而是取笑一切有这样那样毛病的人,受骗的丈夫、放荡的女人、好色的牧师、头脑简单的农民等人物和酗酒、馋嘴、吝啬、贪得无厌等情节随处可见,这当然也含有批评意图,但主要是供人茶余饭后消遣解闷。从形式上看,编纂者常常放弃用中心人物串联故事的传统做法,而是努力根据一个特定主题把有关的故事组合成一个整体,编出一套完整的故事来。这种做法虽然会使全书缺乏统一布局,结构显得松散,但作者在选材和编排故事的时候可以有更多自由。

1.《秃头山牧师的故事》

属于第一种倾向的作品有《秃头山牧师的故事》(Geschichten des Pfarrers vom Kahlenberg,1473年第一次印刷)。相传,1330年前后,在秃头山村住着一个牧师,他很聪明,但脾气古怪,总是拿人开玩笑,不仅捉弄农民,也捉弄神职人员(甚至包括教区的主教)和富有的贵族(他的施主公爵夫妇也不例外),后来围绕他产生了许多笑话。大约15世纪中叶,维也纳市民菲利普·弗兰克福特(Philipp Frankfurter)将这些笑话搜集成册,共两千多诗行,并给文字添上了韵脚。最早的版本产生于1473年,只是一些断片。19世纪,奥地利作家阿那斯塔季乌斯·格吕恩(Anastasius Grün,1806—1876)利用这个题材写了诗体作品《秃头山的牧师》(Der Pfaffe vom Kahlenberg,1850)。

2.《狐狸奈德哈特》

《狐狸奈德哈特》(Neithart Fuchs,1482年印刷),产生于15世纪末,共收入三十七个笑话,都是讽刺揶揄中世纪后期诗人奈德哈特的,流传极为广泛。

3.《蒂尔·欧伊伦施皮格尔》

属于第一种倾向的最后一部,也是最著名的一部笑话集是《蒂尔·欧伊伦施皮格尔》(Till Eulenspiegel,1515)。据称,蒂尔这个人物历史上确有其人,生于布劳恩施威格,一生浪迹天涯,最后死于吕贝克附近的莫尔恩,后来围绕他产生了许多笑话。蒂尔的形象最早出现在一部用低地德语写的笑话集里,大概于1478年首次印刷出版,1500年第二次出版。低地德语的原始版本已经丢失,至今流传下来的《蒂尔·欧伊伦施皮格尔》是1515年在斯特拉斯堡出版的现代高地德语译本。内容是:蒂尔是一个农民的儿子,父亲去世后,母亲希望他学一门安分的职业。他却把母亲的忠告当作耳旁风,离家出走,四处游荡,靠打零工和坑蒙拐骗为生。他每到一处都要搞点恶作剧,所有阶层的人都是他愚弄的对象,他抢面包师的面包,吃农妇做的酱,夺下牧师的马,教会驴子"读书",甚至拿丹麦国王的黄金和银子给国王的马钉马蹄铁等等。一次,他给一个制革匠打工,任务是鞣制装在大木桶里的皮革。他问雇主用什么木柴烧火,制革匠说:"这还用问,要是劈柴棚里没有木头了,我不是还有那么多椅子和凳子吗,你也可以用来鞣制皮革呀。"蒂尔于是把所有的椅子和凳子通通砍碎当作劈柴,在锅底下点起熊熊火焰,结果不是鞣制皮革而是把皮革煮了起来。制革匠见此情景十分无奈,只好承认:"他真是让干什么就干什么!"蒂尔·欧伊伦施皮格尔天生聪明机智,他到处为非作歹,别人还抓不到把柄,捉弄了人家,自己在一旁幸灾乐祸,他不留情面地讽刺那些嘲笑农民"愚蠢"的城里人,发泄内心的愤怒。这部笑话集深受读者喜爱,一个个滑稽诙谐的故事在民间广泛流传,蒂尔·欧伊伦施皮格尔也因此成了家喻户晓的人物。作品自出版以来不断有各种改写本问世,并且很快被译成意大利语、英语、法语、荷兰语等多种欧洲语言,不仅成为德语文学史上的一部不朽之作,而且也已载入欧洲文学的史册。

4.《玩笑与认真》

属于第二种倾向的作品有约翰内斯·保利(Johannes Pauli,约1450与1454之间—1522以后)出版的笑话集,标题为《玩笑与认真》(Schimpf und Ernst,1522,Schimpf＝Spaß),共收入六百九十三段小故事,在此后二百年间又付印五十多次。几个世纪以来,牧师布道的时候总要讲几条训喻教诲,但保利的笑话集已经与布道辞脱离关系,不空谈伦理道德,这里所讲的故事有些在末尾加上几句说教,有些没有,是一部独立的消遣性读物。

5.其他几部笑话集

1525年以后最重要的笑话集是耶尔格·维克拉姆编的《旅行马车中的小书》,前面已经提到。《旅行马车中的小书》深受读者欢迎,在其影响下又产生了一系列笑话集,其中有《旅途消遣读物》(Wegkürzer,1557),在后来的一个版本中把它算作《旅行马车中的小书第三部分》(Das dritte theil des Rollwagenbüchleins)。此外还有雅可布·弗赖(Jakob Frey,约1520—1562)的《园中的聚会》(Gartengesellschaft,1556)、米夏埃尔·林德讷(Michael Lindener,1520—1562)供旅途上消解疲劳的《休息小书》(Rastbüchlein,1558)、瓦伦廷·舒曼(Valentin Schumann,1520—1559前后)的《夜间小书》(Nachtbüchlein,1559)以及汉斯·威廉·基尔希霍夫(Hans Wilhelm Kirchhoff,约1525—约1603)的《墨守成规》(Wendunmuth,1563—1603,七卷)等。

笑话文学对于真实具体地反映它所处时代的社会状况做出了重要贡献,有几部笑话集形式上已经趋于短篇小说、中篇小说或者长篇小说,16世纪末成为一种独立的文学种类。然而,这种讲笑话的创作形式虽然对后来的文学不无意义,但由于此时宫廷对文学的影响越来越大,市民出身的作家贵族化,这种与下层人民有密切联系的文学渐渐不受重视,到 17 世纪就销声匿迹了。

(四) 民间故事书

民间故事书(Volksbücher)是 16 世纪产生的又一种文学形式,但这个名称最初见于 19 世纪浪漫主义作家约瑟夫·格雷斯(Johann Joseph Görres,1776—1848)的《德国民间故事书》(Die Teutschen Volksbücher,1807)一文。格雷斯受赫尔德的启发,对 16 世纪带有民间色彩的叙事体作品进行了收集和研究,并仿效赫尔德创造的"民歌"(Volkslied)这个概念把这些作品称为民间故事书。按格雷斯的看法,民间故事书还包括外国的,特别是法国骑士传奇的翻译本和改写本,《漂亮的玛格罗娜》(Die schöne Magelona,1527)、《海蒙的孩子们》(Haymonskinder,1535)、《俄克塔维安皇帝》(Kaiser Oktavian,1535)就属于这一类。不过,因为这些作品不是独立创作,还不能算是德国民间故事书,至多是德国民间故事书的前身。德国最早的民间故事书是《佛图那突斯》(Fortunatus,1509),内容描写一个市民家庭的兴旺和衰落。作者用幸福袋和愿望帽两个童话母题象征市民阶级对于富裕生活和社会影响的追求,并指出,只有勤奋自律同时伴以一定程度的聪明才智才能达到这个目标。此外,书中对于中世纪商业活动、市井生活的描写十分真实。这个题材很受读者欢迎,汉斯·萨克斯、路德维希·蒂克、路德维希·乌兰德(Ludwig Uhland,1787—1862)和阿德尔贝特·冯·沙米索(Adelbert von Chamisso,1781—1838)都曾经利用这个题材加工改写了新的作品。此后出版的《芬肯利特》(Finkenritter,1560)和《汉斯·克拉维特的真实的冒险故事》(Hans Clawerts Werckliche Historien,1587)讲的也主要是笑话故事,近于笑话集。例如,《芬肯利特》讲的就不是一个完整的故事,而是把一系列撒谎骗人的玩笑、恶作剧等叙事小品串联起来的集子。这部作品对 19 世纪小说家伊默曼(Karl Leberecht Immermann,

1796—1840)创作的著名骗子小说《闵希豪森》(Münchhausen,1838—1839)起了很大作用。德国民间故事书的成熟期是在 16 世纪下半叶，最著名的民间故事书是《约翰·浮士德博士的故事》和《拉勒的故事》。

1.《约翰·浮士德博士的故事》

《约翰·浮士德博士的故事》(Historia von Dr. Johann Fausten,1587)是由法兰克福出版商约翰·施皮斯(Johann Spies)出版发行的，正如所有民间故事书以及其他民间创作一样，作者没有署名。这部作品是在民间传说的基础上写成，记述了浮士德博士的一生。历史上确实有过浮士德这个人，16 世纪有文献提到过他，说他生活在 16 世纪初，是与马丁·路德同时代的人。还说，他是个占星学家、数学家和医生，曾给巴姆贝格修道院主教算过命，给南美的航海船长出过主意，而且结果证明他的意见是正确的。他曾在济金根手下干过事，与很多学者有过交往，还讲授过荷马的作品。同时还说，他不相信上帝，与魔鬼结盟，是个江湖骗子、魔术师、变戏法的艺人等等。从这些记载或者传说中可以看出，浮士德这个人多才多艺，知识渊博，而且是基督教的叛逆者；他不懈地渴求、探索，到处传经献技，因此扬名德国大地；在他生前，特别是死后，产生了许多关于他的传闻，在民间广泛流传。16 世纪是欧洲历史从中古向近代转折的时期，一些有识之士不再满足于基督教所认定的知识，他们冲破神学思想禁锢，要探究上帝启示以外的自然和人类自己。基督教的卫道士们全力反对，认为不相信上帝，当然就是与魔鬼为伍，于是就把这种追求新知识的时代潮流与魔鬼联系起来。这本描写浮士德生平的民间故事书就是在这种时代背景下产生的，浮士德这个人物正是这个时代的一面镜子。不过，不论出版商施皮斯，还是没署名的作者，都是新教教徒，他们并不是要为浮士德"树碑立传"，而是把他作为"反面典型"，告诫世人不得背离基督教的教义。因此，我们在民间故事书中看到的浮士德并不是浮士德的真正历史面貌，而是被路德新教的折光镜扭曲了的形象,让他与魔鬼结伴而行。书中对浮士德的生平是这样记载的:浮士德是个农民的儿子,生于魏玛附近的罗德,一个有钱的亲戚供他在维滕贝格上学,但他拒不学习神学,要当"世俗的人"(Weltmensch)。他学习天文学、医学、数学的目的是"要给自己插上大鹰的翅膀,探究天上地下的一切之根源"。他与魔鬼结盟,以满足他了解日月星辰、探索宇宙规律和人类奥妙的要求。魔鬼答应为他服务二十四年,到期后,他必须把他包括灵魂在内的一切交给魔鬼。于是在魔鬼的帮助下,浮士德飞上天空,俯瞰整个欧洲,扫视非洲和亚洲,进过天堂,下过地狱。他用魔术为皇帝召来亚历山大和他妻子的影像,让他的学生看到海伦的美姿。他自己与海伦结合,生了一个孩子,但孩子不久死去。二十四年过去了,浮士德回首往事,不寒而栗。临死前,他召来他的学生,对自己的一生做了总结:"许多年来你们都知道我是个什么样的人,我精通许多技术和魔鬼术,但这些都是从魔鬼那里来的。"他说,他喜欢魔鬼的原因,除了罪恶社会的引诱之外,就是"我那毫无价值的肉和血,是我那顽强的和背神的意志,是我那翱翔的魔鬼般的思想"。他要求学生,把他罪恶的一生记载下来,使世人永远记住他这个出卖灵魂的人,绝不可产生背神的邪念,坚定不移地相信耶稣基督。说罢,他告别学生。午夜十二点,他的居室里一阵喧嚷,次日清晨人们发现,他的尸体被扔在粪堆上。

《约翰·浮士德博士的故事》出版以后,不仅在德国国内大受欢迎,而且很快被译成多种文字,1588 年译成英文,1592 年译成荷兰文,1598 年译成法文。此外,英国著名剧作家克里斯朵夫·马洛(Christopher Marlowe,1564—1593)于 1592 年到 1593 年间把这部故事书改编成戏剧《浮士德博士的悲剧》(The Tragical History of Doctor Faustus)。16 世纪英国演员来到欧洲大陆,把这个剧本带到了德国。由于深受观众欢迎,有人又把它改编成傀儡戏,歌德就是通过看傀儡戏最早接触浮士德的故事的。到了 18 世纪,浮士德的故事不仅在民间广泛流传,而且还成了作家们从事创作的一个题材源泉:莱辛(Gotthold Ephraim Lessing,1729—1781)曾写过剧本《浮士德博士》(Doktor Faust,1759),可惜没有完成。随之是歌德的巨著《浮士德》(Faust, Eine Tragödie),他从青年时代开始创作,到八十多岁逝世前夕完成,历时六十余年。19 世纪,海涅(Heinrich Heine,1797—1856)和尼珂劳斯·雷瑙(Nikolaus Lenau,1802—1850)也都曾写过关于浮士德的作品。20 世纪托马斯·曼(Thomas Mann,1875—1955)创作了长篇小说《浮士德博士》(Doktor Faustus,1949)。由此可见,浮士德这个人物几个世纪以来经久不衰,不仅在德国文学中名垂青史,在欧洲乃至世界文学中也是一个不朽的艺术形象。

有人问,这部充满神学糟粕的民间故事书何以会有这么大的影响?是它具有特殊的艺术魅力吗? 不是,这部作品在艺术上没有引人入胜之处。要回答上述问题,还是要看浮士德这个人物本身,他所处的时代,他同这个时代的关系,以及他体现了一种什么样的精神。前面已经提到,浮士德生活在 16 世纪初期,按照恩格斯的观点,德国的宗教改革就是德国的文艺复兴,因而浮士德是文艺复兴时期的人①。关于文艺复兴时期,恩格斯这样写道:"这是一次人类从来没有经历过的最伟大的、进步的变革,是一个需要巨人而且产生了巨人——在思维能力、热情和性格方面——的时代。"②浮士德就是从这个"伟大的""进步的"、需要和产生巨人的变革的时代中产生的一个有代表性的人物,在他身上折射出了文艺复兴时期的思想火焰,体现了人类为渴求知识、追求真理而不懈努力探索的精神。同时,这个时代也是科学宇宙观与神学宇

---

① 参见恩格斯:《自然辩证法》,《马克思恩格斯选集》第三卷,第 444 页。
② 同上书,第 445 页。

宙观、科学与迷信、真理与谬误之间激烈斗争的时代。到 16 世纪为止,科学一直是教会恭顺的婢女,不得超越宗教信仰所规定的界限,因而是伪科学①。如今,有人要打破这个界限,建立真正的科学,这就会动摇基督教赖以存在的宗教迷信基础,教会当然不能容忍。在教会看来,凡是离开神学轨道另辟蹊径的人,都是受了魔鬼的欺骗,听了魔鬼的指使;凡是不认可神学对世界的解释而要求科学的人,都是亵渎神明,出卖灵魂;凡是传播和运用科学知识的人,都是在散布异端邪说,招摇撞骗。因此,在这本由路德新教教徒编写的民间故事书里把浮士德描绘成心甘情愿与魔鬼结盟、出卖灵魂的人,说他是听了魔鬼的指使,靠了魔鬼的帮助去探索宇宙和人类的奥妙的人,说他传授自己的知识,表演自己的技艺是江湖骗子、魔术师耍的把戏,就都在情理之中了。

然而,尽管民间故事书的作者对浮士德的所作所为极尽歪曲、咒骂之能事,但终究不能完全掩盖住浮士德所体现的基本精神,即在愚昧、无知、偏见和迷信占绝对统治地位的环境中敢于为科学与真理而斗争的精神。正是这种奋发向上、敢于斗争的进取精神使浮士德这个人物具有了"永恒"的意义,对于不同时代的人都有吸引力。因此,民间故事书《约翰·浮士德博士的故事》所产生的效果与作者的本意是相抵触的。这也说明,一部作品的作者想要达到的效果同这部作品实际收到的效果并不总是互相一致的,因为接受者不仅被动地接受作者在作品中表达的内容,而且还会主动地从中吸取符合自己思想水平和审美观念的养分。

2.《拉勒的故事》

就艺术水平而言,在民间故事书中最优秀的作品是《拉勒的故事》(Lalebuch,1597)。这也是一部名作,第二年再版时有人把书名改为《希

---

① 参见恩格斯:《反杜林论》,《马克思恩格斯选集》第三卷,第 390 页。

尔德镇的居民们》(Schildbürger),内容稍有一点变动,但两个书名指的是同一本书。故事发生在介于城乡之间的小镇拉勒堡(Laleburg),Lale 是由希腊语动词"lalein",即"讲话",派生出来的,意思是"出主意"。其实这是一个假想的地方,既可以说根本不存在,也可以说处处都是。相传,这里的居民是希腊一位智者的后裔,个个聪明机智。他们因为有智慧远近闻名,各地的王公诸侯纷纷聘请他们充当顾问,为其出谋划策。结果男人通通应聘出走,家里的事无人照管。他们的妻子看到小镇每况愈下,写信要他们回来料理家中事务。他们自己也不忍心让故土日趋凋敝,于是就都回来了。为了不再被王公诸侯招聘走,能永远留在家里,他们独出心裁,决定装傻,可久而久之,就真的都变傻了,干出了一系列蠢事。他们看到种子埋在地里能长出庄稼,就把盐也撒在地里,好让地里长出盐来。他们盖市政厅忘记了在墙壁上开窗户,于是中午时分争先恐后地往口袋里装阳光,然后把自以为装进的阳光倒入房内,以便使漆黑一团的市政厅能有光亮。他们发现让木材从山上滚下来是个既省力又简便的运输方法,于是把树干通通扛到山上去,然后再让它们滚下来。最后,他们以为猫会带来大祸,就去追捕一只猫,不慎引起火灾,小镇被烧得一干二净,他们无家可归,只好离乡背井,各奔东西。

这个故事听起来荒诞不经,为什么拉勒堡人的智慧不仅没有给他们带来福祉,反而成为他们最后覆灭的原因呢?耐人寻味。理解这部书的艺术特性和书中大量与古代文化有关的影射,比理解其他笑话故事困难得多,需要有更多文化知识和思考。这里,作者不只是讲笑话供人消遣,而是通过拉勒堡人从聪明到愚蠢,从智多星到傻子的变化过程,把目光短浅,孤陋寡闻,胆小怕事,为保住自己的独立地位不被上司抓走而扮成傻子,干了蠢事,还以为是善用了自己聪明才智的小市民的心态,赤裸裸地暴露给读者,淋漓尽致地展现了德国 16 世纪小市民可笑而又可悲的处境;目的是告诫他们不能依附封建统治者,对于封建统治者不能抱任何幻想,也不可有任何投机心理。故事的荒诞只是艺术夸张,作者对环境和人物的描写十分逼真,故事中的拉勒堡酷似16世纪德国的小镇,居民的言行与16世纪德国小市民的言行一模一样。因此,当第二版改名为《希尔德镇的居民们》以后,人们误认为这本书写的是撒克逊的小镇希尔达(Schilda)。

另外,这部作品虽然是讲笑话,但在形式上与前面提到的笑话集如维克拉姆的《旅行马车中的小书》不同,结构比较严谨,故事发生地点集中在一处,人物组合自成一体。拉勒堡覆灭的过程是总的框架,题材的选择,故事的安排,情节的发展,人物的出现,都从这个总的框架出发,因此,《拉勒的故事》不是若干故事的汇编,而是一个统一的整体。虽然其中许多小故事完全可以独立成篇,但彼此都有一定联系,可以说,它已经很接近中篇小说或者长篇小说。也可以说,18世纪维兰德(Christoph Martin Wieland,1733—1813)的小说《阿布德里特的人们》(Abderiten,1774)中的阿布德里特人和19世纪凯勒(Gottfried Keller,1819—1890)的中篇小说集《塞尔维拉的人们》(Die Leute von Seldwyla,1856)中的塞尔维拉人都是拉勒堡人的文学后裔。

(五)俗语谚语、寓言和动物文学

广大读者在传播或者接受市民阶级和新教的普遍生活准则的过程中,俗语谚语、寓言和动物故事也起了重要作用。

俗语谚语(Sprichwörter)与格言诗近似,属于训育说教的文学种类,其特点是:语言简单扼要,形象生动具体,用词俏皮诙谐而又恰如其分,通常一句俗语或谚语总是包含一项普遍的生活经验,是一种能够便捷地传达教育意图的手段。在16世纪,新教特别倡导对人的道德教育,因此搜集和使用成语极为盛行。最著名的德语俗语谚语的搜集者和出版者有僧侣约翰内斯·阿格里寇拉(Johannes Agricola,约1492—1566)和作家塞巴斯提安·弗兰克(Sebastian Franck,1499—1542/

1543）。阿格里寇拉的谚语集《三百句常见俗语谚语，我们德国人只是使用，却不知道它们的起源》（Drey hundert Gemeyner Sprichworter der wir Deutschen nur gebrauchen，und doch nicht wissen，woher sie kommen，1529）表明，搜集者对于普通人的思想感情有全面了解。他搜集出版的俗语谚语中许多是表示支持农民战争的，声言农民起义是封建压迫的必然结果。在《以其人之道，还治其人之身》（Untreue wird gern mit Untreue bezahlet）的集子里有一些谚语就是表达标题所说的这种人类的普遍经验的。《五百句新德语常用俗语谚语》（Fünfhundert Gemainer Newer Teütscher Sprüchwörter，1548）因注释的语言生动有力而成为重要的文化史文献。弗兰克赞同路德信仰得救的主张，也同情闵采尔反对封建压迫的思想，站在民众一边。他在他1541年出版的两卷本俗语谚语集中收入了许多民间流传的俗语谚语，如“起跑好就是打了一半胜仗”（Wol angerent，ist halb gefochten），“机灵的母鸡也能吃掉狐狸”（Gescheite Hennen fressen die Füchs auch），“聪明人把话放在心里”（Weise Leut haben ihren Mund im Herzen）等等，并且也像阿格里寇拉一样，以具有人文主义思想的市民的视角给这些俗语谚语加上注释，宣传人民的智慧。他同时还倡导保护和扶植母语，并且身体力行，将埃拉斯穆斯的讽刺作品《愚人颂》译成德文，译文堪称母语的典范。

寓言（Fabel）和动物故事（Tierdichtung）在16世纪也是具有一定影响的，两者常常结合在一起同时出现。最重要的两位寓言与动物文学作家是新教僧侣埃拉斯穆斯·阿尔贝鲁斯（Erasmus Alberus，约1500—1553）和布尔卡德·瓦尔迪斯（Burkard Waldis，约1490—1556）。他们都是继承伊索寓言和中世纪动物史诗的传统，常常把寓言作为“现实的镜子”，在16世纪当然主要是为“宗教改革的辩论”服务。阿尔贝鲁斯是路德的忠实拥护者，著有《论品德与智慧的书，即四十九首寓言》（Das buch von der Tugent und Weißheit，nemlich Neunundviertzig Fabeln，

1534），在 1550 年出版的修订本里新加进的寓言都有明确的针对对象。他理解的"品德"与"智慧"就是严格遵守新教的教义，对于罗马教会、异端教派的成员、再洗礼派教徒和所谓"颠覆者"表示厌恶，指责他们滥用权力。他有一首著名的寓言叫作《关于教皇—驴》（Vom Papst-Esel），说的是一头驴穿着一件捡来的狮子皮，于是所有的动物都乖乖听它使唤，最后，是马丁·路德博士揭穿了它的假象。寓言里的驴显然是比喻掌握统治权力的教皇，而马丁·路德博士则是代表新教教义的强大威力。阿尔贝鲁斯的寓言内容生动，语言通俗易懂，因为加入了许多生活知识，所以他的这本书也是重要的民俗学著作。瓦尔迪斯曾在维滕贝格跟路德学习神学，是宗教改革的参加者，著有《新编诗体伊索寓言集》（Esopus. Gantz neu gemacht, und in Reimen gefaßt, 1548）。他控诉世上存在的自私自利、冷酷无情等卑劣行径，批评教会和世俗当权者胡作非为，说他们应对社会上一切不良现象负主要责任。在他广泛流传的四百首寓言中，除控诉和批评外，诙谐幽默和乐观自信是贯穿始终的基本特征。此外，属于 15 世纪动物文学和笑话文学传统的作品还有动物史诗《学小老鼠叫的青蛙》（Froschmeuseler, 1595），作者是新教教徒，马格德堡修道院的院长格奥尔格·罗伦哈根（Georg Rollenhagen, 1542—1609）。故事描写青蛙和老鼠之间发生的一次战争，罗伦哈根用怪诞讽喻的方式毫不掩饰地表明，市民阶级的生活方式和现行的国家与宗教制度都是愚蠢的，不道德的。他憎恶战争，赞美勤奋、谦恭、理智，主张过有文化教养的、符合上帝意志的生活。直到 18 世纪，这部动物史诗还在大量印刷出版。

二 戏剧的演变

与过去相比，1525 年以后的戏剧无论就题材种类还是就演出形式而言，虽然没有产生意义重大的作品和影响深远的作家，但仍显示出了种种积极变化,在戏剧发展史上占有一定地位。戏剧的内容逐步世俗化,演出形式日臻完善,旧有的剧种渐渐衰落,形式更加完整的剧种开始萌芽发展,因而像小型叙事体作品向现代中篇和长篇小说演变一样,戏剧总的趋势也是从中世纪的萌芽状态向近代的古典戏剧过渡,现代意义上的戏剧就是在这个时期诞生的。

这一时期产生了许多种戏剧类型,按其作品大体可归纳为宗教剧、市民剧(狂欢节剧和工匠歌手剧)和教学剧(拉丁语教学剧和德语教学剧)三种。

(一) 宗教剧

宗教改革以后,基督教分裂为天主教与新教(路德创立的抗罗宗,中译基督教),因而宗教剧(Das geistliche Spiel)也分为两部分,一部分属于天主教,一部分属于新教。属于天主教的宗教剧完全保持了原来的传统,题材还是宗教故事,旨在用各种不同形式表现"想着死吧"这一传统的宗教主题,借助戏剧表演效果、布景、道具以及音乐等手段,说服观众信仰天主教,真诚地忏悔。但这种宗教剧的影响越来越小,最后被耶稣会剧所代替。

耶稣会剧(Jesuitendrama)进一步发展了中世纪后期的道德剧和圣经剧,但也采用了人文主义者从意大利文艺复兴戏剧中引进的对白、布景以及在教堂前或宫殿前的庭院演出的形式,是一个比较稳定的剧种,17 世纪中叶开始成为最重要的反对宗教改革运动的工具,后面还要谈到。

属于新教的宗教剧在中世纪后期则是离开了宗教剧原来的传统,开始面向现实,面向观众的生活体验,以教喻为宗旨,借助《圣经》或伪《圣经》题材用新教的理论阐述伦理道德和宗教问题。但是,由于观众越来越希望戏剧能为他们提供娱乐,而不只是进行枯燥的道德说教,所以这种剧在用新教观点阐述《圣经》内容的同时,也开始增添世俗内容,例如在传统的宗教剧中只是没完没了地、翻来覆去地描绘玛利亚·玛格达勒娜的传奇故事,而现在就有了酗酒、淫荡、富人挥霍无度和浪子回头等场景。

（二）市民剧

除直接与传统相联系的宗教剧外,还存在一种丰富多彩的民间戏剧,统称市民剧(Das bürgerliche Spiel)。市民剧主要包括狂欢节剧和工匠歌手剧,这两种剧在世界观和戏剧艺术上并无明显界限。狂欢节剧和工匠歌手剧的代表作家是雅可布·埃勒、尼珂劳斯·马努埃尔、耶尔格·维克拉姆和汉斯·萨克斯。

狂欢节剧(Fastnachtspiel)在中世纪是用于庆祝狂欢夜的,起斋戒令的作用。在宗教改革过程中,这种作用逐渐丧失,直到 16 世纪 30 年代初主要是为新教与天主教两派的争论服务,编剧、演员和观众都是平民,他们大部分人由于接受了新教,所以支持新教观点的作品占明显优势。起初,他们经常把教皇比作魔鬼,说他权欲熏心,把恶习盛行、吸血鬼搜刮民脂民膏归罪于罗马教会。标志这种论战型戏剧第一个高峰的是由瑞士作家吕特的汉斯(Hans von Rüte)创作的狂欢节剧《异教徒的和教皇的偶像崇拜》(Von heydnischen und bäpstlichen Abgöttereien,1532),剧中指责教皇用敬神和偶像崇拜欺骗异教徒,从而被魔鬼利用。其次是布尔卡德·瓦尔迪斯宣传路德教义的《浪子的譬喻》(Parabell vam verlorn Szohn,1527),作者把《圣经》的一则譬喻刻画成只有通过信仰才能得救的典型例子。此外还有伯尔尼的市政议员兼画家尼珂劳斯·马努埃尔(Niklaus Manuel,约 1484—1530)的《疾病与死亡的弥撒》(Von der Messe Krankheit und Tod,1528)和《可怜的偶像们在诉苦》(Klagred der armen Götzen,1528)。随着宗教改革的余波逐渐平息,这种戏剧进一步世俗化,宗教辩论逐渐被市民日常生活的内容所取代,在增加消遣娱乐题材的同时,也增加了讽刺和社会批评,用新教的观点进行普遍的伦理道德教育。纽伦堡是产生这种新狂欢节剧最多的地方，汉斯·萨克斯写了八十五部，雅可布·埃勒（Jakob Ayrer，1540—1605）写了三十六部。从宗教内容向世俗内容过渡的代表性作品有耶尔格·维克拉姆加工改写的《十位老翁的戏》（Spiel von den zehn Altern，1531），剧中把宗教要求节制与统治者爱财如命、贪得无厌加以对照，最后用死亡来提醒世人，要记住死后进天堂还是下地狱。他的另一部作品《铸造愚人》（Das Narrengießen，1537），以勃兰特的《愚人船》为蓝本，将酗酒、淫荡、不务正业、游手好闲等陋习公开示众。一个老愚人害怕他的家族断子绝孙，于是花钱让人铸造了三个小人，因为世上反正全是姘头、酒鬼、赌棍等混蛋，所以给他们每人戴上一顶愚人帽子。尼珂劳斯·马努埃尔的狂欢节剧《吃死尸的人》（Der Totenfresser，1524年付印）已经很像一部讽刺教育剧，用荒诞不经的画面把教皇和教廷的全体仆从描绘成基督之敌，他们的对手是信奉路德新教的民众，民众以《圣经》为依据，促使真正的福音胜利实现，剧中严厉谴责那些靠对死者承诺为他们灵魂祈福而大发横财的僧侣。《贩卖赎罪券的小商贩》（Ablaßkrämer，1525年付印）讲的是理查德·吉根斯特恩受人指使在乡间贩卖赎罪券，被上当的农民抓住并把钱都要了回去，他受不住严刑拷打只好认罪。雅可布·埃勒的功绩是最早把台词和音乐结合起来，他共写了七十部狂欢节剧和"歌唱剧"（das Singspiel），为德国的歌剧奠定了基础。而汉斯·萨克斯创作的幽默剧则是把这种过渡推向了顶点，他把娱乐性与严肃性相结合，让滑稽人物与《圣经》人物同时出现，从而使以消遣娱乐为目的的狂欢节剧最终走上了独立的戏剧发展道路。

至于狂欢节剧和工匠歌手剧（Meistersingerdrama）之间有什么区别，很难画出一条清楚的界线。一般说来，工匠歌手剧更多是狂欢节剧与属于人文主义传统的教学剧的一种混合形式，有"悲剧"与"喜剧"之分,一部剧由几幕组成,但一般不细分场景。题材和内容与狂欢节剧相似,来自市民生活,也有的是来自意大利文艺复兴时期的小说、传奇故事、民间故事书以及其他德国或外国作品。作者以手工业行会工人的视角观察和讨论市民日常生活的问题和经验。此后,由于手工业行会越来越不景气,依附手工业行会的工匠歌手剧在社会生活中的作用越来越小,加之形式粗俗,到 17 世纪末就完全衰落了。

(三)教学剧

教学剧(Schuldrama)是受希腊罗马古典戏剧的启发和推动,在 15 世纪所谓"人文主义者戏剧"(Humanistendrama)的基础上发展起来的,自 16 世纪 30 年代起大量出现在德国剧坛。这种剧最初都是用拉丁语写的,供学生学习拉丁语使用,作者绝大多数是信仰新教的教师和僧侣,对象是学生,并由学生在学校里演出。路德本人也一再赞扬罗马喜剧的教学功能,把它看作是学习和练习语言的园地,是对学生进行市民义务和市民品德教育的材料源泉,因此很早就在撒克逊把演出泰伦兹和普劳图斯(Titus Maccius Plautus,约公元前 250—前 184)的喜剧列为学校的必修课程。这不仅对于那些未来知识分子的成长大有好处,也给古典戏剧提供了一个比较好的普及机会和生存环境。后来由于强调戏剧对大众的教育作用,戏剧演出很快就不再只限于学校,对象也扩大到学生以外的人群。因为普通观众并不全都掌握拉丁语,所以德语便成为必不可少的语言工具,于是又出现了用德语写的教学剧和将人文主义者创作的新拉丁语教学剧(Das neulatainische Drama)翻译成德语的教学剧,这样,便有了拉丁语教学剧和德语教学剧之分。早期拉丁语教学剧和德语教学剧有两个基本特征:一是形式上模仿希腊罗马的古典戏剧;二是支持路德的宗教改革和他的宗教主张,这部分剧的内容不外是选自《圣经·旧约》和《圣经·新约》的故事,故有《圣经》教学剧(Das biblische Schuldrama)之称。这种剧的宗旨是通过布道台和舞台一同将新教关于品德、习俗和信仰的理论灌输给民众,但也常常加入一些市民生活的细节,诸如人的命运、世俗冲突等等。把舞台也作为布道台的这一发明,是宗教改革中文学和文化的成就之一,但德国的教学剧和市民剧是无法与欧洲 16 世纪伟大的莎士比亚戏剧相比拟的。自大约 16 世纪中叶开始陆续出现取材于历史、古代传说、民间故事书、寓言,以及意大利和法国小说的非《圣经》题材的戏剧作品,如瑞士人雅可布·洛夫(Jakob Ruof,约 1500—1558)的《一出关于第一位虔诚的瑞士联邦公民威廉·退尔的美妙而有趣的戏》(Ein hüpsch vnd lustig Spyl von dem frommen vnd ersten Eydgenossen Wilhelm Thellen,1545)和海因里希·布林格尔(Heinrich Bullinger,1504—1575)根据罗马传说写的戏剧《露克蕾提娅》(Lucretia,1533),这对于促进教学剧的发展具有重要意义。

教学剧虽然已有拉丁语教学剧与德语教学剧之分,但许多作者还是既用拉丁语又用德语写作。他们作品的宗旨也依然是用新教的观点进行道德说教,最重要的说教领域是婚姻和家庭,把顺从的、忠于丈夫的妻子写成标准人物,维护社会秩序的模范。例如关于苏珊娜的题材就有二十种拉丁语和德语的不同文本,早在宗教改革以前已经深受欢迎。西克斯特·比尔克(Sixt Birck,1501—1554)是拉丁语学校的教师,后来成为巴塞尔一所文科中学的校长,他写的《虔诚的敬神者苏珊娜夫人的故事》(History von der frommen Gottesfürchtigen frouwen Susanna,1532)就是用德语写的,故事按照《圣经》规定的模式描写了一个贞洁的、无辜受贬最后终于恢复了名誉的妇女典型。保尔·累布胡恩(Paul Rebhun,约 1500—1545)是教师和教堂唱诗班领唱,也是路德的一位朋友,他在作品《一部关于敬神者贞洁妇女苏珊娜的宗教剧》(Ein Geiystlich Spiel von der Gottfürchtigen und keuschen Fraven Susannen,1535 年上演)中,除描写苏珊娜对爱情忠贞不渝外,还特别强调她的虔诚,她深信,上帝会让她的无辜大白于天下。累布胡恩的作品风格独特,一部戏由五幕组成,每一幕再分几个场景,故事情节只有一条构思清晰的主线,剧中人物开始显示出个性,每一幕都是用合唱结束。他是早在奥皮茨以前就用抑扬格韵律写德语戏剧的作家。此外,还有关于约瑟夫的题材也被多次搬上舞台,这个题材范围广泛,故事情节扑朔迷离,纵横交错,在反复演出过程中不断有德语和拉丁语文本从新教和天主教两个方面加以充实提高。到1540年以前,已经有二十余部戏剧作品问世,其中梯伯尔特·加尔特(Thiebolt Gart)的《约瑟夫》(Joseph,1540)为最佳,作者既表现题材中的宗教因素,同时也表现人的激情和力量。

16世纪最重要的喜剧作家是尼珂德穆斯·弗里施林(Nikodemus Frischlin,1547—1590),他出身于市民家庭,受过人文主义教育,主要用拉丁语写作。弗里施林反对封建贵族,支持人文主义的教育理想,致力于用古代经典文学教育学生和观众。在作品中,他经常讽刺狭隘的行会思想、残垣断壁似的旧教会、拙劣的没落贵族以及一般人普遍存在的弱点和陋习,并对其进行具体的、有针对性的社会批评,因而一再遭受攻击迫害。他也写过几部德语戏剧如《卢特》(Ruth)、《在伽纳的婚礼》(Hochzeit zu Cana)和《温德尔伽特夫人》(Frau Wendelgart,1579)。《温德尔伽特夫人》是他晚年在狱中写的,而且是唯一一部在他在世时付印出版的作品。内容讲的是10世纪的故事,有一个妇女以为丈夫已经死在狱中,但她忠贞不渝,终于得到丈夫平安归来的回报。这部戏有主要情节和次要情节,人物也开始显示个性,这种艺术处理又向现代戏剧迈进了一步。

然而,从16世纪末开始有文化修养的学者渐渐与一般市民疏远,他们创作的戏剧不仅在形式上放弃了市民戏剧的传统,而且在内容方面也渐渐脱离市民的生活,在这种情况下,教学剧也就相应地变成了所谓的"学者戏剧"。

（四）演出形式的变化

自 16 世纪 30 年代起,德国戏剧虽然由于研究和演出希腊罗马喜剧家的作品,受到古典戏剧的重要启发和影响,产生了大量作品,但这些作品几乎没有采纳古典喜剧的布局规则,仍然继续保持叙事剧即讲故事的传统。舞台上表演的那些大家熟悉的圣经故事或古代故事都以画面形式出现,每一部戏实际上就是一组连环画,人物只起传声筒的作用,枯燥地向观众介绍应该遵守的行为准则和宗教观念,并不企图激发他们的同情和反思,人物本身虽有善恶之分,但不卷入故事中的冲突。

对 16 世纪德国戏剧发展起重要推动作用的,除人文主义者翻译介绍了古典戏剧外,另一件大事是"英国演员"(englische Komödianten)的出现。"Komödiant"一词在 16 世纪和 17 世纪是指"职业演员",到了 18 世纪,因为这个词带有贬义,于是"职业演员"便由"Schauspieler"表示,而"Komödiant"或专指喜剧演员,或作为演员的贬称。那么,为什么在德国出现了"英国演员"呢? 16 世纪是英国戏剧繁荣昌盛的时期,在伊丽莎白一世(Elisabeth Ⅰ,1533—1603)的支持和倡导下戏剧开始制度化,职业剧团如雨后春笋,遍地开花,结果,因为供过于求,他们必须寻找新的发展空间,于是有的剧团便越过大西洋来到欧洲大陆发展。英国演员剧团于 1586 年来到德国,从北部逐渐进入南部。他们对德国戏剧,特别是戏剧演出的影响归纳起来有如下几点:第一,带来了莎士比亚、马洛以及本亚明·琼森(Benjamin Jonson,1572—1637)的剧本,德国公众第一次见识了 16 世纪的英国戏剧。第二,在英国演员剧团的影响下,德国开始有职业演员,戏剧演出不再是市民或者学生的业余活动,这对于提高演出水平当然大有好处。第三,也是最重要的一点,英国演员剧团是职业剧团,靠演出的收入维持生活,为了保证有收入,就必须尽量迎合观众的兴趣。为此,他们不仅任意篡改剧本的内容,演出时还常常加进一些与剧本毫无关系的杂耍和笑料,丑角(Clown)随时出场打诨逗趣。德国的职业演员也效仿这种演出方式,于是在民间盛行起"丑角戏"来,观众主要是一般市民和下层民众。

新戏剧的职能决定新戏剧的演出风格。与中世纪宗教剧的剧本不同,新戏剧的剧本要求观众参与思考,而在演出方面,与天主教派的宗教剧剧本相比,新教的宗教剧剧本主要不是靠舞台表演,而是一种"话剧"(Das Wort-Drama),通过说话使观众确信新教教义的正确性,因此必须能听懂。在中世纪,戏剧演出都是露天的,随便借用一个台子做舞台,演员在上面表演,观众围在四周观看;现在为了让观众能听到,而且能听明白,就必须要有一个舞台,让演员能够直接面对观众。于是,戏剧舞台便从露天搬进了房间里,安置在一个正面的平台上。这就是最早的剧场。演出时,通常有开场白和结束语,整部剧演完或者在每一幕中间有简短的内容介绍;演出过程中,时而加入合唱,直到16世纪末台词普遍使用四扬音节的韵律。在编剧方面,引入了戏剧高潮之后延缓紧张气氛的延缓法(retardierende Momente),故事的展开包括主要情节和次要情节,去掉了放在末尾的训喻;内容上,宗教讽喻或者世俗的粗鲁事件逐渐让位于不同的、有个性的人物形象,对人物命运和性格的描述也越来越完整。剧本经常根据内容被分别称作"悲剧"或"喜剧",写"严肃题材"的叫"悲剧",写"轻松题材"的叫"喜剧"。

综观上述德国戏剧的发展情况,可以说,1525年以后的德国戏剧确实取得了不少进步,但这些进步不是在本国原有的基础上取得的,而是直接借用了外来的经验。其结果,一方面是由学者们扶植的古典戏剧,另一方面是在民间流行的丑角戏,并行发展。前者重在创作,后者重在演出;前者力求剧本的题材庄重,形式完美,后者强调演出的趣味性和群众性。这就造成了剧本与演出的脱节,甚至对立,而前者又过于典雅,脱离人民生活,后者不免流于庸俗,损害了民众的审美趣味。这种双轨的发展在17世纪更为突出。

三　诗歌创作

在 16 世纪,叙事体文学取得了长足进步,戏剧文学也有显著成就,相比之下,诗歌创作虽然一如既往有德语和拉丁语成果问世,但它的收获却是逊色不少,没有产生足以值得称道的诗人和作品。这时的诗歌创作就内容和所代表的观点立场而言,可分为世俗的和宗教的两部分,但二者难以严格区分。总的特点是:诗歌题材和诗歌主题的世俗化倾向越来越明显;就拉丁语和德语的地位而言,德语越来越享有优先权。

（一）德语雅诗

德语雅诗(Kunstlyrik)的作者都是学者、教师和牧师。随着视野不断开阔,他们继承古代诗歌的传统,同时学习欧洲邻国文艺复兴文学中形成的现代诗歌形式,效仿意大利、法国以及尼德兰人文主义后期的诗歌创作,在 16 世纪最后几十年创造了一种用德语写的雅诗。作者放弃了传统的双叠韵,追求形式的严谨和多样性,内容更多体现个人的思想感情。值得提出的诗人及其作品有雅可布·累格纳特(Jacob Regnart,1540—1599)和他的诗集《德语娱乐歌曲,分三个声部,仿照意大利那不勒斯人或罗曼语国家的风格》(Kurtzweilige Teutsche Lieder,zu dreyen Stimmen, Nach art der Neapolitanen oder Welschen Villanellen, 1576—1578);还有奥地利诗人克里斯朵夫·冯·沙伦贝格(Christoph von Schallenberg,1561—1597),他的诗 20 世纪才付印出版。这两位诗人作品的共同点是,世俗和宗教题材紧密结合,爱情诗居多。其他有代表性的诗人还有荷兰人约翰内斯·瑟库恩杜斯(Johannes Secundus,1511—1556)和海德堡医学教授彼得鲁斯·罗提希乌斯·瑟库恩杜斯(Petrus Lotichius Secundus,1528—1560)。他们写歌和写诗的动因常常是个人生活中生老病死、红白喜事等,有时也涉及诸如战事一类题材。别具匠心的是,他们在作品中努力做一些哲学概括和将人与自然紧密结合起来,因此在 18 世纪引起了克洛卜施托克(Friedrich Gottlieb Klopstock,1724—1803)等作家的兴趣。

(二) 德语教会歌曲

16 世纪,天主教和新教两教派的教会歌曲仍以宗教争论和宗教信仰为内容,一个重大变化是,新教教会歌曲作为宗教改革的一大成就被定为教会礼拜仪式的一个重要组成部分,从而得到广泛普及。路德有这样一句格言:"谁在唱,谁就是做双重祷告。"他本人以及阿姆布罗季乌斯·罗布瓦瑟(Ambrosius Lobwasser,1515—1585)和尼珂劳斯·瑟尔那克(Nicolaos Selnecker,1530—1592)都是新教教会歌曲的著名作者。关于路德的教会歌曲前面已经讲过。罗布瓦瑟根据法文本翻译的《圣经》诗歌曾影响了新时代市民诗歌的发展,他的几首教会歌曲,其普及程度可以与民歌比拟。天主教教会歌曲也在努力大众化,常常在宗教仪式上列队游行和朝圣进香时吟唱。

(三) 民歌

14 世纪至 16 世纪是民歌的繁荣时期。"民歌"(Volkslied)这个概念最早是由赫尔德参照英语名称"通俗歌曲"(popular song)或"通俗诗歌"(popular poetry)于 1773 年提出的,指的是那些表达广大民众思想感情,段落和曲调容易记住,而且人人都能开口就唱的歌曲。这种歌曲的共同特点是,诗行结构相同,歌词经常重复,曲尾有复唱句,韵脚有统一标准,不是全押韵,只是元音押韵。所谓"民歌"不是说这种"歌"起源于民间,而是指它表达了人民的喜怒哀乐,为人民喜闻乐见,并由人民广泛传唱。也像艺术歌曲一样,民歌最初都是个人创作,但作者往往不署姓名;在传唱过程中,唱歌的人可以根据自己的感受改动歌词,删减个别歌段,或者补充新的诗行和叠句,或者将几首歌融合在一起,因此一首民歌常常有多种变体。民歌按其内容可分为抒情民歌(das lyrische Volkslied)、民间谣曲(die Volksballade)和时事歌曲(das

Zeitungslied)三种:抒情民歌抒发的是爱情的欢乐、离别的痛苦、对季节变化的感受,以及紧张劳动和休闲娱乐的心情,如《因斯布鲁克,我必须离开你》(Innsbruck, ich muß dich scheiden)、《在那高山上,一个风车在转动》(Auf dem hohen Berg, ein Mühlrad dreht)、《小小金戒指》(Das goldene Ringelein)、《玫瑰和百合》(Rose und Lilie)等,总之喜怒哀乐无所不包,其中也不乏幽默讽刺。民间谣曲歌唱的是值得关注的人物和事件,材料有的来自日耳曼英雄传说(如头上长角的西格夫里特、伯尔尼的狄特里希),有的描述封建宫廷诗人的传奇遭遇(如汤豪森之歌),还有的来自其他骑士传奇。时事歌曲也称政治历史歌曲,是现代报纸的先驱,曾以单印的"传单"形式反复付印,广泛传播,读者面很大。这种歌曲的内容不外是过去和现在发生的各种时事政治事件,尤其是战事冲突和刑事犯罪,如瑟姆帕赫战役(die Schlacht bei Sempach, 1386)、弗里德里希公爵被谋杀(die Ermordung eines Herzogs Friedrich, 约1400)等。此外,1499 年狄特玛农民为捍卫自由和土地反对丹麦国王约翰的战斗歌曲也属于这一种。自 15 世纪开始,搜集民歌成风,大量民歌集相继问世,民歌得到了前所未有的普及,其中如《奥格斯堡歌本》(Das Augsburger Liederbuch, 1454)、《洛赫阿姆歌本》(Das Lochamer Liederbuch, 1455)、《奥格斯堡的克拉拉·海茨勒汇编的歌集》(Liederbuch der Klara Hätzlerin aus Augsburg, 1471)、《慕尼黑歌本》(Das Münchener Liederbuch, 1500)等。而最著名的歌本是格奥尔格·福尔斯特(Georg Forster, 约 1500—1568)医生出版的《最新德意志歌曲》(Die Frischen Teutschen Liedlein, 1539—1556),共五部分,这部歌集除内容丰富、形式多样外,强调教育意图是一个突出特点。这些民歌的内容几乎囊括了 15 和 16 世纪社会生活各个方面,有关于市民日常生活的,有关于教堂庆典和狂欢夜盛况的,有歌颂圣母玛利亚的,有叙述矿工和农民在酒馆里打架斗殴的,有宣传基督教思想的,也有表现修女厌恶修道院生活和社会上普遍抱怨伤风败俗、道德沦丧现象的,可谓一应俱全,包罗万象。此后二百年民歌被遗忘了,直到 18 世纪下半叶才被赫尔德重新发现。他首先出版了《民歌集》(Volkslieder,1778—1779),因为集子里也收入了其他民族的歌曲,所以在 1807 年第二次出版时改名为《歌中各民族的声音》(Stimmen der Völker in Liedern)。继赫尔德之后陆续出版的歌集还有:阿西木·冯·阿尔尼姆(Achim von Arnim,1781—1831)和克雷门斯·布伦塔诺(Clemens Brentano,1778—1842)的《男孩儿的神奇号角》(Des Knaben Wunderhorn,1806—1808,共三卷)、约翰·约瑟夫·格勒斯的《古代德语民歌和工匠歌曲》(Altdeutsche Volks- und Meisterlieder,1817)、路德维希·乌兰德注释的《古代高地和低地德语民歌集,第一部分》(Alte hoch- und niederdeutsche Volkslieder,Teil I,1844—1845)、卡尔·西姆洛克的《德国民歌集》(Die deutschen Volkslieder,1851)等等。

(四)工匠歌曲

"工匠歌曲"是市民阶级的创造,最初的作者是市民出身的格言诗诗人,他们四处漫游,创作和传唱含教育内容的、可以像歌曲一样能唱的格言诗歌。为了强调自己受过教育,掌握一门或多门手艺,他们自称"工匠"(Meister)。例如迈森的海因里希(Heinrich von Meißen,约1250—1318),曾作客东部和北部德国许多贵族宫廷,共创作四百四十八首格言诗歌。他的关于宗教和伦理道德的格言诗形式严谨,艺术性强,为其他格言诗人和歌手树立了榜样。其他格言诗人还有施瓦本人,铁匠出身的巴特尔·累根伯根(Barthel Regenbogen,死于 1318 年以后)、米格伦的海因里希(Heinrich von Mügeln,约 1315—约 1370)、纺织工出身的米歇尔·倍海姆(Michel Beheim,1416—约 1474)等。后来,许多城市受他们的启发,创办起了"兄弟歌社"(Singbruderschaft),每逢宗教节庆举行活动。最初"兄弟歌社"受教会管束,后来逐渐脱离教会,自行组织起类似行会的"唱歌学校"(Singschule),像传承手艺一样,向学员教授唱歌技巧。他们选择福格威德的瓦尔特、埃森巴赫的沃尔夫拉姆、哈格瑙的莱玛、迈森的海因里希、维尔茨堡的康拉德等十二位古代大师为学习榜样,致力于效仿他们的骑士爱情诗歌。开始时只准采用他们的"曲调"(Töne),每一首歌起码有三段,内容有宗教的或者世俗说教的不等。"唱歌学校"通常每年聚会两次,大小型歌唱表演主要在市教堂里,当然有的也在小酒馆里举行。"唱歌学校"按照手工业行会的组织机制严格区分不同等级,练习掌握唱歌规律的初学者称"学徒"(Schüler),掌握了唱歌规律的晋升为"学友"(Schulfreund),能够演唱别人歌曲的称"歌手"(Singer),能够独立创作诗歌的才有资格戴上"诗人"(Dichter)头衔,而既有能力写词又有能力谱曲的最终成为"师傅"(Meister)。每当有新的"曲调"出现,为判断其艺术质量和真实性,作曲人必须交出作歌的规则表(Tabulatur),由各"唱歌学校"最有经验的"师傅"组成的评委会评审。因此,所谓"工匠歌曲"实际上是一种行会式的手工业创作,是工匠们经过漫长奋斗过程最终推出的成果。早在14世纪,德国南部一些城市如美因茨、沃尔姆斯、乌尔姆、纽伦堡、奥格斯堡的工匠们为练习唱歌,统一歌唱标准,就开始创办"兄弟歌社",定期举行唱歌比赛,但直到15世纪唱工匠歌曲才成为群众性的文化活动。15世纪中叶是工匠歌曲的繁荣时期,仅纽伦堡"唱歌学校"就拥有成员二百五十名之多,汉斯·福尔茨和汉斯·萨克斯都是纽伦堡著名的工匠歌手,而萨克斯的作品同时标志工匠歌曲的发展顶峰。工匠歌曲最初以宗教内容为主,后来逐渐让位给世俗题材,主要表现市民生活的各种事件,例如,帮工的漫游年代,对故乡和行会的赞美等等,这些新的题材大多为道德、思想和政治教育目的服务。16世纪末,手工业者行会开始萧条,工匠歌手不关心文学的发展,思想狭隘,工匠歌曲因此常常成为狭隘的行会思想的喉舌,作用范围越来越小,直至完全失去影响,工匠歌曲走到了终点。至于工匠歌手中除汉斯·萨克斯外,稍有名气的是他的学生,纽伦堡的亚当·普什曼(Adam Puschmann,1532—1600)。普什曼于1571年出版了一份《关于德国工匠歌曲的详细报告》(Gründlichen Bericht des deutschen Meistergesangs),对于研究德国文学史有一定的重要性。

四　早期市民文学的伟大代表——汉斯·萨克斯

汉斯·萨克斯(Hans Sachs,1494—1576)是16世纪最重要的作家,他继承15世纪人文主义和民间创作的传统,一生在叙事文学、戏剧和诗歌等多个园地辛勤耕耘,写下了大量作品。他的作品无论在数量上还是在质量上都超过了同时代的其他作家,是16世纪文坛的榜样,他本人也因此成为16世纪德国早期市民文学的伟大代表。

汉斯·萨克斯是纽伦堡的富裕市民,父亲是裁缝,本人是鞋匠,拉丁语学校毕业后,作为学徒从1511年到1515年外出漫游。除此之外,他一生其他时间都是在纽伦堡度过的。当时,纽伦堡不仅是德国南部商业手工业最发达的城市,而且还是德国南部的文化艺术中心和工匠歌曲中心,如著名画家阿尔布莱希特·丢勒(Albrecht Dürer,1471—1528)、诗人汉斯·福尔茨都曾在那里生活和创作过。福尔茨的歌曲改革对萨克斯的诗歌创作有很大影响。

萨克斯是一个全面的、多产的作家,一生八十二年共写了大大小小作品六千余部,全部由自己亲笔抄录,共编辑三十三卷,于1567年以用韵文体写的生平总结《我的诗歌大全》(Summa all meiner Gedicht)形式公之于众,其中工匠歌曲和歌曲近四千首,狂欢节剧八十五部,格言诗近两千首,此外,还有散文体对话六篇,戏剧一百二十八部,诗体笑话多篇。他从事文学活动的主要目的是,把自己的生活体验和社会观察用消遣娱乐的方式告诉读者和观众,教育他们成为勤劳、诚实和有用的人。他始终把维护行会手工业市民的利益和路德教义作为创作的出发点,既不与城市新贵和天主教教上同流合污,也不同情社会底层农民和流氓平民的非分要求。他是路德的忠实"学生",在诗歌中大量引用《圣经》的原话,把《圣经》的思想精华直接交给群众。为了让读者或听众能够领会路德的教义,从中获得坚定的信仰,他努力使《圣经》的话简单明了,易于记忆。他说,谁信仰上帝,仁慈的上帝就会到来,他就能得救,无论他是睡觉,是喝酒,还是工作,他的行为都会使上帝满意,他就会自然而然地产生博爱之心,做出仁义之举。和 16 世纪其他作家一样,他也在作品中讽刺批评形形色色的陋习和不道德的行为,而在幽默滑稽的表面背后,可以清晰地看出他对社会到处百弊丛生、行会手工业每况愈下的深深忧虑。萨克斯作品的题材来源十分广泛,从古代的荷马、维吉尔、奥维德,意大利文艺复兴时期的薄伽丘、彼特拉克,到世界文学中的神话传说、童话寓言,还有《圣经》以及流传下来的德国题材,如《欧伊伦施皮格尔》《玩笑与认真》等,他作品中很大一部分就是在创造性地吸收和继承这笔遗产的基础上进行的再创作。萨克斯最喜爱的文学形式是工匠歌曲、诗歌、韵文体笑话和狂欢节剧,他的少数笑话和狂欢节剧几个世纪以来一直在民间流传。

萨克斯的创作生涯是从工匠歌曲开始的,他十五岁学徒期间就练习唱歌,漫游期间造访了南部和西部的工匠歌曲中心,漫游结束回到纽伦堡时已是一个享有盛名的工匠歌手。他最初创作的工匠歌曲也像传统的工匠歌曲一样,内容无非是一个市民试图探求神性和神体的秘密,或者歌颂圣母玛利亚,歌唱古代和中古的英雄传奇,或者讨论当时发生的各种事件,形式上恪守中世纪大师们现成的作歌规则。不久,他走上了福尔茨开辟的改革道路,突破传统规则的限制,采用各种各样的题材,有的取自本国或外国笑话、寓言、小说中众所周知的故事,有的直接取自自己的切身经历。在形式上,他吸收民歌的一些特点,力求避免单调刻板,将四千多首工匠歌曲用二百七十五种不同的"曲调"谱成歌曲,其中有十三种是他自己的独立创作,从而将工匠歌曲推向了发展顶峰。歌词一律用韵文体,歌曲的许多题材在他的其他文学作品中反复采用。

除工匠歌曲外,萨克斯还写了很多格言诗,最值得提出的是《维滕贝格的夜莺》(Die Wittenbergische Nachtigal,1523)。这是一首歌颂路德的诗,共700诗行,用双叠韵写成。作者从积极方面肯定宗教改革的意义,满怀乐观主义的心情意识到一个新的时代已经开始。诗中把路德比作夜莺,把教皇比作狮子,把神甫比作狼,把僧侣和尼姑比作蛇,把基督徒比作一群羊,而耶稣基督是牧羊人,太阳是福音。羊群离开了牧羊人,跟随狮子的声音来到荒原,它们成为狮子和狼的牺牲品,蛇又来喝它们的血。这时,夜莺唱出清脆洪亮的歌声,宣告黑夜将逝,旭日东升。那群野兽疯狂反扑,但无法扼杀夜莺的歌声,更无法阻止太阳升起。最后作者号召尚留在荒原的羊,赶快离开狮子,回到真正的牧羊人耶稣基督身边。耶稣基督是唯一值得信赖的人,只有他才会给人类带来正义、幸福和希望。这首诗使萨克斯名扬整个德国,"维滕贝格的夜莺"成了路德的美称。《赞纽伦堡市》(Lobspruch auf die Stadt Nürnberg,1530)说纽伦堡是一个天堂,市民勤奋,市政贤明,人们为造福大众通力合作。

此外,萨克斯创作了六篇"对话",其中于1524年写的四篇"对话"因为涉及的是宗教改革辩论的问题,所以最为成功,引起了广泛兴趣,一年间就分别出版了七到十一次。他在讨论日常生活的同时,将话题和风细雨地转到新的信仰上,据理驳斥对它的一切攻击,但也批评新教信徒贪得无厌、重利盘剥的恶习以及他们披着新教外衣所干的损人利己的勾当。他的目标是建立和睦融洽、井然有序的市民社会。

萨克斯的另一个重要创作领域是诗体笑话(Versschwank),间或也有一些散文体对话。他的笑话幽默风趣,内容多为民众的日常生活,几乎涉及城市、乡村、世俗和宗教等全部领域。著名的笑话有《世外桃源》(Schlauraffenlant,1530)、《一位主教与欧伊伦施皮格尔讨论如何做马桶座圈儿》(Gesprech aines pischoffs mit dem Ewlenspiegel von dem prillen machen,1554),开头气氛轻松,语言诙谐滑稽,接着不知不觉转向对当权者的批评抱怨,说他们胡作非为,害得普通百姓没有生路。《论说好心的贵族》(Vom frommen Adel),讲的是一个拦路抢劫犯被判死刑,但他显得十分委屈,引起在场人的同情,大家纷纷替他请求减刑。一群贵族也支持这个要求,可是当他们知道,此人出身卑贱,就改变了主意,坚决主张将他斩首。

　　萨克斯最大的成就是在戏剧方面,他继承民间的狂欢节剧和人文主义的教学剧两个传统,共写了八十五部狂欢节剧、五十八部悲剧和七十部喜剧。他的狂欢节剧都是幽默短剧,人物不多,故事简练,写的是普遍存在的社会问题:如讨论贫困与富裕的《贫困夫人与冥神普鲁托的相互抱怨、回敬和评价》(Klag, Antwort vnnd vrteyl zwischen Fraw Armut vnd Pluto,1531);讨论吝啬与慷慨的《简朴与淡泊寡欲》(Der Karg vnd Mildt,约 1535);抱怨生活不安定和揭露咎由自取的《六个抱怨者》(Die sechs klagenden,1535)和《五个可怜的流浪人》(Die fünf elenden wanderer,1539);描写一个吝啬的农民违背村里习俗不把屠宰的牲畜分给村民,结果遭到惩罚的《被盗的佃户》(Der gestohlne Pachen,1552);描写爱吵架的师娘《一个凶恶的女人》(Von einem bösen weib,1533);或者描写一个既蠢又懒的农民如何危及婚姻和家庭生活的《小牛排》(Das Kelberbrüten,1551)。总之,萨克斯的剧本都是要通过展示人们的所作所为使观众受到教育。

　　萨克斯的狂欢节剧不仅是他本人数以千计的作品中最有价值的一部分,也是这一剧种的最佳创作成果,将 16 世纪狂欢节剧推向了发展

顶峰,其中有几部戏至今还在德国民间舞台上演出。如《割除愚蠢》
(Das Narrenschneyden,1536),以塞巴斯蒂安·勃兰特的《愚人船》为题
材,说的是有位医生在同仆人一起劳动,突然来了一位病人,医生给他
仔细检查后,确诊他患上了愚蠢病,非得开刀不可。病人一听要开刀,
吓得魂飞魄散,苦苦哀求不要做手术。医生不肯改变主意,在仆人的帮
助下把病人的胸膛切开,割除了其中的狂妄、吝啬、嫉妒、淫荡、懒惰等
等毒菌,病人果然恢复了健康。这时,病人非常感激医生,并表示愿把
他的经验告诉别人。作者没有说明这位病人属于哪个社会阶层,而是
一再强调人人都患有这种愚蠢病。这说明,他与勃兰特一样,认为"愚
蠢"是所有人的通病。他与勃兰特的不同之处是,他认为"愚蠢"不是
"不治之症",只要肯动大手术,就可以根治。这种想法虽然不免有点
天真,但带有一种朴素的乐观精神,而这一点正是萨克斯所有作品的共
同特征。

《漫游的学生去天堂》(Der farent schueler ins paradeis,1550)是讲
一个农妇的故事。这位农妇不幸丧夫,后改嫁一农民,但日夜思念原来
的丈夫。一天,一个漫游的学生来到她家里,说是来自巴黎,因为巴黎
(Paris)与天堂(Paradies)的读音相近,她误听为来自"天堂",于是就拜
托这位学生给她远在天堂的丈夫带去大量衣服和金钱。她现在的丈夫
颇有点农民的机智,听她一说马上就明白这个学生是个骗子,立刻骑马
追赶,结果他也中了这个学生的奸计,不仅没有追回钱物,反而把马也
让学生骗走了,自己在沼泽地里迷失了方向。事后,这个农民出于虚
荣,不敢讲明事实真相,他的妻子更加确信那个学生真的是来自天堂。
她逢人便讲这一奇遇,弄得满城风雨,丈夫是又气又恨,但也无可奈何。

《菲辛的小偷》(Der rosdieb zu Fuessing,1553)也是一出讽刺农民
的短剧。菲辛村抓住一个小偷,村议会的委员们讨论如何处置他。大
家一致主张,立刻处决,免得还得给他吃喝。可是,这时正值收割季节,

处决小偷时一定会有许多人来看热闹,这样已经成熟的庄稼就可能被踩坏。于是,他们决定等庄稼收割完以后再处决他。他们把小偷放走,要他对天发誓十四天以后一定回来,否则加倍惩处,并扣下他的帽子作抵押。这样既可把小偷处决,又用不着在此期间供小偷吃饭,他们觉得占了很大便宜。可是,小偷走后又悄悄溜回村子继续偷盗,还把赃物卖给了另外一个农民。结果偷盗者与买赃物的农民发生争执,双方各不相让,最后发展为群斗,全村人都卷入进来。混战中掌管小偷帽子的农民无意间把帽子扔在地上,小偷趁机把帽子拿走。结果,小偷拿回了帽子,又逃脱了死刑。前面那出短剧是讽刺农民由于虚荣而变得虚伪,这一篇是讽刺农民由于自私自利而变得愚蠢。讽刺农民是萨克斯作品的一个重要主题,农民也是市民文学讽刺的主要对象之一。

《贪得无厌》(Der unsetlich Geizhunger, 1551)是讽刺富裕市民的。西姆卜利修斯是个老实人,他把一笔款项交给赖兴堡托管,忘了要收据。赖兴堡夫妇见钱眼红,等到西姆卜利修斯来取款时他们矢口否认有这么回事。西姆卜利修斯无奈只好找朋友施皮恩斯帮忙,施皮恩斯想出一个妙计。他认识一个首饰商,请这位首饰商把一个装满宝石的盒子交赖兴堡托管。在首饰商同赖兴堡谈判条件时,让西姆卜利修斯突然来取款。赖兴堡夫妇经过权衡决定给他,不然会因小失大,引起正在谈判的首饰商的怀疑。谈判成功了,宝石也拿到手了,赖兴堡夫妇高兴得不知如何是好。然而,首饰商走后,他们打开盒子一看,原来里面装的根本不是宝石,而是卵石。最后,施皮恩斯说,"金钱使人的心变坏,越有钱越贪财",从而点出了这部剧的主题。

萨克斯的其他戏剧是继承了人文主义的教学剧传统,产生时间可以分为两个时期,1527 年至 1536 年为第一时期,直接受人文主义戏剧影响,此后为第二时期,主要受新教教学剧影响。从 1550 年到 1560 年是他戏剧的丰收期,近一百部作品都是产生在这十年之间,取材范围包括:《圣经》,特别是《圣经·旧约》;德语民间叙事文学如《特里斯特兰特》(Tristrant,1553)、《佛图那突斯》(Fortunatus,1553)、《玛格罗娜》(Magelona,1555)、《长角的西格夫里特》(der Hürne Seifried,1557);古典悲剧如《佛卡斯塔》(Focasta,1550)、《克里特姆内斯特拉》(Clitemnestra,1540)、《阿尔策斯提斯》(Alcestis,1555)以及其他历史故事如《利维乌斯》(Livius)。与狂欢节剧相比,这些戏剧写得并不成功,未得到研究界好评。

综观汉斯·萨克斯一生的全部文学活动和创作成就,正如歌德所说:"他是一个真正的天才,与骑士和廷臣有异,而是像我们那样可以自豪的质朴的市民。"①诚然,萨克斯确实是一个有巨大创作才能的作家,他一生在多种文学领域笔耕不辍,终年八十二岁,留下了大量诗歌、戏剧和叙事体作品。他有驾驭现成题材的能力,善于把从别人作品中借用来的材料与自己的生活实践相结合,从而创作出内容不落俗套,且风格新颖独特的作品来。早在1560年他故乡纽伦堡市政厅的一份文件上,就称赞他是"德国最著名的作家"。1770年,为纪念汉斯·萨克斯诞辰二百周年,歌德发表了题为《汉斯·萨克斯的文学使命》(Hans Sachsens poetische Sendung)一诗,以资赞誉。1862年至1864年,音乐家理查德·瓦格纳完成了他的歌剧《纽伦堡的工匠歌手们》(Die Meistersinger von Nürnberg),为这位16世纪市民文学的伟大代表和他的同伴树立了一座纪念碑。但是,他作为行会手工业工人出身的作家,生活范围狭窄,视野十分有限,而他所生活的时代,社会停滞,经济落后,政治动荡不安,国家四分五裂,这一切都大大限制了他艺术才能的发挥。他对世界的判断是以行会手工业者的善恶标准为尺度,从手工业者的道德标准出发批评农民的小气和吝啬、贵族的无能和懒惰、富商

---

① 《诗与真(下)》,歌德文集,第五卷,第772页,人民文学出版社。

的奸诈和贪得无厌。他所提倡的美德无非是勤劳朴实、安分守己、互相帮助，他向往的理想实际是行会式的人类共同体。因此，我们在他的作品中虽然看到了德国市民日常生活的真实写照，但看不到 16 世纪德国社会的全貌；虽然看到了他对各种社会现象的批评，但他的批评丝毫不触及封建制度的本质；他的作品虽有一种乐观向上的精神，但缺乏远大理想。因此，他对德国 16 世纪市民文学虽有卓越贡献，但他的作品却无法跻身于世界文学的行列。

第五章　君主专制主义统治时期的巴洛克文学

（17世纪初到17世纪末）

17世纪的德国文学也像以往几个时期的文学一样,没有直接继承上一时期的文学传统,它的最大特点是:新的开始。不过,文学的发展总是有它的内在关联,虽然17世纪文学与16世纪早期市民文学和18世纪启蒙文学之间因背景不同而有很大区别,但它毕竟是从文艺复兴到启蒙运动这一发展链条上的一环,它们之间有区别恰恰说明,德国文学从中世纪末期到近代的发展是复杂的,充满矛盾和曲折。

17世纪的德国文学是一种以人文主义理想为取向、具有宫廷色彩的文学,是一种讲究形式、追求典雅、自觉抵制民间文学传统和习惯的文学,是一种以外国文学为榜样,排斥本国文学传统的文学;与此同时,它也就融入到了欧洲文学之中,成为欧洲文学的一个组成部分。17世纪的德国文学在诗歌、戏剧和长篇小说方面都有不凡的建树,为后来启蒙文学兴起提供了前提和条件,是德国文学史上一个承前启后的重要时期。这一时期,不同阶段占优势的文学种类各不相同:30到40年代诗歌占主导地位,50到60年代戏剧十分发达,大约从1660年开始长篇小说崭露头角。

第一节　概述

17世纪德国历史上最大的事件是三十年战争,17世纪的德国文学就是在这一战争背景下产生的。这场战争从 1618 年到 1648 年历时三十年,战场在德国本土,对德国社会包括文学艺术在内的各个方面都产生了巨大影响,因而在讲到德国 17 世纪文学的时候,我们就不能不涉及这场战争以及战争造成的后果。

一 三十年战争

宗教改革以后,德国国内的宗教分为新教和天主教两派,各邦诸侯也分为两派,绝大部分北方诸侯改信新教,绝大部分南方诸侯继续信奉天主教。虽然 1555 年签订的《奥格斯堡宗教和约》规定,帝国内各邦不得以宗教信仰为理由挑起战争,新教和天主教必须平等相处,不得互相敌视,但是信仰之间的矛盾并没有因此获得解决。尤其是由于和约规定"教随国定",诸侯有权在他们的领地范围内决定信奉天主教还是信奉新教,因而德国的诸侯们便分为新教派诸侯和天主教派诸侯。这两派诸侯之间不仅有信仰之争,而且有权力之争,两者掺和在一起,使得他们之间的矛盾越来越复杂,越来越尖锐,最后发展成为两个敌对的阵营。1608 年新教诸侯首先组成"新教联盟",天主教诸侯随后于 1609 年组成"天主教联盟",两个联盟水火不容,势不两立。这两个联盟还分别得到皇帝和教廷以及欧洲其他国家的支持,哈布斯堡王朝信奉天主教,因而与梵蒂冈一起站在天主教联盟一边,西班牙和波兰这两个天主教国家也全力支持天主教联盟。法国为了称霸欧洲,力图使德国处于分裂状态,它虽然是天主教国家却坚定地站在新教联盟一边,丹麦和瑞典早已对北海和波罗的海沿岸的德国领土垂涎三尺,荷兰和英国不愿看到神圣罗马帝国向北欧扩张,另外英国还想削弱西班牙的势力,因而这些国家都支持新教联盟。总之,不论是德国国内各诸侯,还是欧洲的其他国家都分属两个敌对的阵营。1618 年捷克(即波希米亚)发动了反对哈布斯堡王朝的起义,这便是三十年战争的导火线。这场战争一直进行到 1648 年结束,这是一场在德国领土上进行的欧洲大战,名为"宗教战争",实为权力之战,是德国国内的各邦国以及欧洲其他国家为争夺领土、王位和霸权而进行的一场战争。1648 年 10 月 24 日参战各方的代表齐集明斯特市政厅签署《奥斯纳布吕克和约》(Friede von Osnarbrück)和《明斯特和约》(Friede von Münster),因为奥斯纳布吕克和明斯特都在威斯特伐伦,故这两个和约统称《威斯特伐伦和约》(Westfälischer Friede)。随着和约的签署,三十年战争正式结束。根据和约的规定,法国和瑞典分别得到了它们想得到的领土,荷兰和瑞士获准脱离神圣罗马帝国成为独立国家。帝国境内的勃兰登堡、撒克逊、巴伐利亚等大一点的邦国的领土大体恢复到了战前的状态。关于教派问题,和约重申 1555 年签订的《奥格斯堡宗教和约》继续有效,承认帝国境内的新教与天主教地位平等。

三十年战争的受益者是法国和瑞典,法国因此具有了称霸欧洲的实力,瑞典成为欧洲强国。与此相反,德国是最大的受害国。战争在他们自己的土地上打了三十年,致使经济崩溃,城市被毁,土地荒芜,人口锐减,德国历史的发展推迟了几十年乃至上百年。在德国国内,这场所谓"宗教战争"的胜利者既不是新教也不是天主教,更不是神圣罗马帝国的皇帝,从这场战争中获得好处的只是各邦国的世俗贵族,这一点主要表现在下列几个方面:

第一,帝国与邦国的关系:战争过后帝国体制进一步衰落,皇帝的权力名存实亡,帝国内大大小小邦国都获得了一个主权国家应有的权力,德国分裂成三百多个小邦国,皇室沦落为一个地区性的政权。17世纪是欧洲各主要国家走向统一的民族国家的重要时期,而德国却是逆潮流而动巩固了分裂。政治上的分裂,大大削弱了德国向现代国家发展的力量,从而使它在各个方面都落后于欧洲其他国家。

第二,君主与市民以及农民的力量对比:15 和 16 世纪以来,随着城市经济的发展,市民的经济实力增强,成为一支不可忽视的社会力量。但在三十年战争期间,除了汉堡、纽伦堡、柯尼茨堡等个别城市未遭战火蹂躏外,其余的城市都被破坏,工商业在战火中毁于一旦,以商人和手工业工人为主体的市民阶级在战争中受到重创,元气大伤,他们再也没有足够的经济实力和明确的等级意识去与君主们抗衡。农民的情况也是如此。16世纪农民曾经举行起义对抗封建势力,即使在农民起义失败以后,他们对封建贵族仍然保持自己的独立意识,仍有相当的社会影响。但是,经过三十年战争,土地荒芜,房屋倒塌,农民失去了生产和生活的条件。为了维持生计,他们只得接受封建主的剥削,沦为农奴。总之,不论是市民还是农民,都失去了保持独立的经济实力和等级意识,成了俯首帖耳听命于君主统治的顺民。

第三,君主与邦国内乡村贵族的关系:三十年战争以后,每一个邦国实际上就是一个王国,邦国的君主就是王国的国王,他们在邦国内拥有至高无上的权力。为了确保自己的权力不受危害,君主必须对其他贵族的权力加以限制,在他们的压力下宫廷以外的贵族不得不放弃某些权力,把这些权力转让给君主。比如,邦国内的重大事务本来应由君主与其他贵族共同商议决定,但很多邦国的君主成功地废除了或削弱了共同决定权,使邦国君主与其他贵族的关系成了一种隶属关系,其他贵族被边缘化,他们必须依附于君主,听从君主的安排。

第四,世俗诸侯与教会的关系:三十年战争的另一个后果是打破了教会势力与世俗政权的二元结构,教会势力遭到致命的打击,再也没有力量抗衡世俗政权。结果是,教会势力失去了对世俗政权的制约,成了君主专制的附庸。

总之,三十年战争以后,神圣罗马帝国名存实亡,各邦国,特别是势力较大的邦国事实上已经成为一个国家,邦国的诸侯事实上就是这个国家的君主。尤其值得注意的是,再也没有一种社会力量可以与君主以及以君主为核心的宫廷贵族相抗衡,社会结构变得似乎非常简单,不再有不同的等级和阶层,只有统治者与被统治者,因而社会上除宫廷的王公贵族外,就只有臣民。在君主统辖的国家里,君主当然是所谓"全民利益"——实际上是宫廷贵族利益——的代表,除此之外,似乎再也没有别的利益,既没有特定阶级或等级的利益,也没有个人的利益了。这种情况导致的结果必然是专制主义。

二　君主专制主义

17世纪是专制主义在欧洲大行其道的时期,大多数国家的君主在与教会和下属贵族的较量中取得了决定性的胜利,一切权力都落入了这些世俗君主手中,"一切权力归君主"不再是一句口号,而是活生生的现实。中世纪以来在欧洲实行的"分封制"退出了历史舞台,一种新的政治体制蔚然兴起,这就是专制主义(der Absolutismus)。这种新兴政治体制的最重要的特点就是君主专制,一切权力归君主所有,君主个人拥有最高和最后的决策权,他不受任何机构的监督和约束,凌驾于一切之上,享有绝对自由。君主专制体制的建立打破了诸侯割据的局面,实行中央集权,达到了政治上的统一,从而大大促进了经济的发展。君主从政治上把全国统一起来,他代表国家,他的利益就是国家的利益,国家意识随之形成。因此,专制主义在欧洲建立的过程也是欧洲现代国家形成的过程。

在欧洲,君主专制体制最完美的典范是法国的君主制,被称为"太阳王"(Sonnenkönig)的法国国王路易十四(Ludwig XIV,1643—1715在位)是欧洲各国君主竞相效法的榜样。路易十四宣称"朕即国家"(Der Staat bin ich),集政治、经济、军事、文教大权于一身。在内政方面:他要求各地行政长官直接听命于他,他亲自主持国务会议,制定重要决策;他禁止信仰自由,镇压胡格诺教徒(Hugenotten)。在经济领域,他推行重商主义,发展经济。为了维护法国在欧洲的霸主地位,路易十四不断对外扩张,掠夺土地。路易十四还在巴黎建立了凡尔赛宫,这是法国第一座供国王起居和料理国事的固定宫殿,不仅建筑富丽堂皇,而且是全国权力的中心,君主专制体制的象征。

　　而在德国,如前所述,三十年战争以后,皇权衰落,真正掌握实权的不是神圣罗马帝国的皇帝,而是各邦国的君主。因此在德国就出现了这样的局面:一方面,帝国范围内依然是封建割据,各个诸侯独霸一方,皇帝对他们没有任何约束力;另一方面,各邦国的诸侯在他的邦国内实行绝对君主专制政体。因此,君主专制政体的建立,在德国不是促进了国家的统一,而是巩固了国家的分裂。各邦国的君主都把法国国王路易十四作为自己效法的榜样,他们统治的基本方略都是从路易十四那里学来的,邦国内的社会结构也是金字塔式的,君主处于权力的顶峰,以君主为首的宫廷贵族组成一支强大的社会力量。同时,一些邦国的君主还看到文化活动可以提高宫廷的威望,他们于是资助各种文化事业,举办庆典,修建宫殿,宫殿的建筑和结构以及内部装修、家什摆设等都要体现主人的艺术品位。音乐、绘画以及文学也都用来为宫廷服务,提倡艺术和促进艺术发展成为君主们一项不可推卸的义务。有的君主甚至自己也从事艺术活动,如:普鲁士的霍恩索伦家族(Hohenzollern)成员就喜欢吹长笛,并为音乐会作曲;巴伐利亚的君主们特别喜欢学习雕刻手艺,他们留下了许多象牙雕刻作品。由于各邦国都程度不同地重视文化艺术,因而一些邦国的都城和自由城市都发展成了文化中心。这样,德国就与欧洲其他国家不同,尤其与法国不同:巴黎既是全国的政治中心,同时也是全国的文化中心。德国没有全国性的文化中心,但有许多地区性的文化中心。

第二节　巴洛克文学

　　17世纪的德国文学也称巴洛克文学(Barockdichtung)。这一节里首先介绍一下 17 世纪文学的特点,巴洛克这个名称的来历,从什么时候开始巴洛克一词成了 17 世纪德国文学的正式称谓,以及它的代表人物马丁·奥皮茨的诗学主张。此外,还要介绍一下与此同时产生的"语言学会"。

一　17 世纪文学的特点

在三十年战争与君主专制主义的背景下产生的 17 世纪文学归纳起来有如下几个特点:

第一,根据法兰克福和莱比锡图书博览会的书目统计,17 世纪的出版物有一半以上是用拉丁语写的,拉丁语在出版物中的这种优势地位一直到 18 世纪初才逐渐被打破。如果按学科分类的话,40%—50%的书籍是神学类著作,其次是法律、历史、哲学和医学类书籍,文学类书籍所占比例还不到 5%。这说明,文学在当时社会中的作用是很小的。另外,对这些图书目录的研究还发现,当时的出版物都是受过高等教育的所谓学者写给同样受过或正在接受高等教育的所谓学者读的,因而出版物的生产者和消费者都是学者。他们读的书籍大多与他们的专业相关,这样,读文学作品的人就不可能很多。当时读文学作品的人主要是宫廷贵族、城市贵族和一部分学者,这些人都是所谓受过良好教育的人;而创作文学作品的人主要是在宫廷以及其他机构供职的市民出身的知识分子。所以,17 世纪文学与 16 世纪文学的最大区别是:16 世纪文学是市民文学,作者和读者都是市民,反映的是市民的生活,表达的是市民的感情;而 17 世纪文学,虽然不能笼统地说就是宫廷文学,但起码也是具有浓厚宫廷色彩的市民文学。如前所述,它的作者都是受过正规教育的知识分子,他们自觉维护人文主义传统。但是,因为他们在经济上不能独立,不是在宫廷或自由城市的机构中做官,就是给贵族当家庭教师,所以便自觉不自觉地把人文主义思想改造成了宫廷贵族能够接受的思想。他们虽然不是宫廷的御用文人,但把维护君主的声望和贵族的品位视为自己义不容辞的责任,认为像16世纪的那种朴素自然,与一般民众生活密切相关的文学根本不是文学,真正的文学必须内容庄重,形式完美,格调高雅。因此,他们绝不为没有文化修养的所谓"贱民"(Pöbel)写作,他们的作品只是写给那些有教养的"高贵者"的。这样,在17世纪盛行的是"高雅文学",被称为"贱民文学"(Pöbelliteratur)的民间文学就被排挤到了"地下"。另外,绝大多数作家没有等级意识,他们的作品有一种超等级的倾向。从17世纪末开始,乡村贵族为了不被完全边缘化,开始注重汲取文化知识,他们中的许多人成了知识分子。于是,一些宫廷就不再录用市民出身的知识分子,而只录用有贵族头衔的人进入宫廷及其机构。市民出身的知识分子逐渐被排斥在君主专制体制之外,成为体制以外的人,这种处境,加之市民阶级在各方面力量的增强,促使他们放弃超等级的意识,逐步建立起市民阶级的自我意识,并在启蒙运动中体现出来。

第二,16世纪,德国文学也曾吸收过希腊罗马文学以及文艺复兴时期意大利文学中的某些主题和题材,但那时是作为借鉴,17世纪的德国文学则完全抛开了本国传统,把外国文学奉为唯一的"正宗",认为只有把德国文学完全转移到外国文学的轨道上才可能创造出可以与外国文学并驾齐驱的民族文学。因此,不论是诗歌,还是戏剧,或者是小说,都是根据外国的模式创作的。这样,固然使德国文学与整个欧洲文学接轨了,但也因此脱离了本国文学的传统,使它的发展失去了连续性。这就难怪直到1777年赫尔德还惊呼,德意志文学没有自己的民族传统,他说:"从古代我们没有继承下来任何有生命的文学,以使我们的文学像民族躯干上的幼芽一样,能在它的基础上生根成长。与我们相反,其他民族几百年来不断前进,它们的形成立足于自己的基础,靠的是自己民族的产品、人民的信仰和趣味以及古代残存下来的一切。"

　　第三，三十年战争的凄惨经历，自然灾害的袭击，黑死病的流行，这些天灾人祸使整个时代都笼罩在死亡的恐怖之中。不论是达官贵人，还是平民百姓随时随地面临死亡的威胁。人在这种环境中生活久了，就会产生一种矛盾的心态：一方面，面对命运无可奈何，只能听任摆布，等待死亡，因而 Memento mori（想着死吧）这句口号又流行起来；另一方面，既然随时都可能死掉，那么与其等待，不如抓紧死前的时间尽情享受生活，因此当时还流行一句 Carpe diem（及时行乐）的口号，意思与前面一句口号完全相反。一方面悲观绝望，相信命运，向往永恒，寄希望于来世；另一方面纵情享乐，急于享受现世一切能享受到的东西。这是当时人的普遍心态。这种自相矛盾的心态，既体现在现实生活中，也反映在文学作品里，而且文学作品是表达这种矛盾心态的主要途径。

　　第四，17 世纪作家的文学观也与 16 世纪作家的文学观不同，他们不认为自己是现实生活的摹写者，而是世界的创造者，他们的作品不是现实生活的一面镜子，而是为人提供生活和思想行为的模式。这种看法与 17 世纪的人对世界的认识有密切关系。战时的动乱和战后的苦难使人的生活完全失去保障，人仿佛成了没有主观意志、任凭命运摆布的木偶。因此，为了有勇气活下去，只能把希望寄托在另外一个世界。这个另外的世界，在当时的条件下只能是神的世界，他们相信那里是一个和谐的整体，一切都保持固定不变的秩序。不过，17 世纪的人已经不像他们的祖先那样迷信，科学的发展动摇了基督教观念的基础，理性思维开始萌芽。因此，他们不再认为那个神的世界只存在于来世，而是相信它能够而且应该存在于人的心中。人心里的那个神的世界，是充满灾难的、支离破碎的、捉摸不定的现实世界的榜样，是人们向往和追求的目标，因而只要心里有了它就能够对付各种不测命运的挑战。文学的任务就在于，帮助人在他的心里建立这样一个神的世界。所以，作家的使命不是描绘现存世界如何混乱不堪，而是设想一个应该而且可能存在的、作为现实世界榜样的和谐的整体,在这个整体中一切个别现象相互都有固定不变的联系。现实世界中任何历史的和现实的事件,如果还有价值的话,不过是因为体现了这种固定不变的联系而成为那个想象中的和谐整体的一个例证而已。

在上述思想指导下,17 世纪作家进行创作的出发点不是现实,而是头脑中的理念。他们不愿停留在自己所感受到的那些具体的、个别的现象中,而总是要从具体现象中抽象出一般的规律来。但是,因为这种抽象的一般并非客观事物固有的内在规律,而是事先设想好的所谓神的世界的整体规律(不然的话,就不承认它是所谓的一般),所以他们作品的内容必然贫乏而抽象。为了弥补这一缺陷,他们于是在形式、技巧和语言上狠下功夫,取得的成就远远超出了 16 世纪文学的水平,为 18 世纪德国文学的繁荣准备了条件。他们所以能取得如此成就,首先是因为他们遵守每一种文学形式的界限和规则,使其尽可能达到尽善尽美的地步。其次,他们大量使用比喻,运用象征和寓意的手法表现那些抽象的理念,而且特别注意比喻的变换。再其次,他们特别喜欢修饰性的描写,力求使作品显得富丽堂皇。最后,他们确信用德语也能写出高水平的作品,因而特别重视德语本身的规律和节奏,使作品不仅语言规范,而且文字优美。所有这些都大大增强了作家的形式感,提高了他们的写作技巧和运用语言的能力。但是,这种文风也导致一些作品臃肿冗长,文字花哨,有的作家甚至故意卖弄技巧,玩形式游戏。

二 巴洛克这个名称

Barock 这个词怎么来的,有不同说法,最常见的说法有两种:一种认为是来自意大利语的名词 barocco;另一种认为是来自葡萄牙语的形容词 barroco;也有人认为 Barock 是意大利语的名词与葡萄牙语的形容词的混合。Barocco 在意大利语中是个贬义词,文艺复兴时期人文主义者曾经用它攻击经院哲学,说经院哲学是"不合情理的或荒诞可笑的奇谈怪论"。barroco 在葡萄牙语中是个褒义词,意思是"不规则的珍珠"。不管"巴洛克"这个词来自哪种语言,最初人们都是用它指称一种艺术风格,特别是指用手工做的珠宝首饰的艺术风格。德国古典主义者不喜欢这种艺术风格,因此便用"巴洛克"这个名称泛指一切在他们看来是"怪异的"、"华而不实的"艺术。直到 19 世纪末"巴洛克"还只是一种艺术风格的名称,而不是时代的名称。17 世纪的艺术家和作家都没有使用过这个术语,既没有用"巴洛克"指称他们的艺术或文学,也没有用"巴洛克"指称他们所处的艺术时代或文学时代。把 17 世纪的艺术称为"巴洛克艺术",把 17 世纪的文学称为"巴洛克文学"是后人加给它们的,而且所包含的价值判断长期以来一直是负面的。

前面已经分析过,17 世纪文学脱离了民众,更接近宫廷。因此,当 18 世纪反映市民阶级要求的启蒙运动兴起时,17 世纪文学自然就成了他们攻击的对象。约翰内斯·尤阿希姆·温克尔曼(Johann Joachim Winckelmann,1717—1768)在《对在绘画雕塑中模仿希腊作品的一些想法》(Gedanken über die Nachahmung der griechischen Werke in der Malerey und Bildhauer-Kunst)一文中说,17 世纪的文学艺术是"文艺复兴衰落的衍生物",是"主观任意和内容空洞的形式主义的产物"。以后,不论是莱辛还是赫尔德,不论是歌德还是浪漫文学作家,都对 17 世纪文学采取了否定的态度。直到 19 世纪末,学术界和文学界还都认为,17 世纪文学"华而不实""过度激情",并用"巴洛克"这个名称表示对它的否定。20 世纪初,瑞士艺术家海因里希·沃尔夫林(Heinrich Wölfflin,1864—1945)对 17 世纪的艺术做了全新的评价,他认为 17 世纪的艺术不同于文艺复兴时期的艺术,有它自身的价值,不能用文艺复兴时期的艺术标准来衡量别具特色的 17 世纪的艺术。沃尔夫林的评价是革命性的,从根本上改变了人们对 17 世纪艺术的看法。从此,"巴洛克"不再是贬义词,而成了别具特色的17世纪艺术的总称,成了表征一个时代的术语。沃尔夫林的学生著名瑞士文学史家弗里茨·施特里希(Fritz Strich, 1882—1963)于20世纪20年代对17世纪文学进行了深入的研究,得出了与沃尔夫林类似的结论:17世纪文学有其独立的价值,是德国文学发展中的一个重要阶段,他把17世纪文学也称为"巴洛克文学"(Barockdichtung)。从此,"巴洛克文学"成为普遍使用的称谓,而且不含贬义。

三 巴洛克文学之父——马丁·奥皮茨

谈到巴洛克文学,首先要讲马丁·奥皮茨(Martin Opitz, 1597—1639),他被誉为巴洛克文学之父。奥皮茨出身于西里西亚一个富裕的信奉新教的市民家庭,从小受人文主义教育,曾在奥得河畔的法兰克福和海德堡学习法律,1620年去当时著名的学术中心莱登,1621年回到西里西亚。奥皮茨是学者、作家,同时又在宫廷及其机构供职,是典型的17世纪德国知识分子。他曾任公爵顾问,1627年获贵族头衔。从1626年到1632年,他给一个城堡司令当秘书,虽然本人是新教教徒,但参与了西里西亚反宗教改革的运动;1633年到1635年担任葡萄牙的两位公爵的外交使节;1636年在但泽宫廷为波兰王室编撰历史;1639年在但泽死于黑死病。

(一)奥皮茨的诗学主张

奥皮茨是诗人,他的诗对17世纪德国诗歌的发展起了决定性作用,他还翻译过许多外国作家的作品,为德国作家提供了学习的样板。不过,奥皮茨所以被誉为巴洛克文学之父,并不是因为他写过诗,翻译过外国文学作品,而是因为他提出了一系列文学主张,这些主张实际上成了17世纪文学的纲领,归纳起来有如下几点:

第一,充分肯定文学的价值,坚决反对柏拉图的文学观点以及由柏拉图的文学观形成的对于文学的误解，即认为文学散布谎言，通过描写荒淫无耻的行为激励人们去模仿这种行为。奥皮茨的名言是"文学原本不过是隐蔽的神学"，他强调文学同哲学一样也是传播真理，只是因为比哲学更具娱乐性，所以更容易让人接受。

第二，在充分肯定文学价值的基础上，奥皮茨提出了必须立刻创立德意志自己的民族文学的目标。这种民族文学必须是高雅的，同时又必须是用德语写的。他特别强调这两点是基于如下考虑：首先，他认为，只有人文主义运动以来以古希腊罗马文学为典范发展起来的罗曼语国家的文学才是真正的文学，16世纪德国市民创造的文学根本不是文学。德意志的民族文学必须接受古希腊罗马的传统，与罗曼语国家的文学接轨。其次，奥皮茨坚持，像希伯来语、拉丁语一样，德语也是"主要语言"（Hauptsprache），用这种语言同样可以创作出优秀的作品来。这里，奥皮茨既反对当时流行的错误观点，即认为只有用拉丁语才能创作文学作品，也反对16世纪作家用民间语言写文学作品的做法。

第三，要创立一种符合古希腊罗马文学传统的、以人文主义思想为基础的、并用德语写作的高雅文学，必须具备两个先决条件：一是作者必须是受过正规教育的、有学问且品格高尚的学者，他们有古典文化的修养，知识渊博，通晓各种文学体裁的特点、规则和界限；二是必须把规则放在高于一切的位置，懂得规则，熟练掌握规则，比天赋的才华重要得多。奥皮茨以及他同时代的人如此强调规则，是因为他们认为，文学作品不是表达个人的体验，不是表达作家自己的独特感受，而是表达《圣经》里或古人阐述过的真理，而表达这样的真理需要特定的规则。

第四，文学创作也是一种可以学会的技艺（ars）。这种观点一直延续到18世纪初，启蒙运动发展期的代表人物高特舍德为了强调这一点，他还引用这样一个例子：一个优秀的农夫，如果不按照种地的规则耕种土地，他就不会有好收成；相反，如果他按照规则兢兢业业地耕种，那么即使土地贫瘠也会有好收成。

(二)《德意志诗学》

奥皮茨的上述观点是他在 1624 年出版的《德意志诗学》(Buch von der deutschen Poeterey)的基本思想。17 世纪是诗学盛行的时代,诗学的结构和功用与当时同样盛行的演说学(Rhetorik)相同。演说学是教人如何撰写和发表演说,诗学是教人如何写文学作品。奥皮茨的这部诗学是当时最著名、影响最大的诗学,在相当长的时间内作家都是按照这部诗学提出的原则和规则写文学作品的。这部诗学共分八章,奥皮茨对各种文学种类(主要是诗歌和戏剧,当时小说还没有算做正规的文学)都进行了界定,提出了必须遵守的规则,规定什么文学种类适宜于表现什么对象,应该采用哪种风格。他给悲剧和喜剧下的定义是:悲剧只能表现帝王将相,要有激情,要威严庄重;喜剧可以表现一般民众,可以嘲讽取笑。他大力提倡希腊的悲剧、喜剧、颂歌、格言诗以及源于意大利的十四行诗,并认为亚历山大诗体最适合德语诗歌。

从纯学术的观点看,这部诗学的最大贡献是,作者提出了德语诗歌应当遵循的基本原则,为德语诗歌的格律奠定了基础。奥皮茨认为,德语诗歌既不能像 16 世纪的诗歌那样,每一诗行的音节相等,表示节奏的扬音与德语单词的重音无关,也不能像希腊诗歌那样,诗的节奏通过长短音来表示。德语诗歌的扬音必须毫无例外地与德语单词本身的重音相吻合,这是德语诗歌的基本规律。据此,奥皮茨说,德语诗歌的节奏只能有两种,一是抑扬格(Jambus),一是扬抑格(Prochorus),不是一轻一重,就是一重一轻。当然,日后的实践证明,除这两种以外,还可以有扬抑抑格(Daktylus),即一重二轻,和抑抑扬格(Anapäst),即二轻一重。虽然有了其他的可能性,但扬音必须与单词的重音相吻合这条基本规律是不可改变的,证明是正确的。

除关于德语诗歌格律的论述具有独创性外,这部诗学的其他部分从纯学术观点看均无新意,不过是综述或重复亚里士多德、贺拉斯以及他们的继承者维达(Marco Girolamo Vida)和斯卡里格(Julius Cäsar Scaliger,1484—1558),还有"七星社"的首领龙萨(Pierre de Ronsard,1524—1585)和荷兰人文主义学者海因季乌斯(Daniel Heinsius)的观点。但问题在于这部著作的实际效果,确实有很大一部分作家把它作为创作的指南,因此有的文学史家把巴洛克文学的起始时间定在1624年,即《德意志诗学》出版的那一年。所以,奥皮茨的功绩不是在理论上有什么突破,创作上有什么成就,而是在于他敏锐地感到了时代的要求,及时指出了17世纪德国文学发展的方向,让德国文学转移到了古希腊罗马文学的传统上来。

四 语言学会

为纯洁语言而建立的"语言学会"(Sprachgesellschaft)是17世纪德国文化生活中的一道独特的风景线。建立"语言学会"的传统始于文艺复兴时期的意大利,当时意大利的一些当权者往往集政治领导人、学者和文学艺术事业的资助者于一身,他们把使用纯正的意大利语看作有学识、有教养的重要标志,因此,纯洁意大利语就成了他们的头等大事。在这种背景下,1582年佛罗伦萨成立了名为"麸皮学会"(Accademia della Crusca)的语言学会。从会名就可以看出,从面粉中清除麸皮,宗旨是纯洁语言。意大利开创的以纯洁语言为目的的语言学会的传统首先传到法国,后来又从法国传到德国。

16世纪初,马丁·路德曾经清除过德语中的污垢,促进了德语的统一。可是,到17世纪初,德语再度陷入混乱,面临新的危机。当时上流社会鄙视德语,认为使用德语有失身份。社会上虽然存在一种由德语、拉丁语、法语、意大利语和西班牙语混杂而成的名为"考得韦尔施"(Kauderwelsch)的书面语言,但实际上没有人使用。宫廷的通用语是法语,学者们用的是拉丁语,德语完全被排斥在通用书面语言之外。另外,由于国际交往的增多,加之三十年战争发生在德国境内,大量外来语进入德语之中,造成德语语法和词汇一片混乱。在四分五裂的德国,民族语言是维系民族统一的最后一条纽带,面对这条纽带被割断的危险,一些有识之士感到维护德语的纯洁性已是他们义不容辞的责任。这些人中,也包括当权的诸侯如安哈特—克腾(Anhalt-Käthen)的公爵路德维希(Ludwig)。他本人是佛罗伦萨的"麸皮学会"会员,于 1617 年在魏玛创立了德国第一个语言学会,取名"丰收学会"(Fruchtbringende Gesellschaft),因为会徽是印第安的棕榈树,故也称"棕榈团"(Palmenorden)。"丰收学会"的章程规定,学会的首要任务是"保持我们十分崇敬的母语的根本性质,使用时要对它有正确的理解"。章程中要求会员,"不论讲话和书写,还是写诗作文都要使用德语,不得掺杂任何外来的拙劣的外国语词汇",还要求会员研究德语的特点和规律,出版了由克里斯蒂安·古艾因茨(Christian Gueintz)编的《德语正字法》(Deutsche Rechtschreibung,1645)和尤斯图斯·格奥尔格·绍特尔(Justus Georg Schottel,1612—1676)编的《德语诗律或韵律》(Teutsche Vers- oder Reimkunst,1645)。开始时,"丰收学会"的会员几乎全是贵族,到了 40 年代市民出身的会员越来越多,"丰收学会"的声望也越来越高,能成为学会的会员是一项很高的荣誉。因而文学界的很多知名人士都是"丰收学会"的会员,奥皮茨就是其中之一。1650 年,路德维希逝世,"丰收学会"的影响随之越来越小,1680 年解散。

继"丰收学会"之后,1633 年在斯特拉斯堡又成立了以约翰·米歇尔·莫舍罗施(Johann Michael Moscherosch,1601—1669)为核心的"松林正义学会"(Aufrichtige Gesellschaft von Tannen),1642 年菲利普·冯·泽森(Philipp von Zesen,1619—1689)在汉堡成立了"德意志同志会"(Teutschgesinnete Genossenschaft),1644 年格奥尔格·菲利普·哈尔斯

多尔夫（Georg Philipp Harsdörffer，1607—1658）和他的朋友们在纽伦堡成立了"值得称赞的佩洛尼茨河畔牧人花卉协会"（Löbliche Hirten- und Blumenorden an der Pegnitz）。这些语言学会不仅为纯洁德语做出了贡献，而且对文学也有很大影响，因为绝大部分作家都是语言学会的会员，有些学会甚至就是作家和艺术家组成的团体，如由著名诗人西蒙·达赫（Simon Dach，1605—1659）和他的朋友作曲家海因里希·阿尔伯特（Heinrich Albert，1604—1651）共同创立的"南瓜凉亭社"（Die Kurbishütte）就是一例。

第三节　诗歌

德国的诗歌有从骑士爱情诗发展变化到工匠歌曲的传统，在 16 世纪民歌也十分发达。但到了 17 世纪，德国本土的诗歌传统完全中断了，随着手工业工人在社会上的作用越来越小，曾经兴旺一时的工匠歌曲从衰退到最后悄无声息，民歌的繁荣局面也已不复存在；代之而起的是一种与传统完全不同的诗歌，在 30 和 40 年代占据文坛主导地位，德国的诗歌创作从此进入一个全新的发展阶段。

一　巴洛克诗歌的特点

与以往的诗歌相比，巴洛克诗歌的最大特点是，诗人都把古希腊罗马的古典诗、文艺复兴时期的意大利诗歌以及由此衍生的法国诗歌视为正宗，把本民族的传统诗歌和民歌排挤到地下。他们称自己现在写的诗为"雅诗"（Kunstlyrik），认为那些在民间流行的，受普通民众喜爱的民歌式的诗是"贱民歌曲"（Pöbelgesänge）。"雅诗"与"贱民歌曲"水火不相容，尖锐对立。换句话说，他们认为只有按照意大利诗歌和法国诗歌的模式，经过精心雕琢而写成的形式考究、格律严谨、用词华丽的

诗才算是真正的诗,而朴素自然的民歌或具有民歌色彩的诗是不能登大雅之堂的。他们的所谓"雅诗"有几个具体特点:

(一)"彼特拉克诗风"

17世纪德国诗人最崇尚的外国诗人是意大利诗人弗兰齐斯科·彼特拉克。彼特拉克是意大利文艺复兴早期文学的"三杰"之一,享有"文艺复兴之父"的美誉,他写的十四行诗为欧洲诗歌开辟了新的道路,后人尊他为"诗圣"。彼特拉克是典型的文艺复兴时期的文化巨人,他多才多艺,著述甚丰,在他的文学创作中最优秀因而也是最重要的作品是他用意大利语写的《歌集》(Liederbuch,德文译本,1470)。这个集子共收入366首诗,绝大部分是十四行诗,除少数政治诗外,其余全是诗人歌咏他与劳拉相爱的爱情诗,诗中记述了他与劳拉相爱的快乐和失去劳拉的痛苦。彼特拉克的这些爱情诗,不论内容还是形式都成为在他以后的欧洲诗人竞相效法的榜样,因而就有了"彼特拉克诗风"(Petrakismus)这个说法。"彼特拉克诗风"有如下特点:语言讲究精确,大量采用比喻、对照、佯谬、夸张等手法以凸显要表达的内涵,诗中主要是进行理性的推论,而不是表达诗人自己的思想感情,追求的目标是以不同的方式表达爱情带来的欢乐和痛苦。因此,所谓的"彼特拉克诗风"有比较固定的主题,如身体的美、由于得不到爱而产生的抱怨、对女性的赞扬等等。诗中所写的内容也往往不是诗人自己的切身体会,而是按照已有的模式复制出来的。"彼特拉克诗风"在15和16世纪就已经在意大利、法国和西班牙等罗曼语国家流行,17世纪传入德国。达到或超过彼特拉克的水平,是17世纪德国大部分诗人追求的目标,因而写作上的模仿在17世纪的德国诗界不仅不会受到谴责,而且还会被看作要成为真正诗人必须具备的才能。懂得模仿并且会模仿,才能证明自己是有文化修养的人,与那些只凭自己的情感和直觉写诗的没有文化修养的人不同。

（二）十四行诗

就形式而言,17世纪诗歌最主要的诗体是十四行诗（Sonett）。十四行诗源于意大利,是一种结构固定、形式严格的诗体,一首诗的行数是固定的,只有十四行,而且必须是十四行,不能多,也不能少。一首十四行诗由两部分组成:前一部分为八行,这八行又分为两段,每段四行;后一部分为六行,这六行也分为两段,每段三行。另外,前一部分的最后一行即全诗的第八行与后一部分的第一行即全诗的第九行不得跨行,前后两部分必须截然分开。前后两部分的关系像起唱与终曲一样,既有区别又有呼应,呈现出有起有落、有张有弛的氛围。十四行诗各段的韵脚也是固定的,前一部分是 abba,abba,后一部分是 cde,cde,或cdc,dcd 等。由于十四行诗在形式方面有如此严格的要求,因而要想不破坏它的规则,又能充分表达自己的思想感情,就是一件很不容易的事。不过,一旦有人做到了,那就证明这个人确有才华,是个杰出的诗人,因此很多诗人垂青于这种诗体。文艺复兴时期,意大利涌现出一大批十四行诗诗人,其中最著名的是彼特拉克。随后,十四行诗由意大利传入法国和英国,16世纪在法国诗坛占据了统治地位。到了17世纪,十四行诗又由法国传入德国,因为这种诗符合当时德国诗人追求典雅的要求,所以不仅成为了17世纪德国最主要的诗歌形式,而且还产生出一批优秀的十四行诗诗人。

（三）即事诗

17世纪是"即事诗"（Gelegenheitsgedicht）盛行的世纪,其盛行程度今天难以想象。一切活动都是作诗和朗诵诗的机会,一切机会都可用于作诗和朗诵诗。这样的机会包括家庭中的庆典,如洗礼、婚礼、葬礼、生日、命名日等等,也包括诸如祝贺、告别、生病、康复以及宫廷的各种其他活动,就是与季节有关的事件和个人生活中的大事如获得学位、就职、晋升等都可以成为作诗和朗诵诗的机会。遇有这样的机会,主人会自己作诗,但更多情况是请人作诗,这样就出现了一批专门为别人作诗的诗人,或者说,很多诗人是受人委托为别人作诗的。这些诗人根据委托者的要求写的诗,在隐去写诗因由的情况下也可以作为自己的创作结集出版。即事诗是一种应用诗,表达对诸如生老病死、婚丧嫁娶、庆典应酬、责任义务、快乐痛苦等的一般看法,诗人只能在表达一般看法的前提下表现一点个人的思想感情。另外,其他文人也用即事诗歌颂君主或是互相赞扬,不过,在 17 世纪不能把对君主的歌颂与歌功颂德混为一谈,也不能把文人之间的互相赞扬与互相吹捧等同起来,因为在这些歌颂和赞扬中包含着对被歌颂和被赞扬者的希望,希望君主能恪守自己的职责,希望文人学者能在艺术上大有作为。总之,在 17 世纪,即事诗是一个网络状的平台,它可以满足社会的各种实际需要和个人的各种需求,同时也为一些人提供展现自己和获取收入的机会。

二　17 世纪上半叶的诗歌,即"第一西里西亚派"

17 世纪上半叶的诗歌与下半叶的诗歌,虽然从总的倾向看是一致的,但它们之间还是有一些明显差别。另外,17 世纪的主要诗人都来自西里西亚,文学史家就把上半叶的诗人称为"第一西里西亚派"(die erste schlesische Schule),把下半叶的诗人称为"第二西里西亚派"(die zweite schlesische Schule),以示区别。

(一) 17 世纪诗歌的开创者

1. 格奥尔格·鲁道夫·韦克尔林

17 世纪"雅诗"的先行者是格奥尔格·鲁道夫·韦克尔林(Georg Rudolf Weckherlin,1584—1653),他长期侨居英国并取得了英国国籍,但一直关心祖国的命运,在英国内战爆发前夕,他写了《致德国》(An das Teutschland,1641),告诫德国人要与一切反民族的力量进行斗争,维护国家的独立和自由。韦克尔林最早的诗歌是 1618 年出版的诗集《颂歌体诗歌与歌体诗歌第一卷》(Das erste Buch Oden und Gesänge)和 1619 年出版的《颂歌体诗歌与歌体诗歌第二卷》(Das andere Buch Oden und Gesänge)。自从这两部歌集问世,德国就有了德国人自己用德语写的符合欧洲普遍标准的雅诗,德国诗歌从此进入了新的发展阶段。韦克尔林的诗至少在三个方面有开创意义:第一,他坚决反对这种看法,认为用德语只能写粗俗的、在民间流行的诗歌,写不出真正的雅诗来,即使写也必然是漏洞百出,低劣粗鄙。他用德语写诗就是要证明,用德语也能写出真正的雅诗来,而且水平并不亚于用拉丁语、法语或意大利语写的诗歌。第二,他毫不犹豫地抛弃了 16 世纪工匠歌曲和民歌的传统,坚决走雅诗的道路,他认为的雅诗就是法国"七星社"诗人龙萨和杜贝莱(Joachim Du Belley)写的那种诗。他按照这些诗人的创作模式进行创作,把颂歌体、十四行诗引入德国,使德国诗歌与意大利、法国等罗曼语国家的诗歌传统全面接轨。第三,韦克尔林公开声明,他不为大众写诗,只为有教养的市民和贵族写诗。他在题为《声明》(Erklärung)一诗中宣布,他"既不为大众写诗也不写大众",他的诗"应只让受过教育的人以及贤明的君主喜欢"。韦克尔林在这首诗中还特别强调,"我的诗必须有高度的艺术性和艺术价值"。

　　不论从创作实践方面看,还是从理论主张方面看,韦克尔林都完成了从所谓"贱民诗歌"向雅诗的转变,他的主张与奥皮茨的主张不谋而合。不过,由于他身居国外,对德国诗坛影响不大,真正把德国诗歌引上雅诗之路的是奥皮茨。

　2. 马丁·奥皮茨

　　奥皮茨不仅提出了关于诗学的理论,而且还通过翻译和创作去实践他的理论。他认为,写诗也是一种手艺,可以通过模仿大师们的创作掌握写诗的本领。因此,他十分看重翻译,他不仅把外国诗人的经典诗篇翻译成德语,而且还按照外国大师们提供的经典模式自己进行创作。他是把彼特拉克的爱情诗介绍到德国的第一人,是把法国诗人龙萨作为典范去努力学习的人,他写过十四行诗、颂歌体诗和格言诗。奥皮茨写的这些雅诗,除形式严谨、格律规范、语言讲究外,最大的特点是,提出命题,阐述观点,而不是抒发情感,倾吐衷肠。因此,他的诗具有思辨性,缺乏抒情性。

奥皮茨创作的诗,在内容上主要围绕两大主题,一是反对战争,要求和平,二是咏唱爱情和人与人的交往,这两大主题同时也是 17 世纪诗歌的共同主题。他写于 1621 年、于 1633 年发表的《厌恶战争的安慰诗》(Trost Gedicht in Widerwertigkeit des Kriegs)是最早写三十年战争的诗。诗中描写了战争造成的破坏和人民遭受的苦难;诗人质问那些为争权夺利而进行战争的暴君,同时也告诉同时代人,他们对战争也负有责任。《赞战神》(Lob des Krieges Gottes,1628)表面上是歌颂战神,实际上是用反语讽刺的手法嘲讽那些敬重战神而成为他的牺牲品的人。

从理论到实践,从内容到形式,奥皮茨都为 17 世纪诗歌规定了发展方向,17 世纪的很多诗人都是在他的影响和引导下从事诗歌创作的,因而就有了"奥皮茨派"(Opitzianer)这个称谓,又因为奥皮茨本人是西里西亚人,他的追随者大都也是西里西亚人,所以也称这些诗人为"西里西亚派"(die schlesische Schule)。

(二)其他重要诗人和诗人团体

1."南瓜凉亭社"和西蒙·达赫

在东普鲁士首府柯尼斯堡有十二位诗人、作曲家和学者,他们经常在作曲家阿尔伯特的花园里聚会,在那里吟诗作曲,渐渐形成一个松散的诗人团体,取名"南瓜凉亭社"。这个团体存在达十年之久,核心人物是诗人西蒙·达赫(Simon Dach,1605—1659)和作曲家海因里希·

阿尔伯特(Heinrich Albert,1604—1651),成员都是市民。

　　这个团体为什么取名"南瓜凉亭社"呢? 这涉及巴洛克时代文人的习惯和对人生的态度。阿尔伯特的花园里确有一个凉亭,但因为修路把凉亭给拆掉了,在这里聚会的诗人们为此特别伤心,他们进而想到人的生命何尝不也是突然就会终结呢? 17 世纪的文人喜欢用某种实物作为一个团体的标志,象征这个团体的存在,达赫等诗人于是就选择了南瓜这个实物作为他们这个团体的标志。在《圣经》里就有关于南瓜的故事,南瓜象征力量和生命的无常。南瓜这种植物夏天里长得很快,生机勃勃,秋天里霜冻一开始,立刻就枯萎凋谢。南瓜的这种从生长到凋谢的过程正好符合柯尼斯堡这个城市的市民的心态:东普鲁士地处边陲,三十年战争没有波及那里,那里的人得以在和平的环境里生活。但是,在那里却不断暴发瘟疫,每一次都有几千人丧命。这样,南瓜这种转瞬即衰的特点就可以用来提醒生活在和平环境里的人们要居安思危,灾难随时可能发生。为了阐明南瓜的这种象征意义,阿尔伯特还写了一首诗《有音乐才能的南瓜凉亭》(Musikalische Kürbis-Hütte,1641),共十二段,分别献给他的十二位朋友,提醒他们要记住死亡随时可能降临。另外,他还把每个人的名字都刻在南瓜上,他的用意是,虽然作为植物的南瓜会很快枯萎,但作为果实的南瓜可以保存下来,因而刻在上面的人名也会保存下来。换句话说,作为肉体的人会在世上消亡,但人的精神将长存。

　　"南瓜凉亭社"的诗人也是在奥皮茨的影响下从事诗歌创作的,罗伯特·罗伯廷(Robert Roberthin)是该社的成员,他是奥皮茨的朋友,作为一名学者在柯尼斯堡传播奥皮茨的诗学主张,1638 年奥皮茨本人也来到这里,受到达赫以及其他诗人的热烈欢迎。"南瓜凉亭社"的诗人们写的诗既有巴洛克诗的普遍特点,也有他们自己的特点,那就是在其他巴洛克诗中很难见到的民歌气息。正是由于这个原因,赫尔德把阿尔伯特用东普鲁士方言写的一首诗收入了他的《民歌集》里，原来的标题是《塔劳的安克》(Anke van Tharau)，赫尔德在收入这首诗的时候把它译成标准德语《塔劳的小安妮》(Ännchen von Tharau)。这首诗是这样写的：

> 我喜欢塔劳的小安妮，
>
> 她是我的生命，我的金钱，我的家产。
>
> 塔劳的小安妮也倾心爱慕我
>
> 把我苦苦思念；
>
> 塔劳的小安妮啊，我的财富，我的庄园！
>
> ——你，我的灵魂，我的血液啊，我的肉体！
>
> 一旦暴风骤雨向你我袭来，
>
> 我们心里只想着，同舟共济；
>
> 疾病，迫害，痛苦和忧郁
>
> 将是拴住我们爱情的绳索。
>
> 像一棵棕榈树，冰雹和雷雨
>
> 越是猛烈地击打，它就长得越快，
>
> 受苦，受难，经受各种紧迫焦虑
>
> 将使我们胸中的爱情变得伟大，坚贞不屈。
>
> 倘若有一天把你与我分离，
>
> 让你到几乎看不见阳光的地方去；
>
> 我愿跟着你，穿过森林，越过大海，
>
> 跨过寒冰，冲出铁窗和敌人的军队！
>
> 塔劳的小安妮，我的光明，我的太阳，
>
> 我要用我的生命拥抱你！

一些文学史家把这首诗算作达赫的作品，这是错误的；不过，这也说明达赫在这个团体中的地位，他是这个团体中成就最高的诗人，因此任何优秀作品似乎都理所当然地出自这位诗人之手。

西蒙·达赫是"南瓜凉亭社"最重要的诗人，同时也是17世纪即事诗的重要代表人物之一。他一生写了几千首诗，但在他生前没有结集出版，只是一首一首单独发表的。不过，他的大部分诗都由阿尔伯特谱曲，并收入阿尔伯特的八卷本歌集《咏叹调》(Arien) 中。写诗是达赫心灵的需要，是他生命的一部分，他从心眼里喜欢写诗，他最大的乐趣就是自己写好的诗由自己或朋友谱曲，与朋友们一起合唱。因此，他特别喜欢"南瓜凉亭社"这个团体，他说他在那里找到了"人间天堂"。但是，达赫又是个即事诗人，他虽然把写诗视为自己的生命，然而他并不是或者并不能完全按照自己的意愿和品位想写什么就写什么，想怎么写就怎么写，相反，他的诗都是在接受别人的委托之后，根据委托者的意图和要求写成的。

达赫为什么必须接受别人的委托写这种即事诗呢？首先，我们必须明白，按照"订单"为人写诗在17世纪司空见惯，社会上很看重这种即事诗人，写即事诗在当时是一种受人尊敬的、令人羡慕的职业，而达赫由于他的才能和名声就更受人尊敬。其次，达赫虽然是中学教师，后来当了中学副校长，最后甚至成了大学教授，但他的收入仍然不足以维持家庭生活，他必须靠写即事诗的酬金补充收入的不足。17世纪的有钱人很讲究文化品位，各种庆典和应酬必须吟诗作赋，他们愿意出钱请诗人写诗并付印刷费。第三，达赫写诗也不全是为了挣钱，有时也是出于义务，他觉得自己有义务为柯尼斯堡这个养育他的城市的市民写诗，至于为大学里的各种活动写诗，他就更是视为自己的职责。不过，有一点必须强调一下，即17世纪是君主专制的时代，对君主的个人崇拜是普遍现象，达赫也崇拜君主。为君主写赞美诗，向君主表示臣仆的敬意，就不仅仅是一种义务，而是来自内心的要求。因此，达赫的诗，有的是为一般市民写的,有的是为上层市民写的,有的是为宫廷以及君主和他们的家庭写的。

达赫既然写即事诗,就得遵循即事诗的写作规范;既然是受人之托写诗,写诗的时候就得考虑委托者的要求、意愿和品位。他献给君主的诗,不仅要符合宫廷的品位,而且还得表现出臣仆对君主的敬仰。由于这些原因,达赫写的即事诗往往套话连篇、空洞无物、自作多情、无病呻吟。不过,达赫毕竟是一位真正的诗人,而不是只掌握了写作技巧的工匠,他也写了一些突破俗套、语言优美、格律规范、内容深刻、感情真挚的好诗。这些好诗的特点是,首先,直接反映现实,表现对人的同情和关怀。比如,从 1620 年到 1629 年柯尼斯堡三次遭受瘟疫侵袭,死难者逾万人。面对袭来的灾患,达赫在一首为别人写的即事诗中写下了这样的诗句:

> 最近,瘟疫在我们这里肆虐逞凶,
> 我们都得被死亡吞食,一律平等,
> 愤怒的钟声撕心裂肺,不停作响,
> 房屋门窗紧闭,巷子空空。
> 夜里,只听见狗的惊噪,
> 叩门的响动和猫头鹰的歌声——

其次,达赫对大自然有特殊的感受,他的写景诗散发出一种清新质朴的气息,比如在一首诗中他是这样描写冬日的景色的:

> 沉睡着的山岳和田野
> 被霜雪覆盖,
> 森林也都

穿上了白色的衣裳。

江河已经封冻

一片清幽静寂，

而平时总是流水声潺潺，

时而也急流滚滚，一泻千里。

第三，即使在为宫廷写的诗中，达赫也尽量表达自己的认识和感情。例如有一部献给波兰国王的歌舞剧，歌词是他写的。在歌词中，他让"牧羊人"诉说战争的苦难，说"上帝会怜悯我们这些受难的人"。最后。达赫的高明之处是，他能够把奥皮茨定下的规则与民歌的特点巧妙地结合起来，因而他的一些诗没有巴洛克诗歌常有的那种学究气和多余的形象语言，反倒有一种近乎民歌的纯朴性。总之，达赫是一位杰出的诗人，他在德国诗歌发展中，特别是即事诗发展中，占有重要地位。

2. "莱比锡诗人"和保尔·弗莱明

17 世纪 30 和 40 年代莱比锡大学的一些学生接受奥皮茨诗学主张，热衷于写诗并喜欢以诗会友，形成了一个松散的诗人团体，文学史家称他们为"莱比锡诗人"（die Leipziger Dichter）。这个诗人团体中的头号诗人是保尔·弗莱明（Paul Fleming，1609—1640），他代表 17 世纪巴洛克诗歌的第一个高峰。弗莱明最早的诗集是 1632 年发表的用拉丁文写的《鲁贝拉或接吻卷》（Rubella sive suaviorum liber，翻译成德语是 Rubella oder das Buch der Küsse），这部诗集是按照彼特拉克的风格写的，诗人弗莱明也因此成了"彼特拉克诗风"在德国的代表。弗莱明用德语写的诗是在他死后由他的朋友整理出版的，1641 年出版的集子只收入 56 首，1642 年出版的《保尔·弗莱明博士的德语诗》（Dr. Paul Flemings Teütsche Poemata）包括了弗莱明的全部德语诗歌。

弗莱明是巴洛克诗歌前期的代表人物之一。如果说，达赫以及柯

尼斯堡诗人的诗还有一点轻松欢乐的气氛,那么弗莱明的诗就总是让
人有一种沉重、忧郁的感觉。弗莱明像奥皮茨一样,认为诗人和世袭贵
族同样高贵,都应当受到尊敬,可是实际情况并非如此,他作为市民出
身的诗人常常被歧视。另外,他渴望和平,而连年不断的战争使他不得
安宁。为此他参加了1633年到1639年对波斯和俄国的考察,国外的
和平景象更使他怀念受战火蹂躏的祖国。后来,他的情人因瘟疫过早
离开人世,他也因对死亡的预感而变得思想消沉,三十岁刚过就与世长
辞了。诗人的一生充满不幸,他的诗是他生活的记录:既记述了他的大
学生活,也报告了他在国外的感受;既表达了他对祖国命运的忧虑,
也倾吐了由于个人生活中的不幸而在内心深处引起的痛苦。祖国、
战争、爱情以及对一些抽象问题的思考是他诗歌的主题。面对祖国
遭受战争的蹂躏,他感到痛心疾首,但也无能为力,在《致德国》(An
Deutschland)一诗中,他称祖国为"母亲"就表达了这种感情。停止战
争是弗莱明的最大愿望,他在《1633年新年颂歌》(Neujahrode 1633)中
写道:

> 玛尔斯(即战神),停止你的战争,
> 要学会宽容!
> 放下武器,并且说:
> 剑,滚开,你为何加重我的负担!

　　巴洛克诗人喜欢在诗中讨论一些抽象的问题,弗莱明也不例外。
他有一首诗叫作《关于时间的种种想法》(Gedanken über die Zeit),诗
中专门讨论时间的各种意义以及时间与人的关系。诗人把时间看作是
人生的经历,一个时代的过程,看作是一个点,一种循环,看作是永恒,
是上帝的图像。还有一首名为《自在》(An sich)的诗是专门讨论道德

问题的,诗人提出了市民必须遵守的道德规范,其中包括"做必须做的事,而且要在别人责令你之前就做"(原文是:Tu, was getan mußsein, bevor dich man gebietet),"谁能自制自律,广阔的世界和其他一切就都听命于谁"(原文是:Wer sein selbst Meister ist und sich beherrschen kann, dem ist die weite Welt und alles untertan)。

与其他巴洛克诗人相比,弗莱明的最大特点是,他写诗是从自己的切身体验出发,因而感情是真挚的。他虽然也用比喻、象征、典故,但并不费解,因为都有具体内容,不仅仅是抽象的符号。有时他甚至克服了当时流行的故作典雅的套路,使他的一些诗带有民歌色彩,如在一首诗中写道:

> 我睡着,却睁着眼睛做梦,
>
> 我休息,却不能平静,
>
> 我做事,却不知道做的是什么,
>
> 我笑,却在笑的时候哭泣不停,
>
> 我以为,我在忙这忙那,
>
> 我沉默,我说话,却不知道干的是什么事情。

(三)17世纪诗歌的杰出代表安德烈亚斯·格吕菲乌斯

安德烈亚斯·格吕菲乌斯(Andreas Gryphius,1616—1664)是17世纪最伟大的诗人,无论就思想深度,还是就形式的完美,他的诗都超过了他同时代的诗人。格吕菲乌斯出生在西里西亚,五岁丧父,七岁丧母,是继父供养他上学的。1631年他的出生地格罗高在一场战争中几乎被夷为平地,他不得不迁移到西里西亚以外的一个小城里。他在但泽念的大学,修学过关于奥皮茨诗学的课程。1636年在皇室官员家里当家庭教师,次年战争又打破了暂时的安宁,主人自杀,他带着主人的孩子来到荷兰的莱登,并在莱登大学教书。1644 年他陪同一位富商去法国和意大利旅行,1647 年回到西里西亚,在宫廷供职。1656 年一场大火烧毁了他的住宅和全部财产。格吕菲乌斯共有七个孩子,其中四个幼年夭折,一个女儿得了精神病,他自己于 1664 年中风死亡。

格吕菲乌斯生活的时代正值三十年战争期间,他的故乡是敌我拉锯的战场,一块交战各方的必争之地。那里不仅战事频繁,胜利者对百姓的烧杀劫掠也是家常便饭,加之瘟疫再三肆虐,西里西亚人简直像生活在地狱中一般,灾难、死亡会随时从天而降。格吕菲乌斯生活在这样的环境里,亲眼目睹了人间的各种罪恶,亲身经历了世上的种种苦难。单就个人的经历和遭遇而言,格吕菲乌斯也算得上是 17 世纪诗人的典型代表。他的诗歌记载了他面对这个时代、这种环境所产生的各种思考。

正如他同时代的其他诗人一样,格吕菲乌斯早年的诗也是用拉丁语写的,他用德语写的第一部诗集是 1637 年在波兰的小城里出版的《十四行诗》(Sonette)。1639 年又出版了诗集《周日和周五十四行诗》(Sonn und Freitags-Sonette),1643 年出版了《颂歌体诗集》(Oden)和《格言诗集》(Epigrammata),1643 年还出版了《十四行诗集》(Sonett-Sammlung),1650 年出版了第二集。

格吕菲乌斯是生活的强者,面对命运的打击没有失去生活的勇气,面对罪恶的世界也并不只是诅咒和抱怨。他在几乎绝望的同时能冷静思考:世上为什么充满罪恶,人在罪恶的世界上如何生活。因此,他的诗不仅充满悲愤之情,也有思想之果。从表面上看,他的诗大多写的是宗教题材,"虚空"(Eitelkeit)和"无常"(Vergänglichkeit)是常见的主题。他的名诗《凡事皆虚空》(Es ist alles eittel)就是根据《圣经·旧约》的《传道书》中的一段话写成的。大卫的儿子在传道时说:"虚空的虚空,虚空的虚空,凡事都是虚空。人一切的劳碌,就是他在日光之下的劳碌，有什么益处？一代过去，一代又来，地却永远长存。日头出来，日头落下，急归所出之地。风往南刮，又向北转，不住地旋转，而且返回转行原道。江河都往海里流，海却不满，江河从何处流，仍归还何处。万事令人厌烦，人不能说尽。眼看，看不饱，耳听，听不足。已有的事，后必再有，已行的事，后必再行，日光之下并无新事。岂有一件事人能指着说，这是新的？那知，在我们以前的世代，早已有了。已过的世代，无人记念，将来的世代，后来的人也不记念。"(《圣经·旧约》的《传道书》第一章)格吕菲乌斯根据这段话写的诗是：

凡事皆虚空

大卫你看，不管你往哪里看，世事皆虚空

今天此人建，明天彼人拆：

今天这里城市林立，明天就要变成一片草地

草地上，一个牧童在羊群中嬉戏。

今天这里繁花似锦，不久就会有人闯入。

今天如此顽固坚挺的一切，明天就是灰烬和尸骨。

没有什么是永恒的，铁砂和大理石都不能永驻。

今天幸福向我们微笑，不久就得横遭困惑和疾苦。

高尚行为带来的荣誉必将像梦一般逝去。

即使时代的玩物，轻如鸿毛的人保持住了这种荣誉。

唉！这一切我们奉为珍贵的东西

不过是毫无意义的子虚乌有，影子、尘埃和风，

不过是草地上的一朵我们再也见不到的花。

而真正永存的，人们却置之不理，无动于衷。

这首诗的标题已经说明了诗的内容，即人的一切努力都是徒劳的，

因为世界上任何一种东西都不可能永存。人自己建造的房屋、城市，都是建成后随之又被毁坏，就是自然界的田园风光也会遭受不测，一片城市转瞬间便夷为平地。人的命运同样也是变化不定的："今天幸福向我们微笑，不久就得横遭困惑和疾苦。"这里，诗人采用的是对照手法，静态的微笑与动态的疾苦相呼应，使整个世界都处在静与动的转换之中，从而打破了关于尘世永存的幻想。接下来诗人提出证据证明世事无常：自古希腊以来，人们有这样的信念，认为人一旦完成某种高尚的行动，他的名字将流芳百世，精神将万古长青。诗人认为，这种信念是不切实际的，因为荣誉也像梦一样是要消失的。既然世上的一切都不会永存，那么作为时代玩物的人怎么可能永生呢？因此结论是：追求尘世永存，追求在尘世永生的努力是徒劳的，不值得的，毫无意义的，因为这个目标永远不可能达到。最后一句话的意思是，确有永恒存在，但不在尘世，而在天上，怎奈人们对存在天上的永恒却都置之不理。

格吕菲乌斯的"虚空感"并不完全来自基督教信仰，也有的是来自他的亲身经历，因而有具体内容。"世界是罪恶的深渊"，这是他的切身感受，因为他的祖国到处都是战乱和瘟疫；人世间的一切是"无常"的，也是因为他看见自己风华正茂的友人竟突然死去，刚刚建起的城市竟转瞬间变成废墟。因此，格吕菲乌斯否定世界，是因为世界充满罪恶，他诅咒罪恶，是因为罪恶危及祖国和人类的命运。著名诗篇《祖国之泪，写于 1636 年》(Thränen des Vaterlandes Anno 1636)生动具体地记述了战争的恐怖和战争所造成的破坏，表达了他对祖国命运的关切。这首诗收在 1637 年出版的《十四行诗集》中，当时的标题是《被蹂躏的德国之哀怨》(Trawrklage des verwüsteten Deutschland)，1663 年改为现在的标题《祖国之泪》。

《祖国之泪》的第一诗行"我们已经完全，完完全全地被蹂躏了"概括了全诗的内容。接着诗人讲述了战争的恐怖和造成的后果。他说，参加战争的人是"一群无耻之徒",战场上是"剧烈狂躁的军号","沾满鲜血的剑和雷鸣般的火炮"。如果说,战争已经是恐怖至极,那么它造成的后果更是可怕:"塔楼葬身火海,教堂已坍倒","市政厅惊慌失措,坚强者断了头,少女被奸污"。到处是"火焰、瘟疫和死亡","随时有鲜血流入这里的城市和战壕","河里的流水几乎被死尸堵住只能缓缓地渗入"。然而,这一切还不算是最可怕的,比大火、瘟疫和死亡更可怕的是,"夺去了多少人的灵魂瑰宝"。诗的全文是:

> 我们已经完全,完完全全地被蹂躏了,
> 一群厚颜无耻之徒,那剧烈狂躁的军号,
> 那沾满鲜血的剑和雷鸣般的火炮
> 把用汗水和辛劳浇灌的果实
> 还有那些储备通通吞噬消耗。
> 塔楼葬身火海,教堂已坍倒,
> 市政厅惊慌失措,坚强者断了头,
> 少女被奸污,不论我们往哪里看,
> 只有火焰、瘟疫和死亡,死亡让你
> 毛骨悚然,心惊肉跳。
> 随时有鲜血流入
> 这里的城市和战壕。
> 我们河里的流水几乎被死尸堵住,
> 已经有三六一十八年
> 只能(从尸体的缝隙间——译者)缓缓地渗入。
> 而我还没有提到那比死亡
> 更令人生气,
> 比瘟疫、大火和饥饿

更令人恼怒的事：

他们夺去了多少人的灵魂瑰宝。

为什么"灵魂瑰宝"（Seelenschatz）被夺走更可怕呢？因为，按照基督教的观点，灵魂这个瑰宝一经丧失，人就无法抵御尘世的诱惑，就会去追逐功名利禄、荣华富贵，而这种追逐必然导致战争和互相残杀，人间的一切罪恶都由此而来。然而，格吕菲乌斯毕竟不是生活在中世纪，而是生活在科学已经开始发达的 17 世纪。他虽然尚未摆脱基督教思想的束缚，但同时也受到了文艺复兴以来人文主义思想的熏陶；他虽然认为人间存在罪恶，但根据斯多噶派思想他又相信人心中有"自由意识"（der freie Sinn）。他在一首诗中写道：这种"自由意识""存在于一切之中，一切存在于它之中／它能看见不复存在的和即将出现的一切／在尘世堕落和毁灭之时，它保持旺盛／肉体作为它的住所虽然可以倾倒，但它永不泯灭"。诗人进而强调，这种"自由意识""存在于人的心中，有了它就可以不受尘世的诱惑，友谊和爱，正直和诚实就能得到发扬"。这就是说，格吕菲乌斯并不认为眼前的罪恶现实是永远不变的，他相信祖国的命运会有转机，人类会有进步。然而，在现实中他又看不到转机的苗头，进步的征兆，于是更觉得现实世界罪恶深重，必须彻底否定。他的思想始终处在极度矛盾之中：希望时看不到出路，绝望时又抱有希望。他否定现实，是因为他心目中的理想世界与他实际经历的现实世界完全相反，因而他的否定是相对否定；另一方面，他越是向往理想的世界，就越是觉得现实世界一无是处，因此他的向往只能导致否定，在这个意义上他的否定又似乎是绝对的。正是这种理想与现实的尖锐对立和相互否定构成了他的诗歌的内在特征，使他的诗歌具有深刻的内容和独特的形式。

格吕菲乌斯的诗包括十四行诗、颂歌体诗和格言诗，但以十四行诗为主。十四行诗的形式严谨,规则固定,一个诗人要想既不破坏这种诗体的固定规则,又要充分表达自己的思想感情,他就必须熟练掌握这些规则并且具有驾驭这些规则的能力,而且还要有在客观限定的范围内充分发挥主观能动性的坚强意志和顽强精神。格吕菲乌斯正是因为有这样的能力和精神,所以他没有成为这种固定形式的奴隶。他头脑冷静,意志坚强,面对命运的打击不轻易动摇;他在混乱的世界中始终坚持自己的信念。因此,他的十四行诗不仅形式上毫无破绽,内容上也恰当地表达了他既否定又肯定、既绝望又抱有希望的思想。

格吕菲乌斯是奥皮茨的追随者,他在创作中严格遵守奥皮茨的诗学规则和要求。如果说,奥皮茨从理论上规定了 17 世纪上半叶诗歌发展的道路,那么格吕菲乌斯的创作实践就是这条道路的最高体现,他因而不仅成为 17 世纪的伟大诗人,而且也是德国文学中杰出的十四行诗诗人。

(四) 其他诗人

1. 格言诗和弗里德里希·冯·罗高

巴洛克时期的诗歌,就诗体而言,除十四行诗和颂歌体诗外,最常见的还有格言诗(Singgedichte,Epigramm)。当时最著名的格言诗诗人是弗里德里希·冯·罗高(Friedrich von Logau,1604—1655)。罗高的第一部格言诗集 1648 年出版,这部诗集给他带来了巨大荣誉,他因此被接纳为"丰收学会"的会员。1654 年他化名格劳的所罗门(Salomon von Golaw)出版了《德语格言诗三千首》(Deutscher Sinngedichte Drei Tausend),共收入 3500 首诗歌。

奥皮茨认为,格言诗的特点是讽刺,与讽刺分不开。罗高接受了这一观点,并且强调,自古以来文学首先就不是为了娱乐,而是为了讽刺。他在《诗学》(Poeterey)一诗中说,揭露和批判世上存在的消极面对他来说是一种"乐趣",一切该讽刺的东西他都会大胆讽刺,他对任何势力都"不下跪,不脱帽"。因此,罗高的诗主要是讽刺,而讽刺的对象主要是宫廷。罗高本人是世袭贵族,他是站在过去的立场上看现在,把过去作为标准来衡量眼前的现实。他认为,过去等级制的宗法社会是最好的社会,他对 17 世纪实行的君主专制主义持批评态度。他竭力维护德意志人的传统美德:规矩、老实和虔诚,讽刺和揭露不道德、不守法、猜疑嫉妒等恶劣风气;他赞扬德意志人的朴素民风,反对宫廷推崇的法国文化。他通过自己的诗告诉世人,当前的社会已经分崩离析,基督教的价值和德意志人的美德已经丧失殆尽,诗歌应该尽其所能使这种趋势逆转。罗高的诗除批判宫廷及其文化外,还特别关注由于战争而引起的社会问题,如贫穷化的问题,他有一首诗就是讲述农民在战争中遭受的苦难。罗高对战争的态度非常明确,他不仅反对战争,而且还提出了战争结束后谁将受益的问题。《威斯特伐伦》和约签订以后,他写了一首诗,就是探讨如何实现和平,谁是和平的受益者的问题。罗高的诗除了写这些忧国忧民的主题外,也写爱情和女人。

2. 宗教歌曲和保尔·格哈德

谈到巴洛克时期的诗歌,如果不谈宗教歌曲,就会留下一个缺陷。在 17 世纪,宗教歌曲十分盛行,数目之多令人咋舌。宗教歌曲的作者主要是神职人员,因为当时写宗教歌曲是一种时尚,像奥皮茨、格吕菲乌斯、弗莱明、达赫等著名诗人也都写过宗教歌曲,所以在巴洛克时期很难界定哪些人是宗教歌曲诗人,哪些人是一般诗歌诗人。17 世纪的宗教歌曲属新教的宗教歌曲,实用性很强,像马丁·路德时代一样,主要用于在教堂做礼拜和在家中做祈祷时吟诵,表达和激活教徒们的信仰,没有成为新教与天主教进行教派斗争的工具。新教的宗教歌曲由于根据人文主义精神和奥皮茨的主张做了一些改革,不同于天主教的宗教歌曲,主要的不同之处是:新教宗教歌曲把个人的信仰放在中心位置,着重培养内心的虔诚。因此,在新教的宗教歌曲中出现的"我"就代表了"我们",这里的"我"不是"个体",而是群体,歌中表达的不是个人的主观感受,而是以"我"的名义说出的所有人的感受。新教的宗教歌曲具有强烈的教诲性,形式朴素,语言简洁明了,接近民歌。与此相反,天主教的宗教歌曲主要用于教堂里集体演唱,因此更具礼仪性,具有庄重典雅的特点,接近当时流行的雅诗。

巴洛克时期最著名的新教宗教歌曲诗人是保尔·格哈德(Paul Gerhardt,1607—1676),他的《哦,血迹斑斑,伤痕累累的头》(O Haupt voll Blut und Wunden)成为巴赫(Sebastian Bach,1685—1750)的《马太受难曲》(Matthäus Passion)中的赞美诗。格哈德的宗教歌曲不仅在当时深受欢迎,直到如今仍然为新教信徒所喜欢。天主教方面比较出名的宗教歌曲诗人是施佩(Friedrich Spee,1591—1635)。

三 17世纪下半叶的诗歌,即"第二西里西亚派"

17世纪下半叶的诗歌与上半叶的诗歌之间的不同,主要表现在如下几个方面:

第一,17世纪中叶登上诗坛的诗人认为以格吕菲乌斯为代表的老一代诗人写的诗冷静有余,激情不够,抽象思辨成分太多,具体感性形象太少。他们的批评是正确的,17世纪上半叶的诗的确有一股学究气,但他们不是克服先辈的缺点,发扬先辈的优点,而是走向了另一个极端。他们有激情,但往往是无病呻吟,自作多情,他们的感性形象就是大量使用比喻和对照。因此,如果说17世纪上半叶的诗人把祖国的命运和人类的前途作为他们诗歌的主题,那么下半叶的诗人对这些主题则是漠不关心,他们感兴趣的是情欲。

第二,17世纪上半叶的诗人在形式方面追求规范和完美,而下半叶的诗人则主要追求华丽和漂亮,把意大利诗人马里诺(Giambattista Marino,1569—1625)奉为典范。马里诺的诗以风格浮华、刻意雕琢而著称,这种所谓"马里诺诗风"传入德国以后又有了进一步发展,变成了纯粹的形式游戏。

第三,17 世纪上半叶的诗人都是市民出身的人文主义者,他们虽然与下层人民没有联系,但与宫廷也保持一定距离,因此他们的思想有一种超等级的性质。而下半叶的诗人大多出身于城市贵族,而且自觉充当这一阶层的代言人。城市贵族是一些暴发户,这些人竭力使自己的言谈举止、兴趣爱好具有宫廷贵族的风度,下半叶的诗人就是为满足这一部分人的需要而写作的,因此他们的诗带有浓厚的宫廷色彩,到17 世纪末有一些诗人甚至直接为宫廷服务,成为了名副其实的宫廷诗人。

(一) 纽伦堡派诗人

"第二西里西亚派"作为一种创作倾向早在 40 年代就已经出现,代表这一倾向的是纽伦堡的"值得称赞的佩格尼茨河畔的牧人花卉协会",这个协会的诗人被称为纽伦堡派诗人,他们在创作方面已经离开了奥皮茨—格吕菲乌斯的道路。

在纽伦堡派诗人中有许多诗人,其中最著名的是格奥尔格·菲利普·哈尔斯多尔夫。哈尔斯多尔夫(Georg Philipp Harsdörffer,1607—1659)出身于城市贵族,本人是法官,著有《诗的漏斗》(Poetische Trichter,1648)。这是一部在巴洛克时期产生过相当影响的诗学著作。作者认为,写诗是可以学会的,任何人只要学会写诗的规则和方法都可以写诗。他在这本书中还列举了大量写诗的规则和实际事例,试图通过这本书的"漏斗"灌输到读者的头脑里。书中的另一个观点是诗的价值不在于它的内容,而在于它的形式,一首真正有价值的诗既要有音乐的声音美,也要有绘画的图像美。"牧人花卉协会"的诗人都努力使他们的诗具有声音美和图像美,大量使用拟声词和能够凸显具体形象的动词和形容词。他们的这种努力虽然增强了德语的表现力,但也把诗歌创作引向了专注语言形式的轨道。

哈尔斯多尔夫的另一个贡献是,他与纽伦堡派的另一位诗人约翰·克莱(Johann Klaj,1616—1656)一起创作了《佩格尼茨河的牧人诗》(Pegnesisches Schäfergedicht),从而使牧歌在德国开始流行。哈尔斯多尔夫的最主要的牧歌作品是八卷本的《妇道人家的会话游戏》(Frauen-Zimmer-Gesprech-Spiele,1641),这部诗集的卷首语是贺拉斯的一句名言"给人教益,供人娱乐"。诗人用这句话作卷首语的目的是,他要通过对话的形式进行游戏,在游戏中给人教益。从作品的内容看,他要给人的教益不外是教贵妇人在社交场合如何才能显得有风度,有修养。

（二）"风流名士诗"和豪夫曼斯瓦尔道

以哈尔斯多尔夫为代表的纽伦堡派诗人是第二西里西亚派的先导,而第二西里西亚派的主将是克里斯蒂安·豪夫曼·冯·豪夫曼斯瓦尔道(Christian Hofmann von Hofmannswaldau,1617—1679)。豪夫曼斯瓦尔道是继格吕菲乌斯和弗莱明之后又一位巴洛克时期的著名诗人,是"风流名士诗"(das galante Gedicht)的创始人。他出身于布累斯劳的一个城市贵族家庭,本人也是城市贵族,1646 年被选入布累斯劳市政厅,1653 年被选入设在累根斯堡的帝国议会,经常代表布累斯劳赴神圣罗马帝国的首府维也纳参加各种活动。豪夫曼斯瓦尔道是布累斯劳政界举足轻重的人物,他的朋友罗恩斯台因说他是布累斯劳"城的中心"。

豪夫曼斯瓦尔道虽然身在官场,但喜欢文学,在从政之余翻译过意大利和法国的小说和戏剧。他尤其喜欢写诗,最初是在奥皮茨的影响下写诗,后来转向马里诺,成为马里诺诗风在德国的代表。豪夫曼斯瓦尔道的诗包括即事诗、格言诗、颂歌体诗和十四行诗,大多数是在 17 世纪 40 和 50 年代写成的,但真正产生影响是在 17 世纪最后几十年。豪夫曼斯瓦尔道写诗不是为了发表,而是为了满足自己的爱好,因此最初只是在朋友当中,特别是在与他有相同审美趣味的城市贵族当中传阅和朗读。他写诗不是为了发表,固然因为他收入丰厚,无须像其他诗人那样靠写诗挣钱,但更重要的原因是诗的内容。他的诗主要是写男女之间的情欲,这一点正好符合城市贵族的需要。我们知道,三十年战争以后在上层人士当中及时行乐的风气盛行,及时地充分地享受生活成为这些人的生活哲学。面对变化无常的世事,与其坐等死亡,不如积极享受一切生活乐趣,包括性爱。因此,豪夫曼斯瓦尔道写性爱的诗只是供城市贵族,而且是供城市贵族中他的朋友们欣赏的,既然如此,当然也就用不着公开发表。另外,他的诗如果公开发表,接受者超出了他的朋友范围,就可能因为与社会上的道德观念和基督教的伦理思想相背而遭各种指责,当然也包括道德谴责。而他作为一位名声显赫的高官,如果受到这样的谴责将会身败名裂。所以,对豪夫曼斯瓦尔道来说,诗写了,但不公开发表,只在朋友中传诵,是最佳选择,这样,既表达了他自己想表达的心境,又不招惹是非。但是,人的观念和社会风气不是一成不变的,到 17 世纪下半叶,不仅是城市贵族,就是城市贵族以外的人对与性爱有关的事也采取了宽容态度,对有性爱内容的文学作品产生了浓厚兴趣。豪夫曼斯瓦尔道原本不打算公开发表的诗正好能适应这种新的兴趣变化,于是,有些唯利是图的人就盗印他的诗,而且常常对原诗随意歪曲篡改。鉴于这种情况,诗人改变初衷,决定自己编一本选集,公开发表他的翻译和部分自创作品。选集取名《德语翻译和诗歌》(Deutsche Übersetzungen und Gedichte),其中包括《英雄书简》以及即事诗和宗教歌曲。他在选集的前言中强调,他的这些诗原来只是"为自娱自乐而写的",并不打算发表,但现在有一些人靠盗印他的作品名利双收,所以他不得不自行发表。

　　选集《德语翻译和诗歌》最主要的作品是《英雄书简》

（Heldenbriefe），这是以罗马作家奥维德（Publius Ovidius Naso，公元前43—约17）的《古代名媛》（Heroides）为样板写成的，包括十四位情人写给他（她）们妻子（或丈夫）的信，每封信一百行，采用亚历山大诗体，于1664年写成。作品的中心主题是爱可以战胜一切，有了爱可以超越一切，为了爱可以不顾一切。本来，描写爱的激情在诗歌中是常见的主题，但一般诗人写这一题材时都承认，男女相爱的最终目的是成为夫妻，爱的激情的合法性也就在于它的目标是结为眷属。豪夫曼斯瓦尔道自觉地突破禁区，他对于爱有另外的见解，首先他理解的爱是性爱，其次他认为对性爱的渴求是一种强大的力量，这种力量可以使出身不同的男女走到一起，可以使他们冲破一切来自外部和内心的束缚大胆地相亲相爱。所以，在这部作品中，诗人不加评论地写通奸、情杀等等，写男女为得到性爱的满足不顾一切，什么都准备牺牲。更有甚者，他还写这股力量甚至能迫使教皇承认婚外情。此外，作品中出现的情人都是宫廷里的人，有的在历史上确有其人，在手稿里用的是真名真姓，付印时改为化名。豪夫曼斯瓦尔道写这些人物大概是想告诉世人，正是宫廷贵族最不遵守道德规范。

《英雄书简》只是诗人创作的以描写性爱为内容的诗歌的一部分，他早年写的关于性爱的诗并未收入其中，这部分诗是通过本亚明·诺伊基希（Benjamin Neukirch，1665—1729）编的《豪夫曼斯瓦尔道先生以及其他德国人迄今尚未付印的诗歌精粹》（des Herrn von Hoffmanswaldau und anderer Deutschen auserlesene und bisher ungedruckte Gedichte）与广大读者见面的。选集共有七卷，从1695年到1727年出齐，豪夫曼斯瓦尔道的诗是主体，共50首，另外还有其他诗人的诗。豪夫曼斯瓦尔道在这些诗中大胆列举女人身体上的敏感部位，毫不掩饰地描写男女对性爱的欲求和满足。当然，他也知道，很多与性有关系的事是不能直接写出来的，于是就采用比喻和典故进行暗示，有时甚至用《圣经》中的典故表示性交过程和性幻觉。他的这种手法收到了奇效：一方面，因为他写的不是实际的性爱及其过程，而是运用文学手段进行的一种游戏，因而没有触及宫廷道德标准的底线；另一方面，通过仔细阅读和品味完全可以领会到，诗中的象征和比喻究竟指的是什么。这样，读者既可以得到审美的享受，又可以满足对性的欲求。所以，豪夫曼斯瓦尔道在17世纪40和50年代创作的这些关于性爱的诗到了17世纪最后几十年正好适应社会，特别是宫廷社会的需要，成了巴洛克后期诗歌的典范，掀起了所谓"风流名士诗"的热潮，把巴洛克诗歌推向了新的发展阶段。很多诗人学习豪夫曼斯瓦尔道的榜样，写内容上把情欲放在中心位置、形式上刻意雕琢的诗。

在17世纪下半叶的重要诗人中，继豪夫曼斯瓦尔道之后还应提到的是达尼尔·卡斯佩·罗恩斯台因（Daniel Casper Lohenstein，1635—1683）。罗恩斯台因的诗歌创作走的是豪夫曼斯瓦尔道开辟的道路，他们俩与风流名士诗人一起把在40年代由纽伦堡派诗人开始的文学"宫廷化"推向了高潮。豪夫曼斯瓦尔道的诗是这股诗潮的顶点，此后，有一部分诗人如约翰·乌尔里希·冯·柯尼希（Johann Ulrich von König）成为宫廷诗人，他们写诗完全是为了得到宫廷的宠爱，获得金钱和地位。这就意味着，文学宫廷化已经走到尽头，因此在17世纪末18世纪初出现了以约翰·克里斯蒂安·京特（Johann Christian Günther，1695—1723）为代表的新的发展倾向，德国文学的诗歌开始向启蒙运动过渡。

第四节　戏剧

巴洛克戏剧，不论是剧本创作还是戏剧演出，都不是德国原有戏剧（特别是狂欢节剧）的继续或者在德国原有戏剧基础上的发展，而是从外国引进或传入的,因此它是新的开始。换句话说,德国戏剧从此步入了文艺复兴以来在接受古希腊罗马戏剧基础上形成的欧洲戏剧的轨道,真正成为欧洲戏剧的一个组成部分,具有了欧洲性或曰国际性。但在德国,巴洛克戏剧并没有像其他欧洲国家那样产生出世界级的大师,也没有创作出跨越国界的经典作品,它在德国戏剧发展的历史上之所以占有极其重要的地位,是因为它为德国戏剧日后走向辉煌创造了基本条件。因此,我们说,没有 17 世纪的巴洛克戏剧就不可能有 18 世纪那个光辉灿烂的戏剧世纪。然而,正因为德国戏剧成为欧洲戏剧的一个组成部分,有了欧洲性或曰国际性,所以也就暂时失去了民族性,丢掉了德国特色。正因为如此,到了 18 世纪,从高特舍德到莱辛,乃至赫尔德、歌德和席勒(Friedrich Schiller,1759—1805)都把建立德意志民族戏剧作为头等大事,并从这一目标出发,对 17 世纪的巴洛克戏剧采取了批判接受的态度。

一　巴洛克戏剧的特点

巴洛克戏剧的显著特点是:剧本由学者创作,他们创作的剧本只是在很小范围内演出,而对公众的演出是由职业演员担当,职业演员的演出常常没有正式剧本;学者们创作的剧本更适合阅读,职业演员所用的剧本(如果他们也有剧本的话)只供演出;学者们写剧本的目的是对观众和读者进行教育,而职业演员演出的目的主要是娱乐群众。因此,巴洛克戏剧有三个"分离":剧本创作与对公众的演出相"分离",学者们创作的剧本的功能与职业演员演出所用剧本的功能相"分离",学者们创作剧本的目的与职业演员演出的目的相"分离"。

巴洛克时期的剧作家都是受过人文主义教育的学者,他们创作剧本时遵循的是文艺复兴时期人文主义者所理解和介绍的亚里士多德和贺拉斯的诗学理论,学习的榜样是荷兰的、英国的、法国的、西班牙的戏剧,他们特别把法国作家兼诗学家斯卡里格的诗学理论奉为经典。因此,他们写的剧本,至少从外在结构上看,与意大利、法国等其他欧洲国家的戏剧完全相同。他们根据贺拉斯的主张,把一部剧分为五幕,每一幕又有若干场,有些剧还有序幕和结尾,中间插入合唱队的合唱。此外,剧本还包括献词、前言、内容提要、对历史事件的注释等等。他们还按照当时欧洲流行的戏剧观点,严格区分悲剧与喜剧,认为悲剧是除史诗以外最高级的文学形式,剧中的人物必须是出身高贵、地位显赫的王公贵族、帝王将相,人物的对话必须庄重典雅,因而对话都是用韵文体。他们认为喜剧与悲剧不同,喜剧的任务是讽刺,而讽刺的对象是普通百姓,因为在这些学者看来,只有普通百姓才会干出令人哭笑不得的蠢事和傻事。

从事戏剧创作的学者们为了强调他们创作的戏剧既不同于16世纪德国自己的戏剧(如狂欢节剧),也不同于17世纪在民间流行的由职业演员演出的戏剧,称他们的戏剧是雅剧(Kunstdrama),意在表明这种戏剧是真正的艺术。正是因为他们过于强调"雅",所以他们写的剧本不适合演出,只适合阅读。事实上,他们的所谓雅剧的确很少在舞台上与观众见面,观众看到的,绝大多数是职业演员演出的戏剧。最早来德国进行演出的是英国喜剧演员,不伦瑞克的君主海因里希公爵(Herzog Heinrich)为英国喜剧进入德国开辟了道路,他的后裔安东·乌尔里希公爵(Herzog Anton Ulrich)又将法国戏剧引进德国。另外,意大利的"即兴喜剧"(Stegreifkomödie)也传入了德国,这种喜剧的主角是一个丑角,意大利语叫阿莱希努(Arlecchino),德语叫哈莱金(Harlekin),也叫皮克尔荷林(Pickelhering)或汉斯乌尔斯特(Hanswurst)。一直到17世纪末,宫廷剧院演出的都是翻译成德语的外国戏剧,主要是法国悲剧和法国喜剧,演出一律由职业演员担当,而职业演员演出的最大特点是随意性,剧团一般不公开他们演出的剧本,演员可以根据现场情况随时改动演出的内容和方式,剧本对于他们来说并不重要,演出与剧本是脱离的。

17 世纪流行这样一种观念:世界是一个大舞台,人生是一场戏,每个人都在这个世界大舞台上演的戏中扮演一定角色,戏剧的任务就是展现这一出大戏。巴洛克时期的剧作家都信奉这一观念,比如达尼尔·卡斯佩·罗恩斯台因在他的剧本《索佛尼斯勃》(Sophonisbe,1665—1666,1680 出版)的前言中说,世界是个舞台,人是时代的玩物。世界是舞台,人生是演戏,这是巴洛克时期的"演戏原则"(Prinzip des Spiels),巴洛克戏剧的宗旨就是通过虚拟的舞台表现真正舞台即世界舞台上发生的事情,从而帮助人把人生这场戏演好。因此,巴洛克戏剧是实用性的,是被作为宣传和教育的工具来使用的。耶稣教会通过耶稣会剧(Jesuitendrama)宣传天主教的教义,鼓励信徒坚定他们的信仰,帮助改信新教的信徒皈依天主教。学校的校长和教师通过"教学剧"对学生进行教育,流动剧团通过它们的演出娱乐群众。总之,不论哪一种剧,都是以取得某种直接效果为出发点和归属,例如著名的拉丁语耶稣会剧作家比得曼(Jacob Bidermann,1578—1639)写的剧本《切诺多克乌斯,来自巴黎的博士》(Cenodoxus,der Doktor von Paris)于 1609 年在慕尼黑演出以后,看过这出戏的诸侯都决心潜心修炼,增强天主教的信仰,而参加演出的演员都加入了耶稣会(Gesellschaft Jesu),可见效果显著。

除宣传和教育这两项功能外,巴洛克戏剧还有一项功能是磨炼人的意志。在 17 世纪的德国,战争、瘟疫、饥荒等天灾人祸连年不断,人随时都有丧失生命的危险。因此,巴洛克戏剧认为有责任帮助观众冷静地面对苦难,因而把磨炼人的意志,增强人抵御各种命运打击的能力作为自己的一项使命。实现这个目标的措施之一,就是在剧中直接表现暴力、屠杀等血淋淋的恐怖场面,因为按照当时的理解,如果这些场面在舞台上假设的世界中反复出现,使人们已经司空见惯,那么在现实生活中实际遇到恐怖时就可以更加坚定地应对。另外,巴洛克戏剧也全力宣扬基督教的美德,忠实地贯彻它所理解的亚里士多德的"净化说"(Katharsislehre),把净化人的灵魂视为最高目标。

巴洛克戏剧对于亚里士多德的"模仿论"(Mimesislehre)也有独特的理解,奥皮茨在他的《德意志诗学》中强调,文学是自然的模仿,但这个"自然"不是实际的存在,而是可能或应该的存在。根据这一理解,巴洛克戏剧写的不是实际存在的现实世界,而是根据观念推论或者想象可能或应该存在的理想世界,具体地说,就是根据基督教教义推论出来的想象的世界。为了让人能理解这个实际上并不存在的世界,戏剧家就得采用比喻和象征等各种手段,让诸如布景、道具、人物的表情和语言等戏剧符号都包含特定的意义。这些符号在戏剧中的表层意义与它们在生活中的意义相同,但剧作家常常赋予它们更深层的神学和哲学含义。表层意义与深层含义的交叉重叠,使得这些戏剧符号有了寓意性,它们的意义关系比较复杂,理解起来有一定困难。这种寓意性是巴洛克戏剧的特点之一,也是它与早期启蒙戏剧的区别之一,早期启蒙戏剧家,如埃利阿斯·施莱格尔(Johann Elias schlegel,1719—1749),都坚决拒绝这种寓意性。

二 巴洛克戏剧的种类

巴洛克戏剧的种类有教学剧、耶稣会剧、流动戏班子(Wandertruppen)、雅剧(Kunstdrama),即西里西亚的悲剧和喜剧(Schlesische Trauerspiele und Lustspiele),以及歌唱剧(Singspiel)和歌剧(Oper)等。这几种戏剧并存,哪一种也不占主导地位。

(一)教学剧

传统的人文主义拉丁语学校都要向学生教授"七艺",即语法、修辞、逻辑、算术、几何、天文和音乐"七种自由艺术"。16 世纪以来,新教的拉丁语学校,也是按照这个计划培养学生的,但为了让学生更好地掌握拉丁语,提高他们的语文能力,作为一种教学方法他们让学生演拉丁语的戏剧,教学剧便由此产生。

因为教学剧的目的是学习语言和使用语言,所以它把重点放在台词和朗读方面,不重视表演。最初演的戏主要是罗马喜剧作家普劳图斯和泰伦提乌斯(亦称泰伦兹)的作品,不久校长和教师也自己动手写剧本,先是用拉丁语,慢慢转向用德语。于是,就出现了这样一种局面:演出的剧本有古代作家写的也有当代人写的,有用拉丁语写的也有用德语写的,而且后者所占比重越来越大。教学剧最初只是在学校里由学生演出,后来也渐渐扩展到社会,到了 17 世纪,在一些城市如斯特拉斯堡、乌尔姆、奥格斯堡、布雷斯劳、德绍、格罗高和齐陶,每年狂欢节前都举行这样的演出。通常演三出戏:一出是《圣经》题材的;一出是历史题材的;一出是喜剧。教学剧本身并没有产生出特别优秀的作品,但它对整个巴洛克戏剧的发展影响很大,耶稣会剧和所谓的西里西亚戏剧都是受它的影响产生的,因而这两种剧都算是教学剧的一种,也是巴洛克戏剧的组成部分。

(二) 耶稣会剧

天主教内部有不同教团,各教团都有自己的戏剧,统称"教团剧"(Ordendrama)。耶稣会是宗教改革以后为对抗宗教改革而创立的一个新教团,它的宗旨是运用各种手段巩固现有天主教教徒的信仰,争取那些已经改信新教的天主教教徒皈依天主教。受新教教徒创立的教学剧的启发,耶稣会的精英们发现,戏剧也是一种可以利用的有效的宣传手段,于是他们仿效教学剧创立了自己的教团剧,名为耶稣会剧。耶稣会剧主要在信奉天主教的地区(如巴伐利亚、奥地利等)流行,是这些地区最主要的文化活动之一。这种剧既有巴洛克戏剧的一般特点,也有几个独立特征,这些特征是:第一,耶稣会剧被认为是一种宣传和教育的手段,是传教的工具,因而追求效果要立竿见影,演出要能震撼观众的心灵,使他们从错误中惊醒,从而迷途知返。第二,耶稣会剧的宗旨决定,它的内容只能是宣传天主教教义,反驳各种与天主教教义相悖的观点,因而台词常常像是布道辞或者争辩辞。它的题材都是来自《圣经》里的故事和基督教历史上以及普通历史上的事件,这些故事和事件的共同特点是善恶分明,美德与邪恶被人格化,乐善不倦的"好人"是学习的榜样,包藏祸心的"坏人"是反面典型。第三,为了达到比牧师布道更好的传道效果,耶稣会剧特别注重舞台演出的艺术质量。演出不光是演员讲台词并配以相应的动作和表情,还要加上器乐和声乐、哑剧和舞蹈;观众在舞台上看到的也不光是身着各种服装的演员,还看到精心制作的布景、巧妙摆设的道具以及各色各样、独出心裁的饰物。总之,教学剧把台词和朗读放在首位,重视听觉效果,而耶稣会剧把舞台的布置放在首位,更重视视觉效果。

耶稣会剧从 16 世纪产生到 17 世纪盛行有一个发展变化的过程,我们姑且把这一过程分为两个阶段。第一阶段的戏剧诗学原则是由蓬塔努斯(Jakob Pontanus,1542—1626)制定的。蓬塔努斯是剧作家,同时也是一位诗学家。他根据亚里士多德的诗学原理提出,演戏的目的是为了培养学生的雄辩能力。耶稣会剧的作者们遵循他的主张,最初也像新教的教学剧一样,把演戏只是作为一种教学手段,让学生以演戏的方式背诵拉丁语的对话,学习用拉丁语表达自己的观点或者与别人辩论,通过这种实际训练培养和提高学生的雄辩能力。后来,当耶稣会士们逐渐认识到演戏也可以达到宣传和教化的目的时,他们便把原本纯属教学范畴的对话活动变成了正式的戏剧演出,演出的地点也由学校转移到公共场所或者宫廷前面的广场上。原来在学校里,一般一年只演出两次,分别在春季和秋季考试以后,自从搬出学校以后,演出次数大大增加,每逢宗教节日和各种庆典都举行演出。不过,此时耶稣会剧虽然对舞台布置已经相当重视,但台词和朗读仍是重点,还是力求首先让观众了解剧情。为此,他们在开演之前给每位观众分发一份用德语和拉丁语写的剧情介绍,让那些不懂拉丁语的观众也能知道剧情的发展。因为耶稣会剧在它的第一阶段是在蓬塔努斯的诗学主张和他的著述的影响下发展的,所以这一阶段也叫"蓬塔努斯阶段"。耶稣会剧发展到一定时期出现了变化,这一变化可视为它的发展开始进入第二阶段。这一阶段是从耶稣会剧的另一位诗学教授兼剧作家雅可布·马森(Jakob Masen,1606—1681)开始的。马森不再像他的前辈那样,严格遵守蓬塔努斯立下的规矩,他认为戏剧演出重点不在于剧本,也不在于台词,而在于演出本身和舞台布置;他从耶稣会剧应当吸引观众来"看戏",而不仅仅来"听戏"的理念出发,接受意大利歌剧的影响,演出时增加了音乐和芭蕾舞。这样,经过马森以及其他一些人的努力,耶稣会剧完成了从以剧本为主,由学生主要在学校演出的"听觉剧"(Hör-Spiel)到以舞台和演出为主、有上百乃至上千人参加演出的"视觉剧"(Schau-Spiel)的转变。所以,耶稣会剧自中期以后,演出地点都是在公共广场,有时甚至整个城市都变成了舞台,参加演出的人数以千计,时间常常达几天或十几天。演出除布景和道具外,还配有火焰、飞翔器等等。总之,这时耶稣会剧的演出已经超出一般的戏剧演出,俨然是一种同时展现各种艺术的联欢活动。耶稣会剧在马森时代达到高峰,此后没有进一步变化,18 世纪中叶最终消亡。而 17 世纪的戏剧则是走上了另一条发展道路,逐步演变成集文字、图像和音乐为一体的"综合艺术作品"(Gesamtkunstwerk),这一发展已经超出耶稣会剧的范畴。

在留下姓名的拉丁语耶稣会剧作家中,最值得一提的是雅可布·比得曼(Jakob Bidermann)。比得曼是蓬塔努斯的学生,他按照蓬塔努斯的要求进行创作,剧本的最大特点是具有感染力和震撼力,能在观众中引起强烈反响。1615 年,他的《埃及的约瑟夫》(Ägyptischer Josef)上演时,在场的所有诸侯都被感动得泪流满面。他最主要的作品是前面提到的《切诺多克乌斯,来自巴黎的博士》,这部戏于 1602 年在奥格斯堡首演,由于深受欢迎,1635 年被译成德文。这部剧的演出效果极佳,当时有人这样评论:"一百个牧师也不会取得与此相同的效果";还有记载称:"看过这部戏后,有十四位宫中人物自动当了隐士。"这部剧是根据圣人布鲁诺的传奇写成的。有一次,这位饱学之士听到一个准备下葬的死尸发出刺耳的尖叫声:"上帝的正义判决,我受谴责。"次日,这个死尸又喊:"上帝的正义判决,我被处决。"第三天死尸又喊:"上帝的正义判决,我受永远的诅咒。"布鲁诺听到死尸的喊声惊恐万状,他想,如果自己在生前不能迷途知返,改过自新,死后肯定也要受同样惩罚,于是与六个同伴一起逃向荒原,放弃尘世的浮华,过隐士生活。《切诺多克乌斯,来自巴黎的博士》是一部"喜剧性的悲剧"(Comico-Tragoedie),也是一部道德教育剧。Cenodoxus(切诺多克乌斯)是拉丁语,意思是"爱虚荣的人",这个名叫切诺多克乌斯的剧中主人公是一个完全沉溺于尘世浮华生活、追求虚荣、到处自吹自擂、沽名钓誉的反面典型。他自以为自己满腹经纶,操守高洁,几乎和上帝一样,殊不知这种想法本身就使他已经站到了上帝的对立面,因为按照天主教的观念,一个凡人妄想跟上帝媲美,就是对上帝的最大不敬,就是不可饶恕的罪孽。另外,切诺多克乌斯希望自己能永生,他要享受尘世的一切,这也是违背上帝的意志的,因为上帝让人来到尘世是为了赎罪而不是为了享受。而更为严重的是,他死不改悔,他把上帝的提示、规劝和临死前将受到上帝审判的警告,通通当作耳旁风,执迷不悟,直至最后彻底毁灭。这部剧的结尾是上帝裁判。魔鬼的首领帕努尔古斯(Panurgus)指控切诺多克乌斯"傲慢"。在中世纪"傲慢"被认为是万恶之源,如果被告被指控"傲慢",肯定就要受到惩罚。切诺多克乌斯听到指控后,马上意识到自己十恶不赦,罪责难逃。他恳求周围的人为他辩护,但遭到拒绝,甚至一直到他死前还劝他改过自新的天使也拒绝为他说话。最后,上帝裁判:把他打入地狱,永世不得翻身。从天主教的观点看,这是对一个人最严厉的判决。作者要告诉世人的是,一个人如果生前只追求尘世的浮华虚荣,不按照上帝的意志保持纯洁的灵魂,死后必将落到与魔鬼为伍的境地。

耶稣会剧的流行是与宫廷的支持分不开的。当时巴伐利亚的宫廷全力支持耶稣会剧,慕尼黑成为耶稣会剧的中心。同样,由于奥地利宫廷的支持,维也纳也成为耶稣会剧的中心之一。

(三) 流动戏班子

前面已经讲过,16 世纪中叶德国就有了职业演员,最初的职业演员来自英国。那时英国的戏剧开始制度化,职业剧团有一百多个,大大供过于求,又因为受清教徒的排挤和抵制,职业演员在国内难以为生,于是纷纷来到欧洲大陆发展,其中一部分于 1586—1587 年来到德国。这些英国演员在德国各地演出,因为演的大多是喜剧,所以被称为"英国喜剧演员"(englische Komödianten)。他们组成戏班子,演出没有固定场所,有时在城堡或宫廷的马厩里,有时在城市的广场上或市政厅的大厅里,到处流动,因而被称为流动戏班子(Wandertruppen)。流动戏班子演出的时间一般安排在城市和宫廷节日期间或者在举行博览会期间。大约在 16 世纪末到 17 世纪初,流动戏班子中也有了德国出生的演员。他们虽然是德国人,但仍然被称为"英国喜剧演员",这就是说,从这时起,"英国喜剧演员"泛指一切职业演员,与国籍无关。随着时间的推移,"英国的"这个形容词渐渐消失,只剩下了"喜剧演员"一词,不过指的仍然是职业演员,不管他们演的是悲剧还是喜剧。到了 18 世纪,Komödiant(喜剧演员)这个称谓才逐步被德语的 Schauspieler(演员)一词取代。

流动戏班子里有演员和乐师(Musikant),一个戏班子的人数在十五到十八人之间。戏班子的首领称班主(Prinzipal)。他负责招募演员,付给演员酬金,制订演出计划,组织和实施演出;他还负责与市政当局谈判,取得演出许可。一般来说,班主也兼导演。最初,戏班子里从班主到演员都是英国人,16世纪末开始有了德国人,三十年战争后已经有了从班主到演员都是德国人的戏班子。比较有名的班主有米歇尔·达尼尔·特洛依(Michael Daniel Treu)、卡尔·安德烈亚斯·保尔森(Carl Andreas Paulsen)、安德烈亚斯·埃伦逊(Andreas Elenson)等,而在当时最著名因而在德国戏剧演出史上占有重要地位是约翰内斯·维尔滕硕士(Magister Johannes Velten,1640—1692)。维尔滕是班主中唯一上过大学并获得硕士学位(Magister)的人,他领导的戏班子起初也是到各地演出,后来撒克逊宫廷成了他的戏班子演出的固定场所,他还在撒克逊成立了演员自己的组织"选侯国撒克逊喜剧演员联盟"(Band chursächsischer Comoedianten)。与其他班主相比,维尔滕更重视剧本的作用,他把很多著名作家的作品改编成了剧本,如莫里哀(Moliere,1622—1673)的喜剧,高乃依(Pierre Corneille,1606—1684)的《熙德》(Cid),卡尔德隆(Pedro Calderon,1600—1681)的《人生是梦》(Das Leben ein Traum)等等。他喜欢情节统一、结构清楚的剧本,重视演出的文学性,在他指导的演出中,节外生枝的表演和打诨逗趣的噱头不多。另外,他让女性扮演剧中的妇女形象,这在当时也算是一种革新。正是因为有他的这项开创性举措,到了18世纪才有诺伊贝尔夫人(Friederike Caroline Neuber, geb. Weißenborn, gen. Neuberin,1697—1760)出现,她不仅是著名的女演员,而且还领导一个剧团。

在谈到流动戏班子时,有两个问题值得注意:第一是经费来源问题。流动戏班子虽然有时也得到某些宫廷和市政当局的资助,但戏班子的存在和演员的生活主要还是靠演出的收入维持,换句话说,戏班子是靠观众养活自己和它们的演员的。这一点就决定了它们的演出必须让观众喜欢，必须引人入胜，既不能像耶稣会剧那样进行说教和宣传，也不能像西里西亚的悲剧和喜剧那样，演出的目的是为了传达某种理念。第二是演员成分问题。流动戏班子的演员最初都是英国人，他们不会讲德语，观众也听不懂他们讲的英语，因而他们在演出时就得尽量弱化语言因素，强化肢体语言和面部表情以及采用其他辅助手段。后来德国演员越来越多，他们承袭了英国演员的特点，于是肢体语言和面部表情就成了流动戏班子演出时最主要的表演手段。以上这两个问题决定，流动戏班子必然重演出，轻剧本，剧本只是提供一个演出的大体框架，不具有决定性意义，演员可以根据眼前的情况随时更改演出的内容，变换表演手段。因此，到 17 世纪初，流动戏班子虽然也开始创作剧本，但绝大多数是在英国的、意大利的、西班牙的以及法国的现成剧本的基础上翻译和改编的，而且恣意篡改，胡编乱造。例如，1669 年演出的高乃依的《波利耶克特》（Polyeuctuo）就被改得面目全非，与原作几乎没有一点共同之处，剧中的恐怖场面与英国表现血腥屠杀和严刑拷打的戏相比有过之而无不及。即使是经过这样翻译和改编的剧本也不是演出的依据，仅仅是演出的参考。演员在演出时有充分自由，可以改台词，可以加动作，总之，可以随心所欲，任意发挥，因此，随意性是流动戏班子演出的一大特色，而集中体现这一特色的剧中人物是汉斯·乌尔斯特。汉斯·乌尔斯特是个丑角，他在剧中的角色既是演员又是观众，既参与演出又评说演出，当然，插科打诨更是他的本行。戏班子的演出是否受欢迎，很大程度上取决于这个丑角的表演。

　　流动戏班子演出的剧种五花八门，有喜剧和悲剧，有神秘剧和滑稽剧，还有歌唱剧，因为它们包括比较严肃的真实事件（Hauptaktionen）和发生在宫廷情场上以及政治谋略方面的钩心斗角（Staatsaktionen）两部分，所以有人把它们统称 Haupt- und Staatsaktionen，中译"历史大戏"，或称为"即兴喜剧"（Stegreifkomödien）。从内容上看，这种"历史大戏"既表现真实的故事，也表现虚构的故事，既表现历史事件，也表现现实事件，既有严肃的场面，人物说的都是政治套语，也有轻松滑稽的场面，人物俏皮话连篇，逗人发笑；从演出上看，演员们时而激情满怀，慷慨陈词，时而温柔和婉，轻松幽默，同时伴有音乐，配以各种装饰；而一部戏的情节不外是，使用各种阴谋诡计获得爱情，或者采取阴险毒辣的手段打击政治上的对手，最后总是以大团圆结尾。因此，"历史大戏"没有一定章法，也没有严格的规矩，它不想重塑历史，也不着力表现现实，追求的唯一目标是在观众中引起轰动效应，只要观众喜欢，无论什么内容、什么手段都可能采用。到了 18 世纪，戏剧理论家高特舍德从古典主义戏剧原则的立场出发对这种戏剧进行了无情的批判，他认为，德国戏剧要想走上正确的轨道必须革除"历史大戏"。"历史大戏"这个名称最初就是由高特舍德这样说出的，完全是贬义。18 世纪以来，文学史界对 17 世纪文学一直持否定态度，因而这个贬义的"历史大戏"称谓也一直被沿用。直到 20 世纪下半叶，对于 17 世纪文学的总体评价发生了变化，"历史大戏"这个名称也就不再作为正式名称使用了。"历史大戏"的另一个称谓是"即兴喜剧"，这个称谓是根据其演出特点确定的，既没有褒义也没有贬义，只是说，演员有充分自由。戏剧演出之前，导演把剧的大致内容告诉演员，至于如何演，演员可以根据情况自己决定。奥地利人施特拉尼茨基（Josef Anton Stranitzky，1676—1726）是演"即兴喜剧"的著名演员，1712 年曾在维也纳的一座喜剧剧院演出。他的贡献在于，把"即兴喜剧"变成了有较高文学品位的"大众剧"（Volksstück），他因而成为 18 世纪在奥地利流行的"大众剧"的创始人。

在 17 世纪，流动戏班子的演出虽然遭到那些坚持高雅文学的文人学者的批判和反对，被认为低俗、粗野，但在一般民众中，甚至在宫廷贵

族中,它们还是很受欢迎的,是这些人的精神食粮。到了18世纪,由于
现代剧院的建立,职业演员有了固定的演出场所,无须再到处流动,流
动戏班子这个名称也随之失去了意义。另外,由于"正规剧"占据了统
治地位,非正规的"即兴喜剧"被排挤在正规的剧院之外,被逐步边缘
化,成了只在民间流行的非主流戏剧。

（四）雅剧

巴洛克戏剧名目繁多,其中最主要的是所谓的雅剧,它是18世纪
德国戏剧发展的基础。在第二节里我们已经提到,奥皮茨想通过他的
诗学著作和他翻译以及自己创作的剧本建立一种属于欧洲戏剧的德国
戏剧。经过他的倡导和格吕菲乌斯等人的实际努力,他们确实创立了
一种戏剧,这种剧具有内容严肃、形式典雅、语言庄重的特点。为了强
调这才是真正的文学,真正的艺术,所以称它为雅剧,以区别于那些不
具有"文学性"和"艺术性"的粗俗戏剧,如流动戏班子以及16世纪汉
斯·萨克斯等人所写的剧本。因为奥皮茨以及从事这种雅剧创作的其
他作家如早期的格吕菲乌斯和晚期的罗恩斯台因都是西里西亚人,所
以在文学史上也称他们写的雅剧为西里西亚悲剧和喜剧。

雅剧即西里西亚悲剧和喜剧也是一种教学剧,而且是新教的德语
教学剧,主要在学校里演出,在宫廷里或宫廷前面的广场上演出是极个
别情况,可见它们演出的机会很少,更多是供人阅读。这种剧的主体是
悲剧,它的特征是一部剧分为五幕,采用亚历山大诗体,出场人物只能
是帝王将相、王公贵族,一般阶层的人不得登场。剧本通常附有解释性
或评论性的注释,另外还有献词、前言、内容提要等等;严格遵守三一
律,即时间、地点和情节的统一。

三　巴洛克戏剧的代表作家

属于雅剧即西里西亚悲剧和喜剧的最主要的作家是格吕菲乌斯和

罗恩斯台因。像在诗歌中一样,在戏剧中也有"第一西里西亚派"和
"第二西里西亚派"之分,这是两个不同的发展阶段。格吕菲乌斯是
"第一西里西亚派"的代表,罗恩斯台因是"第二西里西亚派"的代表。

(一) 安德烈亚斯·格吕菲乌斯

安德烈亚斯·格吕菲乌斯是 17 世纪诗歌的杰出代表,同时也是最
重要的剧作家,他也是一位大学者。他掌握包括古代和现代在内的十
一种语言,此外,还能熟练地使用方言,包括农民讲的方言。他讲授的
课程有哲学、历史和自然科学。本人曾在法国、意大利生活过,对这些
国家的文学十分熟悉。作为剧作家,格吕菲乌斯最初写的是拉丁语的
耶稣会剧,后来接受奥皮茨的主张,决定创立一种能与欧洲戏剧接轨的
德国戏剧。他是 17 世纪雅剧的代表,一共写了五部悲剧和三部喜剧。

1. 五部悲剧

像其他巴洛克剧作家一样,格吕菲乌斯的悲剧也是取材于历史,写
的是历史剧,因为剧中的主人公大多为自己的信仰和理念献身,因而学
术界也称他的历史剧为殉难者剧。

他的第一部悲剧是《列奥·阿尔梅尼乌斯》(Leo Armenius,1650),
写的是拜占庭皇帝列奥五世于 820 年被暗杀和迈克尔二世登基的一段
历史。剧中,列奥皇帝和陆军统帅迈克尔是两个对立的人物,起初,列
奥是当权者,迈克尔是他的下属,后来他们之间的关系发生了骤变,迈
克尔成了当权者,他下令杀死了列奥。作者的意图是想借助这种命运
的突然转变说明人生无常的道理,不过,剧中着重讨论的问题是,判列
奥死刑,而且处以绞刑,这种做法是合法,还是非法?迈克尔及其支持
者认为杀死列奥是合法的,因为他是暴君,而且本人也是通过不合法的
途径取得皇位的。列奥及其拥护者则认为处他以极刑违背基督教的精
神,是亵渎上帝的行为,因为皇帝是受上帝之命治理国家的。格吕菲乌
斯支持后者的观点,他让列奥在临死前拥抱并亲吻耶稣十字架,把列奥

塑造成一个殉难者。他这样写列奥表明,他坚信"君权神授"的原则,认为皇帝是神圣不可侵犯的,同时也表明,他希望社会稳定,因为稳定的关键是统治者不要轻易变动。

他的第二部悲剧是《卡罗鲁斯·斯图亚特》(Carolus Stuardus,1657—1663)。这是一部历史剧,更是一部时事剧,剧中写的是1649年1月30日英国国王查理一世被绞死这一事件。斯图亚特王朝的查理一世坚持"君权神授",大力强化对新教教徒的迫害,同时宣布解散议会,因而引起了英国的内战。议会军在克伦威尔的领导下取得胜利,俘虏了查理一世,并对他进行审判,最后处以绞刑。之后,又爆发了"光荣革命",英国完成了资产阶级革命,彻底推翻君主制,走上了君主立宪的道路。就社会发展的程度来说,德国比英国至少落后两个世纪。当英国废除君主专制的时候,德国的各个邦国刚刚建立这种制度,这不仅因为社会的发展需要经过一个君主专制的阶段,而且三十年战争以后也需要有这样一种政治制度为社会的稳定提供保障。当时的德国人都强烈企盼稳定,寄希望于君主和君主制。因而,当格吕菲乌斯听到英国的君主制被推翻和君主被绞死的时候,他感到的只是震惊和难过。为了表达这种心情,他决定就英王被杀一事写一个剧本,经过十年酝酿终于在1657年写出第一稿,1663年完成最后定稿。

剧中人物也像其他巴洛克戏剧一样,分为对立的两派,一派的主角是卡罗鲁斯,另一派的主角是克伦威尔。站在卡罗鲁斯一边的有克伦威尔手下的将军费尔法克斯的夫人和伦敦大主教,站在克伦威尔一边的有独立派领袖雨果·彼得,只有费尔法克斯本人还没有决定站在哪一边。这部剧采用对称结构:第三幕居中,第二幕和第四幕对称,第一幕和第五幕对称。第三幕的情节最丰富,第一幕和第五幕也有情节,但第二幕和第四幕没有情节,只有人物的长篇讲话。因而,整个剧的节奏是动静交替,即动——静——动——静——动。

第一幕开始时国王查理一世已被判处死刑,费尔法克斯夫人企图用阴谋手段拯救国王,由于雨果·彼得已经采取了防范措施,她的企图没有得逞。第二幕中卡罗鲁斯、克伦威尔以及国王都出场了,作者给卡罗鲁斯很多机会,让他发表赞扬国王、谴责判处国王死刑的言论,相反他只让克伦威尔发表了一个声明。卡罗鲁斯和克伦威尔并没有直接交锋,他们是各说各的话。有趣的是,国王本人也没有为自己辩护,他心平气和地接受对他的判决,心甘情愿做一名殉难者。第三幕是情节最多的一幕,但国王没有出场。克伦威尔用自己的言行证明他是一个权欲狂,为了夺取权力什么事都干得出来,不听友人劝阻,也不听法律的声音,肆无忌惮,一意孤行。另外,他也非常虚伪,荷兰和苏格兰的使节劝他不要杀国王,他说他无法改变法庭的判决。雨果·彼得的凶残面目也充分地暴露出来,他是杀害国王的阴谋策划者,但他却把基督教教义挂在嘴上。第四幕只有讲话,没有情节,中心人物是卡罗鲁斯,他明知自己会因替国王辩护而被处死,但毫不畏惧,依然大义凛然地为国王辩护。第五幕是对国王执行绞刑,但剧中没有表现国王是如何被绞死的,只是由一位宫廷教师报告绞刑的准备情况。剧中还提到,真正赞成绞死国王的人是极少数,绝大多数人持反对态度。国王被执行绞刑后,卡罗鲁斯发表讲话,他对自己的言行毫不后悔,甘愿为维护正义而牺牲。因此,他是真正的英雄,真正的殉难者。

像第一部悲剧一样,这部剧的中心题目也是讨论应如何从政治、经济、法律等方面论证绞死国王是否合法,如何看待国王被杀害,而不是国王查理一世的命运,以及他受尽苦难最终成为殉难者的过程。格吕菲乌斯的态度非常明确,他认为杀死国王查理不合法,称这是"谋杀",这一点从这部剧本的完整标题《被谋杀的皇帝陛下或卡罗鲁斯·斯图亚特》(Ermordete Majestät oder Carolus Stuardus)就看得很清楚。格吕菲乌斯为什么把英国议会判处查理一世绞刑视为非法而加以反对呢?

首先,对生活在 17 世纪德国的格吕菲乌斯来说,"君权神授"是神圣不可侵犯的原则,国王是受上帝委派的,凡人以及他们的机关组织无权判决上帝委派的人。其次,格吕菲乌斯是君主制的忠实拥护者,他不能容忍废除君主制的行为。

《格鲁吉亚的卡塔丽娜》(Catharina von Georgien,1657)也是一部历史剧,写的是波斯国王要求被他捉获的格鲁吉亚女王改变信仰与他成婚,女王拒绝他的要求,因而受尽折磨,于 1624 年被害。这是一个刚发生不久的事件,剧本的中心主题是殉难,主人公为了维护自己的信仰视死如归。这种品质是格吕菲乌斯最推崇的美德之一,因此这部剧的副标题是《坚贞不屈》(Bewährte Beständigkeit)。

《卡尔德尼奥与采琳德》(Cardenio und Celinde,1657)是五部悲剧中唯一一部非历史剧,讲的是一对恋人的故事,副标题为《不幸的恋人》(unglückliche Verliebte)。卡尔德尼奥是西班牙大学生,与奥林匹娅相爱,但奥林匹娅的父亲把她嫁给了一个叫林桑德的人。卡尔德尼奥非常气愤,决心伺机报复。不久,他与采琳德相爱,并按照采琳德的要求杀死了采琳德先前的情人。但卡尔德尼奥心中的复仇之火并未因此熄灭,他离开了采琳德并制订对林桑德进行报复的计划。然而,采琳德依然爱着卡尔德尼奥,她请一个老女魔法师帮她重新获得卡尔德尼奥的爱情。老女魔法师建议她,把她原来情人的心脏从尸体中挖出来。正在卡尔德尼奥和采琳德准备实施这项计划的时候,卡尔德尼奥看到一个外形与奥林匹娅一模一样的人体,这个人体突然之间变成了一具骷髅。这时,卡尔德尼奥猛然惊醒,恢复了理智,意识到不能报复,不能杀人。夜间,他来到墓地,说服在那里的采琳德放弃挖心脏的计划。他们俩都幡然悔悟,向奥林匹娅和她的丈夫林桑德承认错误,卡尔德尼奥放弃复仇,采琳德决心遁世,奥林匹娅也对丈夫产生了真正的爱情,两人过上幸福的生活。

这部剧写的不是现实生活，而是作者设想的一种理想的生活。在战乱年代，人与人之间结下很多怨恨，如果每个人都抱着复仇心理，世界就永无宁日。因此，作者希望大家都能忘却宿怨，宽以待人。这种处世态度不仅在 17 世纪具有现实意义，就是后来也是一种值得向往的美德，因而在 17 世纪以后这部剧也时常出现在舞台上。值得注意的是，这部剧不是当时所认为的"正规剧"：主人公是一般民众，不是出身高贵的王公贵族；结局是矛盾双方和解，不是主人公殒命；对话也是心平气和的，言辞并不激昂慷慨。

最后一部悲剧是《帕皮尼安》（Papinian，1695），标题全称是《高风亮节的法学家或临死前的埃米利乌斯·保鲁斯·帕皮尼安》（Croßmutiger Rechts-Gelehrter oder Sterbender Aemilius Paulus Papinius）。这是一部真正的历史剧，取材于 212 年罗马历史上的一个插曲。罗马皇帝有两个同父异母的儿子，一个叫卡拉卡拉，一个叫格塔。皇帝临死前委托法学家帕皮尼安在他死后辅佐他的两个儿子共同执政。皇帝死后，两兄弟之间矛盾不断，卡拉卡拉因为一点小事杀死了弟弟格塔。为了掩盖罪行，他一方面下令封格塔为圣，另一方面要求帕皮尼安写一份材料从法律上证明格塔犯有叛国罪，处死他是理所当然的。帕皮尼安拒绝了卡拉卡拉的要求，因为他要实事求是，绝不弄虚作假。为此，卡拉卡拉大怒，把帕皮尼安的儿子抓了起来，并威胁说，如果不答应要求就把他的儿子杀掉。帕皮尼安坚贞不屈，高风亮节，不改初衷。在儿子被杀后，他自己也勇敢自尽，为维护真理和正义以身殉职，成为一个伟大的殉难者。

2. 三部喜剧

除悲剧外，格吕菲乌斯还写了三部喜剧。最好的一部是《荒诞喜剧或彼得·古恩茨先生》（Absurda Comica oder Herr Peter Guentz，1658），直到现在有时还在上演。剧的内容是，国王要来村里的消息传开以后,鞋匠师傅古恩茨决定组织农民演一出汉斯·萨克斯的"工匠歌曲剧"(Meistergesangtheater)来欢迎国王,剧名是《皮拉姆斯和提斯柏》(Pyramus und Thisbe)。《皮拉姆斯和提斯柏》是莎士比亚的《仲夏夜之梦》(Sommernachtstraum)中的戏中戏,是根据奥维德的《变形记》(Metamorphosen)中的一个小故事改编的,是一部真正的古典剧。一个没有受过正规教育的鞋匠要导演一部古典剧,演员都是既不掌握文化知识又不懂演戏是怎么一回事的手工业工人,他们不自量力,因无知而无畏,演出结果错误百出,笑话不断,这是可想而知的。但滑稽的是,国王以及宫廷要员看完演出后不仅没有提出指责,反而决定嘉奖。嘉奖的标准也很特别,不是奖励演出成功的地方,而是奖励演出错误的地方,每个错误奖十二个古尔登。

这部喜剧反映的是 17 世纪的社会现实:手工业工人想在文学艺术领域展现才华,宫廷贵族也想得到文学艺术方面的享受,但在格吕菲乌斯这样自认为既懂文学又懂艺术的人看来,不论是手工业工人还是宫廷贵族,他们都既没有文学知识也没有艺术修养,根本不可能创造艺术和欣赏艺术,他们这样做,只是糟蹋艺术。不过,这部喜剧笑料很多,观众还是很爱看的。

《坠入情网的幽灵或可爱的睡美人》(Verliebtes Gespenst/Die geliebte Dornrose,1660—1661)讲的是一对男女恋爱的故事。双方的父亲在村里是邻居,常常因为一些小事吵架,他们的不和影响到子女的爱情。经过种种波折,这对年轻人终于喜结良缘。这部剧主要是嘲笑农民的狭隘和小气。

《霍里比利克里布利法克斯》(Horribilicribrifax,1663)写的是男女之间的爱情。像格吕菲乌斯的其他戏剧一样,这部剧也是传达一种理念,即只有真心相爱的人才会幸福,想通过爱情和婚姻获取金钱和地位的人既得不到爱情也不会幸福。另外,作者居高临下,对那些本来没有一点文化修养却装出一副有学问样子的人进行嘲讽。例如,剧中的军官和乡村教师追赶时髦,效仿当时的人文主义者讲话时总喜欢夹杂几句希腊语、希伯来语、法语或是意大利语,但因为他们根本不懂这些语言,结果漏洞百出,好不贻笑大方。

（二）达尼尔·卡斯佩·罗恩斯台因和他的三部悲剧

达尼尔·卡斯佩·罗恩斯台因是布累斯劳城的高官,最后升为该城的首席法律顾问,同时兼哈布斯堡王朝的皇家顾问。罗恩斯台因也是一位著名作家,写过戏剧、小说和诗歌。这里我们只介绍他的戏剧创作,小说放在下一节介绍。罗恩斯台因十五岁时写出第一部悲剧《伊布拉希姆》(Ibrahim),于1655年出版,1689年出第二版时书名改为《伊布拉希姆·巴撒》(Ibrahim Bassa)。除这部处女作外,他还写了《克莱欧帕特拉》(Cleopatra,1661—1680)、《阿格利皮娜》(Agrippina,1665)、《埃皮夏利斯》(Epicharis,1665)、《索佛尼斯勃》(Sophonisbe,1680)、《伊布拉希姆·苏尔坦》(Ibrahim Sultan,1673)等历史剧,但内容讲的都是非基督教时期的历史事件。按照剧情发生的地点,文学史家将罗恩斯台因的剧分为“土耳其悲剧”(如《伊布拉希姆·巴撒》和《伊布拉希姆·苏尔坦》)、“罗马悲剧”(如《阿格利皮娜》、《埃皮夏利斯》)和“非洲悲剧”(如《克莱欧帕特拉》和《索佛尼斯勃》)。

17世纪下半叶,德国国内的形势和人的思想都有一些变化。随着时间的推移,战争造成的苦难已成为过去,社会秩序趋于平静。在这种情况下,罗恩斯台因就不再像格吕菲乌斯那样坚信尘世空虚,人生无常,命运难测了;他不再无条件地信守基督教的观念,希冀来世幸福,他追求的是现世的实惠。作为一个活跃于政坛的人物,罗恩斯台因不仅关心政治而且熟悉政治,他的剧本写的都是官场斗争。17世纪下半叶,十分流行“政治机智”(die politische Klugheit)这一概念。这个概念的基本意思是衡量政治决策和政治行动的标准不是绝对的理念和永恒的尺度,而是此时此地的国家利益,即为了国家利益,或者更确切地说,为了实现统治者的目标,什么手段都可以采取。罗恩斯台因是个国家利益至上主义者,他的悲剧的中心主题就是讲所谓的"政治机智",而通过色情达到政治目的是他的悲剧的特色。

下面简单介绍一下其中三部悲剧的内容。

《克莱欧帕特拉》的中心人物是克莱欧帕特拉,她是埃及人。为了祖国不受罗马人统治,她用自己的姿色吸引了与罗马人结盟的安托尼乌斯,使他与原来的妻子即罗马皇帝的妹妹离婚,并与自己结婚。罗马方面派人与安托尼乌斯面谈,提出只要他放弃克莱欧帕特拉就封他为王。这样,安托尼乌斯面临的选择是,要王位还是要婚姻,也就是,要政治权力还是要美人。安托尼乌斯经过艰难抉择,最后决定与克莱欧帕特拉在一起,并把决定告诉了罗马方面。但是,克莱欧帕特拉不了解内情,以为安托尼乌斯出卖了她。为了报复,她假装自杀。安托尼乌斯悲痛欲绝,精神失常,王位、权力对于他已经全然没有意义,于是自杀身亡。罗马皇帝表示愿意接受埃及的敬意,并假装爱上了克莱欧帕特拉。不过,他要求克莱欧帕特拉在他们结婚之前在罗马公众面前出现时,要作为俘虏站在他的身旁,以证明他是胜利者。克莱欧帕特拉看到她的姿色对于这位皇帝不起作用,拯救埃及的计划无法实现,于是自尽。

《阿格利皮娜》是两部以尼禄为主人公的悲剧中的一部,写的是尼禄杀死母亲的故事。这部剧的人物也是分为两个敌对阵营:一方是尼禄的母亲阿格利皮娜和尼禄的妻子以及她们的支持者;另一方是尼禄和他的情妇以及他们的支持者。尼禄认定他的母亲正在策划阴谋,企图夺取他的皇位,而阿格利皮娜则认为尼禄的情妇有篡权的野心,最后尼禄杀死了自己的母亲。在较量过程中,双方不断施展阴谋诡计,色情甚至乱伦被作为有效的斗争手段,因此有的评论家认为,这是罗恩斯台因的戏剧作品中"最淫荡的一部"。

《索佛尼斯勃》的女主人公是索佛尼斯勃王后,她的丈夫是努米底亚的国王尤法克斯,罗马人和非洲人组成的联军正在马西尼沙的指挥下攻打努米底亚的都城。努米底亚尽管顽强抗击,最后还是被打败,国王和王后双双被俘。马西尼沙被索佛尼斯勃的美貌所吸引,要求同她结婚;索佛尼斯勃答应了马西尼沙的要求,但条件是要保证她永远不落入罗马人之手。罗马人知道索佛尼斯勃对罗马人怀有刻骨仇恨,要求马西尼沙同她解除婚约。当索佛尼斯勃得知马西尼沙要与她离婚时,她感到再也没有办法保卫自己的国家,于是与儿子一起服毒自杀。此情此景重又燃起马西尼沙心中的爱情,面对索佛尼斯勃的尸体,他拔剑自刎。

在第五幕出现了这样一个场面:神话中的迦太基创始人迪多的鬼魂出现并预言迦太基要灭亡,不久民族大迁徙将开始。最后,他还预言哈布斯堡王朝的皇帝将战胜阿拉伯人。这里,罗恩斯台因再次表明,他认为哈布斯堡王朝具有正统性,是罗马帝国的合法继承者。

归纳起来,格吕菲乌斯和罗恩斯台因两人的剧本有如下区别:

第一,格吕菲乌斯的戏剧宣扬道德观念和基督教教义,因而显得枯燥,有图解概念的倾向。罗恩斯台因反对枯燥,反对图解概念,要求戏剧必须生动具体,而他所说的"生动具体"就是要在舞台上直接表现色情和暴力。

第二,格吕菲乌斯的戏剧有明显的维护君主专制的倾向,但他的出发点是维护社会安宁,希望再不要出现三十年战争期间的那种混乱局面。罗恩斯台因不同,他替君主专制辩护是为了维护君主专制本身。

第三,格吕菲乌斯的语言十分讲究,但比较自然,不刻意雕琢。罗恩斯台因的语言辞藻华丽,显得花哨,更符合宫廷趣味,而这种向宫廷靠拢的倾向正是晚期巴洛克的共同特征。

在罗恩斯台因之后比较重要的作家还有克里斯蒂安·维泽

（Christian Weise，1642—1708）和克里斯蒂安·罗依特（Christian Reuter，1665—1712），他们的贡献无法与格吕菲乌斯和罗恩斯台因相比。实际上，他们已经不算巴洛克作家，而是向启蒙运动过渡的作家，他们的出现意味着"西里西亚派"的终结。

第五节　长篇小说

亚里士多德的《诗学》以及此后出版的诗学著作中，都有一个实际存在但又没有明确说出的衡量文学与非文学的标准，即认为用韵文体写的作品是文学，用散文体写的作品不是文学。因此 Poesie（诗）这个词一直到 18 世纪都是作为"文学"使用的。既然用韵文体还是用散文体是衡量文学与非文学的标准，那么诗歌当然就是文学，戏剧也是文学，因为戏剧长期以来用的是诗体。在叙事体作品中，史诗（Epos）是文学，长篇小说（Roman）就不是文学，因为它是用散文体写的。这样，在诗学著作里就只讲史诗，长篇小说连提也不提。诗学著作中不提长篇小说不等于长篇小说就不存在。早在 3 世纪到 4 世纪之间罗马统治时期，希腊小说家赫利奥多罗斯（Heliodoros）就写出过描写爱情的小说《埃塞俄比亚传奇》（Aithiopika）。这部小说于 1547 年译成法文，从此在法国、西班牙等国家出现了创作长篇小说的热潮，各种类型的长篇小说纷纷问世。其中最主要的有宫廷—历史小说（Höfisch-historischer Roman）、流浪汉小说（Picaro-Schelmenroman）和田园牧人小说（Schäferroman）。

一　德国长篇小说的产生

一直到 17 世纪上半叶，德国都还没有自己的原创小说，但欧洲其他国家的小说已经通过翻译或改写介绍到了德国，在这方面又是奥皮茨贡献最大。奥皮茨虽然在他的诗学著作中没有提及长篇小说,但面对外国小说的繁荣景象,他感到欢欣鼓舞,于是一方面自己亲自动笔翻译外国的作品,另一方面积极鼓励德国作家自己创作小说。他重新翻译了英国作家乔治·巴克莱(John Barclay,1582—1621)的《阿尔格尼斯》(Argenis),从而推动了德国的宫廷—历史小说的创作;他改写了菲利普·锡德尼(Philip Sidney,1554—1586)的《阿尔卡迪亚》(Arcadia,1590),把田园牧人小说引入德国。另外,他于1617年还著文盛赞《阿玛底斯》(Amadis)的德文译本,考拉的阿玛底斯(Amadis von Gaola)是16世纪最著名的骑士小说(Ritterroman)的主人公,小说的原始稿大概是用葡萄牙语写的,后来被翻译或改写成西班牙语、法语等许多欧洲语言。

17世纪中叶以后,德国人不仅可以阅读欧洲其他国家长篇小说的译本、改写本或摹写本,而且也有了自己的原创小说。创作长篇小说的热潮来势凶猛,很快就在叙事体文学的创作领域占据了主导地位,致使史诗退居到无足轻重的地位。必须指出的是,德国的这些原创长篇小说完全是按照外国长篇小说的模式写的,与本国16世纪以来的如笑话、民间故事书等所谓"散文体小说"(Prosaroman)毫无关系,换句话说,它不是继承本民族的文学传统,而是照搬外国模式。这样,德国的长篇小说从一开始就行走在欧洲长篇小说的轨道上,缺少自己民族的根基,如何使长篇小说成为德意志民族文学的有机组成部分还要走相当长的路。而且,小说与诗歌和戏剧不同,接受的方式主要是阅读,而阅读又与人受教育的程度有关。在17世纪,能够阅读并且乐于阅读文学的人主要是讲究文化修养的宫廷贵族、城市贵族以及其他文人学者。这一点注定17世纪的长篇小说脱离生活,脱离民众,具有浓厚的宫廷色彩和学究气。

到18世纪,长篇小说有了进一步发展,不仅在叙事体作品,就是在所有文学创作中都占据了主导地位,以至于在19世纪长篇小说几乎就成为了文学的代名词。正是由于这种发展势头,到1800年左右,长篇小说不仅在事实上,而且在理论上也被认为是主导性文学。早期浪漫主义作家弗里德里希·阿斯特(Friedrich Ast)在他的《长篇小说理论》(Romantheorie)中明确指出,长篇小说是"所有文学创作中最具绝对性的文学作品,它把文学与哲学汇聚在一起,并寓于自身之中"。

自从17世纪下半叶起,在欧洲其他国家早已流行的宫廷—历史小说、流浪汉小说和田园牧人小说,在德国都有了原创作品,下面分别介绍一下这三类小说在德国的创作情况。

二　宫廷—历史小说

宫廷—历史小说也称"贵人小说"(Hoher Roman),因为这类小说中的人物,就像西里西亚悲剧中的人物那样,不是帝王将相、达官贵人,就是古代英雄或《圣经》人物。爱情和政治是宫廷—历史小说的两大组成要素,相爱者或者一方是当权者,或者双方都是当权者,他们的爱情与他们国家的命运是交织在一起的,因而他们之间的爱情就不是他们之间的"私事",而是关乎国家利益的"公事"。宫廷—历史小说的爱情是真诚的,是以婚姻为目的的。故事讲的都是两个真诚相爱的人由于某种或某些客观原因不得不分离,而且不知对方在何处。现在,他们正在彼此寻找,在寻找过程中经历各种艰险,经受各种考验,最后道德高尚的主人公终于战胜一切,与自己心爱的人幸福相会。所以,这种小说的结局总是圆满的。另外,在寻找情人的过程中,主人公会遇到各色各样的人物,这些人物都要讲述自己的经历,作者通过这种方式展现社会的全貌。但由于节外生枝太多,再加上插入了诗歌、辩论、歌剧等片段,致使小说的情节混乱,篇幅冗长。宫廷—历史小说还有一个特点,叙述不是从故事起头开始,而是从故事中间开始往下讲,然后再通过回忆、谈话补叙以前发生的事情。这种小说的道德倾向也十分明显,提倡美德,谴责邪恶。而政治倾向就更加明确:根据 17 世纪人的历史观描述和解释过去的历史,并提出维持现政权的结论。

欧洲的宫廷—历史小说是以赫利奥多罗斯的小说为样本发展起来的,巴克莱的《阿尔格尼斯》风行欧洲,对德国的宫廷—历史小说产生了直接影响。不过,在欧洲最流行,同时对德国产生影响更大的宫廷—历史小说是《阿玛底斯》。《阿玛底斯》被看作是骑士小说,但它与中世纪的骑士小说无关。这部作品是什么时候写的,作者是谁,现在已无法考证。14 世纪西班牙有人提到过这部小说,15 世纪末西班牙人罗德里古茨·得·蒙塔尔沃(Rodriquez de Montalvo)把它译成西班牙文,1508年出版,风靡欧洲。16 世纪中叶,这本书被译成德文,从 1569 年到 1594 年陆续出版,共二十四卷。《阿玛底斯》的主人公是一个贵族家庭的弃婴,被人拣来收养,长大后当了一名骑士。他专门帮助弱者,经历了无数风险,最终与女王的女儿结婚。这时,他已弄清了自己的身份,可是新的考验又出现了,他必须继续历险。小说吸引人之处是,它设想了许多奇异的场景,满足了从中世纪到新时代转折时期欧洲人急于了解世界的好奇心。

（一）德国的宫廷—历史小说

17 世纪下半叶,德国人自己也开始写宫廷—历史小说,最早的德国原创宫廷—历史小说是布赫霍尔茨(Andreas Heinrich Buchholz,1605—1671)写的《赫尔库勒斯》(Herkules,1659—1660)。小说写的是德意志大王赫尔库勒斯与波希米亚公主的爱情故事,故事是虚构的,但写得跟真实的历史故事一样。这部小说没有完全按照欧洲宫廷—历史小说爱情加政治的模式去写,弱化了政治斗争的成分,强化了教化的因素,意在引导人遵循基督教的道德规则行事,主人公赫尔库勒斯就是一个既非常勇敢,又特别虔诚的典型。《赫尔库勒斯》出版后,作者又写了续集。

创作宫廷—历史小说的人不仅有学者,还有君主,不伦瑞克-沃尔芬比特尔的公爵安东·乌尔里希(Anton Ulrich)就写了两部这样的小说。一部是《尊贵的叙利亚女王阿拉梅娜》(Die durchleuchtige Syrerin Aramena,5 卷,1669—1673),另一部是《奥克塔维娅,罗马故事》(Octavia,Romische Geschichte,1685—1707)。第一部小说与布赫霍尔茨的小说一样,也是竭力证明神的世界秩序是不许触动的,而且是动摇不了的。第二部小说就有点不同了,是借古喻今,用古代历史影射现实。这部小说篇幅很长,刚出版时就有四卷,再版后扩充为六卷,八开本共七千页,后来又继续扩充,最后竟达七卷之多,其中包含大量各种各样的知识。

这里还须提及的是,流浪汉小说的著名作家格里美尔斯豪森(Johann Jakob Christoffel von Grimmelshausen,1621—1676)也写过宫廷—历史小说,如《纯洁的约瑟夫的故事》(Historie vom keuschen Joseph,1667)。

(二) 罗恩斯台因的《阿尔米尼乌斯》

不论是布赫霍尔茨的《赫尔库勒斯》,还是安东·乌尔里希的两部小说,在 17 世纪宫廷—历史小说中的地位都不及罗恩斯台因写的《阿尔米尼乌斯》(Arminius,1689—1690)。《阿尔米尼乌斯》是巴洛克时期德国宫廷—历史小说的代表作,写的是一个具体的历史人物赫尔曼(Hermann),拉丁语拼成 Arminius。赫尔曼是西日耳曼氏族一个叫舍鲁斯克(Cherusker)部落的首领,他联合其他西日耳曼部落于公元 9 年在条顿堡森林(Teutoburger Wald)打败由瓦鲁斯(Varus)统帅的罗马军队,从此日耳曼人摆脱了罗马人的统治,赫尔曼也就是阿尔米尼乌斯,因而被看作是日耳曼民族的英雄。《阿尔米尼乌斯》是一部规模宏大、篇幅浩繁的长篇巨著,罗恩斯台因本人没能把它写完就去世了,他的弟弟接着写也没有完成,最后是一位叫克里斯蒂安·瓦格纳(Christian Wagner)的神学家把全书写到结束,十八卷,共三千多页。

17 世纪的小说标题都很长,书中的主人公以及主要情节等都包含在里面,等于是个内容提要。罗恩斯台因的这部小说也是如此,它的完整标题是:

高风亮节的统帅阿尔米尼乌斯或称赫尔曼。

他作为德意志自由的英勇保护者,

同他光彩照人的图斯纳尔达一起

出现在一部声情并茂的政治故事、爱情故事和英雄故事中

分为两部分介绍

以此向祖国献爱心

向德意志的贵族以及他们光荣的后代致敬。

原文是:

Großmütiger Feldherr Arminius oder Hermann.

Als ein tapfferer Beschirmer der deutschen Freiheit,

Nebst seiner durchleuchtigen Thußnelda

In einer sinnlichen Staats- Liebes- und Helden-Geschichte

Dem Vaterland zu Liebe

Dem deutschen Adel zu Ehren und rühmlichen Nachfolge

In zwei Theilen vorgestellt.

一看这个标题我们就知道,小说的主人公是阿尔米尼乌斯,他是个军事统帅,有了他,德意志的自由就有了保障,而且这个人"高风亮节"(Großmut,形容词 großmütig),这是 17 世纪德国人认为的最高美德。从主人公的身份我们已经知道,这是个"英雄故事",同时也是个"政治故事",但如果只有这两者,而没有爱情故事,那就不是小说,不是真正的宫廷—历史小说。爱情故事是必不可少的,所以标题中阿尔米尼乌

斯的情人和妻子图斯纳尔达也必须出现。最后,这个标题还告诉我们,作者是怀着对祖国的爱和对德意志贵族及其后代的崇敬心情分两部分介绍这部小说的,他想以此为现在的当权者提供一面镜子。

像所有宫廷—历史小说一样,故事从情节发展的中间开始叙述:女君主瓦尔普纪斯因反对罗马人的统治而遭追捕,为不落入罗马人之手英勇自尽。小说开始时瓦尔普纪斯已经自杀,德意志的各路诸侯聚集在一起悼念这位女英雄。阿尔米尼乌斯号召大家团结起来,同罗马人作战,他被选为统帅,在他的指挥下德意志人在"德意志堡"(Deutschburg)①打败了由瓦鲁斯领导的罗马军队。阿尔米尼乌斯的情人图斯纳尔达也参加了对罗马人的战斗,她隐姓埋名,没有公开自己的身份。在战场上,她遇到已投降罗马人并与罗马人一起同德意志人作战的父亲,于是大义灭亲,与父亲交手并战胜了父亲。阿尔米尼乌斯以胜利者的身份回到德意志堡,打算与图斯纳尔达结婚。但是,按照当时的规矩,图斯纳尔达要结婚,必须先征得父亲的同意,而她的父亲现在被关在监狱里。当她来向父亲征询意见的时候,她的父亲趁机与阿尔米尼乌斯的死敌马尔波德合谋绑架了图斯纳尔达,因而爆发了内战。阿尔米尼乌斯再次披挂上阵,打败了敌人,救助了图斯纳尔达。小说第一部分的结尾是他们两人的婚礼。

照理讲,小说到此就该结束了,可是作者不这么想,他还要继续写下去,于是就有了第二部分。这一部分的情节完全是作者编造的,他让德意志人继续与罗马人打仗,图斯纳尔达还生了一个儿子,她又被罗马人绑架到罗马,后来有幸逃脱,第二部的结尾还是婚礼。

很明显,罗恩斯台因写这部小说的目的就是要塑造一个所有德意

---

① 小说中的"德意志堡"就是历史上的"条顿堡"(Teutoburg),作者为了突出德意志精神把"条顿堡"改为"德意志堡"。

志人都应当敬仰的民族英雄,大家都应该学习他的榜样。罗恩斯台因所以这样做,是基于他对自己民族近乎疯狂的爱。在小说中,他把德意志人和罗马人完全对立起来,说他们不仅是战场上的敌人,而且还是两个根本对立的人种。德意志人健康朴素、朝气蓬勃、前途无量,而罗马人则腐败颓废、奄奄一息、垂死挣扎。虽然通过这样的对比已经充分表达出了他对德意志人的爱,但他还嫌不够,他在小说中甚至强调:如果没有德意志人的支持和帮助,不论希腊人还是罗马人都一事无成。勇敢的德意志人立下的功绩是全世界的人从平庸的侏儒发展成为伟大巨人的基石。这种民族主义的狂想在 17 世纪下半叶的德国出现并不奇怪,当时的德国在各方面都落后于欧洲其他国家,尤其落后于近邻法国,德意志人的民族自尊心受到严重损伤,他们的民族自豪感被压抑。为了证明自己并不比别的民族差,为了表明自己也有值得自豪的地方,因此产生了上述那种激烈的民族主义狂想。

《阿尔米尼乌斯》是一部典型的借古喻今的作品,表面上看讲的是古代的历史,实际上讲的是 17 世纪社会的现实。书中的人物都是穿着古代服装的 17 世纪的王公贵族。德意志人与罗马人之间的竞争实际上指的是德法之间的竞争,作者希望德意志人能战胜法兰西人;主人公阿尔米尼乌斯实际上指的是当时的神圣罗马帝国皇帝莱奥波德一世,作者希望他能够把四分五裂的德国统一起来;书中写的内战实际上指的是三十年战争,因为这场战争摧残了民族的力量。

罗恩斯台因写这部小说时,继承了安东·乌尔里希的《奥克塔维娅,罗马故事》的模式,把它写成一部通史式的和百科全书式的小说。这部小说涵盖了当时人们所知道的历史知识和科学知识,简直就是一部"知识大全"。有人曾经把书中出现的人名、地名、氏族以及各学科的术语和社会上的流行语摘出来,编成索引,作为正规辞书使用。

像《阿尔米尼乌斯》这样篇幅浩瀚、内容庞杂的小说,今天不会有人写,也不会有人喜欢读了。但在 17 世纪情况不同,不仅有人愿意写,而且也有人愿意读。因为 17 世纪是知识匮乏的时代,又是人们渴求获得知识的时代;是新知识不断涌现的时代,同时又是以发现和掌握知识为荣的时代。因此,有无知识,喜欢不喜欢知识就成为衡量人贵贱的一大标准。那些学者出身的作家要在他们的作品中展现自己的知识,那些有能力阅读文学作品的人也渴望在书中获得更多的知识。这就是像《阿尔米尼乌斯》这样内容庞杂、篇幅浩瀚的作品能够产生,并受人欢迎的原因。

《阿尔米尼乌斯》开了用赫尔曼这个历史人物作为文学创作素材的先河,从此在德国文学中以赫尔曼为主人公的作品层出不穷,作者中不乏赫赫有名的大作家,如 18 世纪的克洛卜施托克和 19 世纪的克莱斯特(Heinrich von Kleist,1777—1811)。

三 流浪汉小说

流浪汉小说也称"贱人小说"(Niederer Roman),因为作品里的人物都是出身卑贱的平民百姓。这类小说的主人公常常是流浪汉(流浪汉西班牙语叫 Picaro,德语叫 Schelm,故流浪汉小说叫 Picaro-Schelmroman),流浪汉身处社会边缘,为了生计四处流浪。他们作为社会的局外人,作为"下等人"常常被"上等人"愚弄,不过,他们也利用自己的聪明愚弄"上等人"。另外,小说中所描绘的世界是流浪汉所看到的世界,因此不像宫廷—历史小说那样,对现存的社会和政权歌功颂德,而是讽刺批评。但这并不意味流浪汉小说不提倡美德,只不过它不是从正面,而是从反面,即通过对不道德行为夸张的描写来达到倡导美德的目的。这类小说的情节安排以主人公为中心,他既是叙述者也是故事的当事人,他通过叙述把自己同遇到的各个人物和经历的各种事件联系起来。

流浪汉小说起源于西班牙,最早的流浪汉小说是一位佚名作者写的《小癞子》(Lazarillo de Tormes,1554)。书中的主人公是一个穷磨坊主的儿子,他为了生存侍奉过好几个主人。他以天真无邪的孩子的口气讲述自己的经历,讲了他同大主教的情妇结婚,讲了他为使自己融入社会甚至容忍妻子与别人有不正当的来往。这部作品批评天主教统治下的西班牙社会,因此被异教裁判所禁止,1573 年经过删节出了"洁本"。到 17 世纪,流浪汉小说在西班牙进一步完善,标志性作品是马特奥·阿莱曼(Mateo Aleman,1547—约 1614)写的《古茨曼·得·阿尔法拉歇》(Guzman de Alfarache,1599—1604)。小说分为两部,第一部1599 年出版,第二部 1604 年出版。这是一部经典的流浪汉小说,主人公与《小癞子》的主人公不同,不是一个不大懂事的孩子,而是一个被排除在社会之外的成年人,他满怀悲情观看他周围的世界和人,为了生存,为了达到个人的目的,不惜犯罪。而他的那些不道德的甚至犯罪的行为,与"好人社会"中的"善良人"所犯的罪恶相比,简直微不足道。然而,那些"善良人"平安无事,他却得遭受惩罚。因此,这些流浪汉的结局不是被投入监狱,就是被判到船上去做苦役。

(一) 德国的流浪汉小说

在 16 世纪和 17 世纪,流浪汉小说风靡欧洲,在 17 世纪也传入了德国,1617 年德国翻译出版了《小癞子》的"洁本"。用今天的观点看,德文版的《小癞子》并不是译本,而是改写本。这部所谓的"译本"只是把原作的一个个插曲编在一起,删去了西班牙文本的前言,因而像一本笑话集。就是这样,译本中还删除了批评教会的部分,增强了对宫廷的批评。《古茨曼·得·阿尔法拉歇》也译成了德文,德译本同样对小说的内容做了较大改动,强化了书中的道德教育倾向,详细描述了主人公干了坏事以后是如何悔过自新的。

德国人不仅根据自己的想法改写西班牙的流浪汉小说,而且也根据自己的想法创作自己的流浪汉小说,格里美尔斯豪森写的《痴儿西木传》就是这样的一部作品。不过,在系统介绍这部德国巴洛克文学最重要的作品之前,先要介绍另一部德国的原创小说,因为这部小说与《痴儿西木传》不仅同属讽刺文学,而且还影响过它。这就是约翰·米歇尔·莫舍罗施(Johann Micheal Moscherosch,1601—1669)写的《费兰德尔·冯·基特瓦尔德的奇异而真实的梦境》(Wunderbarliche und wahrhaftige Gesichte Philanders von Sittewald,1640,1643,1650)。这部小说是莫舍罗施根据西班牙作家克维多(Francisco Gómez de Quevedo y Villegas,1580—1645)的《梦境》(Suenos,1627)创作的,他利用梦境这种形式讽刺德国社会。全书分上下两部,上部有七个梦境,基本上是翻译克维多的原作,讽刺的对象包括社会上各个阶层、医生、法官、大学生、神学家等等,贵族的傲慢与愚蠢更是讽刺的重点。下部有六个梦境,全部是原创。内容是日耳曼人的祖先聚集在一起,对他们的后代进行审判。这些后代已经完全堕落,崇洋媚外,丧尽了日耳曼人的精神。与此同时,作者还通过梦境把古代日耳曼人理想化,说他们是"诚实的德意志人"。费兰德尔是第一人称叙事者,他到处流浪,最后来到法国。他从一个对外界毫无了解的土生土长的德国人的角度看文明程度较高的法国以及某些德国人对法国的崇拜,并对此提出了批评。这部小说在当时很受欢迎,因为它触及很多人都关心的"仇法还是亲法"的问题。但严格地说,这部作品不能算是小说,它没有贯穿始终的情节,一个个故事彼此少有联系,倒是有点像16世纪的愚人文学。

(二)《痴儿西木传》及其作者

格里美尔斯豪森是德国巴洛克文学最主要的作家之一,他写的《痴儿西木传》不仅是德国巴洛克文学的代表作,而且也是德国巴洛克文学作品中唯一一部可以在世界文学中占有一席之地的作品。17世纪的作家不是高官就是学者,他们都出身高贵,受过正规教育。格里美尔斯豪森却是个例外,他不是高官也不是学者,没有受过正规教育,他的书本知识是他1622年在一个医生家里当管家时获得的。那位医生有大量藏书,格里美尔斯豪森一有空就偷闲阅读,从中获得了关于古代文学、历史、医学和化学等各方面的知识。

关于格里美尔斯豪森的身世我们只知道,他幼年失去双亲,十岁就开始在军队中生活,一直到战争结束。他打过仗,战争是他最重要的经历,他所以能成为一个卓有成就的作家,除了他的天赋外,是因为他经历过战争。他亲眼目睹过战争,亲身经历过战争带来的苦难,而且自己也参加过制造苦难的战争。《痴儿西木传》就是作者以自己的亲身经历、切身体会为基础写成的,因而带有浓烈的自传色彩。

在形式方面,《痴儿西木传》与宫廷—历史小说最大的不同是,作者不是把故事的中间阶段作为全书的开始,而是从故事的开头叙述起,他让主人公西木依照时间顺序叙述自己的经历,西木既是叙事者,也是故事的当事人。故事内容:西木从小失去父母,被一个农夫收养,过着与世隔绝的田园生活。三十年战争打破了他们的宁静,军队来到他们居住的地方,养父遭毒打,财产被抢劫,房屋被烧毁。天真无邪的西木目睹这一切,惊恐中逃往森林,在那里被一位隐士收养。事后证明,这位隐士就是他的亲生父亲。隐士教他读书识字,向他灌输基督教思想,同时给他起了个名字,因为他尚未开化,连名字都没有,所以叫他Simplicius(拉丁语,意即纯朴无知)。经过隐士的启蒙并且给他起了名字,西木具备了进入社会的条件,他可以由自然人转化为社会人了。不久,隐士去世,西木不得不离开与世隔绝的森林,来到人世,进入社会。现在,他必须直面战争,他在一位瑞典司令官那里当侍童,后来又当了弄臣。这个司令官实际上是他的舅舅,他的母亲是这位司令官的妹妹,在战争中丧生。军营里的生活与隐士给他描绘的世界以及基督教的教义完全相反,他对士兵生活很不习惯。瑞典人属于新教联盟,克罗地亚

人属于天主教联盟。在一次战斗中,西木被克罗地亚人俘虏,他设法逃
跑,从此开始冒险生活,靠偷盗为生。不久,他被抓获,后被一名军官收
养,又当了弄臣。但此时他已不再能够忍受弄臣的生活,逃跑后给一个
骑兵当了马弁。骑兵死后,他自己当上了骑兵,表现出他的勇敢与多
谋,于是声威大震。这时,西木已把隐士的教导抛到九霄云外,一心追
求尘世的享乐,完全融入尘世生活之中,顺应了战时的士兵生活。他像
其他士兵一样,抢劫、偷盗、积攒钱财,干了可能干的一切坏事,因此大
名鼎鼎,一位上校甚至主动要把女儿嫁给他。到此为止,西木在尘世的
享乐已达到顶点,此后,倒霉的事接踵而来,他本人也越来越堕落。他
抛弃妻子,来到科隆,把金钱保存在一个科隆富商那里,但那个富商破
产,把他的全部钱财吞噬一空。他转瞬间一贫如洗,变成了一个穷光
蛋,来到巴黎,靠他的声音、演技和外貌在宫廷剧院当了歌唱演员,马上
又大红大紫,成了贵妇们的宠儿。在亲历了上流社会的荒诞无耻之后,
他决定离开巴黎,然而,祸从天降,他的财物被抢,他再度陷入绝境。更
可怕的是,他得了天花,失去了声音和美貌。幸好他的名叫"知心兄
弟"(德文为 Herzbruder)的好友救了他,他也发誓改邪归正。可是,不
久他重蹈覆辙,加入了一个土匪集团,到处烧杀抢劫,无恶不作,变成了
一头野兽,降至他生活的最低点。后来,他有一点醒悟,想改恶从善,同
他的朋友"知心兄弟"一起到了瑞士,由于害怕永世受惩罚,他皈依了
天主教。接着,他又与"知心兄弟"到了维也纳,在皇家军队中当了上
尉。在一次战斗中,他受了伤,在黑森林疗养时找到了养父养母,他们
告诉西木他是贵族出身。这时,西木对自己已经有所认识,但还没有完
全清醒。在一个瑞典军人的诱惑下,他又去当了兵,并随军来到莫斯
科,在战争中被鞑靼人俘虏,然后被卖到中国、朝鲜、日本、印度等东方
国家。后来他经过君士坦丁堡、威尼斯、罗马回到德国,历时三年多。
此时,三十年战争已经结束,西木对尘世生活感到厌倦,于是告别尘世

当了隐士。

《痴儿西木传》是一部从不同角度出发可以有不同理解和诠释的作品。从写实角度看,这是一部"反战小说"。它像一面镜子,让人看见了战争是如何进行的,带来了多大的危害,战争不仅使土地荒芜,城市被毁,导致饥饿、恐怖和死亡,造成了无可估量的物质损失,而且更严重的是毁坏了人的灵魂。正是因为战争,一些原本老实厚道的普通人变成了无恶不作的土匪、流氓以及形形色色的骗子。

从人成长发展的角度看,这是一部"成长小说"(Bildungsroman)或曰"发展小说"(Entwicklungsroman)。《痴儿西木传》是流浪汉小说,但与西班牙的流浪汉小说不同,西班牙流浪汉小说的主人公出身卑贱,聪明机智,善于利用别人(特别是达官贵人)的愚蠢达到抬高自己身价并发财致富的目的。在这个过程中,主人公虽然也对上流社会进行辛辣的讽刺,但他的性格既无发展也无变化。整个小说没有连贯的情节,只是一个个插曲,由主人公把它们串联起来。因此,书中的主人公只是某类人(即流浪汉)的典型。《痴儿西木传》不同,它的最大特点是主人公西木的性格始终处在不断变化、不断发展之中,小说是围绕主人公的变化发展展开的。西木原本是一个天真无邪的孩子,生活在世外桃源,过着与世隔绝的生活。这时,他还是一个自然人,处于自然状态。但是,人不可能长期处于这种状态,他必须接触不同的人,与不同的人打交道,这样,西木便进入了社会。而他进入的那个社会正在进行战争,他于是卷入了战争。起初,他无法理解为什么周围的人像野兽一样野蛮残暴,贪得无厌,自己还竭力保持人性和善良。可是,要生存就得顺应社会环境,西木逐渐由被动到主动,由被迫到自觉地参与各种"罪恶行径",最后自己也像其他士兵一样成了一头野兽。经过生活的磨炼,西木终于成熟起来,对自己有了了解,决心改邪归正。

西木为什么会走上"邪恶"的道路?对这个问题有两种不同解答:

一种是唯物主义的解答；一种是神学的解答。从唯物主义观点看，《痴儿西木传》的成功之处在于，它以生动具体的事实表达了人的性格、人的好与坏、善与恶是由社会环境决定的这一理念。西木是在社会中成长发展的，他的任何变化都与具体的社会环境有关。因此，在小说中作者没有把西木的过错乃至罪恶归咎于他本人，而是归咎于他生活的社会环境，具体地说，就是战争环境。另外，西木干了许多坏事，但作者并没有把他写成一个"坏人"，反而把他写成了一个"好人"，即使在身陷罪恶深渊的时候，他的人性也没有完全泯灭。他干坏事是社会环境造成的，因此，他最后能够认识自己，改邪归正，走上正路。

从神学观点出发，对西木的成长发展有另外一种诠释，认为西木进入社会是罪恶的开始，是原罪使然。因此，他进入社会以后把隐士的教导，即基督教的精神一点一点置于脑后，渐渐沉溺于尘世的享乐之中。但是，上帝在他心中并没有完全泯没，所以他在走过一段邪恶的人生之路以后还有能力认识自己。小说第五卷第二十三章，作者让西木对他的一生作如下总结：

"当我在我父亲故世之后走向人间，我曾经是那样天真、纯洁、正直、诚实、真挚、谦卑、矜持、节制、无邪、羞涩、虔诚而敬神；转眼之间，我却变得如此恶毒、虚伪、奸诈、狂妄、烦躁、目无上帝，种种罪行我都不教自会了。我护卫我的荣誉，不是为了荣誉本身，而是为了飞黄腾达。我观察人生和时机，不是为了我灵魂的拯救，而是为了自己的肉体得到享受。我曾经多次拿自己的生命进行冒险，却从未热心于使我这一生改恶从善，好使我死后心安理得地进入天堂。我只看到眼前的一切和我短暂的利益，却从未想到未来，更没有想到有朝一日要面对上帝为自己的行为做出交代！"①

---

① 该文引自《痴儿西木传》，李淑、潘再平译，人民文学出版社，2004 年，第 468 页。

做完这个总结，接着只能是"告别人世"，于是就有了第五卷第二十四章的那段话：

"别了，世界，因为对于你无可信任，也无所希望；在你的大厦里，以往的已经消逝，现在的正在我们手下消逝，将来的尚未开始。最牢固的在沦亡，最强大的在瓦解，最永恒的在结束，因此，我是死者之中的一个死者，在几百年之内你使我们没有一个小时在生活。"①

根据以上两段引文，持神学观点的人认为，《痴儿西木传》贯穿着基督教的救世思想，生动具体地描绘了西木如何背离上帝的教导走上邪恶的道路，最后又悔过自新回到上帝的怀抱。但这种解释并不无懈可击，因为上面两段引文并不是格里美尔斯豪森的原创，都是从西班牙作家格瓦拉（Luis Velez de Guevara，1579—1644）的一篇论文中翻译过来的。也就是说，人的最终归宿是当隐士的设想并不是格里美尔斯豪森写这部小说想要表达的思想。所以，《痴儿西木传》共五卷出版后，他又写了《续集》（Continuatio），同年该书出第二版时作为第六卷一同出版。在《续集》中，西木离开黑森林去耶路撒冷朝圣，路上，他乘的船搁浅，所幸获救，来到一个小岛上。他在岛上定居，自己动手劳动，靠大自然提供的一切过活。靠自己劳动为生，与在森林里过隐士生活，看起来有一点相似，实际上是有很大区别的，一个是在尘世寻找出路，一个是彻底告别尘世。

对《痴儿西木传》的诠释，除前面介绍的三种外，还有一种天文学的诠释，认为，小说主人公西木的发展变化应归结为先后受土星、火星、太阳、木星、金星、水星、月亮等天体作用的结果。

有这么多的诠释可能性说明，作品本身具有多义性，这正是这部小说一直有人喜欢阅读的主要原因。《痴儿西木传》1669年出版时三十

---

① 该文引自《痴儿西木传》，李淑、潘再平译，人民文学出版社，2004年，第469页。

年战争已经结束二十多年了。此时,社会上的上层人士都喜欢高雅,不喜欢低俗;都喜欢精雕细刻的形式艺术,不喜欢现实主义的朴实叙述;都喜欢歌功颂德,不喜欢讽刺批评。因此,《痴儿西木传》出版后,并不受宫廷贵族和文人学者的欢迎,反倒是一般民众很喜欢这类朴实的作品,所以小说一问世很快就销售一空,再版势在必行,同年又出了包括第六卷在内的《痴儿西木传》第二版。格里美尔斯豪森写完《续集》即第六卷以后,又以同样的风格、同样的笔触接着写了三部小说作为续篇,并把它们与《痴儿西木传》一起组成《西木文集》(Simplizianische Schriften)。《西木文集》共十卷,除原有的六卷外,作为第七卷的是《大骗子和游民库拉赤的详尽而又奇特的生平纪实》(Ausführliche und wunderseltzame Lebensbeschreibung der Erzbetrugerin und Landstörtzerin Courasche,1670),作为第八卷的是《古怪的施普灵斯菲尔德》(Der seltzame Springsfeld, 1670)。最后一部小说《奇妙的鸟巢》(Das wundbarliche Vogel-Nest,1672—1675)分上下两卷,因而算作第九卷和第十卷。这三部小说的情节与《痴儿西木传》没有直接联系,但讲的都是三十年战争期间发生的事情。这样,格里美尔斯豪森也就把三十年战争的全景展现出来了。这里,再提一笔,贝托尔特·布莱希特(Bertolt Brecht,1898—1956)的著名叙事剧《大胆妈妈和她的孩子们》(Mutter Courage und ihre Kinder,1939)就是根据格里美尔斯豪森的《大骗子和游民库拉赤的详尽而又奇特的生平纪实》创作的。

《痴儿西木传》出版后很受一般读者喜爱,因此不断出现模仿作品。这些作品不论在思想上还是在艺术上都无法与原作相比,但数量很多,而且各有侧重,大体分为两类:一类是突出《痴儿西木传》中的冒险奇遇部分,主要是供人娱乐;另一类是突出讽刺批评部分,为的是对人进行教育。第一类作品最后发展成了胡编乱造的游记,用以满足人们的好奇心。这类作品中比较有意义的是罗依特的作品,不过,罗依特

已经是向启蒙运动过渡的作家,不再属于巴洛克文学。第二类作品中
比较有意义的是维泽的作品,但维泽也是属于启蒙运动的作家。这说
明,格里美尔斯豪森的《痴儿西木传》把巴洛克文学与启蒙文学连接
起来。

四　田园牧人小说

田园牧人小说属于田园牧人文学(Schäferdichtung)。人物结构既
不像宫廷—历史小说那样,主人公不是帝王将相、古代英雄,就是《圣
经》人物;也不像流浪汉小说那样,主人公都是平民百姓、社会边缘人
物。田园牧人小说的人物包括社会各个阶层,因而也叫"混合型小说"
(Mischroman)。这种小说的内容讲的是男女之间的爱情,但这里讲的
爱情与宫廷—历史小说中讲的爱情不同,不具"公众性",只具"私人
性",也就是说,田园牧人小说中讲的爱情与政治谋略、权力斗争无关,
完全是相爱双方的"私事"。

田园牧人小说源于希腊诗人忒奥克里特斯(Theokrites)的田园诗
(Idylle)和罗马诗人维吉尔的"牧歌"(Eklogen)。在诗中,诗人扮成牧
羊人抒发自己的感情,特别是爱的感情。

早在公元 3 世纪就有田园牧人小说,小说中情欲被看作是一种难
以抵御的强大力量,在任何情况下都不可放纵它,要始终用理智控制
它。文艺复兴时期,田园牧人小说也像古代的其他文学种类一样,得到
了"复兴"。意大利作家桑纳扎罗(Jacopo Sannazaro,1456—1530)用新
拉丁文写了《阿尔卡底亚》(Arkadia,1502),这是一本通过一个松散的
故事框架把牧童的谈话和诗句串连起来的书,全书于 1504 年出齐。16
世纪中叶,西班牙作家蒙特马约(Jorge de Montemayor,1520—1561)写
了《迪亚娜》(La Diana,1559),英国作家锡德尼写了《阿尔卡迪亚》
(Arcadia,1590)。这些小说在欧洲各国都拥有众多读者,但它们的影

响力远不及法国作家于尔菲(Honoré d'Urfé,1567—1625)写的《阿丝特蕾》(L'Astree,1607—1627)。这本书有五卷,作者生前只完成三卷,后两卷是别人完成的。小说讲述牧羊人塞拉冬与牧羊女阿丝特蕾的爱情故事,他们的爱情虽然一波三折,但终成眷属。书中编造的痕迹非常明显,不过,人物感情刻画得很细腻,特别符合有权有势人家少男少女的心理。

(一) 德国的田园牧人小说

17世纪初,欧洲的田园牧人小说大都被介绍到德国,尤其是《阿丝特蕾》令公子王孙、名家闺秀为之倾倒,纷纷学习小说中情人们的思想感情和举止行为。在热衷读外国田园牧人小说的同时,德国人也开始创作自己的田园牧人小说。德国的第一部田园牧人小说是化名辛德舍希茨基(Schindschersitzky)写的《阿曼杜斯》(Amandus,1632),讲的是阿曼杜斯与仙女赫莫爱娜的爱情故事。阿曼杜斯必须在爱情与外出旅行之间做出选择,"明智的理性"(Vernunft der Klugheit)让他放弃爱情,到外面世界去经风雨见世面。另一部田园牧人小说也是一位匿名作者写的,叫《被蹂躏的,荒无人烟的田园牧场》(Die verwüstete und verödete Schäferei,1642),背景是三十年战争,内容是三十年战争期间一对男女牧人的爱情故事。标题有双重含义:一是指战争带来的破坏;二是指女牧羊人的堕落,她与当兵的一起饮酒作乐。

(二) 泽森及其作品

德国田园牧人小说的整体水平不高,比较有一点水平的是菲利普·冯·泽森(Philipp von Zesen,1619—1689)的作品。在17世纪的作家中泽森颇有名气,但也备受争议,有人拥护,有人反对。他的文学活动是多方面的,曾经创立过语言学会,并加入了"丰收学会",为纯洁德语而努力,他试图用德语词代替在德语中泛滥成灾的外来词。他的大多数尝试都不成功,但有的也被社会认可了,如代替Adresse(住址)而造的 Anschrift 至今还在使用。此外,泽森也是诗人,早在学生时代就在弗莱明的影响下写诗,第一部诗集是《春天的欢乐或赞歌,诙谐歌和情歌》(Frühlingslust oder Lob-, Lust- und Liebeslieder, 1642),第二部诗集是《作家的青春火焰》(Dichterische Jugend-Flammen, 1651)。泽森在谈到他的创作时说:"我写作是出于对语言的爱/出于对你的/我的祖国的爱。"在泽森的诗中,没有不可调和的对立,没有不可消除的杂乱,他诗中展现的是和谐,是和谐把一切对立连接起来。泽森向往的是和平的世界,在那里艺术和智慧高于权势和战争。他的一首诗的标题是《供我们使用的,不应是剑,而是羽毛笔》,诗的第一句话是"假使我是一位统帅,率领军队/我就会让整个军队/由爱读书的人组成"。

除写诗外,泽森把主要精力放在小说创作方面。他的《亚得里亚海的罗泽蒙德》(Adriatische Rosemund, 1645)是一部田园牧人小说,颇有影响。罗泽蒙德是威尼斯人(因此称她为"亚得里亚海的罗泽蒙德"),后迁居斯特拉斯堡,为逃避三十年战争的战火来到阿姆斯特丹。男主人公马克霍尔德是西里西亚人,也是因为逃避战火来到阿姆斯特丹。两人相识相爱,但罗泽蒙德信奉天主教,马克霍尔德是新教教徒,不同的信仰成为他们结合的最大障碍。罗泽蒙德的父母规定,马克霍尔德必须接受两个条件才能与他们的女儿结婚:一是罗泽蒙德永远不得改变信仰;二是她的孩子必须接受天主教的教育。马克霍尔德不能接受这样的条件,但又不肯放弃爱情,为了证明自己的忠贞,他开始旅行,接受考验,他来到巴黎,参加了路易十四的加冕典礼。此间,罗泽蒙德因孤独寂寞,于是来到阿姆斯特丹郊外当了牧羊女,过起田园生活。不久,马克霍尔德回到阿姆斯特丹,两人相会,共度美好时光。罗泽蒙德给马克霍尔德讲述威尼斯的历史和那里的名胜古迹,马克霍尔德给罗泽蒙德讲述德意志民族的历史,谴责兄弟残杀的宗教战争。然而,他们的欢乐是暂时的,因为罗泽蒙德的父母不改变当初的规定,马克霍尔德也不肯接受那两个条件,所以他们的爱情只能以失败而告终。

泽森还写了另外两部小说:一部叫《阿瑟纳特》(Assenat,1670),写的是《圣经》中约瑟夫被卖到埃及的故事;另一部叫《西姆逊》(Simson,1675),写的也是《圣经》中的故事。他还打算再写一部摩西的小说,与前面两部构成"圣经三部曲",但未能如愿。

附 录

主要作家作品中外文译名对照表

（以德文字母为序）

A

Abrogans 阿布罗甘司

Agricola，Johannes 阿格里寇拉

  Drey hundert Gemeyner Sprichworter der wir Deutschen nur gebrauchen, und doch nicht wissen woher sie kommen 三百句常见俗语谚语，我们德国人只是使用，却不知道它们的起源

  Fünfhundert Gemainer Newer Teütscher Sprüchwörter 五百句新德语常用俗语谚语

  Untreue wird gern mit Untreue bezahlet 以其人之道，还治其人之身

Alberic de Besancon 阿尔贝里克·得·比尚松

  Alexanderepos 亚历山大史诗

Albert，Heinrich 阿尔伯特

  Anke von Tharau 即 Ännchen von Tharau 塔劳的小安妮

  Arien 咏叹调

  Musikalische Kürbis-Hütte 有音乐才能的南瓜凉亭社

Alberus，Erasmus 阿尔贝鲁斯

  Das buch von der Tugent und Weißheit, nemlich Neunundviertzig Fabeln 论品德与智慧的书，即四十九首寓言

Albrecht von Halberstadt 哈尔贝斯塔特的阿尔布莱希特

Albrecht von Johannsdorf 约翰斯多尔夫的阿尔布莱希特

Aleman，Mateo 阿莱曼

  Guzman de Alfarache 古茨曼·得·阿尔法拉歇

Alkuin 阿尔库因

Ambrosius，Anicius 安布罗斯

  26 ambrosianische Hymnen 二十六首安布罗斯颂歌

Angerer，Rudolf 安格勒

  Angerers Nibelungenlied 安格勒的尼伯龙人之歌

Aquin/Aquinus，Thomas 阿奎那

  Summa theologica 神学大全

Arbeo 阿尔贝欧

Aristoteles 亚里士多德

Arnim，Achim von 阿尔尼姆

Ast，Friedrich 阿斯特

  Romantheorie 长篇小说理论

Augustin，Aurelius Augustinus/Au gustin 奥古斯丁

  Augsburger Gebet 奥格斯堡祈祷辞

Ayren，Armin 爱伦

  Meister Konrads Nibelungenroman 康拉特师傅

H

Hallmann, Johann Christian 哈尔曼

　Von heydnischen und bäpstlichen Abgöttereien 异教徒的和教皇的偶像崇拜

Harsdörffer, Georg Philipp 哈尔斯多尔夫

　Poetischer Trichter 诗的漏斗

　Pegnesisches Schäfergedicht 佩格尼茨河的牧人诗

　Frauen-Zimmer-Gesprech-Spiele 妇道人家的会话游戏

Hartmann von Aue 奥埃的哈尔特曼

　Büchlein 小册子

　Der arme Heinrich 可怜的海因里希

　Erek 埃勒克

　Gregorius 格勒戈利乌斯

　Haupt- und Staatsaktionen 历史大戏

　Haymonskinder 海蒙的孩子们

　Iwein 伊魏因

Hebbel, Friedrich 赫伯尔

　Nibelungen-Trilogie 尼伯龙人三部曲

Heine, Heinrich 海涅

　Der Tannhäuser 汤豪塞

Heinrich von Freiberg 弗莱贝格的海因里希

Heinrich der Gleisner 口是心非者海因里希

　Reinhart Fuchs 狐狸赖因哈特

Heinrich von Meißen 迈森的海因里希

Heinrich von Melk 美尔克的海因里希

　Das Priesterleben 神甫们的生活

　Erinnerungen an den Tod! 记着死吧!

Heinrich von Morungen 莫伦根的海因里希

Heinrich von Mügeln 米格伦的海因里希

Heinrich der Teichner 管道制造工海因里希

Heinrich von Veldeke 费尔德克的海因里希

　Das Gedicht von Solomon und der Minne 关于所罗门及其爱情的诗

　Eneid 埃奈德

　Servatius 赛尔瓦提乌斯

Heinsius, Daniel 海因季乌斯

Heldendichtung 英雄文学

Heldenlied 英雄歌

Heliand 救世主也称 Genesis und

Heilandsleben 创世记和救世主的一生

Heliodoros 赫利奥多罗斯

　Aithiopika 埃塞俄比亚传奇

Herder, Johann Gottfried 赫尔德

　Hildebrandslied 希尔德勃兰特之歌

　Himmel und Hölle 上苍与地狱

　Stimmen der Völker in Liedern 歌中各民族的声音

Hofmannswaldau, Christian Hofmann von 豪夫曼斯瓦尔道

　Deutsche Übersetzungen und Gedichte 德语翻译和诗歌

　Heldenbriefe 英雄书简

Hohlbein, Wolfgang 霍尔拜因

　Hagen von Tronje 特洛尼的哈根

Horaz/Quintus Horatius Flaccus 贺拉斯

Hornklofi, Thorbjoern 霍恩克洛菲

　Haraldlied 哈拉尔德之歌

Hrotsvita von Gandersheim 赫罗茨维塔

　Abraham 阿布拉哈姆

　Callimachus 卡里马赫乌斯

　De ascensione Domini 我主升天

　De gestis Oddonis imperatoris 皇帝鄂图一世的一生

　Dulcitius 杜尔奇提乌斯

　Gallicanus 加里卡努斯

　Lapsus et conversio Theophili vicedomini 维策多米尼·特奥菲利的堕落和皈依

　Maria 玛利亚

　Pafnutius 帕甫努提乌斯

　Passio der hl. Agnes 圣女阿格内丝受难记

　Passio St. Dionisii 圣徒迪奥尼西倚受难记

　Passio St. Gongolfi 圣徒甘戈尔非受难记

　Passio St. Pelagii 圣徒庇拉季倚受难记

　Primordia coenobii Gandersheimensis 甘德尔斯海姆修道院的建立

　Proterius 普罗特利乌斯

　Sapientia 撒皮恩提亚

Hus, Johannes 胡斯

Hutten, Ulrich 胡滕

　Anruffung an Teutschen 致德国人的呼吁书

　Dialogi 对话集

　Ein neues Lied 一首新的歌

　Gesprächsbüchlein 对话手册

S

Sachs, Hans 萨克斯
　Alcestis 阿尔策斯提斯
　Clitemnestra 克里特姆内斯特拉
　Das Kelberbrüten 小牛排
　Das Narrenschneyden 割除愚蠢
　Der farent schueler ins paradeis 漫游的学生去天堂
　Der gestohlne Pachen 被盗的佃户
　Der Hüme Seifried 长角的西格夫里特
　Der Karg vnd Mildt 简朴与淡泊寡欲
　Der rosdieb zu Fuessing 辛菲的小偷
　Der unsetlich Geizhunger 贪得无厌
　Die fünf elenden wanderer 五个可怜的流浪人
　Die sechs klagenden 六个抱怨者
　Die Wittenbergische Nachtigal 维滕贝格的夜莺
　Focasta 佛卡斯塔
　Fortunatus 佛图那突斯
　Gesprech aines pischoffs mit dem Ewlenspiegel von dem prillen machen 一位主教与欧伊伦施皮格尔讨论如何做马桶座圈儿
　Klag, Antwort vud vrteyl zwischen Fraw Armut vnd Pluto 贫困夫人与冥神普鲁托的互相抱怨, 回敬和评价
　Livius 利维乌斯
　Lobspruch auf die Stadt Nürnberg 赞美纽伦堡城
　Magelona 玛格罗娜
　Schlauraffenlant 世外桃源
　Summa all meiner Gedicht 我的诗歌大全
　Tristlant 特里斯特兰特
　Von einem bösen weib 一个凶恶的女人
　Vom frommen Adel 论说好心的贵族
Saga 萨迦
　Volsunga Saga 沃尔松格萨迦
Sannazaro, Jocopo 桑纳扎罗
　Arkadia 阿尔卡迪亚
Scaliger, Julius Cäsar 斯卡里格
　Die verwüstete und verödete Schäfferey 被蹂躏的、荒无人烟的田园牧场
Schallenberg, Christoph von 沙伦贝格
Schiller, Friedrich 席勒
Schindschersitzky 辛德舍希茨基
　Amandus 阿曼杜斯
Schlegel, August Wilhelm 施莱格尔

Schneider, Herbert 施奈德
　Nibelungen in Bayern 尼伯龙人在巴伐利亚
Schneider, Rolf 施奈德
　Der Tod der Nibelungen 尼伯龙人之死
Schnellen, Bernhard 施内伦
　Nibelungenlied 尼伯龙人之歌
Schottel, Justus Georg 绍特尔
　Teutsche Vers- oder Reimkunst 德语诗律或韵律
Schumann, Valentin 舒曼
　Nachtbüchlein 夜间小书
Schwank 笑话
　Naithart Fuchs 狐狸奈特哈特
　Till Eulenspiegel 蒂尔·欧伊伦施皮格尔
Secundus, Johannes 瑟库恩杜斯
Secundus, Petrus Lotichius 瑟库恩杜斯
Segen 祝祷辞
　Contra caducum morbum 预防癫痫症
　Contra vermes 防止虫害
　De hoc quod spurihalz dicunt 使马免除瘫痪
　Der Straßburger Blutsegen 斯特拉斯堡的止血祝祷辞
　Lorscher Bienensegen 洛尔斯的驱逐蜂群的祝祷辞
　Weingartner Reisesegen 魏因加特纳的出行祝祷辞
　Wiener Hundesegen 维也纳的向狗呼救的祝祷辞
Selnecker, Nicolaos 瑟尔那克
Seuse, Heinrich 绍伊瑟
　Büchlein der ewigen Weisheit 永恒智慧的小书
　Büchlein der Wahrheit 真理的小书
Sickingen, Franz von 济金根
Sidney, Philip 锡德尼
　Arcadia 阿尔卡迪亚
Simrock, Karl Joseph 西姆洛克
　Das Nibelungenlied 尼伯龙人之歌 (现代德语)
　Die deutschen Volkslieder 德国民歌集
Spee, Friedrich 施佩
Spielmannsepik "艺人叙事文学"
　Herzog Ernst 埃恩斯特公爵
　König Rother 罗特国王
　Orendel 欧伦德尔
　Oswald 欧斯瓦尔德

参 考 书 目

1. Germanische Literaturgeschichte Bd. Ⅰ. Hg. von Hermann Paul, Magnus Verlag

2. Geschichte der deutschen Literatur Bd. Ⅰ und Bd. Ⅱ von Helmut de Boor, C. H. Beck'sche Verlagsbuchhandlung München 1983

3. Geschichte der deutschen Literatur Bd. 1a, Bd. 1b, Bd. 5 von Ewald Erb, Volk und Wissen Volkseigener Verlag Berlin 1976

4. Kurze Geschichte der deutschen Literatur. Leitung und Gesamtbearbeitung : Kurt Böttcher und Hans Jürgen Geerdts, Volk und Wissen Volkseigener Verlag Berlin 1981

5. Deutsche Literatur in Schlaglichtern. Hg. von Bernd Balzer und Volker Mertens, Meyers Lexikonverlag 1990

6. Deutsche Literaturgeschichte Bd. Ⅰ. Mittelalter, Humanismus, Reformationszeit, Barock von Erika und Ernst Borries, Deutscher Taschenbuch Verlag, München 2000

7. Studien zur deutschen Literatur im 17. Jahrhundert. Werner Lenk (Leiter des Autorenkollektivs), Aufbau-Verlag Berlin und Weimar 1984

8. Deutsche Literatur, Eine Sozialgeschichte. Hg. von Horst Albert Glaser, Rowohlt Taschenbuch Verlag GmbH, Hamburg 1991

9. Satire in der deutschen Literatur Bd. Ⅰ. vom 12. bis zum 17. Jahrhundert von Helmut Arntzen, Wissenschaftliche Buchgesellschaft, Darmstadt 1989

10. Barock von Dirk Niefanger, Verlag J. B. Metzler Stuttgart, Weimer

11. Nibelungenlied, Epoche-Werk-Wirkung von Otfried Ehrismann C H Beck, München 1987

12. Das Nibelungenlied. Fünfte überarbeitete und erweiterte Auflage von Gottfried Weber und Werner Hoffmann, Sammlung Metzler Band 7, 1982

13. Das Nibelungenlied. Meisterwerke kurz und bündig von Fritz R. Glunk, Piper Verlag GmbH, München 2002

14. Der deutsche Minnesang, eine Einführung mit Texten und Materialien von Hans Herbert S. Rökel, Verlag C, H, Beck, München 1986

15. Kreuzzugsdichtung, Idealität in der Wirklichkeit von Roswitha Wisniewski, Wissenschaftliche Buchgesellschaft Darmstadt 1984

16. Hartmann von Aue. Hg. von Hugo Kuhn und Christoph Cormeau, Wissenschaftliche Buchgesellschaft Darmstadt 1973

17. Wolfram von Eschenbach von Joachim Bumke, J. B. Metzlersche Verlagsbuchhandlung Stuttgart 1981

18. Gottfried von Straßburg: Tristan und Isolde von Christoph Huber, Artemis Verlag, München und Zürich 1986

19. Walther von der Vogelweide von Gerhard Hahn, Artemis Verlag, München und Zürich 1986

20. Romane und Novellen des 15. und 16. Jahrhunderts in Deutschland von Xenja von Ertzdorff, Wissenschaftliche Buchgesellschaft Darmstadt 1989